他乡

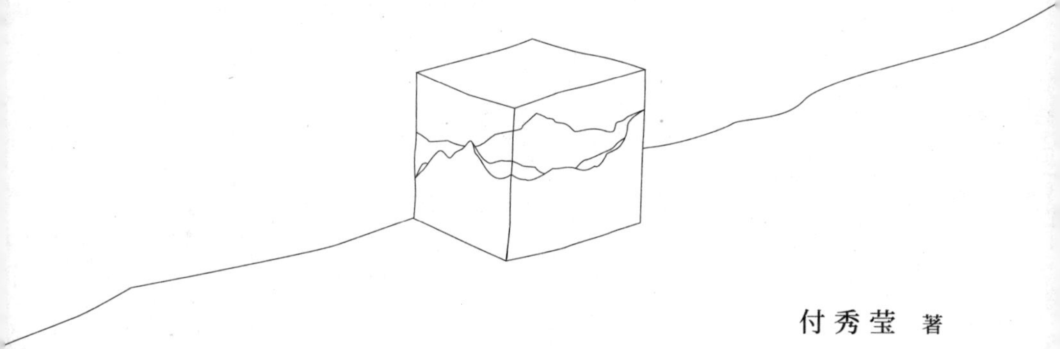

付秀莹 著

北京出版集团公司
北京十月文艺出版社

这么多年了。

这么多年了，我一直不愿意回忆往事。比起往事，如果一定要，我更愿意谈论现在。现在，我的生活似乎不算太坏。至少表面上如此。我不知道，有多少人的生活能够经得起深究，或者追问。那谁说过，难得糊涂。不是吗？

上篇

一

我是什么时候开始爱上喝酒这件事的呢。好像是，来北京之后。帝都太大了，大到让人慌乱。一个人在这个庞大的城市，即便在汹涌的人潮里，也能听到内心孤单的回响。我害怕黄昏，害怕夜晚，害怕在深夜里忽然醒来，一个人面对漫漫长夜。

那时候，我还住在学院南路，北师大附近。一室一厅，不算大，但很安静。楼前面种着一棵很大的树，也叫不出名字，枝叶繁茂，遮掩了半个窗子。夏天的时候，开一种白色的小花，拥拥簇簇的，好像有一种淡淡的青涩的味道。在这个小房子里，我几乎享尽了一生的孤单，也几乎挥霍了一生的热情。多年以后的今天，我还常常想起当年，那一个小小的房子，安静、整洁、清苦，盛放着一个女人整整五年孤单的光阴。孤单而热烈，仿佛窗外那棵树上，夏天午后的蝉鸣。

出了小区向右拐，沿着学院南路往前走，大约七八分钟，是一个十字路口。路南有一个报亭，还有一家小烟酒店。十字路口右转，沿着新街口外大街，有几个公交站牌。每天，我从这里坐车去上班。下班的时候，站牌在马路对面，旁边就是二炮总医院。那时候，二炮总医院还叫作二炮总医院。二炮总医院改称火箭军总医院，是大约十年之后的事情了。我常常在下班路上，在黄昏的夕阳里，或者，在越来越浓的暮色里，走着走着，忽然间悲从中来。

这一带，是铁狮子坟，树木茂盛。一拐进学院南路，喧嚣的市声渐渐安静下来。车流，人声，满街汹涌的城市的躁动，仿佛一种画外音，被遮蔽在外，显得又虚假，又游离。我走进那家烟酒店，装作若无其事地，买一瓶小二。那种北京小二锅头，扁扁的瓶子，深绿色，握在手心里，无端地，觉得人生有了依靠，觉得，温暖妥帖。

老管不喜欢我喝酒。每一次，我喝醉了，给他打电话，他都会劈头盖脸地骂我。我常常喝醉了给他打电话。语无伦次地，说一些莫名其妙的醉话。我知道这样不好。可是我管不住自己。我对着电话哭泣、诉说，我都不知道自己胡乱说了些什么。老管在电话那边忍耐地听着。翟小梨你冷静一点。你看看你的样子，你还像个女孩子吗？一个女孩子，喝醉了酒在大街上哭，像什么话！我哭道，我不是女孩子，我早就不是女孩子了。我是女人。女人，你知道吗？我是女人。我都快三十了，我是他妈的老女人了。我哭得气噎。老管在那边只是沉默。夜风吹来，热泪在脸颊上慢慢凉了，干了，紧绷绷的，像一个面具。老管不知道什么时候摔了电话。天上是半个月亮，黄黄地照着人间，同一城的灯火缠绕在一起，也不知道是月光，还是灯光。我握着手机，茫然地看着夜色中的京城，一时不知身在何方。

老管的电话打过来的时候，已经是第二天了。他问寒问暖，只字不提醉酒的事。我心下不好意思，便也不提起，只讪讪说一些闲话。

早晨的阳光照过来，把半间屋子弄得异常明亮，晶莹的，剔透的，仿佛琉璃世界。我不由雀跃道，看海棠去？当时是仲春四月，元大都遗址公园的海棠正是盛期。老管说，他得去开会。一个重要的会，不能不去。

老管他总是这样。他总是有更多的事情，比我们的事更重要。

直到多年以后，我才慢慢明白，这样的话，有着怎样的含义。

那时候，我还是太年轻了。

二

回想起来，这半生，第一次，也是最大的打击，算是高考失利了吧。这么多年了，我一直对此耿耿于怀。在那样一所重点高中，我竟然读了那么糟糕的大学。毕业以后，我刻意回避着那所高中的人，还有事。我那么爱面子，虚荣、敏感而脆弱，我不知道该怎么面对当年，那一段被辜负了的青春岁月，还有寒窗下，那些苦读的日日夜夜。直到这几年，有了微信，被稀里糊涂拉进各种群里，才得以跟旧时的老师同学重新建立联系。大家在群里嘘寒问暖，胡说八道，开各种不大不小的玩笑。都是人到中年了，经历了一些世事，人也渐渐变得平和了。牢骚还有，但都学会了自我解嘲。还能怎样呢，生活本来如此。有很多东西，我们一点办法都没有。群里热闹极了，甚至，有一种微微的放肆在里面。我依旧不怎么说话。尽管，大家聊的都是日常琐事，生活啊，工作啊，八卦新闻什么的。这么多年过去了，没有人再想起来追问当年我读的是哪所大学。大家关心的都是当下。在一个城市的约约饭局，不在一个城市的问问近况。半真半假地，说一些个怀念过往时光感慨岁月无情的话，把当年某些个男生女生乱点鸳鸯谱，娱乐一下大家。谁还会关心一个人的内心隐痛呢？虽然，这隐痛的伤口早已经悄悄愈合，疤痕却还在。仿佛一个警告。警告命运的莫测，还有人生的无常。

我是如何在那一场重要角力中失手的呢？时至今日，那一个遥远的七月，漫长，溽热，让人窒息，仿佛一场乱梦，只剩下一些模糊的碎片。当我遽然惊醒的时候，窗外，芳村的蝉鸣阵阵，如同一阵急雨，把我的臆想和幻觉浇透。我激灵灵打个冷战。夏日漫长、单调、倦怠而乏味。烈日下的村庄神思恍惚。芳村大片庄稼的青壮的气息，淡淡的粪肥的味道，混合着泥土的潮湿的腥气，扑面而来。我站在故乡的大地上，满怀困惑。我是如何从求学的异地，回到我的芳村的呢？

是不是，人的记忆都是有选择的，对于那些过于残酷的段落，我们总是有意选择忘却。我一遍一遍地试图重新回到那个夏天的现场，记忆的小路总是出现很多分岔，还有阻断。我在省内那所著名中学的苦读时光，或许永远也回不去了。

多年以后，当我作为一名所谓的优秀校友，应邀回母校的百年讲坛的时候，是一个寒冷的冬日。这座北方的小城，是历史文化名城，上世纪 90 年代，我曾经在这里度过了三载光阴。除了大佛寺、古城墙，还有著名的荣国府大观园。据说，当年拍摄 1987 年版《红楼梦》的时候，人们经常看到，“宝玉”光着头，不是穿着大红的斗篷，在茫茫雪地里遥遥叩拜贾政，而是穿着短裤 T 恤，骑着自行车，在这座小城的大街小巷闲逛。还有那金陵十二钗，偶然露面，个个花容月貌，令小城里的人们惊为天人。

而今的校园，却早已经人物两非了。学校当年便是威名赫赫，同另一所名校双雄并峙，是无数省内学子的梦想之地。如今更是声名远播。崭新的，气派的，漂亮的，权威的，满眼都是华彩，满眼都是光芒。我在这光芒里拾级而上，情不自禁地，有点畏缩了。教学楼那么高，台阶那么多。层层叠叠，都不似等闲山水。每一个台阶上，写着一个年份，还有当年的大事记，包括升学率，各种赛事战绩，各种荣誉榜，群星璀璨，耀人眼目。陪同的老师热情介绍，我诺诺应着，几乎不敢细看。或许只有我自己知道，在我故作平静的外表下，有多少自卑和汗颜，有多少愧怍和惶恐。内心深处藏匿多年的那个伤疤，隐隐作痛。

阶梯教室里早已经坐满了人。我坐在台上，强自镇定。多么熟悉的气息啊。青涩的，躁动的，热气腾腾的，青春期荷尔蒙的淡淡的腥味，混合着走廊里好像是卫生间传来的隐隐的臊味，叫人一阵阵眩晕，一阵阵恍惚。学生时代的往昔岁月扑面而来，仓促而莽撞。我在心里不由得打了个趔趄。雷鸣般的掌声，崇拜的目光，热烈的急切的提问。在那个神圣的百年讲坛上，我这个当年高考的失败者，我这个母校的逆子，都说了些什么？有一个女孩子跑上前来，拿着麦克风，问了我一个问题：姐姐，只要不放弃梦想，总有实现的一天吗？什么时候，我才能够拥有你这样的生活？我看见，她年轻的脸颊因为激动而涨得通红，明亮的眼睛里泪花闪闪。

我该怎样回答这个纯真的女孩子呢？

结束的时候，有一个瘦弱的女生，一直尾随着我。高高的台阶上，细长的影子犹豫不决，被跌为凌乱的几段。下到最后一个台阶的时候，她偷偷把一些东西塞到我手心里。几朵粉色的折叠的纸玫瑰，精致的，小巧的，带着一个少女的青涩的体温。我看着她转身跑去的背影，在北方冬日的暮色中渐渐消失。

三

我很记得，当年，我跟在父亲后面，扛着行李，第一次走进那所大学的情景。安静的萧索的小城，寂寞的校园的围墙，把小小的院落藏在里面。这就是我多年梦想的高等学府吗？我想象中的大学的威严气度呢？仿佛是寒冬腊月里，被人兜头浇了一盆冷水。我的一颗心紧缩着，内心里充满了悲凉。我不敢看父亲的表情。他含辛茹苦供养的女儿，一向成绩优秀，乖巧懂事，一直以来，她那么那么努力。难道这就是她努力的结局，就是她应得的人生？直到现在，我都没有当面问过，父亲当时的心情。他失望吗？他痛心吗？他是不是能够感觉到，跟在他后面的那个卑怯的绝望的身影，正在多年前九月的阳光下，颤抖不已。

几乎都是乡下出来的孩子。朴实、羞怯，有一种初来乍到的警惕和木讷，多年的刻板繁忙的集体生活，巨大的沉重的学业压力，仿佛一个熔炉，把他们浇铸成统一的神情面目。穿着局促的新衣，眼神犹疑而畏怯，蹩脚的普通话还不太流利，一不小心就露出家乡方言的破绽，莫名其妙地，忽然间就涨红了脸。在这样一群人里，章幼通显得卓尔不群，又醒目，又孤单。

幼通来自S市，是省城。记得，好像是一次劳动课，清理篮球场附近的杂草。大家都干得热火朝天，我也装模作样地，把拔下来的杂草收拢起来，堆在操场边上。深秋的阳光洒下来，金币一样，黄黄铺了一地。梧桐树的叶子也都黄了，在秋阳里有一种耀眼的华美。不知道哪一棵树上，有一只鸟忽然叫起来。天边的一朵闲云，仿佛受了惊吓，倏忽间飞走了。一个男孩子，倚靠在一个铁锹柄上，并不干活，只闲闲地看着天边。他穿一条卡其色粗条绒休闲裤，深蓝色磨砂休闲鞋，夹克衫好像是黑色，拉锁敞开着，露出里面的深蓝衬衣，更显出他的清瘦白皙。多年以后，我还记得幼通当时的神情，优雅的，散淡的，有一种漫不经心的落拓和不羁。不知是他身上那一种淡淡的忧郁的气质，还是那种迥然有别于其他男生的落寞寂寥，一眼之下，我忽然对这个人起了一点好奇心。

可能，在中国，一进大学，不论是怎样的大学，大家都仿佛有一种如释重负的感觉。解放了。经过这么多年的苦读，终于熬到解放了。没完没了的考试、习题、作业，老师的教诲家长的唠叨，都过去了。长时间紧绷的神经，骤然松弛下来，有一种无所事事的空虚，还有恐慌。

你知道广播电视大学吗？记得填报学校的时候，因为是自费，我的目光只专注于密密麻麻的表格上的最后一项：费用。其时，母亲已经病重，父亲独力支撑，我不想再给家里增加太重的负担。很多学生挤在学校的楼道里，一张张表格在手里被翻得哗啦作响。奇怪得很，对于多年前的那场决定我命运的考试，我的记忆中总是一片混沌。好像是一场暴风雨过后，漫漶不清的景物，变幻不定的人，似是而非的情节。焦虑，纠结，痛苦，茫然，都仿佛是梦境里的碎片。就连那些表格，都是模糊的。我是不是真的曾经填写过那些表格呢？那些密密麻麻的表格，是不是真的存在过？还有那个理由，或者就是借口，我最终上了那所叫人难以启齿的大学的借口，它是不是真的？

多年以后，父亲偶然提起这件事的时候，我才知道，当时，为了凑够我上学的费用，那个夏天，父亲平生第一次，跟人家开口借钱。父亲说这话的时候，口气平淡。我想象着，父亲怎样在人家大门口徘徊，犹豫，不好开口，却不得不硬着头皮进去，红着脸，吞吞吐吐，说出自己的难处。求人如吞三尺剑。父亲一生要强，最是爱惜面子。在后来的很多年里，他不止一次跟我说起，你贵叔，当年帮了咱。你可要记住人家的恩情啊。贵叔就是父亲去找的那个人，我们算是本家，出了五服。他把准备买牛的五百块钱，借给我交了学费。

乡下的孩子，对于大学的想象，无非是，借着大学的纵身一跳，到城里去。我很记得，有一年，我们芳村村南有户人家的孩子考上了大学，一时全村轰动。我们几个小孩子相互怂恿着，去人家家里看。是夏天的傍晚。晚霞在西天染成一片，暮色四起。我们在人家的篱笆门外面徘徊。推推搡搡地，想进去，又不敢。人家的狗叫起来。那男孩子出来了。我们又害羞，又激动。简直紧张得不行。我们仰脸看着他，好像是看着一个天外来客。他在芳村的黄昏里站着，身后，仿佛就是遥远的城市的背景。现在想来，那男孩子个子不高，相貌平淡，一眼看上去，也不过是最普通的那种乡下孩子。他站在那里，跟我们说，他考到南京了，要到南京去读大学。南京，这个名字用芳村的土话说出来，是那么动听、迷人，叫人惊艳。遥远的，陌生的，洋气的，在芳村的日常生活之上，光芒四射。那个男孩子站在那里，瘦弱，矮小，穿着乡下家常的衣裳，无端地，平凡的容貌里竟然平添了一种动人的光彩。很多年以后，我还记得，那个夏天的黄昏，我们几个女孩子，在满天的霞光里，在芳村村南那户农家的篱笆门旁边，对大学，对城市，对远方，怀抱的那种最初的想象，还有猜测。

说出来你一定不会相信。那时候，我根本不知道广播电视大学是怎么一回事。以我当时贫瘠的想象力，可能是跟电视相关吧。那一天，从学校出来，在大门口，正好遇见班里一个男生，J，他是体委，城里人，好像是干部子弟，正准备跟一帮男生去踢球。

就是广播学院之类。

他的语气很确定，还带着一丝喜悦。我略略放下心来。J是有见识的人，他的话应该没错。多年以后，当我跟J在北京的一家咖啡馆再次见面，已经时隔二十年了。我们惊讶地打量着彼此，有点兴奋，还有一点魔幻般的不真实感。想必是，在他，更多的是感叹。或许，他在想，当年，那一个土里土气的乡下小妞，一说话就脸红，像一只羞怯的小母鸡，这么多年过去了，是怎么变成现在这个样子的呢？她竟然成了作家。当然了，当年上学的时候，她的作文就不错。然而，谁会想到呢？

我跟他提起往事。当年在学校门口，他那句话，很可能就是一种对我的安慰。一种，善意的谎言。他却怔住了。哦，有这回事？

或许，他是不记得了。这么多年了。谁还会记得一句话呢？那句话，仿佛一声叹息，早已在二十年前，那座北方小城的夏天，随风飘散了。咖啡的香气在室内流荡，给这深秋的夜晚平添了温暖甜美的气息。窗外，是华灯闪烁的京城。巨大的夜色仿佛一个深不可测的隐喻，在这异乡的季节交错处，缄默不语。我慢慢啜饮着咖啡，心下一片茫然。是不是，当年学校门口那一幕，那一句话，也是出于我的某种幻想，抑或，只是梦境之一种？

最初的沮丧和绝望之后，我也渐渐平静下来。还能怎样呢，我不得不接受眼前的现实。周围的同学都开始谈恋爱。正是青春年少，经过了这么多年的压抑和克制，在这个上头，大家都有点，怎么说，有点疯狂。女生们都留起了长发，学着化妆，普通话也越来越地道了，如果不仔细听，甚至都听不出什么破绽了。男生们的神情也发生了变化，从容了，镇定了，老练了。他们喝酒，抽烟，追女孩子，有那么一点玩世不恭。我把马尾辫披散下来，长发飘逸，走在校园里，颇能吸引一些追逐的目光。

隔壁班里有一个女生，叫作小蒲的，当时是学生会主席，很引人瞩目。漂亮，聪敏，奔放，有一点男孩子的俊朗气质。喜欢跳舞，唱歌，据说还是一个基督教徒。在那个小小的校园里，也是一个风云人物。据女生们私下里传，小蒲暗恋幼通。课间的时候，常常有情书从教室后门的缝隙里溜进来。传达室窗台上，也时时有写着“内详”字样的信件，落款写着，章幼通亲启。据说，这小蒲来自一个小镇，母亲是小学老师。她身上却有一种城市女孩子的气质，落落大方，穿衣打扮也不俗，本来是一头俏丽的短发，后来开始养长发。也据说，是为了幼通。其时，幼通已经开始跟我交往了。那时候，我留一头长发，蓬松柔软，仿佛淡淡的金色的瀑布。窗外的阳光照进来，在这瀑布上跳跃，跌宕。幼通坐在教室的后排，常常为此走神。

我不知道，我跟幼通的关系，是不是因为小蒲的存在。私心里，对小蒲，我是怀着深深的嫉妒的。也有那么一点，怎么说，不服。这么多年的校园生活里，我埋头苦读，一向是以分数论高下。女生们都穿着朴素，老实木讷，一门心思扑在学业上，什么都不敢想，什么都不能想。她们在书山学海里苦苦跋涉，期待着破茧成蝶的那一天。然而，在这所所谓的大学里，第一次，我懂得了，除了分数之外，一个女孩子所能够拥有的魅力，还有光芒。小蒲能歌善舞，小蒲会写会画，小蒲漂亮活泼，小蒲人见人爱。我不知道，有多少男生梦想着这样一个小蒲。幼通呢？是不是，从一开始，幼通就没有对这样一个小蒲动过心？

对于小蒲那些著名的情书，校园里一时沸议。我只亲眼看见过其中的一封。淡粉色的信笺上，飞着暗暗的梅花的影子。小蒲的名字里有一个梅字。信笺上只有两句诗，身无彩凤双飞翼，心有灵犀一点通。落款是秋子。秋子。小蒲本名并不叫秋子。这是不是仅限于他们之间的一种隐秘的称呼？在信里，她称幼通为章君。章君。文绉绉的，带着莫名的暧昧和万千难言的情愫，说也说不得。我得承认，当时我醋意大发。只是，我把这股浓浓的醋意藏在心底，跟谁都不提起。公正地说，幼通和小蒲，应该是金童玉女，很般配的一对儿。在那个名不见经传的所谓的大学里，还有谁能够这么备受瞩目呢。后来，在跟幼通漫长的婚姻里，有时候，我不免乱想，假如当年，幼通选择的不是我，而是小蒲，会是怎样的结果呢？

那年的冬天，好像特别的寒冷。可我的心却是火热的。这么多年了，我一直忙于学业，对男女情事懵懂无知，无暇顾及，也是无力顾及。繁重的功课，看不见光亮的前程，一个乡下女孩子所能做的，不过是试着用手里那支笔，为自己杀出一条血路来。那些个寒窗苦读的日日夜夜啊。

长到了十八岁，我才第一次知道，恋爱的滋味。而恋爱这件事，是多么令人受折磨的一件事啊。

好像是圣诞节吧，幼通送我一束玫瑰，一张淡蓝色心形卡片上，附着他亲笔写的一首诗，热烈深情，我的名字藏在其中。宿舍里头都传疯了。章幼通对我表白了。章幼通送了鲜花还有情诗。章幼通在我宿舍窗前站着，痴痴地发呆，一站就是大半夜。那天晚上，据说小蒲被看见在城里的一家舞厅跳舞，一个胖男人搂着她，摇摇晃晃，好像是喝醉了。

后来，我把这些话，装作不经意地告诉了幼通。幼通什么都没有说，只是牵紧了我的手。

我为什么要跟幼通说这些呢？

北方的冬天，冷是极冷的，却冷得凛冽，痛快。寒风吹过来，把那座寂寞的小城吹破。在小城的一角，那个红砖围墙里面，却是热腾腾的另一个世界。那些男孩子女孩子，他们正值青春年少。他们心里的秘密肿胀着，肿胀着，他们被爱情弄得头昏脑涨。他们浑身燥热，心上好像有万物生长。草乱发莺乱飞，闹得厉害。隔着重重光阴，我仿佛都能听见，热血在他们血管里奔涌呼啸的声响。

那个寒假，我第一次尝到了离别的苦头。

在芳村，春节照例是热闹的。那时候，母亲还在世。她强撑病体，张罗着一切。家里家外，到处是世俗的欢腾的气息。我却无心理会这些。觉得，到处是多余的人、多余的事，牵牵绊绊的，叫人莫名地烦乱。我把自己关在屋子里，读幼通的来信。或者，跑到隔壁邻居家，借用人家的录音机，听幼通放假前给我录的磁带。邻居家的姐姐准备出嫁，那台三洋牌录音机，崭新而洋气，是她心爱的嫁妆。幼通的普通话纯正，流利，嗓音低沉而浑厚，有一种特别的吸引力。我一遍一遍听着，内心里涨得满满的，又湿润，又甜美。正月的芳村依然寒冷，北风在窗外呼啸，大雪纷飞，乱扯着棉絮一般。

我好像是说过了，我们家姊妹三个，我排行最小。从小到大，家里唯一的异性，是父亲。因为女孩子多，父亲对我们家教极严。不许这个，不许那个。记得有一回，好像是小学毕业的时候吧，父亲给我买了一条裙子，白底蓝花，柔软的棉布，那应该是我的第一条裙子。我穿上裙子正要出门，却被喝止了。父亲沉着脸，命令我回来穿袜子。我看着自己的一双光腿，第一次，觉出了作为女孩子的麻烦。后来，当我在感情上遭遇挫折的时候，我不止一次反省，是不是，在我的童年和少女时代，因为缺乏异性的示范，才一次次狼狈地面对缺乏经验的情感世界。因为这种缺乏，我对异性，确切地说，是对男人，总是缺少应有的眼光和判断。在异性的追逐面前，我缺乏从容应对的能力，或者说，叫作策略。比如说，跟幼通的恋爱。

很难说，自始至终，是幼通在追我。其实，更公正地说，在我和幼通的关系中，更多的是两个人之间彼此的吸引。那时候，刚入学不久，也就是那次劳动课之后。冬天来临了。我从宿舍里出来，披着湿漉漉的一头长发，从校园的甬道上走过。两旁的冬青依然碧绿，有十分的精神。空气冷得清澈，吸进肺里，好像是被淘洗了一遍，整个人都变得新鲜轻盈起来。远远地，有男生对我吹口哨。轻佻的，挑逗的，带着一种招惹人的意思。我故意不理。有人嘎嘎嘎嘎笑起来，惊得那棵塔松上的积雪都纷纷落下来。

我好像是忘了说了。这所学校，原先一直是中专，职业技术学校，我们是这里的第一届大专生。其实，到现在我也没有弄清楚，中专和职业技校的区别，或者说关系。反正是，那时候，经过男生宿舍楼，是一件叫人担惊受怕的事情。男生们聚集在窗口，怪腔怪调地唱歌，吹口哨，喊某个男生的名字，或者就有什么东西飞下来，把楼下经过的女生吓得尖叫，或者大骂。男生们倒越发疯了。现在想来，那一帮男孩子，正值青春期，好像是躁动不安的小公马，浑身上下散发着荷尔蒙的气息。他们枯燥漫长的青春时代里，女孩子，这样一种神秘而甜美的物种，该有着怎样的吸引力呢。

有一回，在宿舍里，好像是周末吧，走廊里传来敲门声。是一个男生，挨个敲门，打听一个女孩子，长发，有点自来卷，穿一件长款牛仔衣。我正歪在床头看书，只听旁边的如芬惊叫一声，不是说你的吧，小梨？

当时有一个男孩子，叫作王骏，从这所早先的技校毕业之后，在附近一家工厂上班。王骏人生得清秀，戴金丝眼镜，完全没有粗粝的工人气质，倒有一种文弱清雅的书卷气。有一天，他把我堵在学校门口。

我们能谈谈吗？

同行的几个女生做了个鬼脸，嘻嘻哈哈跑远了。他骑跨在自行车上，一只脚点地。傍晚的斜阳照过来，正好落在自行车的车把上。我避开他的眼睛。他把头一甩，示意我上车。

这么多年过去了。我一直试图回忆当时的情景。是什么力量，让我如此大胆，上了一个陌生男孩子的自行车，听任他把我带走呢？鬼使神差地，我竟然二话不说，那么顺从地坐在他的车后。夕阳的余晖金沙一般，铺满了那条小路。自行车轮慢慢碾过去，发出金色的碎裂的声响。两旁的草木萧索，在夕阳里微微战栗。小路越来越僻静了。终于，我们停下来。一条铁轨横在眼前，一直延伸到远方，在黛青色的天边慢慢模糊了。周围是沉睡中的田野。初冬的风带着凛冽的寒意，慢慢吹彻了大地。我静静地打了一个寒噤。

有人托我带给你一张纸条。他说。是情书。

他微笑了，口气中略带嘲讽，却并不把那张纸条给我。夕阳慢慢坠落下去了，晚霞把西天染得斑斓极了。淡淡的雾气升腾起来。风掠过树梢，带着低沉的悠长的哨音。他慢慢讲述着他的身世，童年，少年，读书时代，工厂生活。他的声音在越来越浓的暮霭中时隐时现。我手脚冰凉，却心口发热。不知过了多久，他终于停下来。那张纸条在他手中被攥得皱巴巴的。忽然，他把那纸条塞进嘴里。

我喜欢你。他说。

他咀嚼着，缓慢地，凶狠地，艰难地，终于咽了下去。他的喉结粗大，仿佛一只鸽子蛋，在瘦削的脖子上激烈滚动。我惊呆了。

后来，王骏经常到学校门口等我。直到有一天，他又一次试图让我上车，我拒绝了。我想起他咀嚼纸条时候的样子。清瘦的两腮一下一下鼓动着，咬肌紧绷，好像是一只野兽，正在试图吞噬一个幼小的生命。我心里一凛。幼通远远走过来，一身运动衣，浑身热气腾腾，好像是刚刚踢完球。王骏深深看了我一眼，掉头走了。

或许是因为这一幕恰巧被幼通看见了，也或许，是出于一种莫名其妙的信赖，后来，当我一次次被当时被称为四大天王的几个男孩子困扰的时候，我一下子就想到了幼通。

上世纪90年代，港台歌星正在大陆走红。那时候，谁不知道四大天王呢？我很记得，高中的时候，宿舍里有一个女生，疯狂地热爱着四大天王之一的郭富城，床铺的墙上贴着郭富城的大幅特写，开口闭口都是郭富城。郭富城的年龄、属相、血型、嗜好、恋爱、穿衣打扮。郭富城的电影，郭富城的歌，郭富城的演唱会。她什么都一清二楚。我们倒都淡淡的。课业繁重，压得人不得喘息，谁还有这份闲情，去关心远在港台的不相干的歌星呢？那女生是当地人，一口正定话，开朗大方，口才很好。直到如今，想起高中时代，我总是想起她用正定话说出郭富城这个名字的语调，激动的，爱慕的，景仰的，有一种惊人的狂热和痴迷。她住上铺。她床铺上方那幅画上，郭富城穿一件黑色皮夹克，留着著名的郭富城头，三七分，有一绺很随意地散落在额前。郭富城略带忧郁的目光，俯视着逼仄拥挤的女生宿舍。其时，宿舍里那八个女孩子，豆蔻年华，正在为她们各自的前程苦读。她们在校园里晨昏忙碌，还看不清未来的模样。

当时所谓的四大天王，是四个王姓的男孩子，包括王骏在内，是这个小城的著名人物，擅长打架滋事，争强斗勇，地方上都为之侧目。当时，我跟幼通诉说的时候，是在教学楼后面的小树林。幼通很愤怒。

我不知道，是我的诉说让他愤怒，还是我的眼泪。记忆中，我好像是流泪了。

我很记得，幼通转过身，独自向云老师家走去的背影。暮色苍茫。他瘦而高的背影在黄昏的街道上渐渐远去。两旁的街灯迟迟亮起来，给这寒冷的冬夜带来薄薄的暖意。

云老师是我们的班主任。三十八九岁，有着南方女子的清雅和温润。一口地道的美式英语，很会穿衣裳。直到很久之后，我才从云老师那里得知，幼通把这件事以书面形式，呈交给班主任和校方。

他好像很关心你啊。云老师玩笑道。

我没有说话。我知道，在云老师眼里，幼通，跟他所指控的那四大天王相比，靠谱不到哪里去。在那所大学，我的成绩遥遥领先，有点鹤立鸡群的味道。也因此，在入学之初，就格外引人注目。也是在后来，从幼通父亲那里，我才知道，我当时在校方眼里，简直就是一个珍稀物种。有一回，幼通父亲来学校看他，谈及当时学校的招生情况，大约是说这种末流大学招生的无奈和感慨，云老师说，我们也有好学生啊。她拿出我作为范例，以证明学校生源情况中的例外。云老师不无骄傲的语气，还可能是，因为她的气质容貌，给幼通父亲留下了深刻印象。多年以后，幼通父亲还有意无意地提起此事。但彼时，早已经物是人非了。

对于我和幼通的事情，云老师曾经委婉地劝过我。

你们——不合适。

当时，幼通和我的恋爱，正在如火如荼地进行着。云老师说这话的时候，是在听力教室。下课了，同学们都出去了，教室里只剩下我们两个人。我不说话。低头看着腕上那块手表。小巧的金色的表盘，细细的金色的链子，正好扣在我的脉搏上，我能清晰感受到那一下一下的跳动，莽撞地撞击着纤细的链子，有青春热血的金属质感，又细腻，又奔涌。那是幼通送我的新年礼物。云老师叹口气，没再说话。细细的金链子，跟着我的心跳，一下一下起伏。早春的阳光洒满了窗台。时间好像是金子做的，闪闪发亮。

这座小城，因为冶金工业而小有名气。后来，大约是上世纪 90 年代末吧，国务院进行机构改革，这小城所从属的冶金部，被撤销了。那些个曾经著名的机构，地质矿产部 、煤炭工业部、电子工业部、机械工业部，作为历史的遗留物，只保留在书本里，活在一代亲历者的记忆深处了。

说起来，其实也不过是最普通的一座北方小城，有着强烈的小城气质，安稳的，保守的，传统的，闭塞的，一点点大胆，一点点开放，欲迎还拒，带着一种上世纪 90 年代特有的时代气息。主要的街道，其实也就是那一条，从郊外的田野，一直到城乡接合部的火车站。无数次，我和幼通在那条大街上走过。我们熟悉街道旁的每一家店铺，就像熟悉我们手掌心中的纹路。在那条街上，留下了我们多少足迹啊。轻狂的，幼稚的，快乐的，如同一对雏鸟，躲在青春岁月的屋檐下，还没有经历尘世的风霜。多年以后，我们还常常回忆起来，当年那一家包子铺的老板，那个沉默寡言的老头，那猪肉包子的香气。他们家有一种饮料，叫作枣花佳的，清醇甜美，叫人难忘。还有那一家卖凉皮的，没有门脸，只在路边摆了个摊子。摊主是母女两个，长得极像。那一种凉皮，几乎呈金黄色，切得有半指宽，拿绿豆芽和黄瓜丝现场焯了，加上特制的辣椒油，口感醇厚香辣，十分有满足感。后来，我再也没有吃过那样美味的凉皮了。周末，常常是下午的时候，我们逛累了，就跑去那家卖香肠的店里。那家的香肠都是自己现做，汤汁滴沥，鲜美异常。跟香肠相配的，还有旁边那家摊上的千层饼。我们坐在公园的石桌旁，吃得满嘴流油。这么多年过去了，想起那座小城，我惊讶地发现，我更多想到的，竟然是那么多的美味的食物。我的大学时代，我的人生第一场轰轰烈烈的恋爱，竟然跟美食有着如此密切的联系。以至于多年以后，在北京匆促辗转的日子里，我还偶尔会怀念起当年，学校门口，早点摊上的胡辣汤，街角那家馅饼摊子的猪肉酸菜馅饼，十字路口那家点心铺，有个奇怪的名字，叫作三零二的，卖蜜三刀。店门口，白花花的鸡蛋壳堆积得小山一般，在阳光下十分耀眼，叫人对这家的点心生出无比的信赖和热爱。

我不知道，是不是，只是因为那段日子的滋味甘美，我才爱屋及乌，对那些食物有了一种甜蜜的想象，或者幻觉。总之是，现在想来，大学那两年，是我最为甜美滋润的时光。我和幼通，生平第一次，尝到了爱情的滋味。大学校园，是多么适合爱情生长的土壤啊。现实的风霜被遮蔽在外面，生活的真面目还没有来得及显露。我们躲在象牙塔里，相亲相爱。那或许是我们这一生中最好的光阴。童年不算。童年时代，是另外一回事。

那时候，学校里谈恋爱的风气很盛。即便是看上去最老实的男生，都知道追女孩子了。校方对此并没有明文规定，态度大约是，不鼓励，也不禁止。采取一种冷眼旁观的姿态。在那些恋人中，我们自然是最令人瞩目的一对儿。私下里被叫作小 A 小 B。我也是多年之后，才知道了这绰号的由来。也才因此，对当年我们的那一场恋爱有了一些反思，或者叫作重新审视。

先是云老师找我谈话了。是在她的家里。云老师丈夫在外地，平时基本上都是云老师母子在家。云老师的儿子，乳名虎子，一个虎头虎脑的小男孩。云老师烧得一手好菜。那道莲藕排骨汤的味道，至今仿佛还在舌尖萦绕。好像是中秋节前夕，月光清清地流淌了一屋子。云老师说，恋爱不是不可以谈，别耽误功课啊。云老师说这话的时候口气平淡，好像是不经意间提了一句。我把这个理解为云老师的关切。我一向是她最宠爱的学生，有一点恃宠生骄的意思。云老师送我衣服，亲手为我剪头发，叫我到家里吃饭。我敢说，除了我，其他同学都没有享受过这样的待遇。重要的是，我也喜欢云老师。对于云老师的青眼，我有一点小得意。我猜想，幼通也是。幼通经常跟我一起，去云老师家里小坐，或者吃饭。而且，幼通好像是变了。变得，怎么说，用功起来了。

据说，在学业上，幼通几乎没有用功过。他读的是市里的重点中学，不是因为他的功课，而是因为，他母亲是学校老师。作为学校职工的子弟，幼通在那所重点中学读了初中、高中，整整六年。不出意外地，他高考失败。不得不离开省城，来到这所小城读大学。

幼通渐渐喜欢上了我们的专业。他的成绩几乎直线上升，毕业的时候，他竟然拿到了奖学金。我暗自欣慰，也暗自得意。觉得，这简直是爱情的力量，也是一个奇迹。我们的恋爱，不仅没有影响功课，还收获了意想不到的奇迹。这真是完美。

然而，校长找幼通谈话了。据说是，谈得不好。校长字斟句酌，让我们注意影响。幼通说，注意影响？什么影响？校长大怒。后来，校方给我们双方家长都写了信，措辞激烈。鉴于章幼通同学和翟小梨同学，在校期间谈恋爱，有伤风化，影响恶劣，特致函贵家长，望给予批评教育为盼云云。这些都是幼通很多年之后，才慢慢告诉我的。我怔忡良久。我不知道，当时，在芳村，我的父母接到这样的信件，会是怎样的反应。

我怀疑是小蒲。在我和幼通恋爱的那段时间，大约是真的忘形了。我们沉浸在自己的世界里，旁若无人。那时候，小蒲跟幼通同宿舍的阿酋，莫名其妙地好了起来。他们自称是兄妹，常常约会，形影相随。我想，这大约是小蒲的策略吧。因为，在这所学校里，谁都知道，幼通跟阿酋是最好的朋友，又是同屋。小蒲接近阿酋，不过是曲线救国罢了。阿酋倒是乐颠颠地接受。有小蒲这样一个女孩子做小妹，有什么不好呢？说不定，还能往前走一步，成了女朋友。那一段，小蒲和阿酋，我和幼通，四个人常常“偶遇”。也有时候是小蒲提议，约着一起出去。小蒲活泼极了，也热情如火。笑，闹，莫名其妙就恼了，一嗔一怒，都带着一种夸张的表演的性质。我冷眼从旁边看着，心里恼火得不行。那一阵子，我经常跟幼通闹别扭。幼通笑我小心眼儿。阿酋他小妹，这是幼通对小蒲的称呼，常常挂在嘴上。阿酋他小妹感冒了，阿酋他小妹钢琴弹得不错。阿酋他小妹喜欢紫色。阿酋他小妹说，十一假期，要到山里看星星。我心里冷笑。这个阿酋他小妹，果然厉害啊。

小蒲跟我也亲密起来。常常来我宿舍玩。送这送那，嫡亲的姊妹一般。当着众人也赞不绝口，说我要是个男的肯定爱死我了。她看着我，目光里有一种奇怪的东西，不是欣赏，也不是玩味，狎昵也不是，歆羡也不是，总之是，令人不自在。我满脸通红，她却一甩头发，爽朗地大笑，好像真是个男的似的。

有一回，我们在宿舍里听歌。那时候，还是那种卡式磁带录音机。都是一些当时的流行歌曲。《谢谢你的爱》啦，《忘情水》啦，《最爱你的人是我》啦。我们听得如醉如痴。觉得那些歌词，贴心贴肺，一句一句的，简直就是从我们的心里热腾腾掏出来一样。我们听着，唱着，心头酸酸热热一片。我们是把自己当成歌里面的女主角了。

我去了一趟卫生间。

我们这栋宿舍楼，其实只有三层。类似那种筒子楼，两边是房间，卫生间和洗漱间是公共的，一里一外。我在洗手池边站定。阳光从窗子里照过来，落在那面巨大的镜子上。镜面上点点滴滴的水渍，里面映出我的脸，被切割得零零落落，有一种不真实的虚妄感。水从龙头里流出来，飞溅到我的手上，胳膊上。我对着镜子把头发胡噜两下，脸颊上湿漉漉的，新鲜，干净，有一种说不出的朝气。有人在洗衣服，叽叽喳喳说着闲话，混合着哗哗哗的水声，还有女孩子特有的清脆的笑声。阳光流泻成一个歪斜的光柱，有无数细小的飞尘在里面疯狂舞蹈，像极了一种巫术。

慢吞吞回到宿舍，一推门，屋子里却静悄悄的。没有人。录音机已经关掉了。床铺上皱巴巴的，旧杂志上还堆着乱七八糟的瓜子壳。我打开录音机，幼通的声音传出来。低沉的，浑厚的，带着一种吸引人的磁性。我啪的一声关掉。心里冷笑一声。幼通的那些专门说给我听的话，那些柔情的耳语，那些深情的告白，那些平时难以启齿的，只适于热恋中人，梦呓一般，发着爱情的高烧的时候的胡言乱语，阿酋他小妹，恐怕是听了个大半吧。

自那之后，小蒲跟阿酋，渐渐走远了。阿酋也真正谈起了恋爱。是一个圆脸姑娘。对阿酋很是崇拜。小蒲跟我，也渐渐疏远了。学校里，轻易见不到她的身影。我怀疑，是小蒲，到校长那里去告了我们的状。那位校长，姓计。胖胖的，秃顶，眼睛一眨一眨，好像是看不到底的样子。

我把我的想法告诉幼通。幼通不信，让我不要乱猜。但很明显，对小蒲，幼通渐渐淡了下来。阿酋忙着谈恋爱，跟幼通也不大在一起了。

那时候，好像是还没有流行银行卡。我跟幼通的生活费合在一起，放在一张存折上。幼通的父母，每个月给他固定的生活费，大约是两百块吧。我也是两百块。我们出去吃饭，看电影，逛公园，去礼堂看演出。我们奢侈地挥霍着每一寸光阴。那金子般的光阴啊。我是很多年以后，真正尝到生活的滋味的时候，才恍然醒悟，当年的那两百块钱，在上世纪 90 年代，对于一个芳村的农户人家，意味着什么。我是不当家不知柴米贵啊。而幼通的父母，也并不是如我当年想象的那般，家境优裕。不过是工薪阶层，如同大多数普通市民一样，拿着一份普通的薪水，有一份普通日月罢了。

有时候，幼通会让我陪着，去学校门口的小卖部，给家里打电话。那时候，上世纪 90 年代中期，手机刚刚在中国出现。我是在几年之后，才亲眼见识了那种叫作手机的新事物，又大又厚，砖头一般，俗称大哥大，一部要两三万块，只有少数大老板才用得起，拿在手里，牛哄哄的，是某种身份的象征。那时候，我们在学校里，甚至还没有见过寻呼机。我们是要等到毕业以后，才有了一部寻呼机，黑色的，汉显，可以留言。那时候，在手机的强大攻势下，传呼市场急剧萎缩，寻呼机渐渐淡出人们视线。

我们这些学生，都是打公用电话。学校门口那家小卖部的公用电话因此十分繁忙。来这里打电话的，大都是农家子弟。各种各样的方言，晦涩的，奇特的，声音很低，在旁人的注视下，有一种仓促的卑微和羞怯。轮到幼通的时候，小卖部里渐渐安静下来。幼通的普通话字正腔圆，实在是好听极了。他跟家里人聊着，那盆蟹爪兰开花了没有，养的小乌龟淘气不淘气，生日蛋糕的奶油是植脂的还是天然的，新买的音响和VCD的品牌……神情闲散，风度洒脱，那些话题高尚、陌生、新鲜而富有魅力，它们属于城市，在我熟悉的芳村的日常之上，熠熠生辉。

我从旁看着，听着，只觉得众人的目光都落在我身上，羡慕、嫉妒、仇恨，还有一些东西，说不清道不明。我低着头，红着脸，都一一领受了。心里又是得意，又是慌乱。幼通一只手拿着话筒，另一只手拉着我的手。幼通的手白皙，修长，温暖有力。我仿佛感到，我正在被这只手牵引着，慢慢靠近我向往已久的生活。

大一暑假，幼通跟我回了一趟芳村。

那时候，母亲还在世。母亲的意思，是要亲眼看一看，这个来自城市的公子哥，是不是能配得上她的三闺女。话说得硬气，其实是满心的疼爱，还有诚惶诚恐。她吩咐父亲，把睡了多年的土炕拆掉了，换成了床。把院子里的地面拿青砖铺了，怕泥巴弄脏了客人的鞋子。把多年的木栅栏门也拆了，换成了铁门。屋里屋外，收拾得一尘不染。饶是这样，还一直埋怨父亲，没有把墙粉刷一遍。没有把窗子的冷布换成新的。小厨房也来不及好好修整。院子里那个丝瓜架搭得倒好看，只可惜丝瓜稀稀落落，不比往年肯结果子，也不知道是不是虫子们闹的。总之是，这个家，在母亲眼里，忽然变得一无是处了。父亲呢，也是一身的不是。衣裳邋遢呀。不会说话呀。烟锅子太紧弄得一身烟味难闻呀。母亲唠唠叨叨的，左右不如意。我怎么不知道，母亲这是担心。担心那城里的女婿，嫌弃她这乡下的闺女。在我们那地方，还没有过门，就开始叫女婿了。不叫对象，也不叫男朋友。一开始就叫女婿。女婿。一家人似的，亲厚得很。

那是幼通第一次到乡下。看什么都是新鲜的，兴致勃勃，问这问那。街坊邻居们都来看小梨她女婿。婶子大娘们，姐姐嫂子们，站在院子里，也不进屋，左一眼右一眼，上一眼下一眼，看幼通。母亲穿着月白色布衫，烟色裤子，头发梳得整整齐齐，用两只黑卡子别在耳后。好像是，从我记事开始，她就梳这样的发式。一直到她离世。母亲终生保持了这种发式。

夏日的阳光照着我家的院子。母亲满脸喜色，一点都看不出病容。她笑着把人们往屋里让，给人家抓瓜子抓糖果。幼通站在那棵槐树下，被我教着，叫婶子，叫嫂子，叫大娘。一口地道的普通话，说不出的流利好听。幼通穿白色休闲裤，白T恤上印着黑字母，白色皮凉鞋，站在那里，真的有一种玉树临风的感觉。我的心被一种甜蜜的东西涨得满满的，整个人好像要飘起来了。谁不知道呢，老翟家的三闺女，找了一个城里女婿。人们都说，那闺女，从小就不一般。鼻梁高，有饭吃。一看就不是吃家里饭的。幼通这次来芳村，比我考上大学的时候，要风光多了。母亲欢喜得不行，派父亲去地里去掰嫩玉米，刨红薯，还有新花生，煮了一锅又一锅。母亲坐在八仙桌旁边的老槐木椅子上，跟人们说着闲话，眼睛却是追着幼通的。一个本家婶子说，看这大高个子！多排场！芳村人夸人相貌好，女的叫俊，男的叫作排场。母亲微微笑起来，眼睛弯弯的，尽是喜悦，尽是满足，还有得意。这个老三，念书念到这么大了。芳村像这么大的闺女，早都找下婆家了。为了这个，她一直担着一份心事。这一下，她悬着多年的心，终于可以放下了。

这种大专是两年学制。转眼就要毕业了。大家都忙着联系工作，忙着谈恋爱，忙着告白，或者，忙着分手。校园里弥漫着一种末日的狂欢的气息。幼通自然是要回S市的，家里正在为他找工作。同学大多是农村出身，这样的学校和学历，注定是要各回各地的。直到那时候，我才好像是忽然醒悟一般，清清楚楚地看见了自己的未来。除了回芳村，或者回到芳村所在的大谷县，我没有别的选择。就像我的很多同学那样，回到家乡某个村镇，教书。要是能留到县里的学校，就是天大的幸运了。苦读多年，在外面转了一大圈，终于还是挣不脱回乡的命运。

我愁苦、焦虑、不安，也不甘。我不想回去。难不成，这么多年的书，就这样白读了吗？我不想像我的姐姐们一样，一辈子窝在一个小地方，嫁一个当地的男人，生几个孩子，在艰难和挣扎中熬完一生。永世的忧愁和哀伤，不多的欢愉，转瞬即逝的年华和青春。我不愿意拥有这样的人生。很小的时候，我总是做着一个又一个相似的梦。我拎着皮箱，坐着飞机，或者火车汽车，从“外面”回到芳村。“外面”，是芳村之外的地方。我的高跟鞋踩在芳村的泥土里，踏实，熨帖，温暖，安全。我是我故乡的主人。我也是我故乡的客人。有多少次，当我从梦里醒来，发现自己躺在芳村的炕头上。炊烟缠绕着雾霭，在村庄清晨的天空弥漫。叫人又甜蜜，又忧伤，又痛楚，又迷惘。我热爱我的芳村。可是我深知，我是只有在“外面”的时候，才会更加由衷地热爱。热爱，思念，眷恋，深情。所有这些，是要用离别之苦，去孕育去滋养，用离别之后的荣归，来诉说来抒发的。

我是不是太矫情太虚伪了？

幼通说，别怕。我们在一起。

在一起的意思是，我跟他回 S 市。幼通的眼睛在夜色中显得亮极了，仿佛是两簇小火焰在燃烧。我一头扎进他的怀里，像一个寒冷的孩子，拼命攫取着一丝珍贵的温暖和光亮。

毕业典礼那一天，很多人都喝醉了。有人哭，有人笑。好像是一群疯子。那个夏天，那个寂静偏远的北方小城里，一群男孩子女孩子，在夜色的掩护和酒精的麻醉下，仿佛生平第一次，看清了自己人生的底牌。所有的恩怨，还有是非，还有情意，都过去了。好像是一个梦，一个仓促的乱梦，还没有来得及沉醉，就倏忽间醒了。

小蒲托人送了一封信给幼通。幼通没有拆开那封信。他退还给了她。

那一晚，幼通真的喝醉了。在校园的迷离夜色中，在那个排球场旁边的小树林里，幼通吻我，深深地吻我。夏日的凉风悠悠吹过。蝉不知在哪一棵树上鸣叫。月色真好，银子一般，亮晶晶流泻了满地。幼通的嘴唇滚烫，身体也滚烫。植物汁液的青涩的气息，混合着幼通年轻的灼人的呼吸，叫人意乱情迷。天空是那种湿漉漉的深蓝。只偶尔有三两颗星星，闪烁着羞涩的眼睛。恍惚间，一块云彩飞过来，把月亮遮住了。

四

我永远也忘不了，毕业那一天，我跟幼通背着行李，回S城的情景。是那种老式绿皮火车，像个闷罐，人在里面拥挤着，仿佛沙丁鱼一般。正是酷暑。车厢里横七竖八都是人。幼通护着我，另一只手还要护着行李。我们不像是毕业，倒更像是逃难。那一年的夏天，我们逃离了那座偏远的小城，把我们最美好的热恋时光，永远留在了那里。火车一路向前，我们奔向S市。窗外，是夏天烈日下的田野、村庄、城镇、河流，人世间千篇一律的纷乱的生活，平凡而又不凡，宏大而又日常的生活。我们在火车上一掠而过。我们只是别人的生活的旁观者。我躲在幼通的臂膀里，昏昏欲睡。周围是嘈杂的人声，闷热，拥挤，复杂难闻的各种气味，叫人窒息。我半闭着眼睛，疲惫不堪，内心里却满是憧憬，还有忐忑。我不知道，前方会有什么。有一种怎样的生活，正在等待着我。

第一次到幼通家，是在毕业之前那一年的寒假。幼通的父亲，在省里一家教育部门工作，母亲是中学老师。一进门，一个女子在客厅里坐着，起身招待我。后来才知道，那是幼通的姐姐。我也是在后来才知道，幼通的姐姐，早年离异，这么多年了，一直单身，住父母家。幼通姐姐给我倒了一杯果汁。她个子不高，瘦且弱。脸上有一种城市女性常见的苍白。神情倦怠而落寞，被一副眼镜遮挡着，看不太真切。可以肯定的是，并没有芳村人这种场合里该有的热情和亲近。

在我们芳村，没过门的媳妇是贵客，头一回上门，就更是了。男方家里都是高接远送，七个碟子八个碗，百般殷勤的。饶是这么着，第一次上门之后，往往生出不少是非来，女方吗，总是挑理儿的一方。越是挑剔认真，越是显出了姑娘的娇贵体面。我很记得，我们村的一个姑娘，头一回上婆家门儿，百般不肯。饭也吃不下，觉也睡不好，日夜把自己关在闺房里，暗自垂泪。是害羞的意思。她母亲又叹又怜，托人来好生相劝，又把这话跟婆家传过去。闹了好几日，方才忸怩去了。那婆家见姑娘如此端正规矩，越发敬重爱惜了她。因此上，对于我这次上门儿，我父母是有一些担忧的。十里不同风，三里不同俗。更何况，是城里和乡下，竟是天差地别，可如何是好呢。不愿意委屈了女儿，又不好为难了人家。左思右想，只好听了我的劝说。入乡随俗吧，城里不兴芳村这一套。

现在想来，我的第一次登门，是那么的局促，还有慌乱。我坐在沙发上，一一回答着他们的问题。父亲多大年纪，母亲呢，姐姐们读过书吗，村子多大，多少口人，我家几间房子，四季种什么庄稼，村子里生活怎样，我家呢。客厅里暖气很热。我感到，我的背上出了密密一层细汗。幼通递给我一个剥开的橘子，问我酸不酸。我知道，他这是打岔的意思，嫌他父母问得多了。橘子有一点酸，有一点甜，酸甜之外，还有一个核儿，圆圆的硬硬的，我含在嘴里，吐不是，不吐也不是。原来这不是橘子，是芦柑。对面的穿衣镜里映出我的影子来。我穿一件红毛衣，蓝色牛仔裤。脸庞过于红润、健康，胸脯过于饱满，怎么说，有一种乡村的粗俗的明亮，在我的身上闪闪发光。相比起幼通姐姐的苍白纤弱，第一次，我为自己的过于健壮结实，也为自己的好胃口，感到自卑，还有羞愧。

那时候，幼通家还在中华大街住。单位的老房子，敞开式的走廊，是又独立又相连的两套，一套幼通父母住，一套幼通姐弟住。现在想来，也不过是很普通的市民家庭的布置，棕色人造革沙发、玻璃茶几、老式豆绿色嘉宝牌冰箱、五斗橱、电视柜，阳台上养着花花草草。红色的电话机，分机装在他父母卧室里。地上铺着米色和咖色拼接的瓷砖。墙上挂着一轴山水，意境苍茫，有古意。白纱帘垂下来，把阳光和灰尘婉拒在外。这是我生平第一次，走进一个城市居民的家庭。这个家庭，跟我从小长大的农民家庭，是那样的不同。因了这不同，显得格外的新鲜，也格外的陌生。不知道是因为幼通，还是因为这不同，这个普通的城市家庭，在我这个乡下姑娘眼睛里，到处都是光芒，到处都，怎么说，熠熠生辉。我回到芳村，跟家里人说起来的时候，也是满嘴的惊叹。他家这个。他家那个。直到现在，我还能够记起来，我当时说那些话时候的神情，还有语气。我想，我大约是把一切都夸大了。在芳村，在我的亲人们面前，我急切地想证明什么呢？难道是想证明，这么多年了，作为一个一向以功课好著称的好孩子，我虽然高考让他们失望了，可是，我找了一个这么好的男朋友，不，芳村人叫作女婿的。我，一个乡下的丑小鸭，居然飞到了梧桐木上，一夜之间，要变作凤凰鸟了。

父母都很欢喜。更多的却是隐隐的担忧。父亲一向沉默少言。在这件事上，自始至终，都不肯多说一句。只有一次，父亲说，我们这样的庄稼主子，小门小户的，怕是高攀不上人家吧。父亲说这话的时候，默默吸着旱烟。烟雾升腾，我看不清他的表情。我知道，父亲这是在提醒，或者说，警告。我哪里听得进。爱情的烈焰早已把我烧得晕头转向。多年以后，穿过岁月的尘埃，我看着当年的自己，那个怀揣爱情美梦的姑娘，她面若桃花，双眸如水，高烧病人一般。我眼睁睁看着，当年的那个天真幼稚的乡下女孩子，跌跌撞撞，一头撞向她梦想中的生活，而无能为力。无能为力。唯有听天命而已。

幼通父亲通过关系，帮我联系了一所中学。是一家不错的中学，在S市有些名气，门槛很高。因为我当时不是本市户口，所以，无法正式调入，只能聘用。那时候，还是派遣制度。毕业的时候，我直接被派遣回原籍，通过表哥的关系，暂时挂在县里的一所镇中。聘用也好。我只要留在S市，只要跟幼通在一起，都是好的。

芳村人却都知道，我留在市里了。一个女孩子，在学校里教书，再好不过了。村里人都很羡慕，拿我当作教训孩子的例子。动不动就说，你看你小梨姑。有一回，一个邻家新嫂子拉住我，你真行啊，不声不响领回来个城里女婿，不声不响又留市里了——不像我。都是活一辈子，我怎么就该是这么个命呀——她一手扶着腰，一手扶着隆起的肚子。其时，她怀着六个月的身孕了。我看着她有点浮肿的脸——

那张脸，因为怀孕，鼻子两侧布满了蝴蝶斑——心里很是震动。是不是，每个人的内心深处，都有着不为人知的隐秘的念想呢？

我是什么时候才发现有点不对的呢？好像是毕业那年的暑假。那一年，是 1996 年，离著名的 1998 年大洪水，还有两年。离母亲辞世，还不到两年。那年夏天，雨水频繁。几乎是，大雨连绵着小雨，大半个夏天，无休无止。终于，芳村发大水了。那是我生平第一次遇见涝灾。街道里都是滔滔大水。水渐渐漫过街道，漫过门槛，眼看着就要逼进屋子里了。

那时候，母亲的病已经重了。她躺在床上，微闭着眼睛。她的脸肿着，额头上有一个紫红的火罐的印迹。光线昏暗、黏稠。草药的苦涩的香气，混合着雨水潮湿的腥味，缭绕不去。我看着外面的大水，内心里充满了慌乱，还有无助。姐姐们都出嫁了。城里有亲戚的人家，都投奔亲戚去了。只有我们，不知该往哪里去。我环顾四周，茫然极了。我一下子想到了幼通。要是那时候，我跟幼通结婚了，该多么好。我就可以把母亲接到市里，名正言顺地，为家里分忧了。

我蹚着水，到村委会打电话。

大街上都是水，白茫茫一片。整个芳村人心惶惶。大平原上的人们都是旱鸭子，哪里见过这样的大水呢。河套里的庄稼都被淹了。有的人家是老房子，土墙被水泡软了，摇摇欲坠。雨还在下着。好像是天上不小心裂开了一道口子，没完没了。村里高音喇叭哇啦哇啦不停吆喝着，急躁而高亢，更平添了动荡的不安的气息。

村委会的电话在里屋。外面一屋子闲人，说着旧年间的芳村发大水的往事。说是哪一年死了多少人，哪一年又是怎么救的灾。我在里屋，给幼通打电话。说的是普通话。跟幼通，我都是说普通话。那时候，我的普通话已经十分熟练了，几乎听不出任何破绽来。我说芳村的大水，说母亲的病，说别后的一些事，问他怎么样，都还好吗。外面的人们渐渐安静下来。在这安静里，我分明听见了隐藏在人们内心里的巨大的喧哗。他们一定在想，老翟家这个三闺女，能耐呀。找了个城里的女婿。会撇着腔调说话了。说得那么流利，跟电视广播里一样一样，简直是。老翟这个老绝户，倒是养了个好闺女。

幼通在电话里叫我去，去 S 市。他父母去旅游了。他一个人在家，无聊得很。我犹豫着。到底没有去。幼通的好听的普通话，还有，那一屋子人忽然降临的安静，以及那安静里隐藏着的巨大的喧哗，好像是一剂药，抚慰着我在那个多雨的夏季的焦虑与不安。站在 1996 年的倾盆大雨里，我隐约看见，在芳村的生活之外，在我多年熟悉的日常之外，有另一种生活，在等待着我。这真好。

后来，邻村的大姨来接我们。我跟着母亲，还有姥姥，在大姨家住着。

夜里，翻来覆去睡不着。村里的广播彻夜不停，随时报告着水势，还有堤坝的情况。母亲和大姨她们在悄声说话。不知道谁家的狗，慌乱地叫。我不停地下来，上厕所。莫名其妙地，老是觉得嘴馋，肚子饿。院子里的西红柿还青着，我摘下来洗洗就吃，也不怕酸。母亲的豆奶粉，我很记得，叫作维维豆奶的，我沏了浓浓一碗，一口气能喝光。老是觉得不够。老是觉得亏欠。老是懒懒的，足吃足睡，没心没肺，身子竟一日日笨重起来。我不知道，我是怀孕了。

后来，我跟幼通一直在琢磨，怎么会呢？怎么会怀孕呢？就在毕业之前的那个夜晚，排球场旁边的小树林里，我跟幼通，那仅有的一次，仓促的，笨拙的，似是而非的，好像都还没有来得及开始，就都结束了。怎么会呢？我们翻看了许多医书，查阅了很多资料，到现在都想不明白。事情是如何发生的呢？怎么就，那么巧，那么诡异呢？

难道，这就是命运的捉弄，或者是，生活第一次跟我们翻脸？

我说过，我的童年经验里，是没有性教育这一课的。在我们家里，因为女孩子多，在这方面，更是近乎无知的纯洁。我的少女时代，是在学校里度过的。对于两性之间的秘密，对于女性身体隐私的见识，老实说，有很多，竟然是从芳村妇人们那里获得的。傍晚的时候，那些妇人们站在自家房顶上，骂糊涂街。好像是没有所指，又好像是句句有所指。她们那些骂人的话语，叫人震惊，又叫人心跳。我故作镇定地，听着，收藏着，只待没人的时候，慢慢回味。有些好像是懂了的，有些呢，似懂非懂。说起来，真是叫人脸红。我甚至都不知道，几个月不来例假，是不是有些反常。奇怪的是，我吃得香，睡得香，一副容光焕发的样子，一点反应都没有。我以为，我是长胖了。还担心着身材，想着要减肥。

知道真相的时候，都已经三个多月了。

真是天塌下来一般。

从医院回来的路上，我狠狠蹬着自行车，一面走一面哭。迎面过来的路人，都惊讶地看着我，仿佛在看一个疯子。夏天炽热的阳光落在马路上，四下里白茫茫一片。泪水在脸上流淌，世界变得模糊，摇晃，颠簸不安。怎么回事呢。走着走着，忽然就变成了那种我最不想成为的人。二十岁。我才二十岁。怎么忽然就变成了一个孕妇？一个未婚先孕的女人。巨大的恐惧，还有耻感，交织在一起，连同盛夏炙热的阳光，拧成一股紫色的鞭子，狠狠鞭打着我。S 市的大街崎岖不平。世界摇晃起来。

那时候，幼通刚刚开始上班，我的学校还没有开学。正是盛夏。我住在幼通家里。晚上，幼通的母亲过来，提着一壶热水。她脸上淡淡的，什么也看不出来。说了什么话，我都忘记了。只记得有一句，女同志，要自重。我当时正沉浸在巨大的惶恐和惧怕混合的莫名的情绪之中，对这句话没有丝毫反应能力。我是在后来的日子里，才慢慢琢磨出了这句话的含义。他们一定是以为，是我，一个乡下姑娘，勾引了幼通。我不知道，这一次意外，是不是后来家庭关系裂痕的直接原因。抑或，他们原本就对我这样一个农村出身的女孩子怀有偏见。这件事，不过是一个导火索，一个有力的证据。总之是，这件事，是一个伤疤，是一个，怎么说，忌讳。在后来的很多年里，大家都刻意回避，绝口不提。

我是一个人去的医院。因为不知道怎么坐车，据说距离也不太远，就走路过去。

你相信吗？那时候，初到 S 市，我还不会坐公交车，不认识斑马线，不懂交通规则。对于城市生活，我还陌生得很。要等到很多年之后，我才能够在城市里从容自在，如鱼在水中。

大街上熙熙攘攘，热闹极了。我一个人默默走着。夏日的阳光和绿荫，在干净的马路上不断交错，变幻。天空是那种很透明的蓝色，有几朵云彩，拖着长长的尾巴，悠悠飞远了。我走在这座陌生的城市，忽然感到一种深刻的孤单。我想起乡下的家人，父亲、母亲、姐姐，我的亲人们，他们远在芳村。我只能站在异乡的街头，遥遥地望着他们。一阵风吹来，我被汗水湿透的衣裙飞起来。我静静地打了个寒噤。

排队，挂号，缴费，检查。手续烦琐，可是我必须忍耐。填写名字的时候，我用了一个化名。心里咚咚咚咚跳着，脸上烧得厉害。为我做检查的是一位中年女医生。她抬头看了我一眼，目光里充满了鄙夷，还有轻侮。嘴角的那丝微笑好像是在说，未婚先孕吧，哼。就该让你们这种人受点儿罪！妇科检查室里，那种样式无比怪异的床，一端高高翘起，两个脚蹬子，好像是怪兽的两个爪子。后来，我一直对妇科检查室，对那种模样怪异的床，有一种强烈的排斥。每年一度的体检，我总是躲避着这项检查，能绕过就尽量绕过。女医生忽然惊叫一声，嘴里喃喃自语。一个男医生进来了。我是被他的说话声惊醒的。睁眼一看，一个年轻的男医生，蓝色口罩上面，只露出一双眼睛，戴着金丝眼镜。我本能地要坐起来，被那女医生喝止了。

都什么时候了，还知道害臊呢。早干吗去了……

女医生没有继续。大约是那男医生制止了她。他们两个又一次仔细检查，悄声探讨着，有一些专业术语，我听不明白。只听到一些凌乱的碎片，处女膜完好，未婚，初孕，等等。不知什么时候，一群实习生也进来。我躺在那里，紧紧闭着双眼。一个二十岁的年轻姑娘，赤裸着下身，把最珍贵最隐秘的地方，展示给一群人看。我浑身颤抖，内心里充满了屈辱、绝望，还有愤怒。

这么多年了，我一直对这件事耿耿于怀，同时也困惑不解。我究竟是如何怀孕的呢？这简直是一个谜。我又一次想到了命运。

因为月份大了，必须做引产。那一次，我真正体验到了什么是疼痛。如果说，身体上的疼痛尚可以咬紧牙关挺过去的话，那么，内心的那道伤口，一直在之后的很多年里，如影随形，一触即痛。

住院期间，幼通一直陪着我。他的母亲和姐姐，只来过一次。是一个晚上，手术之前。偷偷摸摸地，好像做贼一般。她们是怕碰上熟人。现在想来，以他们家当时的态度，最明智的一个选择是，我出院，跟幼通分手。从此相忘于江湖，再无任何瓜葛。然而，并没有。以我一个乡下姑娘的陈腐观念，以芳村人的执拗板正的伦理规矩，这一生，我怕是只能跟幼通了。除此之外，我难道还能有别的选择吗？这件事，如果让家里人知道了，恐怕是要打断我的腿。而且，母亲身体不好，我不能让她老人家忧心。这是不是一种宿命呢？

记得，那一回，我流着泪跟幼通姐姐说，是个男孩的时候，他姐姐，这个年长我九岁，亲口尝过生活苦味的女性，她什么都没有说，只是淡漠地略点了点头。

学校开学的时候，我刚出院不久。幼通不同意我去上班，但我不想请假。我当然知道，这个时候应该卧床静养，这样玩命可能导致的巨大的风险。然而，我更知道，这份工作来之不易，我必须珍惜。幼通拗不过，只好依了我。

那一段，幼通天天骑自行车接送我上下班。我教英语，还带班主任。因为没有经验，一切都是手忙脚乱的。我是一个要强的人，宁可叫人骂一句，也不想叫人笑一声。只有咬牙拼命。当时身子虚弱，上下楼都一身大汗。一天下来，衣服都湿透了。我微笑着，大方的，得体的，乌发明眸，风度好极了。上课，开会，带班，出操。有谁知道呢，那个脸色苍白的姑娘，看上去还算干练利索，生得也还算清秀，她的身体，还有内心，正在经受着什么？

那一年的秋天格外漫长。金色的梧桐叶子随风坠落，仿佛是迷路的蝴蝶，在秋风里徘徊不去。秋雨连绵，S市这座北方城市，平添了一丝缠绕郁悒的南方气质。到处都是湿漉漉的，街道，商铺，行人的雨伞如同盛开的蘑菇，闪着幽暗的神秘的光泽。

我依然住在幼通家里。在那套西边的房子里，我住外屋，睡幼通的木床。他姐姐住里屋。幼通在他父母那边，睡客厅。他姐姐跟我，几乎无话。同住一屋而不说话，在我，觉得十分难堪。有时候，我试着搭讪，却不成。她始终是淡漠的。苍白的脸上，并无表情。我好像是忘了说了，幼通的姐姐，大幼通七岁。瘦小，单薄，看上去总是显得忧心忡忡。一头长发乌黑浓密，因为太长了，几乎覆盖了整个背部，直到屁股上，跟瘦削的身材搭配起来，让人觉得有点怪异。自从二十多岁，短婚离异，这么多年下来，她一直单身。

那时候，是幼通陪我在这边单独吃饭。我也乐得如此，免除了在一起吃饭说话的尴尬，还有难堪。每天下班，幼通都会带回来一只鸡腿，悄悄拿给我吃。是那种烧鸡腿，鲜美肥厚，那滋味令我至今难忘。我知道，幼通是担心我营养不够。后来，这么多年过去，我再也没有吃过那么美味的鸡腿了。

不知道是不是因为幼通的鸡腿，还是因为我究竟是年轻，底子好。我的身体很快就复原了。幼通父母的意思，我住家里终究不妥。我出去租房，他们愿意出房租。

以我乡下人朴素的理解，既然事情到了这一步，我就已经是章家的人了。住家里，有什么不妥呢？幼通说，他父母的想法有道理，毕竟，我们还没有结婚。左邻右舍看了，难免有闲话。我想也是。还有，我也心疼幼通老睡沙发。更重要的一点，我没有说，幼通的姐姐，实在是不好相处。私心里我想，即便是他父母出房租，也是情理之中的事。那时候，幼通和我都刚参加工作，经济上很拮据。然而，幼通却不肯。我不知道，他这不肯里面，除了自尊，还有没有别的。

我搬出了幼通的家，跟同事合租。那地方离学校不远，倒是上下班方便。是在一个叫作北焦村的地方。在S市，有不少这样的城中村。都是统一的二层小楼，带着院落。村子里整洁安静，绿树红花，十分的宜人。跟我合租的那个女孩子，叫作小梁，教语文，人长得圆乎乎的，一头短发，开朗热情，很利落的一个人。在家务方面，比我拿手多了。这么多年，我一直忙于读书，用小梁的话说，把人都读傻了。小梁当然也是读书人，但是不得不承认的是，她是那种在底层生活里摸爬滚打过的人，中师毕业，在家乡的镇上教过书。动手能力极强，有着丰富的生存智慧。大约，读书人分两种，一种是越读越聪明，一种是，越读越傻。我可能就属于后一种。我是在多年之后才渐渐明白了，很可能，这些都跟读书多少无关。性格即命运。我对这一点深信不疑。

我们用一只煤油炉子做饭。大多数时候是小梁做，我负责洗碗。有时候，下班晚了，我们也在外面吃。马路边上的小摊子，热腾腾的，在冬天的夜晚，十分诱人。我们坐在小桌子旁边，几乎是头碰头地，共同吃一个砂锅炖豆腐。白色的热气蒸腾起来，袅袅地，把我们的脸弄得湿润、温暖。路上有行人来来往往，有的漫不经心地往这边看一眼。他们肯定在想，这两个女孩子，围着一只砂锅，吃得那么有滋有味，那么一心一意。寒冬的风吹彻了整个城市，把她们的围巾吹起来，一飞一飞。她们是怎样的人呢，她们做什么工作，看上去，好像也不过是二十多岁，在昏黄的灯光下，虽说看不清模样，也能感觉到一股逼人的青春的气息。砂锅炖豆腐的香气在冬夜里弥漫。多年以后，偶尔地，我会忽然想起来，那样的冬夜，那样的寒风，热腾腾的豆腐的香气，在多年前的那个陌生的城市，给予我的温暖和安慰。

有一回，出差到S市，在中华南大街上，忽然看见一个人匆匆走过。我心里一动。是小梁？我想要车停下来，却来不及了。我眼睁睁看着那个人走远了，消失在汹涌的人群中。看背影，已经是中年妇人了。依然是一头短发，身材却臃肿起来。抱着一个小孩子，那走路的姿势，侧面的轮廓，那围巾在脖子里绕几圈的习惯，像极了小梁。我不知道，那是不是我的幻觉。掐指算一算，我跟小梁不见，已经有十几年了。

那时候，幼通常常来看我。我们坐在院子里说话。星光乱飞，从葡萄架的缝隙里落下来，落在我们的脸上，落在我们的身上，落在我们的眼睛里。幼通看着我，脸上有一种梦幻般的纯净，还有恍惚。月亮圆圆的，照着人间，照着我们昏头昏脑的青春岁月。不知道什么花儿开了，淡淡的撩人的香气，一阵一阵弥散开来。墙角里，小虫子在吱吱吱吱叫着，叫着叫着，忽然间就沉默了。

人多眼杂，也不好意思太亲密。除了小梁，小院子里还住着一家人。是一个大家庭，老头老太太，女儿女婿，两个孩子，还有一只大黄狗。他们跟我们住一层。二层还有两户。一户是一个单身女人，带一个两三岁的孩子。另一户是一个年轻的女孩子，脾气有点古怪，看上去，好像是不大好相处。我是在后来才知道，这女孩子，好像是人家的外室。小梁说这话的时候一脸神秘。那个男人，我却从来没有看见过。据说是一个中年男人，大约总有五十多岁了。这话也是小梁说的。对那个女孩子，小梁倒好像是充满了好奇，也有那么一点巴结的意思。她总是借故到二楼去玩儿，也常常带点小零食下来。小梁天性活泼，跟谁都有点自来熟。有一回，忘了是因为什么事找小梁。小梁在二楼喊，你上来吧。上来。我迟疑了片刻，就上去了。

在这个小院子里，二楼，对于大家来说，总是有些神秘的。好像是，还有一些禁忌的意思在里面。我几乎从来没有上过二楼。一层那家老太太，说起二楼，也总是语气模糊，一种讳莫如深的神情。楼梯狭窄昏暗，我慢慢往上走，心里有一种莫名的紧张。紧张什么呢，我也说不出。小梁跑过来打开门。一眼之下，我怔住了。

这个房间跟楼下我们那一间差不多大，布置却悬殊得很。首先是一张巨大的双人床扑面而来，粉色的卧具，粉色的帷幔，只觉得满眼光华，我几乎都不敢往床上看。女主人的大幅艺术照，也是粉色的底子，致命的曲线，魅惑的红唇，眼波流转，明星一般。莫名其妙地，那房间仿佛到处弥漫着一种情欲的气息，热烈的，缠绕的，暧昧的，叫人忍不住想入非非。我逃也似的跑下来。到了院子里，一颗心还是止不住怦怦怦怦乱跳。

那是生平第一次，我亲眼看到日常生活之外，另一种隐秘的生活。现在想来，那个女孩子，年纪大约跟我们相当，二十出头吧，也算不上漂亮，生得丰满高大，一头长发，烫着慵懒的大卷。那天她斜靠在沙发上，光着脚。我只记得她涂着鲜红的豆蔻色的脚指甲。她是哪里人？她为什么要这样呢？她快乐吗？她常常就纵声大笑起来。她偷偷哭泣过吗？

私下里，一楼老太太叫她二楼的。二楼的又出去了。二楼的昨晚上很晚才回来。二楼的好像是又闹了。压低语调，好像是兴奋，又好像是鄙夷。老太太对二楼的都很警惕。除了那个神秘姑娘，二楼还住着一个单身母亲，带着一个小女孩。那小女孩生得十分俊秀，千伶百俐，一口一个奶奶，甜甜笑着。老太太却不怎么买账。

这小家伙，谁知道什么来路呢。

老太太撇着嘴，仔细地挑出大米里的虫子。半晌，又加一句，可惜了。唉——

我们从旁听着，也不好插嘴。

常常有男人来找那单身妈妈。小女孩就被打发下楼来。淡黄的细软的头发，在前额乖顺地贴着，穿一件小裙子，摇摇摆摆的，还走不稳当。举着棒棒糖，嘴角有口水淌下来，亮晶晶的。

老太太对我们倒是很信赖，常常送一些零碎吃食给我们。大约是看我跟小梁有正经工作，人也朴素，不怎么打扮，是正派人。用老太太的话说，一看就是好人家的姑娘。我们的房间，布置也十分简洁，以现在的眼光看，几乎就是简陋了。那时候，在中学教书，工资并不高。我们刚刚毕业，又没有正式调人，算是聘用，薪酬会更低一些。除去房租，还有生活费，几乎就剩不下什么了。幼通常常贴补我。那时候，其实幼通也是刚参加工作，工资也并不高。但他在家吃住，总归是要比我宽裕一些。幼通对我是体贴的。远离家门，独自一人在陌生的城市里打拼，其中的艰辛实在是一言难尽。我几乎不敢设想，假如没有幼通，我会是怎样的境况。我能咬牙承受吗？我会不会走更多的弯路？

我是在后来才知道，幼通在家吃饭，是要交生活费的。据说他姐姐也交。他父母的依据是，孩子们都工作了，有了收入，理应帮家里分担了。父母和孩子之间，钱是钱，亲情是亲情。清爽。这样的道理，我是在城市生活多年之后，经受了很多内心的煎熬和颠簸，才慢慢接受了。而当时，我惊讶极了。对于我这样乡下出身的孩子来说，从小到大，好像都是父母在给予，尤其是孩子们羽翼尚未丰满的时候。对于儿女，父母总是充满了无尽的担忧。这应该是为人父母的本能吧。或者说，这是天下父母，或者狭隘一些说，是乡下父母的一种本能的舐犊之情。然而，在这一点上，幼通的家庭，却是个例外。

说出来，你肯定不相信。幼通的父母，住在向阳的那一套房子里。宽敞明亮，方便舒适。幼通和他姐姐呢，住在那一套小房子里，阴面，布置简陋，尤其是幼通这一间，一桌一椅一床，唯一的装饰，是桌子上的一个坦克模型。我可能是忘了说了，幼通是个军迷。空调装在他父母卧室。幼通他们这边，用电扇。我很记得，幼通的电扇，是一个微型吊扇，极小，更像一个劣质玩具。拉了一根绳子，吊在床铺的上方，因为有一道绳子横着，起身的时候，动不动就碰了头。那电扇也只能是比蒲扇要省力些。幼通的床，是那个年代里少见的样式，一个铁架子，上面搭了一块木板。人在上面不能乱动，一动就错位，床板就塌下来了。据说，这床陪了幼通十几年了。晚上，我躺在幼通的这张床上，那小小的电扇在半空旋转，旋转，发出类似蚊子叫的嗡嗡声。

我想起方才，吃晚饭的时候，幼通父母那边装空调的客厅，冷气充足，凉爽宜人，仿佛是另一个世界。此时，幼通姐姐的房门紧闭着。奶黄色的门，冷冰冰的，像一张面无表情的脸。这真是一个奇怪的家庭。

在这个陌生的城市，在这个陌生的家庭里，情不自禁地，我开始想念远在乡下的亲人了。

芳村的夏夜，天气闷热。我和姐姐们并排躺着，母亲替我们打蒲扇。蒲扇摇过来，摇过去。摇过去，摇过来。蝉鸣仿佛雨声一样落下来。月光银子一般，铺了一炕一地。不知道什么时候，蒲扇掉了，母亲一下子惊醒过来。她实在是困极了。直到现在，想起夏夜，我总是想起母亲来。她的蒲扇，摇啊摇，把我们的梦都摇远了，长了。亲情，在我的童年记忆里，是跟夏夜，跟睡眠，跟母爱，跟故乡，连在一起的。那些个夏天的夜晚，在S市，在那个城市家庭里，在幼通那个简陋的小屋里，在那只小电扇琐细的嗡嗡声中，我失眠了。

周末的时候，幼通常常带我回去吃饭。他们家是那种老式房子，有一个过道，没有独立的餐厅。吃饭是在客厅里。除了第一次上门的时候，在客厅里放了一张大的圆餐桌，后来，就在茶几上吃饭了。大约是觉得，没有必要大费周章，直接从待客的郑重，恢复到日常的松弛里了。那张老旧的大圆桌，很笨重的样式，土黄色漆面，已经有些斑驳脱落，可以折叠。后来，它成了我们新婚的馈赠品。还有那张吃饭的茶几，那套人造革的棕色的沙发，那几个小凳子，漆色斑驳，带着那个时代特有的印记，包括当时他们家用的那台老式豆绿色嘉宝牌冰箱，很能耗电，也在几年之后，摆在了我们的新婚的家里。

吃饭的时候，我坐在幼通身边。一家人埋头吃饭，几乎不怎么说话。我不知道，是不是因为有我在场的缘故。我也不说话。幼通给我夹菜，帮我添汤，我客气几句，幼通就拿膝盖碰碰我，瞪我一眼。我怎么不知道，这是叫我不必客气的意思。饭后，我抢着洗碗，幼通争不过，就在一旁立着，看着我。厨房里灯光明亮，弥漫着饭菜的香气，有一种家常的世俗的温暖的气息。窗子外面，是城市的夜晚，幽暗的，喧嚣的，黑黢黢，深不可测。你怎么了？幼通问。水管哗哗流着，在堆叠的碗筷上溅起水花。我想我是走神了。我说没事。客厅里传来电视的声音，夹杂着他们家人的说笑声。幼通过来拥住我的肩头，刚要在我耳边说话，我敏捷地躲开了。幼通拍拍我的头，笑了，说我去拿水果啊，苹果还是香蕉？

饭后，幼通送我回去。城市的夜晚华灯闪烁。我们骑车，并排慢慢走着。这是我们两个人的世界。夜风微凉，把城市的灯光都吹破了。

到了，我们在门口告别。直到现在，我都还记得，S市北焦村那户人家的大门，黑色大铁门，贴着门神，门上另开了一扇小门。幼通和我隔着小门说话，手拉着手，说着说着，便沉默了。这么多年过去了。我依然记得，那样的夜晚，那样的沉默。一只手拉着另一只手。夜风在树梢上掠过，发出飒飒飒飒的声响。月色清朗，默默照着人世。多年以后，经历了那么多的人和事之后，当我再次回望我跟幼通之间的纠结缠绕，回想起当时的情景，当时的心境，不由得恍惚了。如在梦中。真的。如在梦中。

因为户口的缘故，我一直无法正式调入。在学校里，我是一个聘用人员。同正式在编的老师们比起来，待遇自然是不同的。工资条上数字的差别倒还没有什么。最让人难堪的，是平时发福利的时候。水果啦，大米啦，花生油啦，卫生纸啦，都是一些日常吃用，照说也不值多少钱。可是，当大家都兴冲冲下楼去领东西，独独留下自己的时候，当同事们正在谈论着发的东西的好坏，忽然意识到什么，一下子冷场的时候，那种滋味，实在叫人难以下咽。怎么说呢，你是一个局外人。一个例外。一个异类。在一个群体之中，却被排除在外。还有什么比这个更叫人觉得难受呢？我是一个要强的人。用幼通的话说，有时候，简直是，死要面子活受罪。我的工作自然是出色的。然而，有什么用呢？可能恰恰是因为工作上的出色，使得待遇上的那些不公，更令人觉得没有面子，更叫人觉得，难以忍受。

我跟幼通诉苦。通过幼通父亲的关系，我们也去求过人，带着东西，赔着笑。却只是无果。现在想来，我一个大专生，还是那么糟糕的大学，户口又在外地，怎么可能呢？多年以后，每回想至此，我仿佛看到当年，两个生涩的年轻人，在生活的关隘面前彷徨歧路，进退失据。我跟在幼通后面，胆怯地，不安地，惶惑地，在人家门外徘徊。不知道，是不是能够叩开通往人生坦途的那一扇门。

在后来漫长的时光里，也有很多次，我和幼通，在人家的门外犹豫，踟蹰，手里提着东西，僵硬地卑微地笑着。这世上，最难堪的，莫过于求人了吧。那时候，我跟幼通，不过是二十多岁，还没有经历过什么世事，却过早地品尝到了人世的冷暖炎凉。每一次求人，好像都是因为我。至少，是因我而起。比方说，调单位。比方说，生孩子。比方说，考研。比方说，辞职。有时候是求人家进人，有时候呢，是求人家放人。总之是，在人生遇到坎坷的时候，在那些人生道路的紧要处，总是有幼通。一直是幼通。这是不是一种宿命？

事情的最终解决，还是由于幼通。

那一回，幼通刚刚过完生日，第二天，还是第三天，我忘记了，他过来找我。

那时候，我已经搬了三次家了。第一次，因为房东要涨房租，我从小梁那里搬出来。就在他们家附近，是他父亲一个朋友的房子，因为闲置着，暂时借给我住。后来，也是因为人家自己要用了，才匆忙搬到他们家原来的房子。我住他父母那一套。其时，幼通他们家的新房子已经装修好，他们刚刚搬过去。

这几次搬家，都是幼通跟我一起。不知道那时候，别的城市有没有搬家公司一说。S市好像是还没有吧。总之是，那几次，都是我跟幼通，我们两个人，一点一滴，蚂蚁搬家一般，搬了无数次。我到现在都记得，我跟幼通，抬着他那一张笨重的大铁架子床，一步一挪地，上楼，下楼。我们的手都磨破了，腰累得直不起来，心里却是喜欢的。总觉得，新的美好的生活就在前面。那时候，我们是那么年轻。我们对未来充满了幻想，还有期待。我们再没料到，更大的不如意，还在后面。眼前的这点挫折，同后面那些磨难比起来，简直不值一提。不值一提。

后来，有一回，云老师来S市出差，曾经来看我。那时候还没有手机，寻呼机也还没有买，这房子里原来的电话也移走了，我们是如何取得联系的呢？时隔多年，这些模糊的细节，我都记不起来了。我只记得，知道云老师要来的那几天，我挽起袖子，里里外外打扫起来。大约旧房子都是这样，住人的时候看不出什么来，一旦几乎被搬空，再怎么收拾，总有一种劫后余生的感觉，萧条的，凌乱的，仓促的，带着明显的临时气质。我把床单被罩认真清洗了。我把他们留下的杂物都收拾起来，装了箱子。那张旧桌子，我拿一块花色素淡的丝巾盖上。门窗也都仔细擦过了。还有一幅废弃的字画，被我捡回来，重新挂上。我忙了整整两天，累得精疲力竭。

云老师是和她丈夫一起来的。云老师还是老样子，优雅从容。她丈夫是一个沉默的人，身材高大，留着浓密的络腮胡子，有一种艺术家的气质。他们在我认真收拾过的屋子里外看看，礼貌地夸赞着，之后，我才忽然发现，屋子里竟然没有椅子。他们竟然没有坐的地方。云老师微笑着，坐在我的床边上。她的丈夫犹豫了一下，终于没有坐下。只是在窗台旁边，轻轻倚靠着。我想，我一定是羞愧得满脸通红。我的老师，路远迢迢来看她得意的学生，竟然连坐的地方都没有。而且，还当着她的丈夫。她丈夫说，云老师经常提起你。他的嗓音很好听。低沉，浑厚，带着动人的磁性。我早就知道，你是一个优秀的女孩子。我都忘记了自己说什么了。我眼睛紧紧盯着地板，只看见云老师的鞋子，一双乳白色半高跟皮鞋，玲珑精致，露出纤细的脚踝。云老师丈夫的影子，投在地下。好像是有一堵墙，压得我几乎要窒息了。那一回，幼通不在。我不知道他是不是借故不在。是为了躲避云老师吗？还是因为，当年，云老师曾经对我们的关系有过微词？总之是，记忆中，那天幼通好像是一直缺席。在我最为难堪的时刻，我没有听到来自幼通的一点声音。

那一天，云老师他们只稍坐了片刻，就匆匆走了。没有吃饭，甚至，都没有喝一杯水。惊鸿一瞥，好像是，一个幻觉。直到后来，想起云老师，我都会觉得恍惚。她是怎么看待我的，她会为我的未来担忧吗？而且，她真的来过吗？

那是我最后一次见到云老师。

这么多年了。如今，因为通讯的方便，当年的老师同学都重新恢复了联系。小学的，初中的，高中的。唯独云老师，我大学时代的唯一的时光证人，曾经，我们一起拥有过两年的难忘记忆，一起分享过彼此的一些秘密，却再也没有联系过。

那些年，我一直过得狼狈。及至后来，境况渐渐好起来了。岁月更迭，世事多变。一时却不知道从何说起了。云老师，她的眼光实在是厉害。当年，还在我们少不更事的时候，她竟然一眼就看穿了生活的谜底。我一直保存着我们的一张照片，是大学时代的合影，好像就在学校旁边的那个公园，阳光灿烂，远处是大片的绿荫。云老师站在中间，我和幼通，一左一右，站在两旁。我穿着白裙子，一头长发，一脸甜蜜地笑着，是热恋中的女孩子那种明媚的笑容。云老师戴着太阳镜，我看不清她的眼睛，好像是没有笑，嘴角却微微上扬起来。云老师嘴角的轮廓很好看。幼通也戴着太阳镜，笑得有点拘谨。我看着多年前的自己。阳光在我的长发上跳跃。脸颊红红的，还有一点婴儿肥。那个年轻的女孩子，她正在享受着爱情的甘甜，那是她的初恋。恍惚的，迷醉的，晕晕乎乎，好像是喝多了酒。她暂时还顾不上别的。那恐怕是她一生中最好的日子了吧。云老师她，是故意戴眼镜的吗？是不是，她要隐藏什么。她的身子靠向我，一只手揽着我的肩头。幼通站在一旁，显得有些孤单。

偶尔，我也会忽然想起来。云老师她，应该早已经退休了吧。当年的那个小男孩，虎子，应该也已经成家了吧。她过得好吗？她快乐吗？想来真的叫人悲凉。人在这个尘世行走，走着走着，就散了。散了。散落在茫茫人海里，再也找不到了。

在那个旧房子里，我一个人做饭。幼通常常来。其时，他们家已经搬到城北的新居里去了。新居我是去过的。面积不小，大约总有一百五十平方米吧。新房子，宽敞明亮，即便空空荡荡的时候，也有一种新鲜舒朗的空旷感，叫人心里喜欢。那时候，房子刚刚装修完，家具还没有搬进来。把我们叫过去，是要帮着干活。地上铺的是瓷砖，砖与砖之间的缝隙里有多余的水泥，旁边还有溅的水泥点子。我们人手一把小铲子，仔细清除那些水泥。记得那一天，我穿的是短裙，蹲下就有些不便。幼通叫我在一旁坐着，看着他干活。阳光从玻璃窗子泼洒进来，屋子里明亮极了。我四下环顾着，心里充满了新生活的喜悦，还有期待。以我们芳村的思维揣测，这房子，很可能是专门为我们结婚预备的。至少，我们的婚房应该是其中一间。中华大街那套房子，实在是太老旧了，而且，据说单位要收回。

我可能是忘了说了。幼通比我大两岁。幼通过二十四岁生日的时候，我刚刚二十二岁。刚刚够法定结婚年龄。那一天，幼通过来找我，跟我说，我们结婚吧。

在我的少女时代，我无数次幻想过，假如有一天，有一个男孩子向我求婚，会是怎样的情景。会有鲜花吗？会有戒指吗？他会不会像电影里无数次演的那样，单膝跪地，向我深情告白，用颤抖的声音，说，亲爱的，嫁给我吧。我呢，我该怎么办呢？答应他吗？还是故意制造一些悬念，考验他一下呢？我是在多年之后才终于明白，对于一个女人来说，一个男人最庄重也是最真诚的承诺，就是婚姻。嫁给我吧。那一句话，应该是这世上最动听最深情的一句话了吧。我想不出还会有别的。

谁会想到呢。这句话，轻易地就这么错过了。这一生，我恐怕是再也听不到这样的话了吧。

正是冬天，是典型的北方冬日的天气。灰蒙蒙的天空，灰蒙蒙的空气。天色阴沉，好像是要下雪了。有一只麻雀在窗子外面，叽叽喳喳叫着。灰褐色的羽毛，被风吹得乱纷纷的。为什么是麻雀呢？为什么不是喜鹊，拖着长长的尾巴，在阳光下的树枝上喜悦地歌唱？

幼通说，我们结婚吧。

房间还是那个房间。幼通父母曾经住过的那套房子。当年，我第一次来幼通家的时候，就是这个房间。只不过，一些像样儿点的东西都搬走了。留下的这些，陈旧简陋，勉强能用罢了。这么多年过去了，我依然记得，幼通和我，站在空荡荡的房子里，对望着彼此，眼神热烈。窗子外面，是灰蒙蒙的冬天的城市。可我却觉得，1997 年 12 月的 S 市，是如此的明媚照人，如此的可爱可亲。我们在多年前的那个冬天，在那套老房子里，把懵懂无知的自己，虔诚地交给了彼此，交给了漫长的未知的岁月。

你知道吗？那时候，结婚，跟幼通结婚，意味着什么。我的户口和人事关系在老家一所中学挂着。而幼通，他是本市人。我们结婚，意味着，我可以借由婚姻关系，把户口迁进来，正式调入。我得承认，假如不跟幼通结婚，以当时的境况，我的路不外乎两种，一直漂在 S 市，或者，干脆回老家。幼通之所以在生日过后马上提出此事，我想，他是经过认真考虑的。他在乎我。他心疼我。他亲眼看见这两年来，我在这个城市经受的漂泊之苦。他想给我一个家。

隔着这么多年的光阴，我仿佛重新触摸到了当时的心跳。我依偎在幼通怀里。幼通的怀抱温暖，安全。在这个城市，幼通的怀抱，是我唯一的避风港。幼通抚摸我，温柔，有力，渐渐地，我们都热烈起来。在这件事上，我很坚持。幼通再怎么求我，我都不肯。经过那个意外，我实在是有点惊弓之鸟了。还有，作为女孩子，我也有那么一点小小的私心。保留一些神秘，总是好的。尽管已经有了那个意外，可是，只有我心里清楚，幼通是无辜的。还有我。有时候，看着幼通可怜巴巴的样子，我也不免不忍。然而，我又不得不狠下心来。我不能忘记，幼通母亲说过的那句话：女同志，要自重。她说这话的时候，正把一暖壶热水提进来，放在地下。是那种老式暖壶，塑料外壳，土黄色，矮胖，显得有点笨拙。我咬着嘴唇，低头看着那暖壶，一句话也说不出。内心里仿佛也有一片沸水，翻腾滚动汹涌。一不小心，却从眼睛里淌下来，淌下来，热热地滴落在我的衣襟上。

我不知道，幼通家人对我的态度，是不是从一开始就注定了。也不是一开始，准确地说，是从那个意外被发现的时候。多年之后，每想起此事，我总是充满了无限的悔恨。既然有些事已经发生了，为什么还一定要在一起呢？为什么不能跟幼通果断分手，从此跟他们家永不再有瓜葛呢？我还是太年轻了，也太愚蠢。总觉得，已经发生了这件事，断然不可能再有别的想法。这就是所谓的乡下人的愚昧，还有无知的固执吧。

还有一回，就是幼通提出结婚的那一年的秋天。好像是周末，忘了是怎么回事，幼通过来找我。本来说好是要去逛街的，不知什么时候，下起雨来了。雨点子落在楼下的小房子的铁皮顶子上，噼里啪啦乱响。幼通歪在床头，抱着我说话。窗帘垂下来，屋子里昏暗，温暖，有一种懒洋洋的家的气息。我小猫一样蜷在他怀里。外面雨声淅沥，更衬托出屋子里的静谧温馨。恋人之间能有什么事儿呢。无非是逗贫，起腻，有的没的说一些个甜蜜的废话。

忽然有人敲门。我们都吃了一惊。这个时候，会是谁呢。幼通示意我不要出声。敲门声更响了。好像是有点急躁。敲了好一会儿。忽然有人喊幼通。幼通，开门。门开。竟然是幼通的母亲。我们都呆住了。躺在那里，想动，又不敢动。而且，都过了这么久了，门是万万不能再开了。

她是怎么知道我在这儿的呢？幼通悄声说。我说傻瓜，楼下有你的自行车。幼通说，怪不得。

敲了好一会儿，把对门的何姨都敲出来了。两个人一递一句地说话。幼通咬牙笑道，真要命。我们只好装聋作哑。这门越发开不得了。

我不由得怨幼通。幼通只是笑。那时候，幼通的母亲还没有退休，学校就在近旁。有一度，中午下班她到我这儿来吃饭，午休。我自然是使出浑身解数，有点谄媚的意思了。我一个人，早饭晚饭都马虎，无非凑合一下罢了。午饭却是最隆重的。我多年读书，厨艺上头就有点笨拙迟钝，跟幼通母亲相比，自然是悬殊得很了。可是，我十分用心。我变着花样做饭，虽然，以我的厨艺，还有我的经济能力，再怎么变，也还是简陋。至今我都记得，当年，我在那间小厨房里手忙脚乱的情景。连幼通都笑我，说中午时间紧，那么费事干什么。这是讨好婆婆啊。后来，我都忘了是因为什么，幼通母亲不过来吃午饭了。那一回，也不知道，是不是她过来有什么事，或者，是因为下雨？周末的时候她好像是在学校里补课。

后来，我们自然是不提此事。可彼此心里都明镜似的。幼通的自行车就在楼下。大雨天，我们还能去哪里呢？我不知道，在幼通母亲眼里，自那以后，我是不是又加了一条罪过？也很可能，她脸上淡淡笑着，心里在骂我，这是一个怎样的女孩子呢？简直是，不像话。

我在那所中学工作了一年，然后辞职了。

老实说，对于老师这个职业，我还是怀有很大热情的。一个刚大学毕业，参加工作的年轻人，对人生的第一份工作，自然十分珍惜。我带班主任，同时教两个班英语。我年纪轻，争强好胜，又因为聘用的身份，自尊和自卑混合在一起作怪，一心想在人前抬头挺胸做人。还有一个不能明说的愿望是，我想通过出色的业绩，能够破格调入，以便摆脱等而外之的尴尬处境。多年以后，我仿佛还能清晰地看到，那个年轻的女孩子，她来自芳村，在那所著名中学的教室里，操场上，办公楼里，她忙忙碌碌，步履轻快地走来走去。有谁能够猜出呢，就在不久之前，她年轻的身体，刚刚经历了人生中的第一场重创。她穿着白色的休闲裤，白色夹克衫，白色休闲平底鞋，纯洁轻盈，好像天使一般。谁能知道呢，她其实是强作镇定罢了。一动一身虚汗，内衣都湿透了。她简直都爬不上楼梯。她得时刻担心着，她洁白的裤子上是不是会出现叫人难堪的事情。阳光铺满操场，金子一般跳跃流荡。

她提着两个热水瓶，从操场上穿过。她咬着嘴唇。额角上的汗水小溪一样流下来。天边有一块云彩，拖着长长的衣袖，悠悠飞远了。

好像是一次家长会上，班里一个男生的父亲，是跟一个朋友一起来的。会后，那个家长来我办公室，谈他孩子的功课。我坐在办公桌前，那家长坐在对面。他那位朋友一直在旁边听着。我当时并没有多想。甚至，都没有多看那人一眼。只是觉得，那人的眼神有点奇怪。

后来，那家长请饭，推不过，就去了。也有那朋友在座。因为是私人场合，大家都比较放松。那朋友过来跟我聊天，手里拿着一个大砖头，就是那个年代最早兴起的那种手机，叫作大哥大的。我们闲聊，说起了我的工作、户口。他说，他们单位正好缺人。可以办户口。正式调入。

我心里一动。我承认，我是动心了。可以办户口。正式调入。

这是真的吗？

在中国，有谁不知道户口的厉害呢？户口意味着身份，位置，体面，甚至尊严。意味着，个人与城市之间的关系。意味着，一个人在这座城市生存的合法性。为了户口的事，我受够了委屈，愁断了肠子。S 市的户口啊。

我辞职了。没有跟幼通商量。后来，我常常想，是不是，潜意识里，凭着女性的本能，我也隐约看到了未来人生中的那些荆棘，还有暗礁。我是在本能地躲避什么吗？躲避幼通的家庭，躲避跟幼通的关系中，那些令人不快的阴影呢？

我从那所著名的中学辞职了。临别的时候，办公室的几个同事小聚，为我送行。相处了一年，我有点不舍，但更多的是兴奋，还有扬眉吐气。最终，是我主动辞去了这个教职，辞去了那些因为聘用身份带来的难堪和尴尬，委屈和不甘。更重要的是，我离开这里，是到一个更广阔的天地里去。省政府。跟中学比，怎么能够同日而语呢？同事们都眼热得很。他们都笑着，说一些祝福的话，祝我鹏程万里，祝我人生辉煌。苟富贵，勿相忘。好像是，我真的已经踩在金光大道上，这大道平坦光明，一直通向我的锦绣前程。我得承认，我是得意的。虽然，偶尔心头有一丝不安掠过，也只是一瞬间的事。在众人艳羡的目光里，我有点飘飘然了。我嘴上是谦逊的。然而，我的脸颊鲜红，我的眼睛明亮。我年轻的心因为虚荣而膨胀，怦怦乱跳着。我是多么的张狂啊。若是时间能够倒流，若是岁月可以重来——

我眼睁睁看着，多年前，那个傻乎乎的女孩子，一步一步，走入她人生中的泥泞之地，而无能为力。

后来，我才知道，我的辞职，在那所学校里引起一场不大不小的骚动。我们班教室的黑板上，我的最后一课的板书，被保留了长达一周之久。以至于，其他老师无法上课。我的学生们不让擦掉。这件事最终成为一个事件，在那所中学到处流传。后来经过校方不断做工作，才得以妥善解决。多年之后，我常常想起，我的那些学生们，当时，他们也不过十一二岁，仿佛一棵小树，正处于枝叶初发的季节，纯净，明朗，蓬勃，青涩，稚嫩倒还是稚嫩的。他们是我的第一批学生，我的开山弟子，他们对我这个年轻的女老师，究竟怀有怎样的一种热爱，还有留恋？或许，他们永远也不知道，当年，那个二十岁的英语老师，看似一身朝气，其实是，满怀无限心事，在那个陌生的城市，仿佛浮萍，无根无依。她那次心血来潮的辞职，看起来好像不过是一个偶然。可是，谁知道呢。更大的必然，也许正藏在她看不见的地方，在漫长的一生中，让人不断回顾，寻找。后来，一个偶然的机会，我看到一篇文章，班里的一个女生的，题目好像就是，《怀念恩师》。她笔下的恩师，就是我。其时，我已经在生活的泥淖中深陷，左右辗转，无法自拔了。

当然，是一场骗局。一定是，也必然是。而且，是那种最烂俗的剧情。一个中年男人，被一个年轻女孩子吸引，用最能令她心动的条件，调户口，作为诱饵，来成全自己所谓的爱情的幻想。那时候，我调入心切，哪里还有闲情，或者说，能力，仔细甄别？省政府，仅仅这一个字眼，就足以令人晕眩了。正大的，庄严的，高尚的，在城市生活的高处，熠熠生辉，对于一个涉世之初的年轻姑娘，有着足够炫目的光环，那些光环，在她多年前的青春幻想里，都亮闪闪写着两个字：户口。

为了这个户口，我辞职了。有一段时间，拿着通行证，在省政府的威严的大门里自由出入。警卫们站着军姿，笔直挺立，面无表情，可我分明从那年轻的脸庞上，看出了一丝欣羡，甚至敬畏。是一个新成立的部门，我因为懂外语，担任资料翻译工作。业余时间，大多是周末，我给那男人的孩子补习英语。直到现在，我还记得，每个周末，我骑着自行车，去他们家里。带着大袋新鲜水果，还带着一颗热腾腾的心，又忐忑，又谄媚。喋喋不休的讲解，苦口婆心的教导，语法，单词，朗诵，听力。我尽职尽责，像一个呕心沥血的模范老师那样。看着那孩子淘气顽劣的样子，我恨不能把热腾腾一颗心掏出来，一口一口喂给他。那男人的老婆满意极了。这很好。老婆满意，儿子高兴。

我的事情，那个人应该更加尽力了吧。

我是什么时候才觉察出事情的异样的呢？是在那个人频繁约我吃饭的时候，还是在他不断暗示，对我进行语言和肢体挑逗的时候，抑或，早在家长会后，在我的办公室里，那个人目光灼灼地看着我的时候，我就凭着一个女孩子的本能，隐约猜测出了他深藏在那副眼镜后面的龌龊用意？是不是，从一开始，我就怀着侥幸心理，幻想着在这件事中，凭借着斗智斗勇，凭借着战略战术，或许我能够成为一个例外，一个意外的胜出者？他在觊觎我的青春姿容的时候，我是不是也顺水推舟，觊觎着他的许诺，他的资源，或者说他的所谓的权力，所能带给我的现实的好处呢？我不知道。我比以往任何时候，都不敢面对自己真实的内心。我，一个芳村出来的女孩子，看似柔弱安静，谁能够看得出呢，竟然怀着一颗疯狂的冒险的心。多年之后，我看着当年的自己，内心里居然没有鄙夷。我本以为，我会轻视她，唾骂她，看不起她。然而出人意料地，我竟然对她充满了疼惜。我想，我是疼惜多年前那个傻乎乎不顾一切的女孩子的。同时，也着实为她捏着一把冷汗。万一呢。

那一回，当那个男人忽然抱住我，把我逼迫到墙角，当他那张喷着酒气的嘴巴凑上来的时候，万一他老婆没有及时出现呢？

当然了，还是最烂俗的那种剧情。后来，他老婆来找我。我一看她的表情，忽然就明白了。那个男人，他在危急关头，保全了自己。他把自己心里的污水，毫不迟疑地反手泼在我的身上。是我，一个乡下来的姑娘，末流大学毕业，为了城市户口，处心积虑地，勾引了一个好男人。为了让盛怒中的老婆信服，故事大约要从家长会开始吧。

大约还会找那个学生家长做证。我好像是忘了说了，他们是好哥们儿。大约经常为这样的事情互相掩护。很可能，从那时候开始，我就被描述成一个不要脸的贱人。我气得发抖，想必脸也白了。但我依然克制着自己。我没有说出真相，也没有分辩一句。因为，我知道，一个妻子，在这个时候，她宁愿选择相信什么。即便是幻觉，即便是一望而知的谎言。人总要活下去的。不是吗？

我好像是没有说过，那个家长，我班上学生的父亲，在我辞职之后，也是见过的。他依旧称呼我翟老师。可是，我分明感到，有什么东西已经不一样了。他的语气、腔调、神情，有了微妙的变化。微笑还是微笑着的，那笑容里却多了一种陌生的东西，调笑，戏谑，玩味，甚至，不恭。借着酒意，他竟然把我挂在胸前的一个饰物拿起来看。我敏捷地躲开了。怒火中烧。在学校里，在学生面前，我是习惯了尊重和恭敬的。还有那些家长，小心翼翼，诚惶诚恐，无论是多么牛哄哄的角色，在自己孩子的老师面前，都是谦逊有礼的。也是那一回，我才意识到，我的角色变化了。是啊。我辞职了。我早已经不是他孩子的老师了。他那一声老师，不过是随口一叫罢了。做不得真的。作为男人，他怎么能不知道他那哥们儿的心思呢？大约，他们哥们儿之间，在这个上头，是不大避人的吧。那时候，在他的眼里，我哪里还是什么老师，不过是一个大街上的普通姑娘，一个，怎么说，即将落入网中的猎物罢了。他看着我敏捷躲开的侧影，叹口气道，翟老师——我不知道，他是以纯粹的男性的目光来看待我了。他是在为我惋惜吗？他大约在想，这个女老师，家长会的时候，在讲台上，面对着那么多的家长，人儿不大，气场却不小。那谈吐，那风度，那种文采飞扬，真是令人不得不服。怎么就这么糊里糊涂的，轻信了人呢？可见女人都是盲目的，傻乎乎的没脑子的。如今都已经是人家的囊中之物了，还端着老师的架子。真是。白长了一副好人才。倒要便宜了那个老花心了。可惜了——

我再一次辞职了。

正是北方的深秋。接连晴朗了几日，竟然下起雨来了。绵绵细雨，从灰暗的天空中洒下，落在树木上，落在泥土里，萧萧飒飒，叫人不免生出无名的惆怅。街上的行人都步履匆匆，也不知道从哪里来，要到哪里去。几场秋风过后，树木几乎落尽了叶子，沉默地站立着。街角边有一个糖炒栗子的摊子，一个老人，守着一口大锅，正在奋力翻炒着。火光映红了他的脸庞，给他的身影勾上一圈毛茸茸的金红的光晕。街上弥漫着香甜的气息，十分的温暖诱人。

我抱着栗子，在街上漫无目的地走着。秋雨打在脸上，身上，有着彻骨的寒意。那包栗子，在我怀里揣着，温暖，香甜，还有些烫人。心头的那个硬硬的肿块慢慢松动，融化，我的眼泪终于流出来了。

直到现在，我对糖炒栗子都怀有一种莫名的热爱。看见它，我总是忍不住上前买上一包。我怀抱着滚烫芬芳的栗子，走在异乡的街头。恍惚中，好像是看见了多年前，一个傻乎乎的女孩子，在秋日的细雨里无助地奔走，在某个一瞬间，忽然泪流满面。

关于这一切，我并没有跟旁人说起过，包括幼通。我总觉得，在这件事上，无论如何，我对幼通，对我们的感情，怀有莫名的愧疚。尽管，什么都没有发生。在我多年前近乎是一种道德洁癖的促使下，我在内心里，完成了对自己的严厉审判。我不无后怕地设想，假如，那个中年男人，他只要一点点，就一点点，为了那个所谓的户口，我会屈服吗？假如那一回，我以自己为代价，果真换得了那个日思夜想的城市户口，在后来的日子里，我会安宁吗？我还能坦然面对幼通，面对幼通的爱情吗？那么，后来的故事，是不是都会因此改写呢？什么是对的，什么又是错的？是不是，世间很多事情，对与错，往往只是在一念之间？一个刹那，有多少个一念呢？

后来，我再也没有见过那个人。也从来没有想起过往事。是不是，有的人，注定了就是生命里的匆匆过客，有时候，甚至连过客都不是。不过是远处天边隐约的雷声，一个轻声警告。警告我，人心莫测。在尘世间行走，有的是大路朝天，却从来没有捷径可走。

彼此

认识翟小梨的时候，我二十岁。她才十八岁。

第一眼看见她，是在大学的迎新晚会上。我承认，我的心脏嗵的一下，好像被击中了。她当时正在台上主持节目。夏末秋初，她穿一袭月白色丝绸旗袍，仿佛一轮明月，在深蓝的幕布上冉冉升起。我傻乎乎看着那轮明月，只觉得四周一片黑暗。喧嚣的人声，笑声，掌声，喝彩声，都远去了，只有那轮明月幽幽地照着我。阿酋捅了我一下，在我耳边说，知道吗，这妞叫翟小梨。

物以类聚，人以群分。这话真是太对了。入学不久，我跟阿酋几个人就凑到了一起。我们都是城市里的干部子弟，家境不错。在那些农村出来的同学面前，有一种牛哄哄的优越感。我们一起踢足球，看演出，一起出去吃饭，喝啤酒，谈论女生。是一个引人瞩目的小团伙。我那时候还蓄着胡子，留着长发，神情忧郁，自以为又颓废，又深沉。在女生面前，目不斜视，看上去高冷，其实心里紧张得不行。我可能是忘了说了，我是一个性格内向的人。我不大喜欢在人前暴露自己的内心。甚至有时候，我怀疑我是不是有点自闭的倾向。我说的是轻微自闭。我不擅长跟人类打交道。如果一定要，我更愿意选择动物。我喜欢动物。我自己也养小动物。小乌龟，小松鼠，小兔子，鹦鹉。我喜欢跟它们在一起，它们让我觉得温暖而安全。

我想我得谈谈我的家庭。我父亲是一个小知识分子，一生不大得志。才华也是有的，也肯吃苦。我猜想，他不得志的原因，大约是因为他的性格。当然了，据他所说，或许还有运气。他常常抱怨自己运气不好，一辈子怀才不遇。他大约是那种多血质的人，极端情绪化，有点喜怒无常。我常常想，他身上可能有一种艺术家的神经质，敏感，多疑，容易冲动。总之是一个不好伺候的人。他经常在家里发表演说，大段大段的，充满雄辩的狂热的激情。大多是抨击时政，点评时事。很小的时候，我就听惯了的。要等到很多年以后，当我长大成人，对事物有了自己的独立的理解和判断，我才能够客观地看待当年的父亲，还有他那些滔滔不绝的演讲。大多是一些愤激之语，混杂着道听途说的一些常识。当然，真知灼见也有。但更多的是个人的情绪抒发。我想，这可能跟他的家道沉浮有关。（据说，章家“先前也是阔过的”。）后来，我一直告诫自己，不要在家里过多地谈论政治，不要把眼睛只盯着人生的黑暗处，尤其是当着孩子的面。孩子单纯稚嫩，对世事茫然无知，应该更多地把人生的光亮指给他们看，教给他们踏入生活的勇气。大约世间的姻缘都是注定的。母亲则是另外一类人，安静，平和，隐忍，向内。我始终不明白，这样性格迥异的两个人，是如何走到一起的。不得不说，母亲的存在，对我们的家庭生活是一个有力的平衡。她平时话不多，是一个沉默的人。她的沉默平稳，与父亲的喧嚣倾斜，形成鲜明的对照。很可能，在性格气质上，我更像母亲。

我还有一个姐姐。她比我大十岁，失婚后一直住在家里。我们之间淡淡的，不大亲密。我的家庭关系都是这样，客气的，淡漠的，保持着亲人间少有的分寸感和边界感。这个，从小到大，我都习惯了。这样很好。情感上少牵绊。我一直以为，天下所有的家庭都是一样的。

自从那天晚会上第一次跟翟小梨见面，我心里就种下了一个秘密。我开始牵挂她。老想着在校园里碰见她。这校园虽说不大，但偶遇一个人却并不容易。我经常在中文系的楼下闲逛，到图书馆里去碰运气，到学校后面的小树林里溜达。我并没有如愿。那一阵子，我渐渐清瘦下来。

一场秋风秋雨，天气就凉下来了。秋天过去了，北方的初冬降临了。有一回，我在操场上跑步，远远看见几个女生从浴室出来。她们拎着洗浴用品，披着湿漉漉的头发，叽叽喳喳的，一路说笑着。我的心跳一下子停止了。我看见了翟小梨。她穿一件牛仔风衣，穿着拖鞋，呱嗒呱嗒走着，粉色的圆圆的小脚后跟，在水泥地上留下一串潮湿的印子。她的长发湿淋淋散落下来，水珠子滴滴答答，把牛仔衣弄得有一块子深蓝。我眼睁睁看着一群女生小鸟一般从眼前飞过去，心里又是甜蜜，又是惆怅。正怔忡间，咣的一声响，一个粉色的塑料盆掉下来，里面的香皂盒啊洗发水啊护发素啊都骨碌碌滚散了。有一个小圆盒子竟然滚到我脚下。我赶紧捡起来，傻乎乎地立在那里，也不知道该递给谁。她们爆发出一阵笑声，清脆动听，乱摇银铃一般。我更加窘迫了，简直想拔腿就跑，不想翟小梨走过来，对我说，谢啦。

我都记不清她是怎样从我手里把那个小圆盒子拿走的了。我只记得，她的身上淡淡的香气，她的雪白的腕子上套着一个皮筋圈，她的圆圆的粉色的小脚后跟，风衣后摆一飞一飞，翅膀一般。她们在呱嗒呱嗒的声响中渐渐走远了，不见了。我站在初冬的操场上，风吹过来，淡淡的暮色升腾，把我慢慢包围。我的内心里有一种美好的湿润的柔情，汹涌着，肿胀着。我不知道，那就是爱情。

那天以后，我再也没有见到她。我是说，翟小梨。我把这个名字在心里藏着，在无数个夜里，一遍一遍唤着。翟——小——梨。这三个字在我的嘴里含着养着，被轻轻吐出来，说不出的好滋味。人多的时候，我总是拼命闭上嘴，我担心自己会不小心把那三个字喊出来。我表面平静，心里如同有一团烈焰灼烧。我变得更加沉默了。看着阿酉他们放肆地议论着女生的名字，谁谁这个，谁谁那个，我的心里充满了鄙夷。我看不起他们。越是珍重爱惜的东西，越是不轻易示人。这难道不是一个真理吗？至少，这是一个常识。而阿酉他们，竟然连常识都不尊重。太浅薄了。

好像是圣诞节的时候吧，下了一场大雪。那是那一年的第一场雪。那时候，刀郎的那首著名的歌曲还没有诞生。要等到好几年以后，中国的大街小巷，才开始流荡着那首歌的旋律。2002年的第一场雪，比以往时候来得更晚一些……大雪纷飞，给这枯燥宁静的冬季平添了几许浪漫湿润的骚动。树木的枝条都胖了一圈，世界白茫茫一片，整齐的，规矩的，无瑕疵的，好像是被重新修改过。我走在雪地上，脚下发出咯吱咯吱的响声。回头看身后的脚印，歪歪扭扭的，很快就被新雪覆盖了。且走且看，我沉浸在一种孩子般单纯的游戏的趣味中。有人扑哧一笑，我吓了一跳，却是翟小梨。我的脸腾的一下就红了。

这学校在城市郊外，远离闹市的喧嚣，有点遗世独立的意思。学校后面是大片的田野，树林。我们踏着雪，在一条田埂上慢慢走着。雪中的世界寂静无边，寂静之外，还是寂静。只听见雪花簌簌落下的声响，和着血管里血液沸腾的喧哗，还有轰然作响的耳鸣，叫人心惊。她走在前面，大红羽绒服红得真是好看啊，红得几乎都要破了，在雪地里分外妖娆。她红色的雪地靴踩出一串小脚印，我拿我四十二码的大脚印一个一个把它们覆盖了。她忽然停下来，我不防备，一下子撞在她身上。她咯咯咯咯笑起来。她的长发上落满了雪花，睫毛上也落满了雪花。那雪花被她的笑声都震落了。

那些天里，我耳边一直回荡着她的笑声，少女的娇憨动人，令一个二十岁的男孩子热血奔涌。我一直以为我是一个情感淡漠的人，不大肯付出，也害怕别人的给予。我想，我是害怕承担得到的重负。对于过于热烈浓郁的情感，我本能地选择回避。我没有爱过。对于女孩子，我甚至怀着隐隐的敌意，因为陌生和误解而来的莫名的敌意。然而，这一回，是个例外。我整天失魂落魄，常常莫名其妙地微笑，叹息。喜欢发呆，老是走神。对人家的话，常常答非所问。阿酋悄悄逼问我，是不是恋爱了。我说没有啊。没有。脸却红了。阿酋看着我，若有所思。

转眼就是期末了。各种考试结束，寒假在即。我这才开始慌乱起来。我总想着，我们都在一个学校，即便不见面，想想吧，吃一个食堂的饭，走一样的校园小路，呼吸一个城市的空气。多么踏实，甜美，醉人。我都忘记了，学校是要放假的。我不知道，这个寒假，没有了翟小梨，我该如何熬过。我在宿舍里踱来踱去，困兽一般。不行。我得跟她表白。据说，有很多男生追她，还有校外的社会青年。我就亲眼看见过她被物理系的一个小白脸拦住，当众跟她表白。她先是惊愕，脸红，后来竟然大笑起来。我失望极了。我原想着她会扬起巴掌，给那个不知好歹的小子一个耳光，然后扬长而去。或者，她冷笑一声，说声抱歉。也就罢了。她竟然还笑得出来。好像这是世界上最好笑的一件事。

北方的冬天，格外有一种萧索悲凉之意。树木伸展着干枯的枝条，在冷风里发出金属质感的声响。天空阴沉，有大块大块的愁云翻滚。我在排球场旁边的草地上等她。心里一遍一遍打着腹稿。手紧紧攥着拳头，手心里都是汗。草地上的积雪还没有融化，一块白一块褐黑，花脸一般。我的脚都冻僵了，也不大觉得。心头却热浪汹涌。我担心她不来了。她要是不来，我该怎么办呢？我要不要去找她，在她们宿舍楼下大声叫她的名字，像别的男生那样。我又害怕她会来。我不知道，我是否有足够的勇气在她面前说出我的心里话。排球场边有一排梧桐树，我决定数一数它们有多少棵。要是偶数，她就会来。要是奇数，她就不会来。我默默数着那些梧桐树，心里乱七八糟，老是数错。煎熬得厉害，越等越绝望。不甘心走，也没有胆量留下来。我看着脚下那片草地，被我颠倒的脚步弄得狼藉一片，积雪混合着枯草，泥泞不堪。正彷徨着，却听见有人叫我。翟小梨的那声幼通，简直如天籁一般。她穿了一件草绿长风衣，围着毛茸茸的白围巾，脸颊鲜红，微笑着望着我。世界顿时明亮起来。

我不大记得我是怎么表白的了。我都不大愿意回忆我那天笨拙愚蠢的样子了。我只记得，我用尽了一生的力气，却没有说出我背得滚瓜烂熟的稿子。我拉着她的手，在学校后面的田野里疯跑。风在耳边呼啸而过，我们的心热烈地跳着。她的白围巾飞舞起来，犹如天使的翅膀。大地苍茫，沉默不语，可是我分明听到了，来自大地深处那隐秘的躁动的呼喊。她的小手冰凉，被我紧紧握着。那是我们第一次牵手。

我们恋爱了。我真正的人生仿佛从此开始了。这是真的。在人间浪荡了二十年，我从来没有那么快乐过。世界如此可亲，对我温柔以待，我觉得，这世上的人都是我的亲人。

我说过，我是一个对世俗事务不大热心的人。或许，我是从父亲不得志的人生中，不留神窥到了人生的真相。生活不过如此，哪里有胜利可言。大约我们每一个人，从一来到这个世界，就注定了一个失败者的命运。谁能逃得过最后那一关呢？谁不是时间的手下败将呢？谁敢说世间的一切繁华热闹最终不会烟消云散呢？我承认，我是一个悲观主义者。我的悲观，不仅仅来自于我父亲的愤世嫉俗，也来自于我个人的生命体验。从小到大，无论说什么，做什么，我好像就没有被肯定过。我总是被否定，被嘲笑，被指责，被认为是错的。渐渐地，我不大敢尝试了。相比去冒着风险挑战命运，我宁愿在生活的舒适区域待着，即便是被认为是失败的人生，我在失败的体验里反而更安全温暖。对名利，我看得很淡。觉得，一切不过是浮云过眼，转瞬即逝。我对生活所求不多。我相信清净无为的老庄哲学。我有很多藏书。它们是我在这个世界上最值得信赖的朋友。相较于世俗意义上的浮名利禄，我更在意自己的内心生活。我的隐秘的内心，是一个丰饶的草原，只有我自己知道，它的辽阔深远和葳蕤繁茂。

而今，我生命里的那个女孩子出现了。我愿意牵着她的手，走进我内心草原的深处。我愿意把我的内心生活，同她一起分享。

翟小梨，她是一个明媚的女孩子。明媚，热烈，向上。她仿佛一株向日葵，在夏日的阳光下辉煌绽放。对，向日葵。我想不出除了向日葵,还有哪种植物能够描述翟小梨。她聪明,美丽,勤奋,向上。她是阳光下的向日葵，我呢，我是阴暗潮湿的角落里，一棵沉默的小草。无名，阴郁，卑微，在季节的轮回中重复着岁岁枯荣的日月。她总是仰着明亮的脸庞,无限信任地看着我。她是被我的所谓的“博学”惊到了。我心里暗自得意，脸上却是漫不经心的神情。我知道，我越是漫不经心，她越是被这漫不经心的“才华”吸引。我万没料到，这么多年，我不热心学业，在无用的闲书上消磨的工夫，居然在这里有了用场。天文地理，政治经济，军事历史，文学艺术……我滔滔地谈着。我无比惊诧地发现，那些沉睡在我内心草原的种子，在爱情的阳光雨露下，万物花开。翟小梨的眼神明亮，她秀气的小脑袋仿佛向日葵的花盘，随着太阳不断转动。而我，就是她的太阳。这是命运的指引吗？或者，这是生活的暗示？

我们相爱了。你相信吗？相爱的男女，都渐渐变了，变得狭隘，自私，周围的人和事都远去了，世上只剩下相爱的两个人。然而也变得宽阔豁达了。对世上的一切，完满的，残缺的，高尚的，卑劣的，好的，坏的，都报之一笑，都愿意予以谅解。我们两个几乎天天在一起，我们有着说不完的话儿。有时候是我说，她听。有时候是她说，我听。她的表达能力极好，描述什么都是绘声绘色，如在眼前。她是活跃的，灵动的，变化莫测的，常常有意想不到的东西，叫人且惊且喜。我为她身上那种丰沛的活力、蓬勃的生长性而惊叹不已，也迷恋不已。

寒假来临了。生平第一次，我们尝到了离别的滋味。我几乎每天写信给她。我像一个发烧的病人，在信里说着狂热的胡话，顾不得笔迹潦草。她的回信很慢。我几乎都要疯了。我知道，她的那个小村子，通讯不便。镇上的邮递员总是把信件放到芳村小学看门人那里。看门人集中起来，送到村里广播站广播，我想象着，翟小梨的名字，被人用芳村话喊出来，在那个村庄的上空久久回荡。

翟小梨，有你的信。翟小梨，有你的信。啊，有你的信。

那声音在多年前那个寒冷的冬天回响，和春节的鞭炮声彼此呼应。

我好像是变了。变得，怎么说，开朗了许多。我在饭桌上开始说话，帮着母亲做家务，代替父亲去亲戚家探望。这些往常我眼中的俗务，变得亲切有味了。父母肯定惊讶得不行，可是他们什么都没有说。我说过，他们向来淡漠，对自身以外的事情不大关心。那个春节，我心中有很多东西，骚动着，生长着，憋得又难受，又好受。有好几回，我想跟父亲聊一聊，像个真正的男人那样。聊聊人生，聊聊爱情，聊聊生活。然而，最终都没有开口。我们之间没有这种推心置腹的习惯。凭着直觉，他大概是看出了什么，也不过是淡淡问了一句，没事吧？也就过去了。那时候，他还没有退休，正值夕阳落山前的短暂辉煌期。他有很多事要做。他还无暇顾及其他。我姐照例是苍白郁悒，幽灵一般，在家里出出进进。我看着她瘦瘦的肩膀，扁平的单薄的身体，心里忽然涌起一股深深的疼惜。这个可怜的人。她尝过爱情的滋味吗？她知道爱情的神奇的力量吗？我这个被爱情滋养的人，是不是太冷酷太自私了？我竟然几乎没有关心过她。

我和翟小梨的这段感情，很多人都不看好。云老师，就是我们的班主任，曾多次提醒过翟小梨。我知道，云老师是觉得，我配不上翟小梨。我一个差等生，颓废，消沉，有点玩世不恭，前途渺茫，怎么能配得上翟小梨呢？翟小梨是云老师的得意门生。翟小梨勤奋，上进，明亮单纯。我们根本就是两类人。我倒不是对她的乡下出身有看法。不是的。老实说，我从来就没有考虑过这个。所谓的门当户对，都是扯淡。我看不起这些世俗的陈规。相反地，翟小梨的乡村背景，倒激起了我这个城市青年的好奇心。她的气质，她的某些习惯，她的无意中流露的方言的破绽，都令我因为陌生和异质而满怀兴趣。她健壮，饱满，红润，结实，像一头漂亮的小母牛，充满了新鲜的蓬勃的生命力。她一点也不娇气，没有城市女孩子那种矫情无聊。也不装。爱就是爱，不爱就是不爱。我喜欢她这种不拖泥带水的爽脆干净。大一的时候，我送了一套《红楼梦》给她，写了一句话，宁学薛宝钗，勿仿林黛玉。我不知道她看了有什么想法，也从来没有问过她。多年以后，我才忽然惊觉，一个人的直觉，尤其是，一个像我这样，对外部世界麻木迟钝，喜欢沉湎内心的人，对事物往往有着惊人的预感和未卜先知的敏锐的判断力。每念及此，我都十分震动。当年那个二十来岁的男孩子，混沌无知，浑浑噩噩，在爱情的激荡裹挟中，竟然凭着强烈的本能，隐约看到了未来的命运。这是偶然呢，还是必然？

我一直没有跟家里说。我是说，我跟翟小梨的事。以我对我的家庭的了解，我隐隐觉得，这件事凶多吉少。我姐就是一个现成的例子。我不想说，我姐的婚姻失败是因为我的家庭，确切地说，是我的父母，更确切地说，是我的父亲。我不想评判这个。虽然，当时我还小，才十多岁，但是，你永远也不要低估一个孩子的洞察力。

事情的发展却出乎意料。我第一次带翟小梨回来，是在我们毕业的时候。我父亲，母亲，我姐，三堂会审一样，把翟小梨围在中间。我以为她会惊惶失措，会狼狈不堪，可是没有。她竟然镇定得很，微笑着，礼数周全，言辞得体。她跟我父亲谈天说地，十分投机。我父亲口若悬河地说着，神采飞扬，有好几次，竟然差点失手把茶杯打翻。我从旁看着，心里又是喜悦，又是得意，还有一点微微的妒忌和憎恨。当然，更多的还是惊诧。翟小梨。看来，我是低估她了。

我父亲的兴致好极了。显然，对于翟小梨，他是满意的。他吩咐母亲，给客人沏茶，用他平时都舍不得动的上好龙井。给客人炖银耳羹，清火去暑。客人咳嗽一声，他都要问一句是不是感冒了。他甚至亲自关心洗澡水的温度，当然，是通过母亲，他叮嘱母亲去敲门探问。我坐立不安。以我对父亲的了解，他的情绪高涨到达一定的峰值的时候，势必会下降。这种过分的异常的热情，令人担忧。

果然，那几天，父亲嘴里都是翟小梨。他甚至像个先知一样，预言这姑娘将来“绝非等闲之辈”。我看到我姐悄悄撇了撇嘴。我母亲也没有附和。我心里一笑。我太了解他的语言风格了。

要等到这一波情绪的高潮完全消退之后，翟小梨的出身问题才慢慢显露出来。他们悄悄议论，也不大回避我。神情复杂，脸上有忧戚之色。固然，他们是不满的。我猜想，他们这不满里面，是不是也夹杂了一些喜悦呢，因对比而生的优越感，因优越感而生的卑微的喜悦。他们在这个城市里的优越感，之前，是来自父亲对家族盛世的追忆，之后，将来自出身乡下的翟小梨。我不知道，是不是，翟小梨在第一次迈进我们章家的时候，就敏感地察觉到这一点。她谈笑风生、镇定自若的后面，是不是全是惊惶？或者，正是从那个时候开始，她就告诫自己，要努力，不要让人家看不起。

她果然是努力的。在这个城市里，她努力工作，想给自己挣一个安身立命之地。她在学校里教书，有了同事，有了学生，有了自己的朋友圈子。当然，也有了很多追求者。对最后一点，我恼火极了。她却嘻嘻哈哈的，不当回事儿。看着条件好的，还介绍给我姐。我又好气又好笑，警告她别胡闹。

翟小梨在学校里干得风生水起。她整天忙忙碌碌，小蜜蜂似的，快乐的，勤劳的，好像永远不知疲倦。我眼看着她在这个城市里渐渐如鱼得水，心里又是高兴，又是失落。你相信吗，这世上有这样一种人，适应能力极强，在任何环境里都能够迅速融入，像盐溶化在水中。大约，翟小梨就是这样一种人。她变了。变得更从容了，更自信了，优雅大方，完全是城市知识女性的气质和风度了。她的身上有一种令人震动的野性的生长的力量，仿佛蕴含着无穷的可能性。我得承认，我有点嫉妒。我不知道这是不是源于内心深层的自卑感。我好像是忘了说了，我在省里一家机关工作，小公务员。朝九晚五，日复一日，一日就是百年。我厌倦这样的生活。这不能怪我。当初，有翟小梨的激励和督促，我原本是想打点精神，大干一场的。然而，机关这种地方，钩心斗角，尔虞我诈，那些所谓的办公室政治，叫人不屑，叫人怀疑人生的意义。生年不满百，我不愿意把短暂的人生浪费在这个上头。我看不惯这个，看不惯那个。我骨子里的根深蒂固的悲观主义，令我日渐消沉，心灰意懒。翟小梨的光彩照人，同我的灰败衰颓，形成鲜明的对照，像两面镜子，我们都无比惊诧地在对面的镜子里发现了彼此。

好吧。我得说，我不是到现在才第一次有了这个发现。早在大学时代，我们刚认识的时候，我就意识到这种差异的存在。我说不清楚，我爱翟小梨，是不是正是因为这差异的吸引。人往往是这样，对同类人反而不大看得起，往往因为过于熟知和有足够把握而失去征服的新鲜和刺激。我和翟小梨，绝不是同类人。她身上那种蓬勃向上的力量，有时候令我钦佩，有时候令我嫉妒，有时候令我鄙夷，有时候令我，怎么说，又惊又惧。她聪慧，有才具，善于处理人与人之间的关系，跟各种人打交道都游刃有余。她不断获得肯定，赞赏，这又反过来成为激励她不断向上的力量。她处于人生的上升期，大有日新月异之概，而我呢，我在生活的泥潭里笨拙地挣扎辗转，依然是一身泥泞半生狼狈。我想起了多年前，那套《红楼梦》上的赠言，心里激灵灵打个冷战。

我们开始经常闹别扭。都不是什么大不了的事。我们却认真地赌气，认真地吵架。我们互相嘲讽，互相攻击。脸上还有怒容，心里却早谅解了对方。其实，那时候，翟小梨有一万个理由离开我。她早已经不是当初那个乡下姑娘了，初到城市，卑怯，羞涩，畏缩，像一只稚嫩的小母鸡。她羽翼丰满了。在城市的天空自由飞翔，耳边吹过浩荡的春风。我父亲兴奋极了，觉得自己的预言有望实现。他也因此多了一个例证，在我跟翟小梨的对比中，再一次证明我的不求上进，安于现状。我嗤之以鼻。对于父亲的指责，我连反驳的兴致都没有。

然而，翟小梨为什么不离开我呢？据我所知，她仰慕者众多，以世俗的衡量标准，“闭着眼摸一个都比我强”。这不是我说的。这是她在吵架的时候冲口而出的。我反倒笑了。那么，你是何苦呢？她没有回答。我看见，她的眼睛深处有晶莹的泪光。

我常常想，这么多年了，我们吵吵闹闹，都不愿离开，是不是因为我们都在对方身上发现了自己，另一个自己，更深刻，更真实，因为隐藏不彰而更加令我们不安，还有惶惑。我躲在安宁整齐的内心秩序里，渴望着她，或者说，另一个我，在世俗的世界里攻城略地，博取读书人长在骨子里的所谓功名。而她，在人生的战场上左冲右突，幻想着我，另一个她，淡泊自守，超凡脱尘，不惊不惧，获得珍贵的心灵的安宁自在。我不知道。也从来没有问过她。

这么多年了。

这么多年了，我们牵着彼此，跌跌撞撞，一直走到现在，走到人生的中途。

我不知道，前面，会有什么等着我们。

五

那一年，那个大雾弥漫的冬天，我跟幼通领了结婚证。

上世纪90年代末,S市还没有霾。甚至,连这个汉字,都是陌生的，生僻的，不大常用，仅仅在一些特定的词语中出现。霾是后来的事了。后来，S市的霾声名远播，在全国城市中名列前茅。新世纪的第一个十年过去了。大约是从第二个十年开始吧，霾，渐渐变成一个常用语，一个热词，深刻影响和改变着人们的日常生活。人们说，明天怎么样，有霾吗？商家有了专门对付霾的口罩。很多话题，环保的、民生的、公众关注的，都是关于霾的。霾，成了城市的顽疾。

那时候，我是说，上世纪90年代末，还是雾。雾气弥漫，在冬日的清晨茫茫一片。我们骑着自行车，去幼通所在的新华区民政局。正是隆冬天气,寒风刺骨。我们的心却是滚烫的。热热的哈气呼出来，白花花的，同雾气纠缠在一起，在我们面前不断缭绕，缭绕，殷勤而欢快，仿佛满含喜悦的祝福。我反复看着结婚证上的那张照片。我穿着一件墨绿色粗棒针织毛衣，长发及肩，红晕满面，拘谨而认真地看着前方。幼通穿一件淡灰色夹克，乌发浓密，眼睛闪闪发亮。这一对年轻人，他们刚刚到了法定婚龄，便迫不及待地走入婚姻的大门。尽管步履匆忙，却是那么笃定，真诚，毫不迟疑。他们会料到吗，在后来漫长的人生中，他们为当初的匆促不断地懊悔，叹息，相互指责。有一度，这个红色的小本，被我和幼通藏来藏去。不是为了珍惜，而是为了——放弃。这个红彤彤的结婚证，在多年之后，暗示的不是幸福、喜庆和百年好合，而是纠缠不清的疼痛，还有挣扎和彷徨。

我专程回到芳村，把结婚证拿给母亲看。那时候，我不知道，母亲的病已经很重了。这么多年了，我一直在内心质问自己，在母亲的病上，我为什么这么麻木？那些年，我的全部注意力，只在我的学业上，在我所谓的前程上，后来，是在我的爱情上。在我高中读书期间，在我的大学时代，在我毕业工作之后，母亲几次住院。只有两次，我回去看她。第一次，是在省二院。那时候，我还在高中读书，高二。

母亲坐在病床上，强打精神，跟我们说话。床边的桌子上，放着水果，母亲叫我吃香蕉。我不吃，母亲生气了，强挣扎着起来给我拿。我坐在她身边，默默吃香蕉。父亲也不说话。只是默默看着输液管里的点滴，滴答，滴答，滴答。母亲瞪了他一眼，大约是担心我知道她的病情，强说一些笑话给我听。母亲靠着枕头，微微笑着。因为微笑，苍白的脸上有了淡淡的红晕。阳光从病房的窗子里照进来，屋子里明亮干净。母亲穿着条纹病号服，头发梳得整整齐齐，看上去，没有一点农村妇女的样子，无端的，竟然有那么一种城市的气质，文弱的，清雅的，整洁的，美丽的。我忘了说了，母亲是一个美丽的女人。高挑，秀丽，端庄。年轻的时候，是芳村著名的美人。那个时刻，我天真地以为，母亲的病，并无大碍，也许很快就会好起来了。就像这么多年，母亲一直病着，但一直都是笑笑的。每一回回家，一进家门，喊一声娘，总有人答应着我。在芳村，喊母亲不叫娘，而是叫nia。一个很奇特的发音。我至今都不知道，这个字该怎么写。那一回在医院的时间很短，因为当天还要赶回去。母亲的意思是，怕我耽误功课，还有，医院不是什么好地方，我还是不要多待的好。

第二回是在县医院。那时候，我已经上班了，刚从那所学校辞职。我这个人的毛病，跟家里，向来是报喜不报忧。母亲靠在床上，跟我慢慢说话。问我怎么不教书了，姑娘家，还是教书稳妥些。我给她描述着新工作的种种好处，给她看省政府出入的通行证，把城里的一些趣事，说给她听。我一面夸张地说着，内心里却虚弱得很。母亲微笑着看着我，目光里尽是满足，还有骄傲。她一定是觉得，她这个老生闺女，念了这么多年书，受了那么多罪，简直是吃尽了苦头，而今，总算是苦尽甘来，熬出头了。幸亏当年，她力排众议，咬了牙发了狠，就是砸锅卖铁，也要供孩子念书。否则的话，怎么可能。这闺女心性高，绝不肯在芳村窝一辈子。就是因为老生闺女，才多疼了她几分。念书念得，肩不能提，手不能挑，也只有去外头找出路去了。人家相面的早就说过了，这闺女，甭看是个多头儿。这辈子吃不了家里的饭。她信得很。她自己的孩子，她怎么不知道呢。母亲看着我，偶尔，又瞪一眼父亲。那神态好像在说，怎么样？我没说错吧。父亲尴尬地笑笑，干咳一声，起身慢慢出去了。

正是黄昏。父亲坐在一个小石凳子上，默默地吸烟。夕阳渐渐落下去了，暮色慢慢升腾起来，一点一点地，把父亲包围。这么多年了，我总忘不了，那个黄昏，父亲默默吸烟的背影。现在想来，那时候，一定是他这一生中最难挨的时刻吧。母亲的病情日益沉重了。高昂的医药费，如同一座大山，把他压得喘不过气来。那时候，我刚参加工作不久，没有任何积蓄。两个姐姐虽已成家，但孩子幼小，经济上也捉襟见肘。我们三个做女儿的，根本无力尽一点微薄的孝心。我想，父亲的内心，一定是愁苦不堪。他痛苦吗，他感到无助吗？这么多年了，这个家，一直是他独力支撑。每天一睁开眼，净是依靠着他的人。这个世上，谁也帮不了他。多年以后，我总是想起父亲的背影。在越来越浓重的暮色里，他经历着一生中最为难熬的时刻。我夸夸其谈的声音从病房里传出来，带着夸大其词的笑声。如果有可能，我真的想回到当年，那一个安静的县城医院的黄昏，我从虚荣的幻想里走出来，来到父亲身旁，握住他的手。什么也不用说。只是握住他的手。粗糙的日渐苍老的手。那是真正的农民的手。父亲的手。

我照例是匆匆来去。我是在后来才知道，我每一次回芳村，母亲都要把输液停下来。等我离开后再接着输。她是瞒着我，怕我担心。或许也是因此，在我的内心里，母亲的病总是没有大碍的。芳村有句老话，灾灾病病八九十。意思好像是，平时身子不好的人，反倒容易长寿了。母亲自己也老说，人家算命的都说了，我就是在炕上坐着，坐也要坐到八十岁。我还得看着你们哪。母亲说这话的时候笑盈盈的。她是在宽慰我们，还是在宽慰她自己？谁又能想到呢，在母亲仅仅虚年五十二岁的时候，就早早地去了。虚岁五十二。按照城里人的说法，才刚满五十周岁。正是一个人一生中的盛年。母亲她，竟然就与这个世界长辞，再也不回来了。

唯一感到一丝安慰的是，母亲亲眼看到了我的结婚证。她反复看着，总也看不够。好像是，我的终身幸福，就在那个小小的结婚证上了。她问起幼通家里的一些人和事，我一一回答着，半真半假。晚上，有邻居来串门，说起我的婚事，人家都夸我有出息，好眼光，一找就找了个市里的。从小就看这闺女命好，果然。母亲只是笑，说可不是，人家都是文化人，当亲闺女待她，都听不得她一声咳嗽，慌得什么似的。笑得满足极了。她竟然听不出，人家不过是一些个奉承话儿。我倒是听得脸上发烧，心里头却是十分受用。直到现在，我仍然会想起当年的自己。那个年轻的女孩子，不谙世事，却是虚荣得紧。一心把幼通他们家说得天堂一般，好像是自己真的不小心，一脚跌进了蜜罐子里。母亲的笑声爽朗。不知道是什么鸟受了惊吓，忒棱棱飞走了。乡村的夜晚静谧，安详。我的心怦怦跳着，早不知飞到哪里去了。

那一年春节，在家过完年，我又回到市里。我很记得，好像是正月十六吧，我忽然莫名其妙地慌乱，想家。其时刚刚回来上班，照说不该再回了。可是，奇怪得很，我坐立不安，恨不能立时三刻回到芳村。什么也不为。我只是想家得厉害。我匆匆买了几样点心，还有一包元宵，往家里赶。母亲见我回来，嗔怪我怎么又往家跑呢，却是喜欢的。这么多年了，我从十多岁外出求学，只在假期回来。认真算起来，在家的日子竟是有限得很。是从什么时候开始，我离芳村越来越远了呢。我想起来，小时候常常做的那个梦。是不是，从一开始，我就已经在那个梦里头了？

那两天，我陪母亲在里屋住。父亲一向是做惯了，家务也不大用我。我呢，干一点活儿倒都要惊动他，酱油放哪儿啦，生姜放哪儿啦，熬粥用小锅还是大锅，豆腐要不要开水焯一下。父亲叹口气，使个眼色。我就跟他到院子里。

你 nia 她，病重了。你难得在家，多在她跟前待会儿吧。

刚过了正月十五，村子里还残留着过年的气息。院子里的彩，在冷风中簌簌乱响着。门上贴着门神，灶间贴着灶王爷，盛粮食的大瓮上贴着花纸，就连院子里的树上，也都贴了。每年都是母亲张罗这些。母亲不大识字，在这个上头，却很坚持。在她的规整的有秩序的内心世界里，这些，是不可或缺的。她相信，这些神们，保佑着她的家人四时吉祥，福寿圆满。冬日的阳光淡淡地照着，把树木的枯枝的形状画在地下。寒风瑟瑟，一院子树影斑驳。

我点点头。父亲的眼睛里，分明有泪光。这是父亲第一次这样叮嘱我。也是唯一一次。

有一回，母亲跟我要点心吃。我把带回来的点心给她。是那种椰蓉点心，纺锤状。母亲爱吃甜软的。她一口一口吃着，有点吃力。我从旁看着她吃，嘱咐她慢一点。她吃了一块，又勉力吃了一块。我心里有点慌乱起来。母亲她从来不这样。我说，我还带来了元宵，要不要煮几个尝尝。母亲点点头，又摇摇头。

这么多年了，我总是不能忘记，那一回，母亲吃点心的样子。认真的，专注的，仔细的，两只手捧着，怕把点心渣子掉在地下。是不是，母亲她，已经知道她时日不多，她要再尝一尝她的闺女给她买的点心，尝了一块，还要再来一块。她总是尝不够。她努力吃着。这人世间的最后一点甜美滋味，这人世间最难割舍的血脉，还有情意。她不能辜负了她闺女的这份孝心啊。然而，她怎么就这么恨呢。这么多年了，逢初一十五，她都要给各路仙家上香上供。她一辈子做善事，她是相信好人有好报的。然而，她却病成这个样子。即便是病成这样，她也不敢怨仙家不护佑着她。她只能恨自己的命。受苦受罪她倒是不怕。这辈子，什么罪她没有受过？她真是恨哪。恨不能亲眼看着，这老生闺女成家。不成家就是不成人啊。

夜里，我睡得很沉。半夜里醒来，发现母亲独自在被窝里坐着。枕头竖起来，头抵在上头。我问她怎么了，难受吗？她笑笑说，没事了。好了。就又躺下了。芳村的夜晚，仿佛一口井，幽深，安静，神秘。寒风从树梢上掠过，发出呜呜呜呜的声响。不知道是谁家的狗，汪汪叫了两声，又沉默了。里屋那儿是那种老式的格子窗，糊着粉连纸。月光透过窗格子照进来，清清的，照在母亲的枕边。我想努力睁开眼睛，却不知什么时候又睡着了。

第二天，我陪着她说话。专拣一些她喜欢的话说给她。她半闭着眼，好像是也不怎么愿意说。我不知道，因为我回来，停了输液，她的病势更加沉重了。父亲几次过来看，她闭着眼不说话。二姐带着孩子过来，母亲也不像往常，逗孩子玩。二姐的儿子旭旭，那时候，不过也就五六岁吧，闹着要喝梨水。二姐不应，只是哄他。母亲在床上坐着，忽然睁开眼睛，怒道，给他煮！二姐就煮梨水。一个大铁勺，架在炉子上，里面的梨水慢慢沸腾起来，屋子里流荡着一股香甜的味道。旭旭坐在一旁的板凳上，安静地守着他的梨水。他是一个漂亮的小男孩，五官俊朗，惹人喜爱。作为家里的第一个孩子，万千宠爱都加在他一个身上。漫长的童年时代和少年时代，他在父母的羽翼下，无忧无虑，享尽了一生中最为甜美的时光。可是，他会想到吗，多年之后，他会遭遇到平生最大的打击，因为娶亲，本来宽裕的家境一下子衰落下来。并且，婚姻不顺，夫妻不睦。三天一打，两天一闹，终至离异，留下一个小女孩，才两岁。二姐为此愁断了肠。旭旭，当年那个漂亮的小男孩，而今，虽然不过二十多岁，在生活的重压下，在时光的碾磨里，慢慢坠落下去了。

晚上，我想给母亲洗脚。她欢喜地答应了。洗完脚，又给她剪脚指甲。芳村的冬天，虽然生着炉子，屋子里依然是冷的。母亲穿着棉衣，也许是棉裤厚重，她努力把脚抬起来，好让我剪得顺手。那时候，乡下少见指甲刀。是用家里缝纫的剪子。那种王麻子铁剪子，又大又沉，不伏手。很多年后，我依然忘不了她当时的神情。她努力举着脚，眼神柔软，羞涩，不安，仿佛一个小女孩。那是生平第一次，也是最后一次，我给我的母亲洗脚。

后来，大姨怨道，你不知道吗？病重的人不能洗脚。我心里一惊。倘若这竟是真的，岂不是我的不孝，断送了母亲的性命？我为什么偏要那时候回家呢？要是我不回家，母亲也就不会停了输液。要是我不给她洗脚，母亲她，会不会就在病榻上多流连些时日呢，也甚或，那些她长年香火供奉的仙家，会念在她心诚心善，再赐她些年寿数。这么多年了，每念至此，我的内心都会有一种锥心的痛悔。然而，这一生，我再也没有弥补的机会了。

那一天，是正月十八，下午，大约是四五点钟的样子，母亲一阵咳嗽，我赶忙拿痰盂，却晚了。一口痰堵住，她忽然就昏过去了。其时，父亲正在外屋床上靠着，光着脚，来不及穿鞋，跑出去请先生。我跟二姐，还有旭旭，在家里照顾母亲。我把母亲抱在怀里，大声叫她。二姐也叫。旭旭吓坏了，哭起来。母亲躺在我怀里，神态安详。她的头发柔软，温暖，有一种好闻的香气。后来，这么多年了，我总是想起母亲头发的香气。一个常年卧床的人，干净，馨香，整洁。这不是我的幻觉吧。或者，母亲知道我回来，特意洗了头。就像，她特意让我洗脚一样。

母亲走了。一句话都没有留下。距离我给她看我们的结婚证，只有不到一个月的时间。母亲她，是不是看了我的结婚证，才真正放心而去了？她常说，不成家就不算成人。她最牵挂的，就是她这个小女儿早日成家吧。

幼通也来了，是在所有的后事都办完之后。按照芳村的风俗，不过门的女婿，是不该来的。我管不了那么多了。我哭着给他打电话。幼通很快就来了。

我跟幼通到母亲的坟上去。寒风凛冽，北方的田野空旷荒凉。天色阴沉，黑云低垂着，同苍茫的旷野的尽头连成一片。人家的屋舍在灰色的天空下矗立着，依稀还能看见红的春联和红灯笼。新坟上还有一堆一堆灰烬，花圈上的纸花在冷风中簌簌颤抖。我跪在坟前，默默流泪。幼通迟疑了一下，也在我旁边跪下了。幼通跟母亲说，放心吧，我会照顾好小梨的。我的泪更加汹涌了。

幼通自幼在城市长大，乡村的这一套繁文缛节，他向来是不以为然的。现在想来，那一回，在母亲后事办完之后，在一群本家本院亲戚乡邻的好奇的目光下，幼通像一个外来闯入者，陌生的，悲哀的，沉默的，牵着我的手，跪在母亲坟前。实在是难为他了。我是在后来才知道，他的那件咖啡色羽绒服拿去干洗了。那件红色的，他没有穿。接到我的电话，要买已经来不及了。他是只穿着一件毛衣夹克，赶来芳村的。我心疼他，可也无法怨他。母亲新丧，他怎么能穿红呢。我得承认，对我，幼通他，是细腻体贴的，有耿耿深情。这么多年了，我和幼通经历了那么多坎坷和磨难，危机和打击，有好几次，都几乎到了崩溃的边缘，我还是咬咬牙，最终跟他走过来了。我总不能忘记，那一年寒冬，二十四岁的幼通，单衣薄衫，牵着我的手，跪在母亲坟前的情景。寒风把我脸上的热泪吹干了，紧绷绷的，又疼又涩。新的热泪又滚滚流下来，流下来。

母亲走了。在这个世上，我忽然就成了孤单的孩子。再回芳村，一进家门喊 nia，再也不会有人应了。

那一阵子，我整夜失眠，人也瘦了许多，整日里恍恍惚惚，梦游一般。走在大街上，走着走着，泪就下来了。世上人熙熙攘攘，与我何干呢。我听不得旁人喊妈。甚至，我听不得人家说妈这个字。有一回，几个同事说闲话儿，一口一个我妈。我妈给我买了条裙子，难看死了。我妈昨晚的红烧鱼特好吃。我妈说我就是一个记吃不记打的。我妈说……我的泪哗哗流下来，实在忍不住，夺门跑出去了。

大街上人来人往，在阳光下，仿佛影子一般游荡，叫人觉得虚假。这个人世，那么熟悉，又是那么陌生。那么繁华，又是那么荒冷。眼前恍惚动荡，如同电影里破碎的画面，零乱，扭曲，变形，交错，转瞬即逝。这么多年了，其实，其实是母亲，她一直在担心，担心自己会离去，担心她离去之后，我们该怎么办。尤其是，担心我。担心我成了没娘的孩子。每逢村里有人殁了，她总是说，你看，啥样的都有。

啥样的也得过呀。我觉得不祥，不愿意听。她却笑眯眯的，傻哪，谁家的爹娘能跟儿一辈子呀。我心头酸酸的，一时竟说不出话来。我总想着，我好好读书，有那么一天，我出息了，能在母亲跟前尽孝，让母亲称心，让她在芳村走到人前，让她有脸面。这么多年了，因为生了三个女儿，因为命里无子，她受够了旁人的轻侮，受够了生活的欺负。她几乎没有过过舒心的日子。然而，命运竟没有给我这个机会。

后来，有多少回，我在生活面前走投无路的时候，我总是想起我的母亲。在这个世上，我终不能够，像在母亲面前那样，任性无理了。我得学会忍耐，学会看生活的脸色，学会笑着把生活的苦酒，悄悄吞咽，不皱一下眉头。有多少回，跟幼通吵架的时候，我坐在地下大哭。用芳村的土话，哭着叫 nia，nia，nia——那个拗口的奇特的发音，嚼在嘴里，是那么的甜美多汁，又是那么的苦涩伤痛。每逢这个时候，幼通就过来，抱住我。我隐约看见，他的眼睛里泪光闪闪。

那时候，幼通常常过来陪我。有一回，到了晚上，幼通还不走。他母亲打电话过来。我听到他们母子在电话里激烈地争执，也无心管他。我歪在床上看书，有一搭无一搭地。看着看着，泪水噼里啪啦落下来，把书弄湿了。

幼通到底是走了。他安慰我说，他母亲要过来陪我。我不说话。私心里，我多么希望陪我的是幼通啊。都这个时候了，幼通和我，还会怎样呢？还能怎样呢？

那一晚，幼通的母亲过来陪我。夜里，听着她香甜的鼾声，此起彼伏，酣畅极了，我几乎是一夜未眠。夜色幽深。我身旁甜甜入睡着的，是别人的母亲。别人的母亲。然而，即便是别人的母亲，也都是有儿女的人吧。为人母者，是不是都有一颗相同的慈母之心呢？她身旁这个女孩子，刚刚失去了自己的母亲，究竟为了什么，她竟然一句安慰都没有。不过漫不经心地问了几句芳村葬礼的风俗。淡淡的，事不关己的，旁观者的冷静和超然。我们在一张床上睡着，那么近，又是那么远。几乎是咫尺天涯。

我在别人母亲的鼾声中，失眠了。睡在别人的母亲的身旁，我更加清晰地知道，我的母亲，她已经不在这个人世，永远地离我而去了。

我很记得，那一回，我跟幼通从芳村的葬礼上回来，到他父母家里去。一进门，客厅里正放着音乐。好像是黑鸭子组合，那一年最流行的《相约九八》。1998 年，因为春晚的传播效应，中国的城市乡村，大街小巷里，都回荡着这首歌的旋律。音响效果很棒，欢快的，喜悦的，明媚照人，充满了希望和憧憬。跳跃的音符在我们打开门那一瞬间，怔忡了片刻，就戛然而止了。

幼通的父亲坐在沙发上，跷着二郎腿，就在方才，他还沉浸在音乐的旋律里，脚尖跟着曲调，很陶醉地晃动着。幼通的姐姐，穿着玫红的家居服，正在自制柠檬红茶。幼通的母亲，这个家庭的女主人，嘴里哼着歌曲的调子，我可能是忘了说了，她的嗓音不错，据说当年在大学里，还是文艺积极分子。打开门的瞬间，笑容渐渐在这位母亲的脸上凝住了。大约是，我的苍白、憔悴和悲戚，震慑了她。她回头看了一眼客厅里的丈夫和女儿。音响被关掉了。屋子里死一般的寂静。欢快的旋律的余波在空气里涌动着，犹在耳边回响。沉默中慢慢生长的尴尬，还有难堪，微妙而复杂，在那欢快旋律的余波里，越来越黏稠。

“相约九八。相约九八。”1998 年，我与我的母亲，其实是永世的诀别，是人生至痛。1998年。这个特殊的年份，连同那首著名的歌曲，令我镂骨铭心，此生难忘。

我永远无法理解这件事。电话都打过了。我们很快就会到家。即便是，他们不该为了儿子女朋友的丧母之痛心有伤悲，那么，作为一个正常的普通人，即便是邻居，即便是路人，是不是也应该有一点最起码的同情同理之心呢？他的父母，还有他的姐姐，都是成年人了，还有文化，也算是小知识分子吧。这一点人之常情，这一点人伦常理，是不懂得呢，还是不理会？我不明白。

母亲的离世，令我在这座城市里，更加增添了一种异乡感。悲凉，无助，孤单，百种滋味在心里纠结煎熬。平生第一次，我对人生如梦这几个字有了深刻的体验。所有的甜美、怜爱、依恋、无忧无虑，跟母亲有关的一切，生活中所有的好滋味，都过去了，都不算了。故乡，于我，也忽然陌生起来。今生，再不能有人让我在跟前任性任意了。从此以后，我必须独自面对这个薄凉的人世。

现在想来，那时候，该是我一生中最为艰难的日子。仿佛一个忽然断乳的孩子，惶惶不可终日。而幼通，便是在这个时候，提出来要把婚结了。结婚证已经领了，我们还分别住着。以世俗的规矩，我们缺少一个仪式。芳村的礼节，照说是母亲新丧，我算是热孝在身，三年以内不得婚嫁。父亲想了一夜，第二天说，结吧。她最惦念的就是这个。你成家了，也是尽孝。

在我和幼通结婚这件事上，幼通的父母，还有他姐，自始至终，都是淡淡的，好像是事不关己的样子。你相信吗？直到现在，这么多年过去了，我们双方的父母，都没有见过一面。这件事，在他们，我想只能是出于一种傲慢，城市对于农村的傲慢，还有深刻的偏见。在我，却存着一份私心。我是担心。担心这种傲慢会给我的父亲带来伤害。父亲天性纯良，笃厚，仁义，沉默寡言，他一生艰辛，我不能让他因为我，受到任何伤害。老实说，关于双方家长见面的事，自始至终，幼通的父母都不曾提起过。我跟父亲说，他们家想见见面，见吗？父亲沉默了半晌，说，还是不见了吧。人家是城里人。语言也不大通。爹别给你丢脸。父亲说这话的时候，神情郑重。我笑着说好，心里刀割一般。

自那以后，关于我的婚姻，关于幼通他们家的一切，在我的嘴里，都是好的。仿佛一个打蜡的苹果，光滑的，美丽的，没有任何瑕疵的。我不是刻意要隐瞒什么。我是按照自己的梦想，对这一切进行了美好的想象。后来，当我的婚姻遇到挫折的时候，我常常想，我的父亲，他相信吗？以他对世事的洞察，当年，他猜出我的处境了吗？在我信口乱编的时候，他看穿我了吗？

往往是，一旦一个谎言说出口，就不得不用一万句谎言来圆它。这么多年了，在我的父亲面前，我一直用谎言安慰着他。我不知道，这究竟是孝呢，还是不孝？

那时候，我已经从所谓的省政府辞职了。我没有工作，没有收入。而且，我准备结婚。多年之后，我好像才慢慢醒悟过来，幼通的家庭，对于我跟幼通的婚事，应该是十分担忧的吧。这样一个三无人员，工作、收入、户口，什么都没有。并且，出身农村。无论如何，我都不是他们理想中的儿媳妇吧。私心里，我是存着一些幻想的，幻想着幼通的父亲能够出面，帮我找一份教书的工作。我学的是英语教育，对口单位应该是学校。幼通父亲在教育圈子里多年，虽说是职务不高，到底干了一辈子，老关系还是有一些的。况且，他们单位业务直接对接的，就是市里的中小学校。之前，我辞职的那所著名的中学，就是他帮忙联系的。我幻想着，这一回，他是不是还能够再度出面帮我。

幼通的父亲却出差了。一去就是一个月。这在他是很少见的情况。我不知道，他是不是在躲避。我咬咬牙，骨子里那一股倔强的狠劲儿被逼出来了。怕什么呢？我有手有脚。求人不如求己。自己的路，我自己走。

我买了一张 S 市地图。那一年，从春天到夏天，我骑着自行车，几乎跑遍了 S 市大大小小的中学。是门儿我就进。进去之后，我就毛遂自荐。记不清有多少次，我被人家请出来，或者轰出来。明晃晃的大太阳在天空照着。我站在大街上，心里头一片茫然。这个城市，看上去是那么温和，明亮，欢乐。可是，为什么就没有一张笑脸，是给我的呢？

我很记得，有一回，我赶到一所学校门口的时候，正在跟收发室的大爷打听，只见一辆汽车开出来。那大爷赶忙开门，一面悄声说，没工夫跟你说，校长的车来了。校长的车。我脑子里灵光一闪，不知道哪里来的那么大的勇气，把自行车一横，正好挡在那辆车前面。司机一面呵斥，一面开门走下来。我把车子一扔，不顾司机的阻拦，跑到那车窗前。车窗徐徐落下来，露出一张疑惑的脸。我说，请问您是校长吗？我是来求职的。能不能给我几分钟时间？那校长迟疑了一下，看了一眼手表，说，我马上要去开会。你改天再来吧。

这么多年了，那校长的脸，早已经模糊了。可我却依然记得他说话的语气，温和，耐心，没有我经常遭遇的居高临下。有时候，我偶尔会想起来，那个校长，他现在做什么呢？他还好吗？他是否还能记得，当年，有一个年轻的女孩子，天真，鲁莽，焦急，满脸热汗，在五月的阳光下，拦着他的车子，要跟他求职。他早该忘了吧。都这么多年了。

因为囊中羞涩，也因为，胃里积火，我几乎不大吃饭。实在饿了，就在街边的小摊儿上凑合一口。塑料小凳子摇摇晃晃，粗糙的一次性筷子，有点扎嘴。简易桌子上油迹斑斑。街上的行人很多，过来了，又过去了。脚步纷乱，在我视线的余光里来来去去。我忽然有一种做梦般的虚妄感。我这是在做什么呢？人人都以为我掉进了蜜罐子里，我怎么竟然，沦落至此了呢？阳光从树叶的缝隙里落下来，落在我眼前的碗里。面条早已经凉下来了。我捧起碗，大口大口吃下去。

晚上，背疼得厉害，腰好像是马上就要断了。天热，缺水，加上焦虑，还有疲惫，我几乎起不来了。最要命的是，因为长途骑自行车，屁股磨得破了皮儿。私处也疼得不堪。那些天，正赶上特殊时期，痛苦滋味，不足为外人道。我只要一看见自行车那车座，就心生畏惧。我咬牙忍着，什么都不说，包括幼通。

苦心人，天不负。这话真是好啊。我终于在一所学校找到了工作。是一所很普通的中学。然而于我，仿佛是在茫茫沙漠里行走，终于遇见绿洲一样。草肥水美。我的喜悦无以言表。

时至今日，我依然能记起当时的情景。那位主管教学的副校长，姓薛，清瘦，斯文，有一种略显病态的苍白。他笑眯眯看着闯入校长办公室的我，耐心听我说完。然后，问我，请给我一个理由，我为什么要给你机会呢？我都忘记自己是怎么回答的了。依稀仿佛，我好像是说，如果不给我这个机会，您也许会后悔的。我当即被安排试讲。

非常成功。我能够从学生脸上，从教室后面坐着听课的校长和老师们的脸上，看出答案。

我终于有工作了。正式调入。

多年之后，偶尔地，我会想起那一位副校长。是他，在我职业生涯中最低谷的时候，及时拉住了我的手，努力把我拉上来。在那所学校的几年，我勤勉敬业，业绩出色，深得他的赏识。除了工作，我们之间，几乎没有私人的交往。但在内心里，那一种知遇之恩的感觉，温暖而美好，令人不由得要对这世界发出感激的微笑。后来，由于机构改革，学校合并，我调到另一所中学。当然，这都是后来的事了。

就在我调入那一年夏天，我跟幼通结婚了。或者说，因为跟幼通的婚姻，我调入了那所中学，户口也随之迁入。我终于成了真正的城里人。

我们去北戴河度假，算是旅行结婚。什么都没有。没有婚纱，没有戒指，没有仪式。当我们旅行归来，回到他们家的时候，我看见，门上光秃秃的，一如既往。连一个喜字都没有。我失望极了，却只把这失望藏在心里。他们家只有幼通一个独子，总该要办一办的吧。然而，并没有。在芳村，也不只是在芳村，普天之下，结婚总是天大的喜事吧。这样平平淡淡，无声无息，叫人觉得说不出的怪异。那一天，不过是全家在一起吃了一顿饭，照例是在家里。家常的饭菜，家常的气息，家常的闲话。连一句祝福都没有。我却被提醒着改了口，叫爸叫妈。我承认，我别别扭扭终于叫出口的时候，心里的委屈如同潮水汹涌而来。眼前这两个我叫爸妈的人，他们只是别人的父母。我的父母，在遥远的乡下，在芳村。

晚上，我们在他父母这边住。这新房子是三室两厅，向阳的两间大卧室，一间归幼通父母住，一间归他姐姐住。我们在阴面的一间小屋，跟餐厅相连，永远有着饭菜和油烟的混合味道。整个房子里都是新的，唯独这一个房间，里面全是旧家具。衣橱和梳妆台，是幼通姐姐淘汰下来的，据说是她曾经的嫁妆，多年前那一段婚姻的遗物。写字台和椅子是幼通母亲用旧的，之前一直摆在旧居他父母卧室里。五斗橱是旧居客厅里淘汰掉的。最要命的是那张床，一张幼通姐姐多年的旧单人床，而今，成了我们的婚床。因为过于狭窄，他们找了一个木头架子，搭了一块木板接起来，勉强当作双人床。晚上，我和幼通躺在这张床上，那一道高低不平的棱子，坚硬地横亘在我们之间，叫人辗转难安。被褥全是旧的。枕头居然是当年我读大学时候的枕头，毕业的时候带回来，一直丢在他们家的杂物间里。枕巾是幼通父母淘汰不用的，米白色底子，图案模糊，已经发黄，纤维早被磨薄了。我躺在床上，看着一屋子的破旧家具，不同的来历，不同的样式，散发着来自历史深处的陈旧的气息，七拼八凑在一起，有一种说不出的怪异和荒诞。这就是我的新婚生活？所有这一切，这个近乎荒唐的开始，是不是对于我们婚姻的一种暗示？

幼通安慰我。

凑合吧，这里又不是我们的家。

是啊，我们还有自己的家。在沧安路上，一个狭窄的小胡同里，老旧的房子，一室一厅，阳台是狭窄的一条，权作厨房。除了卧室里几件家具是新的，其他都是他们家淘汰下来的旧物。那个玻璃茶几，那个五斗橱，那个豆绿色嘉宝牌老式冰箱，那张笨重的大圆餐桌，旧窗帘，旧凳子，还有那套棕色皮革沙发，我当年第一次到他们家坐过的，扶手处已经裂开了，打了一个颜色差异悬殊的补丁。直到那时我才知道，幼通的母亲到处找胶水，原来就是为了打这个补丁，为了把这个已然破旧，却舍不得丢弃的沙发，摆进儿子的婚房。后来，我常常想，那一年，我得有多么渴望一个家庭啊，才能那么不顾一切地进了这个家门，才能够那么兴奋地站在那个摆满旧物的出租屋里，对未来充满热烈的憧憬，还有期待。

在幼通父母家那一晚，短暂的不适之后，我竟然睡得香甜。起床，洗漱，吃早点。坐在餐桌旁边的时候，才发现，幼通姐姐的房门紧闭。幼通的父母一遍一遍地叫。我们坐在餐桌旁边等。幼通姐姐的房门，终于没有打开。一家人默默吃早点，气氛难堪。碗筷碰在一起的轻微的声音，咀嚼食物的声音，窗外麻雀的叽喳声，隐约的市声，声声入耳。窗子半开着。外面是夏天的阳光，明亮热烈，然而，它只照耀外面的世界。多年之后，我似乎才慢慢领悟了，我和幼通的新婚，在他父母家的第一个夜晚，恐怕令他失婚的姐姐备受刺激和煎熬吧。然而，我想不通的是，幼通是她的亲弟弟，相差将近十岁。长姐如母。弟弟新婚大喜，她也已经离婚多年。如此赌气，是不是太怪异了？

我是后来才知道，还远远不止这些。

据说，幼通姐姐是结婚半年就离婚了。关于离婚原因，幼通有点讳莫如深。我也不便多问。后来，我不免猜想，那一场婚姻的失败，除却婚姻自身的不可推测的原因之外，恐怕还有着外在的因素吧。比方说，幼通的父母。我可能是忘了说了，在S市那些年，我曾经替幼通姐姐介绍过男朋友，至少有六七个吧。以我的朴素的乡下人的愿望，男大当婚，女大当嫁。这几乎是自然法则。我是真的替幼通姐姐着急。在我们芳村，这样的年纪，早已经儿女成行了。对于我的热心，幼通一开始就给我泼冷水。这事儿你不要管——你管不了。他这样的话，倒是激起我的好胜心来了。每一回介绍，我都是先跟幼通母亲说。试探地，小心翼翼地，贴心贴肺地，把对方的情况详细描述。幼通母亲却是淡然的，有点漫不经心，有点，怎么说，傲慢。不急。她说，我有一个同事的侄女，四十二岁上，还生了一对龙凤胎呢。说这话的时候，她正在切菜。菜刀在案板上嗒嗒嗒嗒响着，像是欢快，又像是赌气。我看着她的侧影，六十多岁的老妇人了，一生在丈夫面前委婉柔顺，对于夫妇恩爱，想必是有心得的吧。当老夫妇耳鬓厮磨晨昏相对的时候，他们会想到自己的女儿，还是形影相吊孤身一人吗，不出意外的，还将要孤老终身。作为一个女人，作为一个母亲，她怎么忍心。有一回，在楼下遇上一个邻居，问孩子姑姑有朋友了吗。我赶紧说没呢，阿姨您要是有合适的帮我们惦记着点儿啊。那阿姨叹口气道，硬是把孩子给耽误了。顿了顿，小声说，邻居们问起来，你猜你婆婆怎么说。她说啊，不急，找不到就不找了，以后就跟我们过了。我心里一惊，忙赔笑道，她那是急的，就那么一说。有合适的还请您多费心啊。我是真的不解。任何一个母亲，那么大的闺女在眼前晃来晃去，早该急疯了。可是，怎么会这样镇定呢？有一回，介绍的是一个大学老师，好像是副教授。年纪也相当。幼通姐姐还没有表态，做父亲的出来说话了。大学老师？都这个年纪了，还是副教授。想必是混得不好。双方连面都没有见，就这样结束了。后来，又介绍了几个。也有医生，也有官员，也有离异的，也有丧偶的，有的带孩子，有的不带。总之是，都没有成。年纪越来越大了。从二十出头，一眨眼，四十多岁五十岁了。婚姻对于她，是越来越难了。我总是怀疑，幼通的父母，在这件事上，负有不可推卸的责任。幼通的母亲，看上去温顺、贤良，一心扑在丈夫和家庭身上，其实是有点麻木，有点，怎么说，自私。她只顾全了自己的丈夫，一双儿女，都是无暇顾及，也无力顾及的。幼通的父亲呢，倒是精明得不行。在任何问题上，都是目光如炬的。然而，以我的猜测，对于女儿的婚事，刚开始，也该是焦虑的吧。后来，年纪越来越大，忽然发现，人到晚年，身边有人照顾，是多么必要的一件事。至于人选，既然儿子儿媳境况不顺，彼此关系也不融洽，还有什么比亲生女儿更加合适，更加称心如意的呢。

一股寒意慢慢爬上我的脊背。我不由得打了个寒噤。

在我和他姐姐之间，从一开始，似乎就存在着一道很深的隔阂。到底是什么呢，我也说不好。刚出院那一阵，在他们家小住，我们一个外屋，一个里屋，几乎从不说话。即便是我卧床静养的时候，她也从未有一句问候。更何谈像一个真正的姐姐一般，来我床头问寒问暖。我却以一个小门小户出来的乡下女孩子的朴实和卑微，一心想同她交好。我主动跟她搭讪，对着她的一张冷脸笑，帮她介绍男朋友。可是，无果。有一回，她生日，我给她送了一个小礼物，好像是几个小瓷动物，憨态可掬，装在一只漂亮的盒子里。我说，姐，生日快乐。她只是漠然看了一眼，道了一声谢谢，随手扔在客厅茶几上。直到过了好些天，我发现，那些小动物还在茶几上扔着，仿佛被遗弃的孩子。我的脸腾的一下就红了。趁没人注意，我把那小盒子悄悄放到他姐姐房间里。心里狂跳着，脸上烧得厉害，真如做贼一般。

多年之后，每一回想起当时的情景，我都有一种深深的懊悔。我为什么一定要那样呢。巴结着，上赶着，要跟一个轻视自己的人交好。以至于，把自己的尊严和脸面，置之不顾。隔着重重光阴，我替那个年轻的女孩子感到尴尬。也对那个年长近十岁的所谓的姐姐感到愤怒。人与人之间，何至于此？

也是在等到很久以后，当她从S市来到北京，以想念孩子的名义，在我的家里小住的时候，尽管我心里疙里疙瘩，有很多难以下咽的东西哽在喉头，我还是极力劝说着自己，督促自己，尽着主人的本分，弟妹的伦理常情。我微笑，有礼，努力填补着聊天中间尴尬的空白，陪她出去吃饭，带她在北京逛。我自己是受过那些难堪的时刻，挨过那些艰难的时光的。我深知其中的滋味。己所不欲，勿施于人。她终究是一个可怜人吧。倘若自己成了家，倘若自己有个一男半女，在年近半百，人生的好岁月越来越少的时候，她何苦还要千里迢迢，从S市来到北京，看我的孩子呢？我心里说服着自己，狠狠责骂着自己。然而，我还是在把她安排妥当之后，关了房门，自己痛哭起来。是那种无声的哭泣。泪水在脸上肆意流淌。我咬着嘴唇，努力不发出任何声音。

说起生日，顺便提一句，每一年，他们家四口人，都要庆祝生日。我嫁到章家十八年，几乎是，从来没有人提起过我的生日。幼通不算。幼通是另外一回事。

多年之后，当我经历了很多世事，渐渐学着把往事看淡的时候，每每想起当年，那个年轻的女孩子，她从乡下来，怀着一颗纯朴美好简单的心，巴心巴肝地，一心要融入一个城市人家，却总是处处碰壁，碰得头破血流，而不知悔改。我总是忍不住想，人性中，到底有多少黑暗的见不得人的东西呢。她不停地跟他们笑着，笑着，笑得腮帮子都酸了。满口的牙齿却是冷的。不止一次，幼通恨道，你干吗老是要跟他们笑？你怎么不跟他们吵？唵？

我不能。他们这样的家庭，最要的就是面子。一旦这层虚掩的面子掀开了，撕破了脸，那以后该如何相处？幼通不说话，只是叹气。

我知道，幼通是疼我的。在他们这个家里，他深知他们的脾性和为人，处处回护着我。从一开始，饭桌上，都是幼通帮我夹菜，直接夹到我的碗里。我很记得，他们家人都是用一种很小巧的骨瓷碗，只有我和幼通的碗，是那种旧式老碗，挺大，挺笨，勾着深蓝色的边。那时候，我二十多岁，正是好年华。身体也结实，饭量很好。看着他们家人的精巧的小碗，我有点难为情。可是，有什么办法呢，我就是有这么好的胃口。有一回，幼通帮我夹菜，连着夹了几筷子，他姐姐便停下来，从旁看着，说，咦，怎么跟打仗似的——语气嘲讽。我的脸腾地就红了。幼通说了什么，我都记不清了。我只记得，那一天，在人家的屋檐下，在人家的饭桌上，一个傻乎乎的女孩子，受到来自人家的侮辱，还有轻视。他的父母对望一眼，都没有说话。没有呵斥，也没有安慰。那时候，我们还没有结婚。生平第一次，我尝到了寄人篱下的滋味。

后来，每想起这些往事，我总是困惑，我为什么一定要嫁进这样的人家呢？以我强烈的自尊，我的敏感纤细的内心，我是如何熬过这些的呢？难道，只是因为，我爱幼通？我离不开他？为了爱情，我无所畏惧。抑或，我是真的如他们所想，打算以此为跳板，走上通往城市的捷径？我得承认，我是爱幼通的。至少，那时候，我们之间有那么一种东西，叫作爱情。不在身边的时候，我常常思念他。幼通，他是我的初恋，是我在那个城市唯一的依靠。我嫁给他，还有一个缘故，有点说不出口。我怀过他的孩子。无论如何，我是他的人了。今生今世，我不可能再嫁给别的男人。而今看来，这样的想法是多么的愚昧啊。一个乡下出身的女孩子，家教严厉，在男女之情上，有着天生的幼稚和懵懂。你能让她怎么办呢？然而，多年之后，当我的境遇渐渐好转，再回首往事的时候，我不得不对自己进行追问，严厉的，残酷的，甚至恶毒的，我想榨出那美丽的爱情的外衣之下，隐藏着的“小”来。我难道没有私心吗？这浓烈的动人的感情里，有没有一点杂质呢？我的乡下出身，我的末流大学的大专文凭，我的势必最终回到家乡的命运和结局……无论如何，我当年户口调入S市，首先是因为跟幼通的婚姻关系。学校，不过是一个必需的接收单位。是不是，这种强大的内在动力，才使得我，最终能够忍受他们家人的百般冷遇和欺侮？默默吞咽下那些难以下咽的难堪，甚至凌辱？我不知道。

六

新世纪到来了。

2000 年。这样一个特殊的年份，似乎是注定了暗含着不平凡的意义。在我们的童年和少年时代，有多少回，这个年份被老师提起，兴奋地，期待地，满怀着憧憬，仿佛是，2000 年，是一个时间节点，充满了神奇的魔幻的力量。只要时间的车轮走到了这个年份，咔嚓一声，一切就都好起来了。一个美丽新世界就会自动降临。那时候，有一首著名的流行歌，好像叫作《年轻的朋友来相会》。年轻的朋友们，今天来相会，荡起小船儿，暖风轻轻吹，花儿香，鸟儿鸣，春光惹人醉，欢歌笑语绕着彩云飞，啊亲爱的朋友们，美妙的春光属于谁，属于你，属于我，属于我们 80 年代的新一辈。再过二十年，我们来相会，伟大的祖国，该有多么美，天也新，地也新，春光更明媚，城市乡村处处增光辉……我很记得，我们的小学老师，是一个胖胖的中年女性，她穿着白底碎花的确良衬衣，白皙，富态，胸脯丰满，有一种安静的汹涌的母性的气质。她经常说起 2000 年。她的语调铿锵，眼睛闪闪发亮。教室窗外，是20世纪80年代，芳村懒洋洋的春天。白杨树的嫩叶在微风里窃窃私语。麻雀在院子里叽叽喳喳鸣叫。我坐在简陋的教室里，想着遥远的2000年，莫名其妙地，有一种迷惘和渴望交织的暗流在内心里激荡，又甜蜜，又忧伤。那时候我几岁？

谁会想到呢，那个非凡的年份，就这样不声不响到来了。没有美丽新世界，没有咔嚓一声之后，神奇的魔幻的新景象。一切照常。人们在庆祝千禧年。千禧年，有很多世纪婴儿出生了。当然，也有很多人死去了。2000年，这个看似不平凡的年份，跟任何一个年份一样，平凡的，日常的，有一种年年岁岁花相似的微微的倦怠，也有一点岁岁年年人不同的淡淡的感慨。而对于我，这一年终究是不同的。

我们有家了。在S市，我终于有自己的家了。

虽然小家简陋，但我们的心是火热的。对于未来，我们怀着无限的想象。我把那个简陋的小家收拾得一尘不染。把那带补丁的旧沙发擦了又擦。窗帘也是他们家用旧了的，灰绿色的厚的棉布，印着古代的马车，被我洗得干干净净。拉上窗帘，就是我们私密的世界。

我很记得，在小家的第一顿饭，我做了两个菜。肉末烧茄子，还有西红柿炒鸡蛋。正值盛夏，屋子里蒸笼一般。我们把那张旧茶几搬到卧室里，那台老式的旧台扇，好像是叫作鸿运牌，也是他父母淘汰下来的。我们把台扇放在一张凳子上。清风徐来，我们依然汗流浃背，内心里却是甜美安宁。这是我们自己的家。多年之后，我常常想起当时的情景。两个年轻人，正是青枝碧叶般的好年纪，他们在自己的屋檐下，开始了自己的小日子。有爱情的滋润，有对未来的期待。还有什么不如意的呢？现在想来，那应该是我们婚后，最好的时光。两个人的世界，新婚燕尔。静谧，美好，甘甜，芬芳。女儿还没有出生。生活的风暴，还远远没有到来。

曾经，幼通不止一次跟我说，谢谢你，给了我一个家。幼通说这话的时候，是深夜，他抱着我，眼睛里仿佛有泪光。我抚摸着他的头发，只是无言。这么多年了，幼通在自己那个大家庭里所经历和承受的，不用追问和查证，我都能够想象和猜测。幼通的话，是由衷的。我敢说，是在我们这个简陋的小家里，幼通才真正获得了家的感觉。温馨，柔情，牵挂，还有，爱。

记得有一回，是初冬吧。一股寒流袭来，天气骤然变冷。我和幼通从外面回来，到他父母家去。一进家门，鞋架上还是旧凉拖。而他父母和他姐姐，正在试穿新买的棉拖鞋。兴致勃勃的，有小孩子穿新衣的喜悦和兴奋。那时候，还没有开始供暖，屋子里很冷，正是一年中这个季节最难熬的时候。我看着他们脚上的棉拖鞋，毛茸茸的，温暖，漂亮，闪烁着崭新物件特有的光华。幼通低头默默换鞋。旧的冰冷的凉拖鞋。为什么呢？作为父母，姐姐，他们为什么就不能替幼通买一双呢？那时候，我们还在恋爱。即便没有我这个外人的，幼通，总是他们家的一员吧。照理说，幼通是独子，又是幼子，该有万千宠爱集于一身吧。然而，我看到的，恰恰相反。他的父母，他的姐姐，三个人穿着漂亮整洁的家居服，在家里悠闲坐卧的时候，幼通总是一个例外。没有幼通的。什么都没有幼通的。我是在后来才慢慢看清楚，这个家，于幼通意味着什么。也是多年之后，在我们北京的家里，幼通才拥有了自己的家居服，一年四季，从冬天的珊瑚绒到夏季的桑蚕丝。我都替他精心挑选。

那一回，我在他们家人惊讶的目光下，拉着幼通，转身跑出去。我们去买棉拖。十一月的天气，寒风凛冽。大街上行人都匆匆的，往家里赶。我们却又从家里出来，奔走在北方初冬彻骨的寒气里。我们买了两双棉拖，一双给他，一双给我。我把这两双拖鞋摆在他们家的鞋架上。

多年以后，我们离开 S 市，来到北京定居。春节，随幼通回 S 市看望父母。依然是穿旧的凉拖鞋。卫生间的毛巾架上，赫然挂着我们十几年前的旧毛巾——我到北京，已经十几年了。还是当年，在 S 市的时候，同事送的那块毛巾，我记得，她弟弟在老家开着毛巾厂。是那种深蓝浅蓝交织的小格子，图案早已经模糊了，颜色暧昧，纤维稀薄僵硬，直挺挺挂在那里，好像是旧岁月遗留下来的僵尸。我洗完脸，看着这硬邦邦的陈旧的僵尸，一时呆住了。这卫生间宽敞明亮，干净极了。各种挂杆上，毛巾可真多。大大小小的毛巾，各种颜色和图案，擦脸的，擦脚的，擦屁股的，搓澡巾，浴巾，漂亮，干净，芬芳，一面面旗帜一般，在整洁的空间里林立飘扬。那都是他们的。而我和幼通，只有一条，共用一条，一条十几年前的僵硬陈旧的破毛巾。有什么东西从脸上淌下来，也不知道是洗脸水，还是泪水。一百种滋味在心里翻腾。这是怎样的父母？这是怎样的家庭呢？

幼通倒好像是习惯了。默默洗脸，一句话都不说。我们的房间，还是阴面的小房间。照例是一屋子的旧家具。七拼八凑的，看上去仿佛一个不会打扮的穷姑娘，又滑稽，又寒碜。床上用品，还是我们多年前的旧物，幼通大学时代的淡蓝色被罩，还有我那块床单，当年从芳村带出来的红格子床单，带着浓郁的乡村气质。最触目的，是那两块枕巾。崭新的，俗艳的，20 世纪七八十年代里，农村娶媳妇常用的那种枕巾，化纤的料子，鲜艳的粉红翠绿，喜鹊登梅的图案。这簇新的俗丽的枕巾，在一屋子旧家具的映衬下，显得格外触目。这样的东西，他们是从哪里找来的？是特意买来的，抑或是，早年留着的，自己不愿意用，又舍不得扔掉，专门用来招待我们？

对于幼通家人的生活品位，我是多少知道一些的。家纺衣物，只用纯棉麻。一些日用品的品牌，也常常挂在嘴上。他们对生活品质的追求和讲究，在我这个乡下出身的人眼里，有那么一点矫情和造作在里面，怎么说呢，有点装，有点虚张声势。对于一些品牌的迷恋和津津乐道，在人前，尤其是在我和幼通前面，有一种难以掩饰的居高临下的优越感。老实说，那些年里，我们常常接受他们的馈赠。刚刚过期或者即将超过保质期的食物，穿得厌烦又舍不得扔掉的旧衣服，淘汰下来的旧厨具，耗电太厉害的旧冰箱，液晶电视出现后更新换代下来的老式电视。甚至，旧毛巾也给我们，说是可以做抹布。我们都默默接受了。因为，我们穷。也因为，我不是一个浮夸的人。我是芳村出来的孩子，我知道一丝一粟来之不易，我爱惜物件。他们不舍得扔掉的，我更加不舍。这是我最朴素的想法和愿望。我不是一个矫情的人。我穿幼通姐姐的旧衣服。穿幼通母亲的旧衣服。穿幼通姨妈的旧衣服。我自己很少买。我们太穷了。特别是，生了孩子以后。

多年之后，在北京堂皇的购物中心里，在试衣间，在售货小姐的殷勤照料下，我一件件试穿着漂亮的新衣的时候，我会忽然间，在镜子里，看见多年前的那个女孩子。她才不过二十多岁，正是一个女人一生中最好的年华，她纤秀的身子，穿着六十多岁婆婆的乱花连衣裙，肥大的，老气的，松松垮垮，好像是舞台上的戏装。她抬起年轻光洁的脸庞，在大街上，在校园里，默默地走着。阳光落在她的眼睛里，她忍不住眯起眼来。她是在演戏吗？在人生的戏台上，她那么投入，那么辛苦，简直是像模像样。她深陷在生活的泥潭里，挣扎，辗转，奋力想向上一些。她抬头擦了一把汗，自顾走过去了。她还顾不上别的。

对于我和幼通的婚事，他们家一直淡淡的。据幼通说，是觉得太早了一些。幼通父母的想法是，先立业后成家。这当然是好的。我和幼通却有另外的想法。对于我来说，在失去母亲之后，结束漂泊，在省城有了自己的小家。对于幼通，我私心里想，离开那个冷冰冰的家庭，跟我共筑爱巢，也是他的隐秘的心愿吧。对于那栋新房子，我曾经耿耿于怀。以我乡下人的思维，幼通是家里唯一的儿子，我们总该有一间吧。即便是结婚出来租房，总该是条件像样儿一些吧。然而，都没有。幼通劝我，说这样倒好。人家分开住，反倒多了和睦，少了摩擦。我想也是，便也释然了。

在我们那个简陋的小家里，我绾起头发缝衣，洗手下厨做饭，像一个真正的家庭主妇一样。那一年，我和幼通，经过了一些坎坷曲折之后，初尝生活的滋味。

然而，然而啊然而，好像是河流的转折，也好像是平坦大路的分岔小径，一年之后，我怀孕了。

那时候，我还在学校教书，干得不错，深得重用和赏识。幼通的工作也刚步入正轨。我们一穷二白，什么都没有。这个时候要孩子，客观地说，有点为时过早。

幼通他们家的态度，也大致如此。幼通父母，完全没有天下父母那种抱孙心切。他们跟幼通谈了一次话。冷静地，理性地，客观地，分析，论证，劝说。我当然不在场，但我依然能够猜出他们当时的语气以及神情。他们不愿意要这个孩子。对于他们来说，儿女已经长大，自己呢，也还不算老。他们也许正在预备着，在退休之后，安心享受他们的晚年时光。早在我们结婚之前，幼通父亲就已经发过话，不给我们带孩子。并且，等他们老了，也不会依靠我们养老。幼通父亲说这话的时候，是在他们的新居。当时，他坐在新置办的沙发上，跷着二郎腿，一脸的从容镇定。我和幼通正趴在地上，拿着小铲子，一点一点铲除瓷砖上的水泥点子。我没有说话，只埋头干活。眼睛的余光里，只看见一双穿着皮鞋的脚，悠闲地晃来晃去。有一片阳光从窗子照过来，正好落在那皮鞋上，上面好像有什么东西，一闪一闪，逼得人不由得眯起眼来。那时候，新居已经装修完毕，即将搬入，人到老年的乔迁之喜，想来是更加令人兴奋的吧。

对于孩子，我们也颇为踌躇。毕竟，这是一个生命啊。而且，因为婚前那件事，我的身体受过重创。我不知道，如果再有一次，会不会对身体带来更大的影响，甚至后患。现在想来，幼通的父母，是怎样的冷酷啊。他们竟然用冷冰冰的理性，把这些极具伤害性的偶然性都排除在外了。我们却不得不多方考虑。左右商量不定，只好请来二姐。

我跟二姐年纪相仿，自幼亲密，无话不说。但我却对她隐瞒了那次意外。二姐自然是不忍我吃苦。芳村人朴素的看法是，有了就要。

为什么要受这份罪呢？而且，这种手术最伤身体。她劝我们把这孩子留下。

我们暂时答应下来。

后来，送走二姐，我们又犹豫了一阵子。到底去了医院。

好像是上午，夏天的上午。我躺在床上，做 B 超的是一位温和的女医生，她一面做，一面嘟哝，好像是在跟我说话，也好像是在自言自语。哎哟，心跳都有了。真是的。我好像是遭了电击一般，一下子从床上跳起来，说我不做了。转身就往外跑。幼通在后面叫我。大街上人来人往。夏天的阳光明亮，跳跃。天空是那种几乎透明的淡蓝色，蓝得叫人心碎。白云一朵一朵，好像是芳村秋季里，大片大片盛开的棉花地。

多年之后，我总是想起当时的情景。一个年轻的女孩子，从医院里逃出来，跌跌撞撞地，在省城的大街上跑着。有心跳了。都有心跳了。一个小小的生命，种子一样，在我的身体里沉睡着，一心一意等着有朝一日的发芽，生长，开花，结果。真是不可思议。

后来，我跟女儿提起此事。当时，女儿正在忙着看手机。是吗？我差点就不存在了啊。女儿说这话的时候，是玩笑的口吻，有那么一点漫不经心。我没有说话。这世上，谁能够真正理解你的内心呢？即便是亲生母女，有很多时候，也是无可奈何。

孩子终于留下来了。那时候，我已经开始准备自学考试了，考大学本科。白天工作忙碌，只有业余时间看书。记得有一回，幼通陪我去考试。是在一所小学，桌椅都很低矮，我吃力地坐着，隆起的肚子被课桌卡在那里。我咬牙忍着。监考老师微笑地看着我，眼神复杂。我不敢四处看。总觉得，人们都在看着我，好像在看一个怪物。我在心里跟自己说，没事的。别怕。窗外，好像是幼通正在走廊里徘徊。那时候，月份大了，身子沉重，是幼通骑车带我往返。

在怀孕期间，一直都是幼通照顾我。什么时候该吃什么，该补什么，什么时候该去做检查、筛查，幼通心里都有数。有一回，还是在刚刚决定留下这孩子的时候，我忽然肚子疼，小腹下坠，去卫生间，发现有血。我吓坏了。其时，正是晚上，幼通父亲心脏不好住院，幼通在医院陪床。家里没装电话，我一步一挪地下楼，去附近的小卖部找公用电话。深夜的胡同里漆黑一片。我咬牙坚持着。幼通的声音从电话里传来的时候，我一下子哭出来。

是先兆性流产。我得保胎。幼通从医院回来，在家陪我。每天静卧，吃保胎药。我记得，是一种很大的药丸子，深棕色，苦得难以下咽。幼通就把大药丸子掰开，揉成一个一个的小药丸子。我至今都记得那些药丸子的味道。后来，女儿大了，抱怨把她生得有点黑的时候，我和幼通相视一笑。说懂不懂啊，这是小麦色。最流行了。私下里，我问幼通，是不是因为当年吃的那些大药丸子呢。幼通不说话，只是笑。

好像是四个月的时候，去产前检查，医生看了半天，说，胎儿脊柱曲线有点弯，怀疑脊柱有问题。要我们复查。六个月的时候，说脑子里积液吸收不好，有脑积水的可能。那一段，我们简直要急疯了。我们反复检查，细心论证，吃不下，睡不着。那种煎熬，实在是刻骨铭心。好在，都过去了。有惊无险。不过，老实说，因为经历这几次曲折，直到孩子落地之前，我们都是忐忑的，生怕那个叫作万一的东西，瞬间把我们的美梦打碎。

这些怀孕期间的波折，幼通的父母，几乎是全然不知的，更谈不上安慰和劝说。有很多事，幼通不想跟他们说。分享，或者分担，都不愿意。甚至，在反复检查的时候，我们事先知道了孩子的性别，幼通也没有吐露一字。是个女孩。幼通一直喜欢女孩。

现在想来，在整个怀孕期间，幼通的父母，还有他的姐姐，一直都是缺席的。在我的女儿出世之前，他们并不在场。好像只有一次，幼通的母亲过来，带着一只刚刚过了保质期的扒鸡。说是给我补补身子，叮嘱我尽快吃掉。幼通没有让我吃那只扒鸡。孕妇的食物都是百般小心的，更何况，我们正在经历着三灾六难，哪里还敢吃这样的东西呢。平时，去他父母家，也都是家常便饭，从来没有特意为我做过什么。有时候，看着电视里演的那些孕妇戏，被婆婆小心伺候着，全家的一级保护动物一般，我的心里总是百种滋味，一个都不好尝。

幼通的母亲，怎么说呢，性格温和平稳，照说该是一个很好相处的婆婆。我也曾一直心存幻想，一心想要跟她交好。还是在大学时候，我跟幼通正谈恋爱。当时很流行一种线织的小包，我特意跟人家学了，织了一个小包，作为生日礼物，托幼通送给她。我本来就性子急，多年读书，在女红功夫上也笨拙，这礼物就织得十分辛苦。我很记得，是那种美丽的暗金色，有着淡淡的金色的光泽。我不知道，幼通母亲是不是喜欢。作为一个母亲，是不是能够体察，一个女孩子的那一点苦心。

时间久了，我慢慢发现，在这个家庭里，幼通的父亲，始终处于一种主宰全局的位置。而幼通母亲，在丈夫面前，始终是服从的，也不只是懦弱，也不只是温顺，委曲求全也不是，忍气吞声也不是。怎么说呢，在幼通父亲面前，幼通的母亲，好像从来没有做过自己。记得有一回，那时候，我和幼通还没有结婚，晚饭后，一家人看电视。幼通的父亲仰卧在沙发上，跷着二郎腿，完全是一家之主的派头，不时对电视里的女星们进行点评，喃，看这大长腿。哎呀，这女的皮肤真白。哈，看人家这身材。真棒啊。哈哈哈。我在幼通身旁，如坐针毡。偷眼看幼通的母亲，老太太却镇定自若，真是好风度。一个做父亲的，男性长辈，当着女儿，当着未来的儿媳妇，即便是口无遮拦，也总该有一点点克制吧。怎么能够这样，毫无顾忌呢？而幼通的母亲，无论如何，也该对自己的丈夫有点提醒吧，即便是文化人开明，在人前给足丈夫面子，至少，该私下里劝说几句吧。然而，据我观察，都没有。

从小到大，在我的家庭里，因为都是女儿，父亲说话总是十分注意。形容举止端正，从来不曾失了形状。很小的时候，我们就懂得，男女有别，长幼有序。我们知道伦理秩序中每一个微妙的曲折，每一个敏感的拐点。父慈子孝，兄友弟恭，这是人伦，是天理。无须置疑。怎么，忽然之间，有一天，我一头闯入这样一个城市人家，我先前所熟知和认同的一切，全都被颠覆了。

在我们芳村，越是亲人之间，越是不拘礼节的。也不是不拘礼节，其实是，有一点羞涩，缘于血脉的微妙的羞涩。做儿子的在街上闲聊，父亲远远过来，倘若不是有特别的事情，儿子总不好意思叫一声爹的。倒是旁人，早亲热地打起招呼来。当然了，这都是在成年之后了。小孩子不算。小孩子是另外一回事。夫妇两个，是绝不肯在街上并肩走路的。往往是，他们一前一后，不远不近地，相跟着。翁媳之间，不到万不得已，是不大过话的。在儿媳面前，做公公的向来是目不斜视，谨言慎行。一家人之间，端茶倒水，都是默默地，彼此之间，也没有什么话。

幼通家却不然。帮着递个东西，要道谢。碰了别人的东西，要道歉。理性地，客气地，彬彬有礼地，敬而远之地。你好，谢谢，对不起，不客气。这些标示着人类文明程度的礼貌用语，在他们家不绝于耳。然而，在这表面的客套有礼中，我却分明感到了一种冷冰冰的疏远，淡漠，还有隔阂。

七

孩子的出生，给这个家庭似乎带来一些小小的骚动。从医院出来，我们直接搬到幼通父母家住。我说过，三室两厅，两个阳面房间，一个是他父母住，一个是他姐姐住。本来，私心里还期待着，无论如何，这次，应该给孩子安排一个向阳的房间吧。毕竟，这对孩子的健康成长大有益处，况且，我们并不会在这边长住。然而，并没有。我们带着孩子，住在那个狭小阴暗的小房间里。床小，幼通只好打地铺。那么逼仄的空间，加上孩子的零七零八的小东西，再打地铺，混乱拥挤的情形可以想象。我跟幼通抱怨，幼通沉默了一会儿，说，又不是自己家，凑合住吧。

好像是孩子十来天的时候，还没有满月，我小姨和小姨父来看我。那时候，他们在S市做生意，也是刚刚起步。小姨带来很多吃的，猪蹄、烧鸡、香肠、火腿、鸭子，都是真空包装的熟食。他们在我们局促拥挤的房间里站着，看着床上的孩子，还有我。连一个坐的地方都没有。小姨勉强坐在我的床边，小姨父却一直站着。然后，他们就走了。他们没有吃饭。幼通的母亲，只是客气两句，也没有认真挽留。

小姨他们走了。我心里不快。毕竟，这是我的嫡亲的小姨啊。大老远特意来看我，不吃饭也倒罢了，连口水都没有喝。我在屋子里闷闷躺着，只听见外头有人说话。都是一些杂牌子……从没听说过……是幼通的父亲。窸窸窣窣的塑料袋的声音。他们是在议论小姨带来的东西。我感觉血往上涌，脑子里轰轰乱响。外面嘀嘀咕咕，好像是幼通母亲，提醒他父亲小声点。我浑身无力，身上虚弱得厉害。心口好像是有一块东西壅塞着，吐也不吐不出，咽也咽不下。

好几天过去了，都不见小姨带来的食物。我跟幼通说，我想吃猪蹄。那天饭桌上，有一大盘红烧猪蹄，是小姨买的。我饭量小，只吃了一小块。剩下的那大盘猪蹄，一直红通通放在那里。没有人动一筷子。他们看那猪蹄的眼神，鄙夷，轻视，嫌弃，避之唯恐不及。那一天，晚饭的时候，我本是身上乏力，要在床上喝粥的。可是，也不知哪里来的力气，我强自挣扎着，走到外面，在餐桌前坐下，把那一大盘红烧猪蹄拉到自己面前来，大口大口吃起来。他们惊讶地看着我，好像在看一个傻瓜。

现在想来，幼通父母家，也不过是一个最普通不过的市民家庭，生活水准一般，却莫名其妙地，有那么多市侩习气，虚荣，浅薄，势利，装腔作势。也算是知识分子家庭，自许为读书人，却连基本的人与人之间的尊重都做不到。实在令人惊讶。

家里有两台洗衣机，一大一小。小的就是那种叫作小神童的，洗内衣袜子之类的小物件。孩子的尿布都是我手洗。兑了温水，免得因为水冷落下什么毛病。有一回，忘记是怎么回事了，好像是我不舒服，反正是，我洗不成了。我躺在床上，隐隐约约地，听见外面有争执声。小童便有什么呢，真是。幼通父亲声音挺高。听不太清楚他姐姐的声音。嘟嘟哝哝的，想来是不肯让用。那些尿布堆积在卫生间大塑料盆里，等着幼通下班回来。

多年以后，我们来到北京，当幼通姐姐不断地从S市打长途过来，跟孩子说话，一说就是一个小时的时候。当她一口一个宝宝，一口一个臭乖，用那种逗弄婴儿的娇柔语气，学着小孩子的腔调，跟女儿聊得没完没了的时候，那个已经一米七的女孩子，正在紧张地高三备考。十八岁，是大姑娘了。她微微皱着眉，忍耐地微笑着。她一定是在想，姑姑的脾气，是越来越怪了。想来也真是可怜。一个人，五十岁了，恐怕还要这样孤单下去。她微微叹了一口气，把拿话筒的手换了一只。举得时间久了，都酸麻了。我从旁听着，看着，内心真是滋味复杂。这是不是一种表演型人格呢？孩子长大了，懂事了，也知道心疼人体贴人了，才忙不迭地表演亲情，才想起了自己至今单身，很可能将要孤苦一生，再无依靠归宿。这是不是，另外一种势利？我很记得，在幼通父母家住的那一年里，每到给孩子把屎把尿的时候，幼通的姐姐，这个做姑姑的中年女性，总是尖叫一声，捂着鼻子，吓得落荒而逃，把我们房间的门砰的一声关上，把屎尿的臭味和孩子的哭声关在里面。她这是嫌恶了。我默默地帮孩子收拾。而幼通的父母，只是纵容地微笑着，一句也不肯多说。

我好像是说过了，幼通的姐姐，长我将近十岁。可是，在这个家里，大多数时候，都是我让着她的。有一回，从外面回来，天气很热，我进浴室洗澡，顺便洗了头发。等我披着湿淋淋的头发出来，只听幼通姐姐大声说，我头发长，以后洗澡我要先洗。我愣住了。我看着自己的一头长发。我头发也长啊。这是一个怎样的人呢。而他的父母，彼此对望一眼，一句话都没有。从那以后，只要是在他们家，都是让着他姐姐先洗。直到现在，我洗澡速度飞快，快得惊人。尽管依然是长发纠缠，烦恼丝三千，我从不敢在浴室里多作耽搁。有一个声音在催促我，快，快，要快。别让人家等着。别让人家催促。当我湿漉漉地从浴室里出来，看着自己家的客厅，温馨，洁净，安宁。我茫然地立在那里。头发还没有来得及擦干，水滴落下来，把肩头湿了一片。我不禁苦笑了。多少往事如潮，汹涌而来。我不知道，这是不是当年留下来的心理上的毛病。

而今，幼通姐姐已经将近五十岁了，还是一屋子的毛绒玩具，动辄撒娇，用一种跟她的年龄极不相称的语气。或者忽然大发脾气，叫人捉摸不定。人都说，长期的单身生活会把一个人毁掉。毁掉他们作为一个正常人应该有的那一部分。我不知道，幼通姐姐的性格，是不是跟她多年的独身生活有关。我总是试图从最好的出发点，去理解她，打量她，然而，往往是，事与愿违。

有一回，我回 S 市看女儿。那时候，我已经在北京工作了。幼通和孩子还没有过来。茶几上放着一盒果冻，我顺手拿出来给孩子吃。孩子很高兴，刚要塞进嘴里，不想幼通姐姐从屋里出来，劈手就把果冻夺过去，说，这是姑姑买的。姑姑说让你吃了吗？孩子看看我，看看果冻，再看看她姑姑，好像是在努力分析，这句话是不是玩笑。幼通姐姐却一脸认真的怒容。孩子哇的一声哭出来。我拉着她的手，带她去楼下的超市。

你为什么不跟他们吵？唵？为什么不跟他们翻脸？

不止一次地，幼通跟我发脾气。

是啊，我为什么不跟他们吵呢？是顾忌幼通的感受，担心他夹在中间左右为难吗？可幼通分明跟他们关系淡漠，隔阂很深。那是因为什么呢。是不是，我害怕跟他们闹翻以后，再也无法得到他们的资助？哪怕是这种资助带着明显的屈辱和居高临下的伤害？那时候，我和幼通一贫如洗，除了感情，除了孩子，我们什么都没有。我们太年轻，好像还不知道，如何面对危机四伏的生活。如此说来，我也是势利的了。我在自己人生最为低谷的时候，仰脸看着比我们高的人，内心里充满期待，还有幻想。尽管脖子都仰酸了，脸上有口水落下来，也只能默默忍受，让那些口水自己慢慢干掉。抑或是，在我骨子里，有那么一种东西，我一直不敢正视。我太软弱。我总是想着取悦别人，让别人满意。我总是幻想着，能够以自己的牺牲，来换回一片圆满安宁。你好我好大家好。我太在乎别人的感受。而恰恰是因此，忽略了自己的感受。我害怕撕破脸。我害怕跟人家短兵相接。我不会说难听话。我不会骂人。我从来没有本事跟人家针锋相对，刀光剑影地，厮杀一场。在紧要关头，我总是笨拙的，或者说，是胆怯。我害怕人家下不来台。我总是在事后，一遍一遍回想，回想当时的情境，气得不行，在心里跟人家一一对骂，用一种令我自己都惊讶的锋利和机智，还有恶毒，骂得痛快淋漓。我后悔极了。后悔当时怎么没有这么骂回去，骂他们一个狗血喷头。我总是忍受。为了不让别人为难，我总是做那些为难自己的事。心里再不高兴，脸上也得是高兴的。我的内心深处，有那么一种逆来顺受的气质，一种，怎么说，受虐的冲动，以及因此带来的莫名的悲壮感。我不知道，这种软弱，柔顺和委曲求全，本质上，是不是另一种深层的自卑感？

我为什么自卑呢？我想不通。肯定不是因为我的童年。我说过，虽说是出身乡下，然而，作为家里最小的孩子，我其实一直在父母和姐姐们的荫庇下，生活的风雨，被遮挡在外面了。在我的记忆里，童年生活，是明亮的，温暖的，带着迷人的暗金色的光泽。我疼爱我的亲人，也享受着亲人们的疼爱。我珍重人间的情意，我相信人间的情意。很小的时候，我就知道，好东西要留给母亲，她生着病。我一面咽着口水，一面努力推辞着那个诱人的煮鸡蛋。吃饭的时候，我把自己的小凳子，让给劳作一天的父亲。我怕他蹲着吃饭累。那时候我几岁？摇摇晃晃的，还站不稳。这些事，都是我后来才知道的，母亲一面给我讲，一面笑，笑着笑着，泪水就流下来了。她也因此格外偏疼我。多年以后，直到现在，我还是怀念着我的芳村的家，芳村的那个老院子。那时候，父母在堂，风和日丽。那时候，我还不知道，好的，总是要了的。盛筵，也是要散的。聚散是容易的，也是不易的。

到底是怎么回事呢？在S市，在这个城市家庭里，我竟然就像变了一个人。难道仅仅是，我的农村出身？或者，是因为，我们毕业时候的那封家长信，还有，未婚先孕这件事？在他们家面前，先天地，我存在道德上的瑕疵和劣势？在他们家，我小心翼翼，如履薄冰。如同林黛玉进贾府，不敢多走一步，不敢多说一句，深怕给人耻笑了去。

直到现在，从恋爱算起，到他们家已经将近二十年了。你相信吗，我依然如同客人一般。芳村有句话叫作，媳妇越做越大，闺女越做越小。照说，这么多年了，儿媳妇早该成长为家里的女主人了，出入自在，谈笑自如。而我，却从来不曾这样。我从来不打开他们家的冰箱找吃的，不自己拿水果，不到处乱看乱翻，不打开电视就看，即便看，也是跟着他们看，不拿遥控器，不随便换频道。在他们家，我是来访的客人。陌生的，疏远的，客气的，彬彬有礼。大多时候，我和幼通在自己的小房间里待着。渴了饿了，幼通就出去给我倒水，找点零食。幼通父母，还有他的姐姐，在外面客厅里走动，说话，笑。一声高一声低的。这是他们的家。在他们的屋檐下，他们坦然自在。而我们，只是短暂来访。我们是这个家庭的客人。

多年之后，当我们的境况日益好转的时候，时间和空间都拉开了距离，我再回首当年，回首当年的自己，心里真是悲怆酸楚，百感交集。

即将满月的时候，老家来人看我。在我们芳村，过满月是一件大事。私心里，我是不愿意让老家人来的。我深知幼通的家人。我是担心，老家人来了，会闹出什么笑话。然而，姐姐执意要来。芳村人讲究，礼尚往来，是必不可少的。还有，姐姐的意思是，不妨趁机把以前的人情收回来。平日里，我们家跟乡邻亲戚们走动得好，这一回，人家一定是要来还礼还情的。

是五月份，天已经渐渐热起来了。一城的草木茂盛，花也开得正好。满眼葱茏，这个季节，倒是十分宜人。当时，我还没有满月，大约有十八天了吧。我靠在床上，看着窗外，心里又喜悦，又期待，又有点隐隐的担忧。是个周末。一大早，幼通父亲就躲出去了。幼通姐姐，也说要加班。家里只剩下幼通的母亲。我事先问了姐姐，大约要来几个人。跟幼通商量着，人多，是不是出去吃。自始至终，幼通他们家没有提及此事。我娘家来客人了，他们如何招待？幼通的父母，没有一句说起。好像是，这件事根本就不存在一样。厨房里冷冷清清，不见烟火。没有准备，没有任何待客的迹象。幼通的母亲，我的婆婆，坐在客厅的沙发上，翻看当天的报纸，闲闲地，若无其事。

在这个家庭里几年，对于他们的待客之道，我是知道的。譬如说，每年过年，大年初二，幼通的姑姑姑父要过来。早在年前，幼通母亲就开始准备这天的菜单了。大年初一晚上，还要郑重写在纸上，请幼通父亲过目，笋炖鸡、油焖大虾。我做的素什锦，小雯最爱吃。冰糖肘子，不能太甜了。酱肉卤蛋切个冷盘。鲈鱼就清蒸，上回小雯说红烧有点可惜了……幼通母亲絮絮说着，一面说，一面看看丈夫的表情。小雯是幼通姑姑的名字。幼通父亲一面看报纸，一面漫不经心嗯一声，青菜呢，白灼芥蓝，要么再来一个清炒豌豆苗。幼通父亲又嗯一声。我的腊肉炒饭大黄最喜欢。幼通母亲说，小雯他们来哥哥这儿，算是回娘家，是回门呢。幼通父亲看一眼妻子，终于笑了，说可不。幼通母亲也笑了，斜了丈夫一眼，转身回厨房，放心去忙碌。不知怎么，我总是忘不了，幼通母亲转身前那一个眼神。那一眼，怎么说，娇嗔羞涩，近乎妩媚了，同她的年龄很不相符。当然了，这也许是我的迂腐。有谁规定，爱情仅仅是年轻人的权利的呢。凭着那个眼神，我猜测，在幼通父母之间，大约是有爱情的。最起码，妻子对丈夫，大约的确怀有那种叫作爱情的东西。

那不是爱。幼通说。幼通的语气笃定，没有一点迟疑。那，是什么？幼通不说话。

孩子已经睡了。这个小东西，吃了睡，睡了吃，几乎是一天一两肉，见风就长。我靠在床头，把一只玩具小猪捏来捏去。房间已经收拾过了，因为空间小，东西多，还是显得杂乱拥挤。幼通的行军床已经支起来了，靠在一旁。那张幼通姐姐的旧梳妆桌上，散落着孩子的玩具，一摞尿布，两本家庭杂志。抽屉里是满的。塞满了这个家庭多年以来积攒的旧物。

左等右等不来，我有点着急，不是迷路了吧。她们一群乡下来的妇人，在省城，恐怕是会眼花缭乱，把路走错了。幼通出去接了。我心急如焚。

这个房间临街，从窗子看去，正好可以看见十字路口。五月的大街上，红尘扰扰，刚过完五一长假，街上人多车多。幼通母亲不知什么时候过来了，忽然说，那一干子人是不是？那不是幼通吗？

果然是。远远地，我的一群亲人们走过来。我的姨们，姐姐们，婶子大娘，姑姑嫂子。都是女眷。芳村人的风俗，这种事只能是女眷。她们穿着新衣服，肩背手提，神情局促，兴奋，好奇，紧绷，左看右看。一眼就能看出，她们不属于这个城市。她们来自乡下。

我忽然莫名地紧张起来。

不多时，她们上楼，进屋。喊喊喳喳地，过来跟我说话，看我，看孩子。她们把带来的小米、鸡蛋、红糖、挂面，都一一拿出来。屋子里登时如同开了杂货铺一般。这房间本来就局促，这一来，显得越发逼仄了。床上坐不下，幼通搬了几个凳子来。进了家门，她们才慢慢放松下来。问孩子淘气不淘气，奶水够不够吃，还教给我几个专门催奶的方子。都是过来人了，说起来头头是道。她们说的是家乡话，音调又高。孩子正在睡觉，惊得眼睫毛一眨一眨的。在芳村，人们都喜欢高声说话。觉得，敞亮，痛快，自由自在。说着说着，就嘎嘎嘎嘎笑起来。我从旁听着，看着，第一次，觉得，我们的芳村上话，似乎是音调有点太高了一些。那一种方言，怎么就那么拗口呢。尤其是在幼通他父母家，一向安静惯了的，越发显得嘈杂得厉害。怎么以前都不觉得呢？真是奇怪得很。

幼通的母亲从旁立着，也插不上嘴，脸上淡淡的，也看不出什么来。一会儿又不见了。过了好半天，才拿了几罐露露进来，说是到楼下储物间去拿的。其时，已经是十一点半，快到午饭时间了。我的婆婆，作为这个家的女主人，她没有丝毫留饭的意思。

我悄悄跟幼通说，带大家出去吃吧。找一个好点儿的火锅店，就请她们吃火锅吧。省事儿，也热闹。她们平时也难得吃，稀罕些。大家道别，纷纷往外走。饭后，她们就直接去长途车站了。

我勉强挣扎起来，送她们。一眼看见，幼通姐姐的房间门是关着的。还有幼通父母卧室，也是房门紧闭。这是什么意思？是担心我们老家人看到他们房间跟我们这个小屋子的强烈对比，还是一种戒备呢，把这些乡下来的穷亲戚当贼防着？我的脑子乱哄哄的，只听见幼通的母亲，用纯正的普通话，在留客。别出去吃了，怪麻烦。就在家里吃，也方便。在家里吃什么呢？家里根本就没有准备。听见幼通母亲跟他小声说，买点包子回来。就喝绿豆汤吧。我只觉得一股热血直往脑门上冲。楼下的那家卖包子的，因为不卫生，一直被他们诟病。我的老家的亲人们，只配得到这样的招待吗？他们精致的小资情调的做派，他们过分讲究的有着营养学的科学理性的餐饮搭配，他们近乎病态的洁癖和卫生习惯，客人用过的茶杯必须消毒，每个人都有自己固定的碗筷（自然了，我和幼通除外）。甚至，他们都不肯拿出客用的茶杯，让我的亲人们喝一口水。这些芳村来的农村妇女，她们晕车，吐了一路。她们来城里走亲戚，本来是打算回去以后，在村子里炫耀一番的。她们可能再想不到，就这样回去了。在我们芳村，最讲究礼节。人家带着礼物来，是不能空着篮子出门的。总要带一些东西回去。在芳村，叫作回篮。可是，这一回，她们空着篮子，甚至，空着肚子，出门了。她们一定是失望的吧。她们一定在想，都说小梨嫁了个城里的，宝贝疙瘩似的，被人家放手心里捧着。原本想着，这一回来城里，见见世面的，也不枉一路颠簸受罪。谁承想，竟然是这个样子。那婆婆倒是一直笑着，可谁看不出来呢，是装出来的笑。城里人真是，太淡，不大热敬人。娘家人呢。什么时候，都是娘家人为大。孩子姓章，这是给他们家传宗接代哪。这要是芳村，怎么得了？是不是，因为小梨生了个闺女，人家婆婆嫌弃呢。照说城里人开通，不该呀。还有，都说城里好，有什么好呢？小梨那屋子，取灯盒子似的，我的娘，简直下不去脚。真是的。

都走了。屋子里一下子安静下来。空气里好像还有她们的说笑声。脂粉的香气，汗水的腥味，尘土的微微的呛人的味道。一挂一挂的锁，在孩子床头堆放着。在芳村，月子里，要给孩子送锁。各种布做的小动物，因为是女娃娃，大多是小鹿啊，小鸭子啊，小凤凰啊，小喜鹊啊，五彩缤纷的，用红丝线穿着，下面系着崭新的钞票。也有十块的，也有二十的，也有五十的，也有一百的。都是芳村人让她们捎来的。我很记得，我父亲的锁最大，一只巨大的凤凰，羽毛华贵美丽，红丝线系着簇新的钞票，整齐的好看的扇子的形状，总共是六百六十六元。姐姐说，是取六六大顺的意思。锁呢，其实是金锁。意思是把新生儿锁住，锁在这世上，一生安稳、顺达。孩子还睡着。被一床花花绿绿的锁簇拥着，又喜庆，又安静。我怎么不知道，我芳村的亲人们，为了给我撑面子，为了不叫人家城里人笑话，一定咬着牙，使尽了浑身的力气，才在锁上系了那么多的钱吧。为了这一趟，她们一定也是为了很多的难。她们再想不到，这么体面的锁，在这个城市家庭里，居然遭了冷遇。拿着一张热脸，贴了人家的冷屁股。幼通母亲看着那些花花绿绿的锁，脸上淡淡笑着，眼睛里，却是微微的嫌弃，是冷眼旁观。甚至，当着我的亲人们，连一句客套的赞美，都没有。

这个家，这个陌生的、冷冰冰的家，没有一点人情味，如此凉薄，如此无情。这是我没有料到的。

当天晚上，我没奶水了。是急火攻心，把奶水憋回去了。孩子饿得哇哇直哭。我抱着她，心里刀割一般，默默流泪。我担心和焦虑的一切，都发生了。我的乡下的亲人们，肩背手提，带着东西，大老远来看我。她们大都没有出过远门，这一次，恐怕是第一次进城，生平第一次，到城里走亲戚。她们是骄傲的吧。芳村的人都知道，我嫁到了省城，嫁给了城里人，文明人家，有文化，有身份。她们原本想着，是要好好见见世面的吧。谁能想到呢，竟然是这样。

那天，幼通父亲很晚才回来。在外面闲逛了一天，也实在是难为他了。平日里，他都是不大出门的。还有幼通姐姐，也终于回来了，什么都不问，淡淡的一张脸，好像是什么都没有发生过。

那些从乡下带来的东西，小米、鸡蛋、红糖、挂面、新棉花，它们被我的亲人们带到城市里来，身上还沾染着芳村的泥土的腥味，鸡蛋上沾着鸡屎，小米里还有米糠的浮尘。红糖装在红白条纹塑料袋里。

挂面是手工挂面，包挂面的纸，不知道是谁家孩子的作业本，田字格，歪歪扭扭的铅笔字，也认不太清楚。这些东西从芳村远道而来，经过一路的辗转颠簸，而今，它们蜷缩在一个城市家庭的客厅里，神情卑微、胆怯，惴惴不安。好几天过去了，没有人动它们。大家走来走去，仿佛根本没有看见它们的存在。

后来，那些东西是如何消失的呢，我都不大记得了。多年之后，莫名其妙地，我总是想起当年的一些往事。奇怪的是，一些事，当年刻骨铭心，告诉自己要记着，记着。为什么要记着呢，也说不好。是不是想着有朝一日，要报这一箭之仇呢。抑或，是一种侥幸吧，总觉得，人生已经到了最糟糕的时候，前面的路，不会比这个更糟糕了吧。而今，这么多年过去了，很多事，竟然也渐渐模糊了。是不是，人究竟是脆弱的，对于那些创伤，那些痛苦，还有难堪，潜意识里，都选择了忘记，或者是，回避。

新生命带来的新鲜和兴奋，很快就过去了。家里清静惯了，忽然添了这么个小东西，会哭会闹，一会儿拉一会儿尿，实在是令人烦乱。孩子一哭，幼通母亲就赶忙过来，把我们房间的门关上，犹不放心，再把餐厅的门关上。我好像是说过，我们这个小房间，是餐厅里的套间，挨着厨房，油烟味和湿气很重。我看着她紧张的样子，心里颇不是滋味。至于吗？这么一个小女婴，能怎么样呢？幼通父亲心脏不好，喜欢安静。我们的房间门关着，餐厅的门关着，幼通父母卧室门关着。三道门都关着。一个娇弱的小女婴，何至于此呢？

记得有一回，还是在我产假期间，幼通和他姐姐都去上班了。家里只剩下我和孩子、幼通的父母。午饭后，孩子忽然淘气起来。也不肯睡觉，在床上躺着，动来动去。芳村有句话，三翻六坐七爬。是说小孩子的。三个月翻身，六个月会自己坐着，七个月呢，就会到处爬了。掐指算一算，孩子四月出生，现在是七月，正是三个月，莫不是也学着要翻身了吧。孩子费力地翻着，总是失败。咧开嘴，就哭了。也是一个急性子呢。幼通母亲却慌忙过来，把门一道一道都关上，悄声说，爷爷要午休了。要么，你带着孩子出去玩会儿吧。

正是盛夏。小区的院子里，一个人影都没有。这个时间，人们都在午休吧。这小区是单位宿舍楼，蛋黄的色调，在暴烈的阳光下，仿佛是要晒化了。花圃里，花花草草们都给晒蔫了。不知道谁家的一只黑狗，卧在楼房背后的阴凉里，伸着长长的舌头，半睡半醒。我推着小车，小车上躺着孩子，在大太阳底下慢慢走。北方的七月，中午，天气好像着了火一样。孩子哇哇哭着，不耐烦地蹬腿儿，小脸儿热得通红。汗水如同热浆一般不断涌出来，我的衣裳都湿透了，心里头却是一片冰天雪地。脸上有什么东西迅疾地流下来，也不知道是汗水，还是泪水。

多少年过去了，我总是忘不了那个情景。盛夏的中午，一个年轻的母亲，带着三个月大的小婴儿，在蒸腾的暑气中，慢慢煎熬。而彼时，幼通的父母，孩子的爷爷奶奶，正在楼上的空调房间里，酣然入睡。孩子的稚嫩的哭声，穿过重重光阴，破空而来。我感到一阵眩晕。孩子渐渐安静下来。她也是哭累了吧。盛大的蝉鸣仿佛急雨一般，从四面八方汹涌而来，把我们淹没了。眼前金灯银灯乱走，我一个都捉不住。

太阳落山了，一天的暑气慢慢散尽，暮色四合。小区里渐渐热闹起来。忽然，一辆自行车在我们面前一横，抬头一看，是幼通。幼通下班了。热不热？他俯身看着婴儿车里的女儿，一脸温柔。我看着幼通，觉得仿佛是历尽了千难万险，终于重逢的亲人。眼泪一下子涌上来，我竟然一句话都说不出。

我跟幼通说起这些了吗？好像是说了。我拣一些次要的，断断续续说给幼通听。幼通工作了一天，很疲惫。他默默听着，脸色变得难看。有时候，语言是多么无力啊。这些语言的碎片，通过一个人的讲述，被另一个人听到。这中间，有多少曲折的修辞，微妙的省略，起承转合，因果关系。忽然之间，我就闭嘴了。幼通在屋子里走来走去，气息沉重。孩子适时地哭起来，好像是又尿了。

也可能是，我什么都没有说。我不愿意像一个怨妇一样，在丈夫耳朵边挑拨是非。幼通什么都知道。他深知他的家人。我的讲述，无非是让他徒增烦恼罢了。有什么办法呢，生活就是这样让人无奈。因为没有钱，我们请不起保姆。我们只能在他父母家住着，请他们帮忙照应。

我们在幼通父母家住了一年。孩子满周岁的时候，问题来了。

幼通父母的意思，是要我们请个保姆，回自己家住。我何尝不想如此。这一年里三百六十五天，天天跟他们在一起，有多少摩擦和碰撞和龃龉啊，个中滋味，只能自斟自饮，不足为外人道。然而，我们没有能力，生活费用之外，根本雇不起保姆。况且，雇个好保姆不容易，很多保姆事件，虐待孩子啦，串通外人偷主人家东西啦，相处不好啦，都令人头疼。幼通父母找幼通谈。幼通一再恳求，容我们再住一段，等到手头稍微宽裕，我们就考虑搬过去住。然而，幼通父母不肯。幼通愁肠百结。

我可能是忘了说了，在幼通这样的家庭关系里，孩子跟父母，是从来不曾撒娇的，使性子，更是不可能。用幼通的话说，他们之间，如同外人一般，客客气气，从不勉强对方。血缘，在这里仿佛是一个不存在的东西。他们不过是在这个世上偶然相遇，偶然地，凑在一个屋檐下，偶然地，成为了父子，母子，姐弟。既然他父母一口回绝，我们万般无奈，只好把孩子送回乡下。

我是从乡下出来的。我当然知道，一个刚满一岁的孩子，在城市里还算是娇生惯养，忽然离开父母，放在芳村，会是怎样一种磨难。可是，我实在是无奈，也实在是愤怒。我想，就算是一出苦肉计，我也要咬着牙，硬着心肠演下去。我到底要看一看，他们的心能有多硬。

然而，幼通父母竟然没有阻拦。

幼通的父母果然没有阻拦。

送到乡下的前一晚，我抱着孩子，哭了一夜。

第二天一早，我跟幼通送孩子去芳村。

幼通的母亲下楼送我们。脸上也是淡淡的，看不出什么来。幼通的父亲在睡觉，卧室门关着，始终没有露面。

八

那时候，二姐的孩子才不过六七岁，刚刚读小学。照说，也正是在妈妈怀里撒娇的时候。我好像是说过，这个孩子，就是母亲去世那一天，闹着要喝梨水的那一个。当时，他才不过三四岁。在母亲的几个孙辈儿中，这个孩子，他叫旭旭，是唯一一个，在母亲最后一刻，陪在身边的人。我不知道，多年之后，他是否依稀记得，那一天的情景。那该是他人生中第一次面对亲人的辞世，第一次面对死亡。尽管，据说，从那天之后，对于他的姥姥，他从未再问起。抑或是因此，对于旭旭，我总是怀着一种别样的情感。是他的在场，使得多年前那一场生离死别，显得不那么悲凉，还有凄清。母亲去了。她的女儿，她的孙辈儿都围绕床畔，送她。她是在亲人们的哀声中远行的。这是人世间最大的安慰吧。

旭旭很喜欢这个从城里来的小妹妹。他抱着她，背着她，做各种鬼脸，逗得她咯咯笑。她一下一下打他的光背，清脆响亮，他说，哎呀好疼，哎呀好疼。那小东西笑得更开心了。那时候，在二姐家的小院子里， 对小兄妹都你追我赶，玩疯了。丝瓜架上开着黄的丝瓜花。在风里微微颤动着。西红柿也熟了，圆滚滚一个一个的，有的红了，有的红里面还透着隐隐的青。蝉声落满了院子，好像是盛大的辉煌的鸣唱，好像是金色的雨点在空中飘洒。我们都不知道，还要再等七八年之后，另一个小女孩，才会姗姗来临。那是二姐的第二个孩子。一个十分聪慧懂事的小女孩。后来，她成了她母亲最大的安慰。

我们每周都回芳村，看孩子。我很记得，一进家门，孩子就歪歪斜斜迎上来，仰脸儿看着我们，呵呵呵呵笑。那时候，她还不会说话，走路也不利索。留着小平头，黑黑的，男孩子一般。却穿着一条淡蓝色的小裙子，露出胖胖的藕节一般的胳膊腿儿来。二姐说，她总是趴在窗台边，看着外面，嘴里叫着，妈，妈……只有这一个简单的音节，不停地大声叫着，直把二姐叫得眼泪汪汪。后来，我总是想象那样的情景，一个小女孩，刚刚才一岁，趴在乡下的窗台上，呼喊着远方的妈妈。芳村的阳光透过绿色的冷布，斑斑驳驳的，落了她一头一脸。在她懵懂混沌的世界里，窗外，意味着什么呢。是不是，窗外，远方，就意味妈妈，母爱，来自血脉的遥远的模糊的记忆？

女儿小小年纪，也是吃过百家饭的。在芳村，到人家去串门，碰上吃饭，是可以坐下就吃的。尤其是小孩子。在这个上头，芳村人都大方得很。女儿到人家去，少不得要吃东家半个素包子，西家一碗小米粥，有一阵子，二姐的邻家，煮了豆粥，总是过来叫女儿去喝。人家问她，妈妈呢。她就骄傲地说，班儿哩。直到后来，我回芳村，人们还说起她的一些趣事。芳村人的说法，吃百家饭，穿百家衣。有福呢。

果然，女儿渐渐胖了起来，黑了，却更结实了。也不大闹病。不像是在城里的时候，三灾六病的，总是吃药。有时候，她也闹脾气，不愿意在屋子里待着。二姐就带她出去。

二姐骑着自行车，她坐在后面的小椅子上，满村子转来转去。在芳村，她见识了很多。大黑牛安静地吃草。小绵羊眼睛湿漉漉的，忧伤地望着远方。毛茸茸的小鸡小鸭子，小球似的在地上滚来滚去。猪在猪圈里发呆，好像是睡着了，人一走进它们，就哼哼哼哼撒起娇来。她学会了不少芳村话，把猪叫 lili，把水叫作 wu，把馒头叫作卷子。直到后来，回到 S 市，她还会偶尔蹦出几句来，让听到的人大吃一惊。

六月、七月、八月，正是一年中最热的时候。那时候，乡下没有空调。乡下的热，是一种潮湿的溽热。她开始长痱子，头上，脖子上，身上，红彤彤一片。痱子粉也不管用。大约是刺痒难受，她热得彻夜啼哭。二姐急得不行。她也不大敢跟我们说，怕我们担心。

幼通的父母，忽然提出，把孩子接回来，请一个钟点工，每天白天，把孩子送到人家家里去，晚上再接回家。钟点工的工资，要由我们来付。

这是一个折中的办法。他们可以晚上帮着带，白天不管。关键是，我们得出钱。

孩子走了这么多天，大约有三个多月吧。之前，我常常带着孩子在楼下院子里玩，跟院子里的邻居们都熟悉起来。我猜想，这一阵子，不见了我们母女，人们一定会问吧。抑或，只是邻居们同事们的礼貌性的寒暄，孙女还好吧，有日子不见了。他们该如何回答呢。他们总不好说，送回乡下去了。这么大热的天气，放着城里的空调房不住，为什么要把这么小的孩子，送到乡下去呢。我不知道，是不是，这些邻居们的随口一问，抑或，是他们自己，感到了来自内心深处的不安的折磨，总之是，幼通的父母感到了莫名的压力。他们左思右想，反复掂量。他们终于咬着牙，妥协了。

那个夏天快过完的时候，孩子终于回来了。

她晒黑了，也更结实了。留着小平头，胖嘟嘟的。已经会说简单的单词了，带着芳村的泥土的味道。问她，想爷爷奶奶吗？她看了看大家，点点头。问，哪里想呢？她指了指自己的小心口。她的小手也晒黑了，胖胖的，有一个一个的深深的小窝。

自然了，对于这一段乡村生活，如今，她早已经不大记得了。我却无法忘记。我总是会忽然想起来，有一回，我们回芳村看她，第二天，一大早悄悄离开。她躺在她的二姨和二姨父中间，小小的黑黑的脑袋，毛茸茸的，睡得香甜极了。二姐欠起身子，冲我们摆摆手。我们再看她一眼。蹑手蹑脚，悄悄出来。清晨的芳村，安静，清新，透明，仿佛清水洗过一般。我们悄悄走了。把她留在芳村的早晨里，留在她的自以为是的甜美的梦乡里了。

直到现在，我一直都在懊悔，竟然没有留下一张照片，当年的照片，女儿在芳村，在她二姨的身边，那个夏天，那些个日日夜夜，她的喜怒哀乐，竟然都随风吹散在多年前的芳村，遗落在光阴的深处，再也找不到了。

跌宕

自从退休以后，他的一天差不多都是这样度过的。

早晨起来。洗漱。喝一杯蜂蜜水。服一袋鲜王浆。吃早点。看当天的报纸（现在是看手机新闻）。上网（现在是看微信）。上卫生间（这对他而言是一天中的大事。时间或早或迟，通常要在上午完成）。发发牢骚（当然，听众通常只有一人）。午饭。午睡（一年四季雷打不动）。出去散步（大多时候一个人，有时候两个人）。晚饭。看电视（现在电视剧太糟糕。聊胜于无）。玩手机（主要是刷朋友圈）。洗澡。睡觉。

每一天都是这样。几乎很少有意外。他对这样的生活真是烦透了。

说到意外，他这一生，意外并不多。中规中矩的，一路走下来，稀里糊涂竟然就快到终点了。他不甘哪。

他叫章大谋。当初，他父母给他起名字的时候，是不是暗暗希望，这孩子有朝一日，能够成一番大事呢。他冷笑一声。手机屏幕照出他的脸，皱纹很深，很密，眼袋垂下来，眼睛却明亮得惊人。他是老了。可是，他的心还不肯服老。谁没有年轻过呢。谁没有过好年华呢。

这几年他经常陷入对往事的回忆中。人老了是不是都是这样？

当年，他们家也是阔过的。他小时候，还依稀有一些家族盛世时期的影子，后来，就败落了。关于这些，母亲从来都闭口不提。他也不敢问。都是繁华旧梦了，不提也罢。他母亲是京城里的大家闺秀，一年四季穿旗袍，到老了落个关节炎，竟至长年卧榻。他母亲是一个有风度的女人，直至暮年都保持着威仪。他一直不明白，当年母亲为什么嫁给了父亲。他父亲是天津人，一口的天津话（他由此恨透了天津话）。京油子，卫嘴子。父亲一生好吃懒做。他瞧不起他父亲。当然，他也知道，他父亲也看不上他。他们父子两个，一生都没有和好过。

大谋当年报考的是北京一所著名的大学，中文系。后来，被调剂到S市的一所大学，数学系。据说是因为成分问题。这是命运给他开的第一个玩笑。他就是在那所大学里，认识了佩竹。他们恋爱，结婚。佩竹跟着他，被分到乡下去教书。他们吃了很多苦头，受了很多罪。好在那时候他们还年轻，咬咬牙，也就过来了。那一代人还不都是这样过来的？谁还能逃脱时代的劫持呢。后来，他们有机会回到了S市。这里面说起来容易，其实是千辛万苦。多年以后，他跟孩子们谈起这一段往事的时候，心里充满悲怆的燃烧的激情。他原本是想着漫不经心地提一句的。时隔多年，他怎么竟然还这样的铭心刻骨呢？他们，尤其是他，承受了多少啊。那些苦难，甚至屈辱，不堪回首，不堪回首。要是没有他，说不定，他们还在那个小村子里窝着，窝一辈子。他靠着自己的勤奋，才华，机智，当然，还有一些手腕，改变了他的命运走向，也改变了这个家庭的命运走向。然而，他们能理解这些吗。

他这两个孩子，老实说，他是十分失望的。幼宜婚姻失败，幼通呢，事业无成。真是要命啊。他不能想这些，一想这些，他心脏就受不了。他心梗过，做了两个支架。年轻的时候，他脾气暴烈，在家里简直是说一不二。现在上了年纪，倒慢慢平和下来了。有什么大不了的呢。人这一世太快了。成败荣辱，眨眼间就都烟消云散了。

佩竹在阳台上伺候她的那些花草，阳光透过窗子，给她勾了一圈毛茸茸的金边儿。她已经发胖了，也早就不打扮了。这种纯棉的家居服特别容易起皱，一身的细细琐琐，越发显得邋遢。年轻的时候，她可不是这个样子。她新潮，漂亮，活泼极了。佩竹他们家祖籍南方，当年也是望族，据说，论起亲戚来，跟历史上的“七君子”之一还有瓜葛，据说佩竹常常听母亲说起沈家大姨如何。佩竹很少提及这个。大谋倒是颇感兴趣，追着她问这问那。佩竹越是语焉不详，大谋越是意犹未尽。他很纳闷，佩竹什么时候变了，变得安静、散淡，有时候，近乎木讷，近乎无趣。生活什么时候把那个美丽活泼的女孩子抢走了，扔给他一个叫他陌生的妻子。他真是懊恼得很。

有一度，他们之间几乎没有话。他是一个敏感的人，情绪变化大。他那些内心的种种曲折，佩竹她哪里懂得呢。他关心时政，喜欢足球，喜欢时髦，喜欢美食华服，对新鲜事物永远有好奇心。佩竹的注意力却不在这上面。她只关心她的花草鱼虫，油盐酱醋。有时候，大谋忍不住，跟她聊几句，她只是嗯嗯啊啊地敷衍，手里的活计并不停下来。他简直恨得不行。当然了，佩竹厨艺好，做得一手好菜。他是享受了这些好处的，可是，他却一点也不感激她。他倒宁可她像老冯的妻子那样，不擅长家务，却是风情万种。都六十岁的人了，还是那么优雅娇媚，韵味迷人。他嫉妒老冯。老冯他凭什么呢。

大谋喜欢美食美色。这没有什么可厚非的。都是血肉之躯，谁没有个七情六欲呢。只不过有的人会掩饰克制罢了。年轻的时候，工作忙，压力大，他倒是不大在意这些个。后来上了年纪，他竟然越来越惊讶地发觉，内心里那个小兽越来越不安分了。说出来有些难以启齿，他常常偷偷上网，就是那种网站，有很多美女图片，性感火爆，极尽妍态。他一张一张看着，浑身紧张，手心里都是热汗，心里咚咚咚咚跳得厉害，擂鼓一样。房门关着，上了锁。窗帘拉下来。屋子里光线昏暗，更平添了一种不可言说的意味，鬼鬼祟祟的，不磊落，不光明，不正大，见不得人。直看得头昏脑涨晕晕乎乎，他才关了电脑，开门出来。阳光透过窗子，屋子里越发显得窗明几净，花草繁茂，洗衣液的清香混合着草木的清气，叫人醺醺然。他长长舒了一口气。这个时候，他觉得世界温柔可亲。他自己呢，却是如同刚刚水火洗礼了一遍，清澈透明，简直欲要飘飘飞起来了。他会凑到厨房里，跟佩竹说话，耐心地，温情地，啰里啰唆地。他自己都惊讶极了，意外极了。

幼通在的时候，他就有了聊天的对手了。对这个儿子，他虽然十分看不上（就像他父亲看不上他一样），跟他聊聊天倒是很不错。幼通不好好上学，有的却是一肚子闲书杂书。有时候，他为这个恼火，嫌他不务正业。有时候呢，他倒又为这个得意，觉得儿子厉害。心里笑话那些个只知道读死书的，骂一骂当下的教育制度。当然，一般情况下，是大谋说，幼通听。幼通只是偶尔插一句。他看出了幼通对他的不屑。这不屑虽然被他表面的恭敬掩饰得很好，可是他依然能看得出来。他爷爷跟他父亲，他父亲跟他，他跟幼通，几代父子不睦，却因为血缘关系，不得不纠缠一生。这是不是一种宿命？

骨子里，他其实是一个悲观主义者。总体上，他对这个世界的看法是悲观的。他不大相信这个世界。他也不大相信生活的正义。难道不是吗。人生是荒诞的。比如说，他，章大谋，不用多，往上推一代两代，还在京城的大宅门里提笼架鸟，锦衣玉食，而到他这里，却一下子到了穷乡僻壤，那村子叫作大陈庄，一村子都姓陈。土坯小屋后头就是一片坟地。夜里，他听着寒风呼号，在村野里发出空旷的回声，心里惶惑得不行。这是哪里？他怎么就到了这里？后来，他调到S市。他从来就没有把这个城市看作自己的城市，他总觉得，他不过是一个过客。他看不上这个城市。从一开始，他就用挑剔的审视的苛刻的眼光看待这个城市。一开口便是，S市这地方——是客观的口吻，有旁观者的理性和冷静。S市这地方太土了。S市这地方太左了。S市这地方连个像样的特色菜都没有。S市这地方简直了。他始终对这个他生活了大半辈子的城市没有认同感。这是别人的城市，而他的城市是北京，必须是北京，只能是北京。他看S市的时候，始终是把北京作为参照物的。他叹息，感慨，愤激，甚至拍案而起。这个时候，佩竹往往是沉默的。孩子们也沉默。他看着他的两个孩子，一儿一女，照说是人生圆满了。可是他们竟然不争气。他真是恨得不行。看来，这辈子，他们也只能在这个小地方待着了，混一碗饭吃，平平凡凡一生，也是庸庸碌碌一生。幼宜倒也罢了。只是幼通，一个大男人，居然这么没出息。他真是恨哪。恨铁不成钢。

可是谁能料到呢，幼通后来居然去了北京。

当然，不管大谋愿不愿意承认，幼通去北京，是因为翟小梨。

知子莫如父。这是大谋经常对翟小梨说的话。他说这话的时候，脸上是一个父亲的自信，还有一个男人的冷嘲。他们父子相处了二十多年，他是很笃定地给儿子下这个判断的。他一直都忘不了，翟小梨当时的神情。惊诧，震动，半信半疑。他受不了她这种神情。她知道什么呢。她才跟幼通认识几天？幼稚。盲目。愚蠢。笨。女人哪，总是喜欢犯这样的毛病。他还以为，这个翟小梨说不定会是个例外，然而，他失望了。

知道翟小梨这个名字还是他们上大学的时候，当时他到那个城市出差，顺便到学校里去看幼通。那个姓云的女老师，特意提起过这个女孩子，是骄傲的口吻。他心里存疑，脸上却笑着表示附和。那样的学校，能有什么像样儿的学生呢。谁能料到呢，幼通竟然把她娶回家了。世事难料啊。

老实说，从一开始，他就没有看好他们这场感情。物以类聚，人以群分。翟小梨和幼通，他们根本不是一类人。当青春的激情燃烧过后，剩下的恐怕就是现实的灰烬了。他们到底还是年轻，只顾这眼前的繁华热闹，哪里肯往后看一眼呢。看着他们不顾一切的，他也就不多嘴了。更何况，翟小梨是个可爱的女孩子，漂亮，聪明，勤奋，上进。他总觉得，这女孩子身上的某些气质，跟他当年有些像。她那股子狠劲儿，那种不甘人下的自尊心。肯吃苦，能让人。这些年，他是眼看着她，一步一步奋斗出来的。老实说，他心里颇不是滋味。怎么偏偏就是翟小梨呢？人家一个乡下出来的孩子。怎么就不是他们老章家的孩子呢？他心里恼火得不行。当然也得意。得意之余，是更加恼火。也不是恼火，是懊丧。也不是懊丧，是感慨。也不是感慨，好像是，恨？他恨谁？

大谋不肯承认，他是有点恨这个翟小梨。当初，她刚进章家，还在跟幼通恋爱的时候，他就提醒过她的，或者说，就是警告。他们不合适。她不是不听吗？很好。就叫她亲身领教一下生活的教训也好。后来，果然不出所料，她哭着来找他们，恳请他们跟幼通谈谈。谈谈？谈什么呢？他看着翟小梨的泪眼，心里冷笑一声。他们父子要是能够坐下来谈，除非奇迹出现。而他这一生，是根本不相信奇迹的。哼，不听老人言哪。这可不能怪他言之不预。翟小梨一趟一趟过来找他们。有什么用呢？没用。找佩竹，就更没有用了。她嫁进章家也不是一天两天了，这个她都看不出来吗？她哭哭啼啼，叽叽歪歪的，像什么样子。难道她就不能拂袖而去？谁也没有把她绑在一个男人身上。她尽可以一走了之。她历数的幼通的那些罪状，他听着，愤怒着，愤怒背后，竟然有一丝压抑不住的快意升腾起来。怎么样？我没骗你吧。我说的那些，都是真的吧。一物降一物，你既然肯跟着这样的幼通，跟着他吃苦，又能好到哪里去呢。看来，早先我是高估了你了。

对于他们，对于他们的生活，大谋是早就下过断言的了。他断言，他们这一生也就这样了，绝不会再有出头之日。这话他是跟翟小梨说的。有好几年，他跟幼通之间不过话儿。幼通辞职在家的那几年，他更是连看也不愿意看他一眼。当时他说这话的时候，翟小梨抱着孩子，苍白着一张脸，咬着嘴唇，没有说话。他看着她的侧影，心里莫名地震颤了一下。这世上有两种女人，有一种是生育以后就走下坡路了，肥胖，变形，邋遢，红颜褪尽。另一种是，经历了孕育期的蜕变，出落得越发光彩照人了。翟小梨属于后一种。她穿着家常的衣裳，满脸哀愁，整个人却是流光溢彩。他的脸上滚烫地烧起来。他对这个年轻的女人，他的儿媳，都说了些什么啊。他说了那么多的幼通的坏话。幼通是他的亲生儿子哪。他不敢直视自己的内心的深渊。他居然嫉妒他的儿子。在儿媳面前，他那些慷慨激昂的演讲般的自我吹嘘自我美化，对幼通的无法遏制的批评、审判、冷嘲热讽，他简直不敢细想。每一回这样的谈话之后，他总是十分疲惫，夹杂着如同欢爱过后一般的惬意快意，遍体通泰，还有强烈的虚无感。再见到幼通，他对他倒有点内疚了，他跟儿子打招呼，聊天，慈爱的，温和的，像天下所有的慈父那样。还有佩竹。他后悔他不该拿她举例子，尤其是当着翟小梨的面。他不该把佩竹和幼通母子两个归为一类，并且还大加鞭挞。他真是太冲动了。最要命的是，翟小梨亲眼看到了他的冲动。为了这个，他都不能不恨她。

当着人的面，外人，或者是家人，他待翟小梨越发刻薄。他只有这么刻薄冷酷，才能偿还背后的推心置腹。他心里暗骂自己的虚伪。这世上，谁不是戴着面具生活呢？谁在摘下面具的那一刹那，不令人失声惊叫呢？他好歹是自许读书人的，他对生活的理解，对人的认知，没有那么狭窄。

后来，后来事情发生了变化。

翟小梨居然，居然颠覆了他当年的断言。世间的路有千条万条，她竟然偏偏选了那一条羊肠小道，凶险的，坎坷的，崎岖不平，前程未卜。他从旁冷眼看着，有点隔岸观火的意思。他不肯承认，他纠结极了。一千个一万个疯狂的念头，在他心里头厮杀。他希望翟小梨好。他简直把翟小梨看作了他自己。大半生已经蹉跎，他是没有什么机会了。他渴望翟小梨能够代他实现他青年时代的梦。他几乎认定，翟小梨跟他是一类人。他懂得她，就像懂得他自己。他知道她心里头那些块垒那些疙瘩，他知道她心里那些个沟沟坎坎曲曲折折。他盼着她赢。比任何人都期盼。可是，他又盼着她输。输得一败涂地，像他一样，甚至比他还惨。他这是怎么了？他真是矛盾啊。

他眼睁睁看着她的背影，心里又是惊诧（她这么一个小女子，哪里来的这么大的勇气和力量），又是担忧（说不定她随时就会败下阵来当了逃兵），又是嫉妒（她怎么就有这么好的机会呢，靠奋斗改变了自己的人生），又暗自庆幸（受尽磨难的终究是别人家的孩子，单枪匹马在北京打拼，非得扒一层皮。北京是什么人都能待的地方吗）。

多年以后，他站在窗前，看着京城的夜色，看着华灯璀璨的帝都，心里的潮水汹涌不已。他祖上就在这个城市，章家的祖坟，还在这个城市的土地上。世事沉浮，如今，经过两代的更迭，他们章家终于又回来了。不是通过他，也不是通过他儿子，而是通过翟小梨。他是应该感到喜悦，还是应该感到悲哀？更令他难堪的是，这么多年来，他们章家对这个儿媳有点儿，怎么说呢，他们从来没有善待过她。他七十多岁，风烛残年了，可是并不糊涂。翟小梨乡下出身。他倒不是多么在意门当户对，在单位里，在外头，他向来是比旁人更具有平等观念的。他经常把家里那些不穿的旧衣服，不用的旧电器，送给家属院看门的老刘。他为单位里的那些弱势的同事争取利益，敢跟领导拍桌子。在街上遇见乞丐，他也总是毫不迟疑地给他们一两毛零钱。他一直相信，他是有着丰富的同情心的。他怎么在家里竟这么刻薄寡情呢。佩竹倒还好。她在家从来都没有过什么立场。她总是看着他的脸色的。可是，他却亲眼看见过，佩竹在翟小梨面前的样子，威严的，傲慢的，说一不二的。外人眼里那个温和的甚至窝囊的老好人儿呢，那个整天笑眯眯的老太太呢。他心里只是惊诧一下，也就摇摇头笑了。佩竹在自己婆婆面前做小伏低，受气丫头似的，而今却端着架子，也学着做起婆婆来了。可如今是什么年代了。偷眼看翟小梨，倒是都恭顺地应着，微笑着。他心里一震。这个翟小梨，真是好涵养啊。这要是换作幼宜，早翻脸了。幼宜。他叹口气。幼宜要是有人家翟小梨一半，他还至于这么操心？这么大个人了，从二十多岁到五十多岁，三十年了，怎么就一点长进都没有呢。这么多年，在父母的翅膀底下钻着，她何曾见过真的人生哇。出来进去，进去出来，一个人孤孤单单的，看样子，婚姻不论，连个恋爱都没有谈。她真是出息得很哪。然而，仅仅从做父亲的角度，不是从男人的角度看，幼宜也实在是太缺乏魅力了。有时候，他看见她在梳妆镜前左顾右盼，心里又不忍，又恼恨。就是这个幼宜，在翟小梨面前那小架子摆的，真是叫人，怎么说，又好气又好笑，想训她，又觉得痛快解恨——他不肯承认，他特别乐于看到翟小梨窘迫难堪的样子。他是不是心理有毛病?

这么多年，他一直在听翟小梨过来跟他们倾诉。他听着她一桩桩一件件数说幼通的事迹，他听她批判他，抱怨他，激动的，颤抖的，流着泪，几乎要失去控制。他坐在那里，听到他对儿子的判断和鉴定，从一个年轻美丽的女人嘴里说出来，他竟然觉得十分畅快过瘾。这么多年，他一直在等着翟小梨过来跟他诉说，一直在等着这桩不被他看好的婚姻走向必然的结局。他们闹来闹去，差点都要完蛋了。可谁知道呢，好像竟然又莫名其妙地好了。他不知道，这些年，他们之间到底发生了什么。他一向自认为是眼睛毒辣的，这一回，他却不懂了。老实说，他是有一种很深的遗憾的，或者叫作失望。他是不是太残忍太龌龊了？这是一个做父亲的应该有的反应吗。

又是霾。天气预报说，这几天好像都是雾霾天气。这几年，S市竟然以霾而闻名全国。这真是荒唐。他叹口气。厨房里有香味飘出来，好像是在炖牛肉。佩竹小声哼着什么调子，快乐的，轻松的，有劳动的喜悦和明朗。她真是心思简单啊。简单，快乐，远忧近虑，她统统都不去想。她一辈子都是这样，脑子里一点事儿都不装。真是让人又羡慕，又恼火。她怎么就那么坦然接受翟小梨的礼物呢，欢天喜地，一点分寸都没有。简直是。还有，她仰着头，跟幼通说话的时候，那副神情！做母亲的，该端的时候不端，不该端的时候倒端着不放下来。她什么时候能够懂得得体二字呢。

有好几回，他试探地问，他们有没有困难，有困难就说话。都被翟小梨婉拒了。他也私下里给过幼通钱，有时候一万，有时候两万。

幼通都没有收。他心里又高兴，又伤心。高兴的是，看样子，他们的生活是越来越好了。伤心的是，他们不肯接受他的帮助，还是心怀芥蒂的吧。这么多年了，他一直在心理上保持的那种经济上的优越感，终于崩塌了。他失落吗。他难堪吗。他是感到悲哀，还是感到安慰?

他们走了。从此远隔山岳，尘世苍茫。这真好。

他们平时回来得不多。只有过年的时候，他们才回来，住上一晚两晚。他恨他们狠心。又怕他们。怕他们不再回来。对他们，他竟是又恨又怕。他是不是真的老了?

电话忽然响了，他吓了一跳。电话铃声在宽敞的客厅里回荡，他蹒跚着去接，却脚下一滑，摔倒了。佩竹在厨房里听见动静，惊叫道，怎么了？大谋？怎么了?

九

孩子回来了。我们的生活，渐渐恢复了原样。我们搬回自己家去住。我可能是忘了说了。我怀孕期间，发生过一件事。我们租住的房子，没有厨房，只好在阳台上做饭。晴天的时候，阳台暴晒，幼通父母家淘汰下来的那张老旧的抽屉桌，想必是上世纪80年代的产物，权作料理台，摆满了油盐酱醋等杂物。因为整日被暴晒着，常常就变了质。阳台是那种木窗子，关闭不严，灰尘很大。有一回暴雨，雨水从窗户里灌进来，把锅碗瓢盆都淹没了。看着一片狼藉的厨房，我又恼火，又无奈。等孩子出生了，这个简陋的出租屋，该怎么住呢？我们思来想去，决定买房。

那时候，21世纪初，房价还没有现在这么疯狂。在S市这样的中等城市，虽说是省城，但价格还好。然而，我们依然买不起。我们的工资不高，并没有积蓄。幼通跟他父母商量，能不能借点钱给我们。我原本想，结婚的时候，是我们自己租房。而今，孩子要出生了，他们不给我们准备房子，也就罢了。我们只是借一点钱，贷款买房，想来他们是该会答应的吧。毕竟，幼通是他们的儿子。即便不是在芳村，就是在S市，通常情况下，儿子结婚，父母一般都是要准备房子的。

然而，幼通父母拒绝了。

我不知道，他们是如何谈这件事的。也不知道，在这件事上，幼通的父母，何以这样态度强硬。我只记得，那一天，在我们出租屋附近的一家小杂货店里，幼通坐在门前的小凳子上，跟他父母通电话。红色的公用电话，被幼通紧紧攥在手里。我不知道对方在说什么。电话那边，可能是幼通的母亲。我只看见，幼通的脸渐渐涨红了，额头上细细密密出了一层汗。然后，又渐渐地变白了，变白了。幼通的脸色苍白，仿佛一张脆弱的白纸。眼泪从幼通的眼睛里涌出来，无声地迅疾地流了一脸。我赶紧背过身去。我听见幼通说，我是您的儿子吗？我是您的亲生儿子吗？

初冬的阳光稀薄，无力，落在幼通身上，把他的影子淡淡地画在地下。风吹过树梢，发出呜呜的声响。一层灰色的雾霭慢慢把城市包围了。风里带着凛冽的寒意，把城市的初冬吹破。行道树的叶子几乎都凋零了，在冷风中一片萧索。街上人来人往。车流汹涌。

这么多年过去了，莫名其妙地，在某一个瞬间，在我们北京的房子里，看着窗外的满城灯火，或者，看着幼通静静看书的身影，我总是会想起当年，那一个初冬的阳光，虚弱，无力，仿佛这薄凉的人世，叫人感觉不到一丝暖意。幼通他，紧紧握着红色的公用电话，在人潮汹涌的大街上，在那个小杂货店门口，背对着他怀孕的妻子，突然之间，泪流满面。

一个年轻的男人，他刚刚大学毕业，还不曾经历过人生的风雨，为了爱情，奋不顾身地莽撞地冲进了婚姻。他在生活的重压之下，茫然无措。因为钱的逼迫，他左右为难。他哭了。

后来，我总是想起来那一幕。为了那一个多年前的初冬，我对幼通，充满了疼惜，还有妻子的柔情。

最终，我们贷款买了房。

是我和幼通一起去看的房。幼通骑着自行车，带着我。那时候，我已经身怀六甲，行动很不方便了。好像是冬天。寒风凛冽，要把我们穿透了。脸上如刀割一般，心里却是一片火热。我们要有房子了。我们要有家了。这是一件多么美好的事啊。

那个小区在S市南二环，当时还有点荒凉，离市区比较远，人烟稀少。环境倒是很不错。安静，清幽，有大片绿地，还有花圃。楼间距也很大。房子格局也合理。两室两厅，一家三口，足够了。家是幼通一个人搬的。不过是把出租房里的那些家什搬过来，几乎没有添置新东西。

时间重新开始了。

孩子出生以后，有整整一年，我们一直跟幼通父母住在一起，在人家的屋檐下，看着人家的脸色，仰着人家的鼻息，个中滋味，实在是一言难以道尽。种种龃龉、摩擦、不快、辛酸，人生的那些不可说处，不说也罢。

那一年，我经常哭泣，半夜里被梦魇惊醒，长时间的失眠，会忽然间歇斯底里，把幼通吓得不行。有一度，我甚至怀疑自己，是不是抑郁了。产后抑郁，我是听说过的。小区院儿里好像有一个就是。那时候，我们经常各自推着孩子，在小区里遇上，闲聊。那是一个年轻的女子，瘦且高，肤色微深，脸部轮廓也深，颇有一种异族气质。渐渐熟悉了，她跟我讲起了她的抑郁。她丈夫对她很好，尤其是，她的公婆，待她如亲生女儿。她生了一个女孩，那是全家人的宝贝。据说，丈夫家境良好，生活称得上优渥。那小婴儿从头到脚，锦绣堆里一般。你说，我怎么会抑郁呢？她问我，一脸苦恼，眼睛里有泪光闪烁。是啊。她怎么会抑郁呢？在爱的包裹中，一个人也会陷入对世界的怀疑和厌倦吗？因为经常在一起，我们谈了很多。大多数时候，是她说，我听。我们并不熟悉。唯一的相同之处就是，都刚生了孩子，是新妈妈。也许正是因为这种不熟悉，我们反而更容易向对方敞开自己。我不想多说。关于这一年里内心的种种经历，我也没有提及。有时候，我悲观地想，人与人之间，到底有多少可以理解的部分呢？就像，我不理解她的抑郁，她肯定也无法理解，我那样一个人，温和，有礼，见了人，不笑不说话，仿佛一只温柔的小母鸡一样。这样一个女人，内心里能藏着多么深刻的疼痛呢？还有，即便说了，所说的那些，是真的吗？幼通的父母，她也是见过的。一眼看上去，就是知识分子的风度，知书达理，是那种有教养的家庭里经典的家长的范式。怎么可能呢？

后来，搬离幼通父母家以后，我再也没有见过她。偶尔地，我还会想起来，那个夏天的情景，两个年轻的女人，坐在花圃边上，旁边的婴儿车里，躺着她们的孩子。她们头碰着头，说着悄悄话。那个满腹心事的女子，正在经历着也许是她这一生中最为深刻的精神危机。她一脸落寞，跟旁边的生机勃勃的婴儿，形成鲜明的惊心的对照。而我，看上去还算平静，内心里的风暴，谁会知道呢。我总是想，假如没有那些个夏日的黄昏，那些夏日黄昏里的悄悄话，内心的飓风与暴雨，是不是会溢出精神的堤岸，最终把我淹没?

我再也没有见过她。也不知道，后来，她是不是都好起来了。有时候，偶尔到那个小区去，幻想着是不是能遇上她。然而，到底是没有。后来，幼通父母也搬家了。那个瘦高的肤色微黑、满怀心事的女子，散落在人群里，再也找不到了。

十

我们终于重新有了一个新的开始。

我曾经以为，一切都会好起来的。怎么说呢，我这个人，对于生活，总是有一种盲目的热情。从小到大，一直是上学，读书，立志要从芳村出来，到城里去。而今，我的梦终于实现了。在这个城市里，我有工作，有户口，有家庭，有房子，我拥有了从前梦想拥有的一切。我满心珍惜。想想吧，一个乡下出来的柴火妞。有时候，骑着自行车，在大街上走过，看着周围的人群，来来往往，都觉得可爱可亲。觉得，这些人，他们都是我在这个尘世的亲人。我跟他们共同生活在一个城市，呼吸着一样的空气，喝着一样的水。莫名其妙地，走着走着，我就微笑了。

小区门口有一个菜市场，我喜欢提着篮子，从这头走到那头，慢悠悠地，跟那些小商贩们讨价还价。新鲜的蔬菜瓜果，带着泥土和阳光的味道。肉案子上红红白白，诱人得很。鸡鸭在笼子里叫，鱼在水里游。油条豆腐脑香气扑鼻。这是红尘滚滚的人间。肉香酒酽，人间的烟火繁盛。我走着逛着，满心欢喜。

旁边有一个城中村，叫作五里庄的，四九逢集。我常常去赶集。为此，幼通老是嘲笑我，说我是农民习性。我也不反驳。可不就是农民习性嘛。如今城市里的年轻女人们，有谁还会热衷于赶集呢？她们喜欢的是高档商场，堂皇的购物中心，美容院，健身房，咖啡馆，各种高大上的休闲会所。相形之下，赶集，这种乡下妇女才迷恋的事情，显得多么滑稽可笑。

我好像是还没有说过，关于幼通的工作。那时候，幼通在一家公司上班。因为是新人，待遇不高。本来，幼通也是可以到学校教书的。可是，他不喜欢当老师。有一回，他母亲的一个学生来家里拜访，是曾经的学生，那时候也已经是五十岁的人了，事业有成，是一家公司的老总。正好幼通也在家，便随口问起他的工作，幼通母亲说，马上要大学毕业了，还没有合适单位呢。那学生说，正好，如果愿意，就到我公司吧。

怎么会不愿意呢。其时，幼通父母正在为儿子的工作发愁。除了教育口之外，他们人脉不多。脸皮儿又薄，不愿意开口求人。谁能想到呢，一个大馅饼，咣当一下就砸下来，一下砸到幼通头上。真是不可思议。

事情就这样解决了。幼通到那家公司上班。怎么说呢，对幼通，我总是怀着一种莫名的信赖。总觉得，幼通会搞定一切。就像当年谈恋爱的时候，幼通跟我许诺的那样。总有一天，幼通会给我一种我想要的生活。对这一点，我从来不曾怀疑过。

在家里，幼通不太聊起单位里的事。我却喜欢说。那时候，我在学校，教英语，带班主任。整天忙得陀螺一般，轻易停不下来。在工作上，我是一个要强的人。无论做什么，我都想做到最好。我不愿意让人家说出一个不字来。那所学校，也就是我自己找的那一所，在S市，大约连中等都算不上，中等偏下吧。校园倒是朴素干净，更重要的是，这所学校，在我最为艰难的时候，接纳了我。那位斯文苍白的薛副校长，对我有知遇之恩。薛副校长主管教学，在业务上抓得很严。大约是我的试讲课给他留下了深刻印象，自那以后，他对我格外关注。我呢，也暗自用功，认真备课，教研，探索课堂教学新模式。在不久之后的全市青年教师评优课中，我脱颖而出，为学校赢得了荣誉。薛副校长十分高兴，大会小会表扬我。我呢，也越发勤奋了。那两年，我连续两次代表学校参加市里的评优课，战绩辉煌。学校请我为全校文科老师上观摩课。时至今日，我依然记得当时的情景。我站在讲台上，教室的后面几排，满满当当坐着我的同事们，语文，英语，历史，政治，地理，生物，除了数理化学科，其他各年级各学科老师，都在座。当时，我不过是二十多岁，一个年轻的女孩子，职场新人，还来不及积累多少教学经验，竟然胆敢站在这么多同事和领导面前，班门弄斧，想来也实在是无知者无畏。

那时候，我刚刚跟幼通结婚，新的生活，新的工作，新的梦想，一切都是新的。我是怀着极大的热情，一心要在这三尺讲台上站下去的。站一辈子。对教书，我说不上喜欢，也说不上不喜欢。生活中，哪里有那么多让你喜欢的人与事呢。我唯有尽心罢了。

生活果然没有辜负我。我在学校里干得风生水起，有声有色。业余时间，我已经开始准备自学考试了。辛苦自然是不必说的，然而也充实。

你知道自学考试吧，就是那种俗称自考的。社会报名，自学，全国统一考试，各科分数合格之后，可以拿到毕业证书。我是专升本。那几年，我实在是学得辛苦，工作，家庭，业余时间看书备考。甚至，在我怀孕期间，还坚持参加了最后一门考试。有一回，好像是考日语的时候，我的眼睛出问题了。忽然间疼痛难忍，不停地流泪。因为忙于复习，根本没有时间和闲情去医院检查。我就这样带着眼疾考完了日语，三个小时下来，我记得，那份日语试卷上，早已经泪痕斑斑了。后来，疼到不行了去医院，才知道，原来是有异物进入，由于被反复揉搓，已经嵌入了眼球里，如果再有拖延，十分危险。我听着医生的训斥，心里后怕极了。我做了一个小手术，异物取出，通过仪器，医生把那眼球上留下的小坑，指给我看。

大街上一如既往的喧嚣。我推着自行车，慢慢在人行道上走。我的右眼被一块纱布包扎起来，我只能用一只眼睛看世界。周围的一切都好像是不一样了。好像是，被修改过。我看到的是一个不一样的世界。局部的，恍惚的，倾斜的，有那么一点梦幻般的荒诞感，又有一种前所未有的真实。多年之后，偶尔地，我会忽然想起当年，一个年轻女人，穿着深蓝色西装，那所学校的工作服，扎着马尾辫，中规中矩，一看就是中学老师的模样，她一只眼睛被纱布蒙住了，推着自行车，慢慢走在大街上。旁边有人看过来，充满了好奇。他们一定是在想，这女的，她好像是眼睛受伤了吧。看上去，还算是文静端正，是那种好人家的女人。怎么没有人来接她呢？这种情况，一个人，简直是……叹息还没来得及出口，就匆忙过去了。这个时刻，正是城市的晚高峰。

令人高兴的是，我的日语，考过了。我的本科文凭，马上就要到手了。为了这个文凭，我整整自学了三年。在考试这件事上，我是发过誓的。念了这么多年的书，考了这么多年的试，我也是累了倦了。我想，一个中学老师，本科学历足够了。我再也不必为考试受罪了。这么多年了，我一直在学校里，读书考试。后来，工作了，又在中学里，陪着人家的孩子读书考试。神经紧绷着，做梦都是在考场上。还没有写完，铃声就响了。然后遽然惊醒，惊出一身冷汗。而今，我的考试读书生涯，总算是到头了。我长长松了一口气。

渐渐地，我发现，幼通经常待在家里。对上班这件事，他有点漫不经心。中学老师的工作烦琐、忙碌，每天，我回到家里，都累得不想说话。白天，在学校，在班里，上课，辅导，开班会，絮絮叨叨，我几乎把一天的话都说尽了。周末，我还要忙孩子忙家务。我简直都要忙疯了。

我是什么时候开始注意幼通的呢。我也说不好。好像是，他越来越多地待在家里。他越来越多地比我晚走早回。这是怎么一回事呢。男人，不是应该很忙的吗？

被我追问起来，幼通才慢慢说了一些。在单位，他干得不开心。他们部门的头儿，是一个很难相处的家伙，为人刻薄、虚伪、自私，刚愎自用。幼通说，在这样的人手下，实在是一种折磨。幼通说这话的时候，一脸的愤激。我只有劝他，这世上，哪里有那么多让你如意的人和事呢。既来之，则安之。与其天天不开心，不如找到一种跟他相处的恰当方式。改变别人不易。首先要从自身入手，试着改变自己。

我百般譬喻，简直说破了嘴皮。幼通只是不服。

这么多年过去了，我才猛然醒悟到，那一年，在我们 S 市的家里，沙发上，卧室里，餐桌上，枕边，到处回响着我喋喋不休的劝说。我不知道，那时候，我的磨难才刚刚开始。我在自己刚刚踏入社会，进入职场，还焦头烂额的时候，已经被迫开始了业余老师的职业。当时，我不知道的是，这种职业，将会在未来的二十年中，如影随形，使我挣脱不得。

然而，没有用。幼通始终不开心。在工作上，越发消极了。问起来，也是满腹牢骚，一身怨气。你能相信吗，每天，下班的时候，我心里竟然是紧张的。我担心一进门，幼通像往常一样，坐在沙发上，无所事事。或者，厨房里传来煎炒的声音。我担心得不行。

那时候，我的工资不高，但还算稳定。在 S 市这样的中等城市，中学老师的待遇，也只能如此了。幼通的工资，比我还低。他这样的消极怠工，对他的工作影响不好。幼通在单位的处境，以我的观察，越发不易了。

房贷，生活费，水费电费暖气费，钟点工费，这些必要的日常开支，令我们疲于应付，捉襟见肘。那是我们这一生中，最为艰难窘迫的日子。不提也罢。

怎么说呢，我这个人，出身乡下，骨子里还是有那么一种观念，夫贵妻荣。用我们芳村的一句老话儿，嫁汉嫁汉，穿衣吃饭。身为女人，我一心盼着自己的男人，能够有朝一日，有所作为，让我们引以为荣。总觉得，一个男人，就应该想方设法，让自己的妻儿过上好的生活。无数次，我把这些说给幼通听。我流着泪，说得动情。我开导他，鼓励他，甚至，在他无动于衷反唇相讥的时候，不惜以言语激怒他。然而，没用。

我不甘心。我劝他也参加自学考试，拿个本科文凭，总是好的。到时候，如果干得不开心，我们可以跳槽。他不肯。几次三番劝说，依然不肯。

读了这么多年书，我早读够了。

他说这话的时候，一脸嘲讽。

我只好作罢。

我开始寻找一些业余的工作。我想多挣点钱，补贴家用。你相信吗？那时候，幼通的工资一度降到两百多块。一个月，两百多块。即便是在十几年前，这个世纪之初，在S市，两百块，连市民最低生活保障都不够。据说，他们单位的很多人，凡是有点本事的，都纷纷走了。剩下的，都是老弱残兵。或者，就是一些女的，有老公养着，不在乎那几个钱。我劝幼通另找工作。他哪里肯。有一回，我把一个招聘会的海报带回来，让他去试试。他摇头。我说，我跟学校请假，我陪你去，好不好？他依然不肯。

你让我举着简历在人才市场上，像买菜一样被人家挑来挑去？

我哭了。我给他跪下。求他去。求他给这个家找个出路。他一脸震惊地看着我。好像是不敢相信，我竟然会为了这个，给他下跪。他烦躁地走来走去。泪光中，我只能看见他的一双大脚，穿着拖鞋，在地板上走来走去。

我的膝盖跪麻了。直到我的膝盖都跪麻了，他都不肯。我挣扎着站起来，把眼前那个梳妆凳，一下子扔出去。梳妆凳散架了。好像是一个人，用尽了力气，终于瘫倒在地上。那是我结婚时候的嫁妆。

我大哭。

这么多年了，我依然记得当时的情境。简陋的家，摔坏的梳妆凳，初冬的阳光照进来，破败，绝望，虚弱，无力。我跪在地下。我居然跪在地下。为了让他去找工作，我居然下跪了。多年之后，我才知道，那第一次下跪，是不是意味着，在我的精神深处，暗暗隐藏着一种近乎疯狂的东西。当我对外界无能为力的时候，只有自虐，以期引起别人的关注，疼痛，甚至怜惜。

后来，有多少回，在我跟幼通谈及工作这个话题的时候，在他用几十年如一日的相同的语调相同的措辞，为自己的不肯改变而滔滔不绝的时候，我一次又一次地跪下。跪在他面前，哭泣，哀求。他也是见得多了，一脸麻木。大约，他知道这不过是一种极端的劝说。他看惯了。再也没有第一次的震惊，还有触动。我甚至疑心，我性格里那一种近乎歇斯底里的疯狂气质，是不是源于这种反复的强度的刺激。多年的郁积，是不是一种诱因，令我的性格发生了深刻的变化。在幼通面前，在幼通工作这个问题上，我是那么脆弱，仿佛是，一根细小的稻草，都能把我的精神防线压垮。幼通的那措辞，那语调，那神情，那语气——熟悉极了，我几乎都能背下来——一下子就能把我激怒。你相信吗？人前那个翟小梨，温婉的，雅致的，有着好教养好风度好气质，在幼通面前，在幼通那些几十年如一日的言行面前，忽然间就崩溃了。巨大的绝望攫住了我。我简直要疯了。

我很记得，那一回，就是第一回，幼通惊呆了。他努力要把我拽起来。你这是要干什么，干什么啊？他的声音里有一种焦虑和恼怒交织的火气。我的膝盖，在坚硬的地板上，被硌得生疼。但我咬牙忍受着。初冬，屋子里还没有来暖气。泪水在我的脸颊上风干了，紧绷绷的，好像是戴了一个面具。多年以后，每每想起来，我就十分恍惚，那个跪在地下，满脸泪水的年轻女人，是我吗？抑或是，不过是我多年前的一个噩梦。而梦里的事，无论痛苦还是欢乐，都是做不得真的。

幼通到底没有去。

这么多年了，我一直不明白，幼通的这种性格，究竟是怎么一回事。那时候，我们的生活已经到了最艰难的时候。我们省吃俭用，恨不能一分钱掰成两半儿花。我常常去五里庄赶集，到集市上买菜。摆摊儿的都是郊区的菜农们，蔬菜又新鲜，又便宜。我很记得，好像是暑假吧，中午，趁着孩子睡觉，我拎着篮子便出门了。我到集市上，到附近的村子里，去买桃子。从家里到集市上，一趟来回，总有四十分钟吧，我提着沉重的篮子，连着跑两趟。我走得很快，几乎是小跑着。我担心孩子会忽然醒来。盛夏的中午，大热，太阳就在头顶晒着，只觉得铺天盖地，白花花都是阳光。我的影子短短的，胖胖的，跟着我，一步一摇。汗水如热浆一样涌出来，落在地下，落在一篮子新鲜的桃子上。

那时候，上世纪90年代末，超市还是一种新生事物，刚刚在S市兴起。开放的空间，琳琅满目的货架，任人自由挑选，自由取放。这样的购物环境，这样的购物方式，几乎给人一种逼真的错觉，这些漂亮可人的商品，是不用付钱的。之前，人们一直习惯于被商店里的柜台阻挡，隔绝，这突如其来的开放和丰富，令他们又兴奋，又困惑。他们在五光十色的货架之间流连，闲逛，把商品拿起来，又放下。虽然不一定拥有，但他们简直有一种主人般的感觉了。偶尔地，我跟幼通也去超市。每一次，我也被那些迷人的东西所吸引。我在厨房用品那里流连，在浴室用品那里徜徉，在家居摆设那里，在儿童用品那里。多么好啊。那些精巧的餐具，美丽的浴巾，雅致的花瓶，青花瓷，美人颈的形状，还有那些童装，可爱极了，小小的，娇弱的，不盈一握，看一眼都叫人心疼。我看着，摩挲着，喜欢得不行。幼通匆匆过来，一把把我拉开，买东西，结账，急急往外走。那样子，好像是拽着我，把我从某个危险之地解救出来。那些年，每次都是这样。跟幼通去超市，总是这样直奔目标，结账走人。我抱怨。幼通说，瞎逛什么，又不买。

是啊，又不买。不是不买。是买不起。怎么说呢，那些年，我忙于家庭、孩子、工作，沉陷于日常生活的琐碎和烦恼中，无力自拔。虽然住在那个城市，但是，城市生活应该拥有的一切，我都无力拥有。除了简单的一日三餐，幼通母亲和姐姐的旧衣服，我几乎，从来不曾有其他的享受。我从来不逛商场，从来不在外面吃饭，从来不化妆，用的是最便宜的擦脸油。我记得，上班路上，有一家化妆品批发，路边的小店，折扣很低，我常常去那里买。大宝，郁美净，丁家宜，还有那种擦手油，叫作万紫千红的，圆的小金属盒子，上面画着繁密的艳丽的花朵。香气馥郁，有一点甜腻。现在想来，倒有几分后怕。也不知道，那些所谓的擦脸油洗面奶，是不是真的。好在，我倒是好像从来也不曾过敏过。

还在沧安路租房的时候，我跟幼通是新婚。我们也置办了一些新衣。是到批发市场买的布料，请裁缝做的。那时候，有的是样式繁多的成衣，有谁还会买布做衣服呢。我记得，有一回春节，为了取衣服，我们去那裁缝家跑了好几趟，不巧人家不在，我们只好在门口等。冬日的稀薄的阳光照下来，有气无力的，像一个苍白的久病的人的目光。那个木牌子在冷风里摇摇晃晃，上头拿白粉笔写着几个字：裁剪，缝纫。是一户人家的单元房，上世纪80年代的老房子，简陋，陈旧，有纷乱的日常的世俗的气息。在这户裁缝家，那个干瘦的老裁缝，在那台老式牡丹牌缝纫机上，琐琐细细的，缝了我的嫁衣。我记得，有一条裙子，淡黄色，一字领，短袖，裁剪得太紧了，几乎都不敢坐下。

后来，我开始在小摊上买衣服。有一回，大约是从外面回家的路上，我看见路边有一个卖衣服的，就是把一根绳子一扯，系在两棵树之间，绳子上挂着几件衣服，都是男式夹克衫，我跳下车子，挑了一件黑色夹克，拿不准尺寸，请一个路过的行人试了试。到家让幼通一穿，却有点小了。袖子也短。我饭也不顾不上吃，抓起衣服就下了楼。

正是初冬天气，夜晚就更添了寒意。我顶着风，骑得很急。我要把衣服换一个大号的，要是没有，就退掉不要了。南二环路上，桥底下，是一段长长的隧道。昏暗的灯光从里面遥遥透出来。我迟疑了一下，一咬牙，顾不得害怕，一头扎进去。

隧道真长啊。我骑啊骑，仿佛是永远骑不到尽头。灯光昏黄，暗淡，被我的车轮一片一片碾在下面。有巨大的轰鸣的回声，在隧道里鸣响，还有汽车，摩托车，在耳边呼啸而过。暗影里，不知道谁在吹口哨，轻薄的，下流的，挑逗的，是调戏的意思。我心里怦怦乱跳着，骑得更快了。

后来的事，我都不大记得了。我只模糊地记得，好像是，等我满身大汗赶到的时候，那个卖衣服的，已经不见了。

我慢慢往回骑。风更冷了，把我的身体吹彻。我不由打了个寒噤。

幼通跟我大吵一架。那件衣服有点小，袖子也短。我白白浪费了五十块钱。

多年之后，很多事都模糊了。我却总是忘不了，多年前那个初冬的夜晚，一个年轻的女人，在寒风中，奋力骑着自行车，要去换一件适合丈夫穿的衣服。长长的隧道，长得令人窒息，绝望。头顶上，有车轮碾过的巨大的轰鸣，仿佛马上就要塌下来了。昏暗的灯光，在隧道里显得格外惨淡。正如同，惨淡的迷茫的青涩岁月，漫长，压抑，屈辱，看不到些微的光亮和缝隙。

有一件事，我可能是忘了说了。那时候，我们还在幼通父母家住。幼通的母亲生日快要到了。我跟幼通商量，送件什么礼物给她。我说过，幼通家人的生日，我们都送礼物。幼通说，我们手头也不宽绰，买个蛋糕就行了。过生日，总是要吃生日蛋糕的。他父母讲究，一定要吃好利来的。尺寸大了自然好看，但是太贵了。尺寸小的呢，又不好看，拿不出手。而且，蛋糕这东西，是给大家吃的。倒不如给幼通母亲专门买件礼物，又贴心，又温暖。而且，私心里，我也是想讨幼通母亲欢心。那时候，孩子才半岁，我们一家三口，还在幼通父母家住。我不知道，等孩子满周岁以后，他们还会不会愿意帮我们带。我们请不起保姆，倘若他父母肯帮忙，再好没有了。

寒冬腊月，S 市这座北方的城市，已经满目萧瑟了。树木都落尽了叶子，嶙峋的枝干映衬着淡灰色的天空，有一种寂寞的肃穆。我骑着自行车，去中山路的东方购物广场，S 市人简称东购的。那时候，东购刚开业不久，正是鼎盛时期。我经常从同事嘴里，从幼通姐姐嘴里，听到这个名字。我却从来没有进去过。

一进东购的大门，一股暖意迎面扑来，令我猝不及防。暖洋洋，香喷喷，带着一种叫人沉醉的物质的气息。满眼都是光彩熠熠的商品，服务小姐的嘤咛软语就在你耳边，她们穿着漂亮的制服，梳着光滑俏丽的发髻，红唇迷人，笑靥甜美。我在里面徜徉，一时间便恍惚了。这是我的城市吗？这是我这些年耳鬓厮磨的生活吗？这么多的人，他们神态优雅，从容，在这个物质的海洋中，像鱼一样自由游弋，坦然自在。而我，怎么就好像是一个误闯殿堂的丫鬟，胆怯，卑微，战战兢兢。又好像是刘姥姥进了大观园，一时之间眼睛也不够，耳朵也不够，竟然好像是什么都不够了。那个站在讲台上，在学生面前镇定自若的翟老师呢？

商场里的暖气太足了，我不敢脱掉棉衣。里面的毛衣已经太小了，紧紧绷在身上。而那时候，我还在哺乳期，乳房沉甸甸的，饱满多汁，用芳村人的话，是太丑了。我慢慢逛着，故作镇定。偶尔也停下来看一看，摸一摸。瞟一眼那些价签上的数字，只觉得震惊，只觉得，难以置信。太贵了。简直是太贵了。我暗暗惊叹着，掂量了一下钱包里的银子。今天的预算是，一百块。我只带了一百块。以我五里庄赶集的经验，一百块是足够了。可是，在这样的地方，在堂皇的东购，一百块，能买什么呢？我的背上密密出了一层热汗。这商场里，实在是太燥热了。

四楼是内衣。我转到保暖内衣区，心想，就买一套保暖内衣吧。寒冬腊月，也正好应季应景。那个涂着艳丽唇膏的服务小姐，笑着说，请问您确定要买这个牌子吗？新品上市，没有折扣哦。那张被化妆品修饰得无可挑剔的脸微微笑着，我却分明从中看到一丝鄙夷。我低头看了看自己。幼通姐姐的旧棉衣，蓝布裤子，幼通母亲的棉皮鞋。刚刚经历过生产，还在哺乳期，身材还没有恢复。是不是，这个服务小姐，她一眼就看穿了我？她心里冷笑了一声。在这大商场工作，她阅人无数，什么没有见过？她肯定在猜测，这个女的，看上去年纪倒不大，怎么竟然穿成这个样子？一点审美都没有。要么就是，太穷了。一个年轻的女人，要是不穷，有谁不愿意打扮自己呢？真是的。她那双鞋，看起来就是一个老太太样式。也不知道从哪里捡来的。还有那张脸，就素着一张脸，连口红都不涂一点，就敢这样跑出来了。简直是。看她那满头大汗的样子，慌乱卑怯，这种地方，肯定是不常来。这天下之大，什么人都有啊。

我逃也似的出来了。逃到大街上，骑着自行车，混入人群中，才慢慢镇定下来。寒风从城市的深处吹过来，凛冽，锋利，仿佛一把刀，一下刺中我的内心。天阴了，是那种凄惨的灰白色。巨大的建筑好像都是摇晃的，倾斜着，马上就要压迫下来。只买一件？我们这里要买就买一套。从来没有人买过一件的。我感觉周围的目光哗啦一下聚集过来，烙铁一样。滚烫地灼烧着我。我的汗把衣服湿透了。

你相信吗？我跟幼通，都没有保暖内衣。有一回，幼通父亲建议我们买一套。那时候，我因为中午要赶回家来喂奶，一天两个来回，骑车，路上很冷。幼通呢，离单位也很远。

你看看你爸爸，这么大个人了，连一套保暖内衣也混不上。

这些话，是幼通父亲对着我的孩子说的。孩子才刚刚半岁，她在床上坐着，目光懵懂地看着她的爷爷。我在一旁忙碌，没有说话。

哪怕是，你们两个，哈，合着买一套呢。一人一件儿。

幼通父亲微笑着，调侃道。

阳光从窗子里照过来，有一片落在他的老花镜上。他正在看当天的报纸。天下的兴亡，远比儿子儿媳的一套保暖内衣重大得多了。是从什么时候开始的呢，幼通父亲喜欢以这样的口气跟我们说话。优越的，居高临下的，带着一种旁观者的清醒的理性，还有，一种显而易见的幸灾乐祸。你相信吗？一个父亲，对儿子的困境，不是疼惜，不是焦虑，不是担忧，而是，幸，灾，乐，祸。这是真的。而幼通的母亲，就从旁看着听着，一脸淡然。她为什么不劝阻一下丈夫呢？如果是我的母亲，面对很多这样的时刻，她会当场翻脸，跟父亲吵架。至少，私下里，她会跟他闹，跟他使性子甩脸子。我母亲护犊子。在孩子身上，有那么一点护短。然而，幼通的母亲，似乎从来没有过。

从东购出来，已经快中午了。中华北大街上，有一家超市叫作祥龙泰的，也是这个城市的新生事物。巨幅广告，彩旗飘飘，新开业的大花篮还在两侧耸立着，喜庆的，热闹的，繁华的，引诱着人们潮水一样涌进去。比起东购的堂皇高大，这超市到底是日常一些。我急匆匆存了车，想去看看有什么东西可买。上午没课，我是请假出来的。中午了，是该喂奶的时间了。

超市里人很多。我好像是一只茫然的小兽，一脚踏进去，一下子就迷失在商品的海洋里了。我左看右看，半晌斟酌不定。超市里也很热。人又多。巨大的空间里，仿佛有一种巨大的轰鸣声，时刻在你耳边回响。好像是嘈杂的人声，仔细一听，又好像不是。我稀里糊涂被人流推着走着，感到一种身不由己的迷茫。忽然间，一群人在围着看什么东西。走近一看，却原来是棉袄促销。女式棉袄，看上去倒还不错，才九十九块钱。我高兴极了，好像是沙漠里渴极了的人，忽然间看见了水。我一下子扑上去，挑选起来。我请一个老太太帮忙试穿，那人跟幼通母亲身材仿佛。我选了一件深紫色棉袄，上面暗暗飞着一片一片的叶子，中式小立领，琵琶扣子，又家常，又雅致。幼通的母亲，应该会喜欢的吧。

抱着棉袄往外走。忽然看见人群在前面分流了。有的人去排队，收银台前面排着长长的队伍。有的人，径直从一个门里出去了。我看着前面长长的队伍，一眼看不到尽头。人们推着购物车，或者，提着购物篮，一脸的麻木，还有忍耐。我低头看了看怀里的那件棉袄。深紫色，飞着淡淡的细叶子，琵琶纽扣，有一种安静的不动声色的意思在里面。该是喂奶时间了。乳房胀得厉害。好像是一个气球，慢慢膨胀，膨胀。胀得人心烦意乱。我迟疑了一下，抱着棉袄，向那个小门走去。

后来，我无数次回忆起当时的情景。我是如何走向那个小门的呢。巨大的喧嚣的嘈杂，胀痛的乳房的尖叫，一个被卑怯和贫穷折磨得精疲力竭的年轻女人，在陌生的庞大的超市里，浑身汗水，抱着一件打折的棉袄，居然走向了那个小门，她是后来才知道，那个小门，有一个名称，叫作无购物通道。并且，那个小门，是自动检测门，有报警器。这些，她都是后来才知道的。

当我抱着那件棉袄，从小门经过的时候，心里是一片迷茫。刺耳的报警器响起来了。众多的目光看过来，落在那个惊呆了的女子身上。有穿着制服的保安过来，他们神情兴奋，把我带到值班室。

是一间很小的屋子，就在超市出口旁边。屋子里烟雾腾腾，烟草味儿，饭菜味儿，混合着来历不明的复杂味道，叫人窒息。我木然站在门口，好像还没有从刚才的震惊中回味过来。有那么一段时间，我的大脑处于一种怔忡混沌的状态。这是怎么回事呢。这些人，这些穿制服的人，为什么要把我带到这里来？乳房胀得厉害，浑身热汗淋漓。我仿佛听见了婴儿响亮的啼哭声。

说说吧，为什么干这个？干了多久了？

说话的是一个矮胖的中年男人，有点秃顶，身上的警服很好地修饰了他突出的啤酒肚，显得有一种说不出的威严。为什么干这个？干了多久了？他是什么意思？

那件棉袄堆在办公桌上，深紫色，上面飞着暗暗的细叶子。中式小立领，琵琶扣子，又家常，又雅致。

那个胖保安，从那件棉袄里拽出一个东西，说，看看，这个还都在呢。没消磁，还想混出去。

那是一个塑料牌子，灰色，在棉袄的内侧系着。我根本不知道有这东西存在。

我没有……拿。我迟疑了一下。终于没有用那个难听的字眼。我是想付钱来着。我——

想付钱？那为什么不去收银台？为什么从无购物出口走？真是。说谎话都不带脸红的。

我一时语塞。我能说什么呢。我能说，我穷，我没有钱，我想给我婆婆买生日礼物，我想讨好她，我还想省钱。收银台排大长队，我等不及。我怀着侥幸心理。万一呢。万一……我的乳房胀痛，我的喂奶时间到了。孩子在家里哭。我什么都不能说。那个时候，我说什么，都是狡辩。

我轻轻哭泣起来。

那个胖保安说，哭什么啊哭。你还有理了。你，站好了。把衣服兜儿里都翻出来，还有你那个包，把东西都倒出来。我得看看，你还有没有拿别的。

他把“拿”字咬得很重，带着一种故意的羞辱。我把衣兜儿翻出来，还有包。哗啦一下倒在地上，钱包、钥匙、卫生纸、吸奶器、卫生护垫、酒精棉棒，一堆零碎物件摊在桌子上，一览无余。

一个瘦高个走过来，说老王，行了。那个叫老王的一撇嘴，说怎么了？我这是例行公事。瘦高个看了我一眼，说别哭了。把情况说明一下。

他的语气温和。我不敢看他的眼睛。忽然之间，在这个清瘦的中年男人面前，在他的温和的目光之下，我感到一种羞臊。不是羞臊，是羞耻。一个女性，面对一个修养良好的男性，在这种情境之下，所应该有的羞耻感。渐渐地，我停止了哭泣。

那个胖保安点了一支烟，慢慢抽起来。一面抽，一面问我，姓名，年龄，单位——有单位吗？他斜眼看着我。我是老师。我冲口说出来，马上就后悔了。老师？胖保安似乎吃了一惊，随即就笑了，朝着那个瘦高个说，哈，她说，她是老师。老师，哈哈。我的脸烧得厉害，心里又气又急，眼泪流了一脸，却是一句话也说不出来。那个瘦高个慢慢踱过来，说你真是老师？我点点头，眼睛紧紧盯着地面。恨不能地上忽然出现个裂缝，我好立刻钻进去。胖保安好像是忽然来了兴趣。说好啊。这样吧。既然有正经单位，两条路，一个是，交钱走人。另一个是，通知单位来领人。我说不要啊。不要通知单位。求你了。

后来的事情，我好像都不大记得了。有时候，努力想一想，还是一片模糊。是不是，人对往事的记忆，也是有选择性的。人们只倾向于选择那些愉悦的美好的段落，而对于那些痛苦的艰难的时间片断，总是选择有意识的遗忘，或者逃避。

我只是记得，后来，幼通来了。是我给幼通打的电话。两千块。我没有那么多钱。我不想让单位知道。那个胖保安，不过是抓住我的软肋，趁机捞点钱罢了。我给幼通打电话的时候，只说我在祥龙泰超市，中华北大街那个，让他带上两千块钱。

幼通说，你别害怕。我马上就到。

一眼见到幼通，我的泪就下来了。幼通交了钱，带着我回家。

已经是下午了。天阴沉沉的。铅灰色的云朵在天边涌动着，好像是一只只怪兽，张牙舞爪，叫人觉得压迫。两边的行道树一身萧索，沉默地挺立着。一路上，我跟幼通都没有说话。我狠命地蹬着车子，只觉得乳房胀痛，内衣都被湿透了。恍惚中，孩子的啼哭隐隐传来。冷风扑到脸上，眼睛鼻子酸凉一片。我咬牙忍着。

两千块。在新世纪初，是一个不小的数字。对于我和幼通，尤其如此。为了一件九十九块的棉袄，我却付出了昂贵的代价。不仅仅是这两千块钱。自尊，荣誉，体面，在生活的重压下，一个人内心的卑微，耻感，还有，对物质的重新思考、审视和理解。

这件棉袄，可是我最贵的棉袄。

有一回，孩子淘气，坐在那棉袄上，幼通母亲把孩子抱起来，笑着说，这是谁的衣服？

我没有说话。我不知道该说些什么。很可能，幼通家人，都知道这件事的始末了。若是依着我之前的脾气，我会觉得没有颜面，没脸见他们，没脸在这个家里待下去。然而，我自己悄悄把这苦酒，咬牙咽下去了。苦酒也是酒，我自斟自饮。不知道什么时候，我变得越来越麻木了。强韧的，无耻的，麻木。我是为了孩子吗？

关于这件事，幼通什么都没有说。后来，这么多年过去了，他也始终没有再提起此事。

那时候，幼通在单位越来越不如意了。他想调到另一个部门。我陪他到他们领导家里去，就是他母亲那个学生。是中秋节，我们骑着自行车，提着月饼，去看人家。月亮金黄，又大，又圆，在天空朗照着人间。我们走，月亮也走。一路相跟着，只觉得温柔可亲。

后来，我们又去过一次。也不知道因为什么，事情一直没有眉目。后来，好像是终于没有成。就不了了之了。

幼通越发消沉了。每日里，抱怨很多。幼通的抱怨，大多是宏大叙事，超越日常生活的平庸琐碎，比较形而上的范畴。国家，民族，政党，体制，这些宏大的词汇，从幼通嘴里说出来，如同说柴米油盐酱醋茶，熟稔，流畅，妥帖，有一种指点江山的话语风度。我是后来才知道，幼通的父亲，也是如此。在他们章家的餐桌上，这些词语仿佛是下饭的小菜，听的人稀松平常，说的人有滋有味。国际格局，经济形势，军事热点，文化弊端，假如这时候有人来串门，一定会生出一种巨大的恍惚感。觉得，好像是中央政治局会议上，幼通父子两个，正在发表重要讲话。有时候，我也很困惑，他们对一些中国政坛人物的年龄经历功过是非乃至隐私，谁跟谁是一派，谁跟谁有过节，如数家珍，真仿佛是那些人物们多年的朋友，或者邻居。他们是如何做到的？

老实说，最初，对于幼通的这一点，我颇为心动。在我们芳村，有哪个男人懂得这些呢？他们只关心庄稼、土地、农事农时、二十四节气。后来，一直读书求学，周围的男生们，关心的是功课、分数、奖学金、高考。即便是在大学时代，幼通的谈吐、见识、教养、风度，都令人有一种惊艳之感。怎么说呢，幼通的那些宏大叙事，能够令人从庸常乏味的日常生活中超拔而出，有一种不同凡响的肃穆感，又隐秘，又庄严。莫名其妙地，觉得，当听着他谈论这些高大上的事物时，我也跟着高大上起来。好像是一个渺小的微不足道的个体，蓦然间汇入了国家历史的滚滚洪流之中。我不知道，这样的一种错觉，是不是爱情的甜蜜的催化剂，或者，正是这种近乎崇高悲壮的家国情怀的映衬，男女之间的小情小爱，那些细小的瑕疵、裂隙、龃龉、肿块，都变得微不足道了。

我可能是忘了说了，幼通喜欢读书，称得上博杂。天文地理，政治军事，经史子集，好像是都能说出一二三来。他最大的爱好，就是买书。即便是在生活最为拮据的时候，他也要努力从微薄的薪水里省下买书的钱来。家里有很多藏书，书橱里放不下，就统统打包放在纸箱子里。每一回搬家，仅仅搬书这一项，就是一大苦事。然而，书放在那里，他并不大看。问起来，他还振振有词，书买回来并不一定非要看的。你们这些人哪，实用主义。他仔细摩挲着他那些宝贝藏书，嘲笑我太实用，太功利。是不是，在他看来，书是审美的，非功利的。读书一旦有了功利心，就违背了书的本意了呢？

多年以来，幼通有一个愿望，一直没有实现。望远镜。他渴望拥有一架望远镜，在晴好的夜晚，看星星。后来，在后来的很多年里，我常常想起他这个隐秘的愿望。有时候，不免猜测，是不是，因为现实世界的缺憾和残缺，才令幼通对遥远的星空，对地球之外的星球，对时间和空间，产生了绮丽的想象和探究的欲望。在破败的现实的大地上，仰望星空。这样一个人生姿态，是不是一种隐喻，一个奢侈的梦呢?

不得不说，幼通是有见识的。他思维敏捷，视野开阔，口才又好，是那种善于聊天的人。说起单位人事，幼通便针砭起体制来。说起物价待遇，幼通一定要谈论经济形势。叹息民众艰难，贫富悬殊。说起孩子功课，幼通必定要抨击当下的教育体制。即便是小区里贴出一张通知，说近日有小偷入室盗窃，提醒居民注意安全，幼通也一脸忧愁，感叹说民生多艰啊。都被逼得偷窃了。在S市的时候，幼通总是说，人家北京如何如何。后来，等到了北京，幼通开始说，人家国外如何如何。幼通的愤慨和感叹，都是对的。说到激动处，跟他父亲一样，幼通不免拍案而起，好像是，马上就要摩拳擦掌撸袖子，出来收拾旧河山了。那一刻，幼通整个人，生动，鲜明，元气满满，有一种光彩从他清瘦的身上焕发出来，由内而外，使得他有了一种别样的气质，十分迷人。我们那个简陋的小家，几乎是家徒四壁，墙上，有孩子的涂鸦，胡乱的，潦草的，带着一种童年的懵懂和无法无天的恣意。昏暗的灯光照下来，把幼通的身影投在沙发上，在那个打了补丁的扶手处，拐了一个弯，又跌落在地上。地上铺着瓷砖，是那种最便宜的瓷砖，没有花纹，走上去经常打滑。

直到现在，我都不愿意跟幼通父亲聊天。其实，也不是不愿意，是不敢。不出意外地，家常的闲聊，总是很快会上升到国家民族的宏大主题。而且，幼通的父亲看问题的角度，似乎总是偏于灰色一面。消极的，灰暗的，悲观的，他这一生，最擅长的，是泼冷水。幼通的父亲，用幼通的话说，大约属于多血质的性格，容易激动，情绪起伏变化快。口才很好，一旦说起来，滔滔不绝，几乎完全沉浸在自己的话语的快感和狂欢中了。作为听众，这个时候，是十分为难的。在幼通家里这么多年了，那一套话语体系，从切入点，到论证过程，到得出结论，甚至语气、用词，我都是熟悉的。听起来自然不耐。然而，出于礼貌，又不能打断人家。在我的记忆里，幼通的父母家里，几乎只能听到幼通父亲一个人在侃侃而谈，激昂地，愤慨地，确定地，有一种真理在握的优越感。至于幼通的母亲，这么多年来，似乎一直是沉默的。我无论如何努力，都听不到她的声音。

我不知道，幼通的这种语言习惯，或者说是思维习惯，是不是深受他父亲的影响。怎么说呢，对于他的父亲，幼通是颇有微词的。他看不惯他的父亲。据说，他的父亲不喜欢孩子，在幼通的记忆里，他几乎没有抱过他们。他事业心很强，一心扑在工作上。我都能够想象，在幼通很小的时候，饭桌上，他的父亲侃侃而谈。两个孩子在默默吃饭，谁都不敢插话。妻子温柔地看着他，眼神里充满了仰慕、崇拜，还有自豪。他受到激励，越发激昂了。幼通看着他的父亲，只觉得他的那些话是那么遥远、陌生，但又是那么新鲜、神秘，有着强烈的吸引力。他一面默默地吃饭，一面想，什么时候，他才能长大啊，长成父亲那样，年富力强，简直是无所不知。他是一个家庭的统帅。他的喜怒，直接关系着家庭里每个人的喜怒。这才是一个男人的气魄吧。我猜想，在幼通懵懂的心灵里，父亲每天讲话的情景，是一个深刻的抹不去的记忆的烙印。是谁说过，在一个家庭里，父亲，就是儿子成年的理想。这或许是真的。

我说过，幼通的父亲，最喜欢给人泼冷水。自然了，泼冷水，是让人清醒，变得理性，不盲动，不妄动。然而，冷水泼得多了，多到足以把一些梦想的火苗浇灭，是不是也是一种，一种扼杀呢？我很记得，我跟幼通谈恋爱之初，第一次跟他父母见面，他的父亲就说，你们不合适。我愕然。他说，幼通配不上你。这话是幼通父亲私下里跟我说的。我一直没有告诉过幼通。后来，我常常想起幼通父亲这句话。或许，这么多年来，在我跟幼通的事情上，唯一一句叫我觉得震动的话，就是这一句。你们不合适。其时，我和幼通正在热恋，情深意笃，正是最热烈的时候。对于这句提醒，或者说警告，我哪里肯理会？我宁愿相信，这句话，不过是一个谦虚有礼的父亲，对于儿子过于谨慎严苛而导致的不公正评价。

还有一回，是在生了孩子之后。看着尚在襁褓中的孩子，良久，幼通父亲说，你们俩啊，这一辈子，恐怕也翻不了身了。我浑身一凛。初为人母的喜悦，好像是被一桶冷水浇透了。我怎么不知道，他这话里的意思。后来，我跟幼通提起此话，他很恼火。然而，也只是恼火罢了。

那时候，我跟幼通之间的摩擦越来越多了。有一句话叫作，贫贱夫妻百事哀。我跟幼通，真的是贫贱夫妻。我们一穷二白，除了一个孩子，什么都没有。我们过早地走入婚姻，过早地品尝到了生活的苦味。我跟幼通，都苦不堪言。我深陷在生活的泥潭里，越陷越深，待想到要挣扎的时候，已经来不及了。白天，我忙着烦琐的工作，晚上，是烦琐的家务。没有娱乐，没有闲暇，没有假期，没有化妆品，没有美容院和健身房，在那个省会城市里，我过着一种清心寡欲的生活，简单的，朴素的，原始的，类似于清教徒一般的，过于严苛，过于封闭，过于清贫，日常活动范围仅限于家和学校，两点一线，以至于，在人多热闹的场合，会有眩晕感，头痛，心悸，手足无措。这是真的。那些年，家庭和学校之外，我几乎是与世隔绝了。没有同学，没有朋友，没有社交。我把自己包裹在一个厚厚的壳子里面，不敢示人，也羞于示人。

这么多年过去了，穿过时间的飞尘，我依然能够清晰地看见，当年，那一个女人，也不过是二十多岁，正是爱美的年纪，也许，正在谈恋爱，享受着爱情的甘甜，男孩子的爱慕和追逐，同性的羡慕和嫉妒，穿着漂亮的裙子，在青春的好年华里，策马扬鞭。长发飘起来，金色的阳光落在上面，宛如金色的汹涌的瀑布。然而，那是别人的生活。假如，假如那时候，你在S市的大街上，看见一个女人，骑着自行车过来，满腹心事，眉头深锁，前面的车筐里，有一包教案和作业，她的手指上，还沾着粉笔末，她骑着车，匆匆忙忙的，直奔菜市场。此时，她的脑子正在盘算着晚上的饭菜，是炒豆角呢，还是土豆丝，吃馒头还是焖米饭。初夏的风把她的刘海吹起来，遮住了眼睛。她想着想着，就入了神。忽然间，眉头就皱起来了。她是想到了什么呢？

我好像是说过了，不止一次，我劝幼通参加自考，拿一个本科文凭，好更有竞争力。幼通不肯。他的理由是，这么多年，上学都上够了，打死他都不想再考试了。我又是百般譬喻，说服。他仍然不肯。好多人没有文凭，不也混得不错吗？幼通总是有道理的。或许，他是对的。说不定，有一天，他真的能够像那些人一样，不靠文凭，靠本事，靠真才实学，闯出一条路来。

有时候，我也跟幼通父母说起幼通的事。幼通的母亲说，你想要他怎么样呢？这么多年了，直到后来，谈起幼通，幼通母亲依然是这句话。这个问题，我一直不知道该怎么回答。我想要他怎么样呢？我想要他振作起来，努力上进，负起养家糊口的责任来，像一个真正的男人那样。我不想这么穷。我想让孩子过得稍微好一点。我已经很努力了。我想要我的丈夫跟我一起分担。而不是，整天怨天尤人，无所事事混日子。我说得激动，动情，我流泪了。我请求他们跟幼通谈谈。幼通的父亲一面喝茶，一面听我说。然后，他冷笑一声，说，我们倒是可以谈谈。不过呢，你也不要抱太多希望。知子莫如父。我的儿子，我了解。他喝了一口茶，微笑道，我试试看。

接下来，他又说了些什么，我都不大记得了。总之是，长篇大论，都是天下大事。灯光从那个落地台灯的大灯罩里流泻出来，把他整个人都镀上了一层暗金色的光泽。他跷着二郎腿，拖鞋挂在脚尖上，一摇一晃，十分惊险。我心里滚沸水一般，只觉得浑身燥热，背上密密地出了一层热汗。幼通的母亲，在咔嚓咔嚓地剪指甲。仔细地，专注地，一下一下地，绣花一般。他们完全沉浸在自己的世界里了。

我不知道，幼通的父母是不是跟他谈过了。我也不知道，他们是如何谈的。那次以后，幼通还是老样了。天天也是照常上班，晚去早回，悠闲得很。依然是抱怨。但是少多了。单位里的事，也几乎不跟我提起了。被追问得紧了，才说上一两句。也都是别人的不是。小到领导同事，大到整个当代中国形势。我只有默默走开，去厨房洗碗。对于他这一套言论，我实在是听够了。

那一年，大约是孩子一岁多的时候，我所在的学校，要跟另外一所学校合并。消息传来，人心惶惶，大家开始自寻出路。我也到处面试，试讲。这几年也算积累了一些经验，不再是那个初涉职场的新人了，我想以此为契机，找一个待遇稍好的学校。那一阵子，我东奔西走，终于有了结果，我所在的桥西区，有两家学校想要我。为此，两家还起了争执，闹到了区教育局那里。双方都是美意，我拂逆不得，也不肯辜负，颇费思量，只好提着礼物上门拜访，是感谢的意思，也是婉辞。是幼通陪我去的。夏天的夜晚，天气闷热。我们骑着自行车，大街上灯光闪烁。

我选了离家较近的那一家。

是一所不错的学校。各方面条件都很不错。当初，我是打算在那里教一辈子书的。怎么说呢，我对教书这一行，说不上喜欢，也说不上讨厌。我只是觉得，努力工作，对得起那些家长和孩子，也对得起学校那份工资。还有，自己的良心。然而，谁能想到呢，世事就是这样难料。我在那所学校只干了两年，就辞职了。

那时候，幼通的单位也出现了变化。好像是，经营不善，面临着改制。我劝幼通赶紧另想出路。去人才市场碰碰运气，这边也先不急着辞掉，骑着马找马，总归保险一些。幼通不肯。

让我举着个人简历，去人才市场？我又不是刚毕业，都这个年纪了。

其时，幼通也不过二十六七岁。

我都这个年纪了。

这句话，是如此的熟悉。你相信吗？二十多岁的时候，幼通是这句话。三十多岁的时候，幼通是这句话。四十多岁的时候，幼通还是这句话。

我又气又急。争吵，是不可避免的了。

我不知道，是不是从那时候开始，我的性格慢慢发生了变化。平日里，我还是温和的，平静的，只要一遇上幼通工作的事，一听见幼通那句经典台词，一看到他振振有词的神态，我立刻就控制不住自己了。我哭着，劝他，骂他，用语言刺激他。我用尽了一个女人的温柔，一个老师的耐心，一个妻子的悲情，甚至苦肉计。然而，幼通无动于衷。无动于衷。

我决定离婚。

离婚，这两个字，在我跟幼通漫长的婚姻中，是一个高频出现的词汇。常常地，我们吵着吵着，我就说出了这两个字。冲口而出。是冲口而出。冲口而出的那一瞬间，我感到前所未有的轻松。如同一个被绳索捆绑得苦了的囚犯，忽然间被告知要解放了。解放前的期盼，因为期盼而生出的喜悦的战栗，甜蜜的想象，叫人迷恋。

有多少次，我跟幼通争吵，下楼，打车，要去离婚。有多少次，站在大街上，看着这喧嚣的人间，万丈红尘滚滚，愤慨的激情渐渐变作了对世事的迷茫，还有恐惧。是不是，每一次都是我，在即将上车的时刻，在婚姻的悬崖边上，想起了孩子，黑黑的眼睛，好像一个小兽，无比信赖地看着我，看着我，只把我的一颗心都看软了。

我去找幼通的父母。幼通的母亲，除了那个经典的问题，你想要他怎么样呢，一句旁的话都没有。幼通的父亲，只是长篇大论。最多不过，我早说过的。没用。有一回，好像是说起了幼通的固执，幼通父亲笑道，是吗？我们家，可都是听夫人的。笑着看他夫人一眼。幼通母亲却只是笑着瞪丈夫一眼，我不知道，那是不是娇嗔的意思。这是在秀恩爱吗？

为人父母的人啊。

自那以后，很长一段时间，我咬着牙，忍受。不到万不得已，我绝不再去找他们。

对于我和幼通的困境，幼通的父母，尤其是，幼通的父亲，好像是有一种很奇怪的情绪，旁观的，漠然的，蔑视的，有那么一点幸灾乐祸，我不愿意这样去猜测长辈，我宁愿相信，这是我的一种错觉。在他父亲眼里，幼通也许就是那个不好好读书的坏孩了，上了个不入流的大学，还是自费，仅仅这一点，在他们那个教育系统的大院里，恐怕就令做父母的颜面扫地了吧。那个院儿里的孩子，大都很有出息。谁谁的孩子上了北大，省里的文科状元。谁谁的孩子出国留学，全额奖学金。谁谁的孩子毕业时手里有一大把offer，为了抢人，那几家单位都打破了头。饭桌上，幼通的父亲对这些如数家珍，一面说，一面叹。幼通和他姐姐埋头吃饭，谁都不说一个字。怎么说呢，在幼通父亲看来，也许他是很失败的，我是说，在教育上。他一生要强，言语上从不让人，激烈，极端，甚至，近乎刻薄。在任何事情上，他向来是喜欢站在高处，指点江山的。然而，谁能想到呢，他在教育系统工作了一辈子，天天跟人家讲大道理，到头来，他的一对儿女，都在最致命的问题上摔了跟头。女儿是婚姻失败，不出意外的话，她将要一个人，孤老终生。儿子是事业坎坷。人到中年，前程无望，一事无成。我常常想，夜深人静的时候，他是不是会把白天的宏大叙事的激昂收起来，为了这些人生的不如意，而辗转难眠呢？他会理解孩子们的痛苦或者烦恼吗？

有一度，我开始在业余时间找活儿干。那时候，还不像现在，业余辅导还没有人管。外面的一些辅导班，按照课时计算，一课一结。我想挣点钱，贴补家用。累自然是累的。我身体底子好，又正年轻，苦点累点，也不怎么觉得了。

幼通的工作还是没有起色。或许是因为工作的不顺，也或者，是因为生活的重压，渐渐地，他整个人都消沉下去了。

他几乎从来不出去吃饭，没有应酬，没有娱乐，没有一个生活在城市的年轻男人应该有的生活。他把自己关闭在家庭这个小天地里，郁郁寡欢。整日里，为一些鸡毛蒜皮的小事，跟我争吵。我发现，幼通好像是变了。变得，怎么说，敏感，琐碎，计较。他节俭得不行，甚而有些吝啬了。有时候，为了几块钱，跟人家争执不下。在他自己身上，幼通更是抠得厉害。自奉甚俭。我常常想起这个词来。他穿廉价的地摊货，理发到小区门口的小理发馆，袜子带着洞，内衣洗变形了也不肯扔。有时候，我悄悄扔掉了，他竟然还会气呼呼找回来，怪我浪费。对于非生活必需品，化妆品，香水之类，他更是不看一眼。谁都别想从他的钱包里抠出多余的一分钱来。有时候，我不免想，怎么从前没有发现他是这样一个节俭成癖的人呢？大学时代那些激情的浪漫的日子，他是那么大方、慷慨，大手大脚。抑或，是因为婚后的经济拮据，才使得他的性格发生了变化？

幼通这一招很厉害。他对自己严苛至此，我还能怎样呢？况且，我本不是一个物质的女人。我说过，那些年，在我最好的年华里，我几乎是穿着别人的旧衣服度过的。大多是幼通姐姐的，还有幼通母亲的，甚至，还有幼通父亲的。是一件枣红色毛衣，开襟，已经洗得缩水了，又小又紧，正好是我可以穿的。其时，我正在哺乳期，天天上班中间赶回来，给孩子喂奶。那种开襟毛衣方便。

我不知道，是不是因为我这样的好养活，对幼通父母的给予，或者施舍，几乎是来者不拒，才使得，他们对我们，越来越看不起。是的。是看不起。他们的言谈，神态，举止，话里话外，都有小毛刺在，隐隐的，却尖尖的，隔三岔五向我扎下来，令我如芒在背。

过年的时候，我们照例是去团圆的。除夕那天过去，吃年夜饭，初一待一天，初二回芳村。只有一年，忘了是因为什么了，我们好像是在他父母家多住了几天，初三晚上，吃饭的时候，幼通父亲开始感慨，说菜太贵了。尤其是正月里，菜真贵啊。一样一样地指点着，询问。蒜薹多少钱，芹菜多少钱，油菜多少钱，排骨多少钱。鱼呢，鸡翅呢？问幼通母亲，这几天的开销。感叹，惊讶。啧啧有声。我埋头默默吃饭，几乎不敢抬头。也不是不敢，是不好意思。脸上烧得厉害，背上出汗了。偷眼看幼通，见他也是埋头吃饭，也不怎么夹菜。孩子倒是什么都不管，在小床上，笑得咯咯的。幼通的父亲还在滔滔不绝。窗外，有鞭炮的噼啪声传来，喜庆的，清脆的，连绵不绝。这是欢乐的人世。然而，欢乐却是别人的。我们什么也没有。我们坐在节庆的餐桌前，各怀心事。明天，无论如何是要离开了。回到我们的小家。那个小家，虽然简陋，却是我们的。

我跟幼通骑着车，走在夜晚的大街上。是初五了。整个城市华灯璀璨。我们慢慢骑着，谁都不说话。寒风吹在脸上，又酸又痛。脚下的马路，被车轮慢慢碾过去，碾过去。而前面的路，是那么漫长。它弯弯曲曲，一直消失在冬夜的昏暗的灯影里。

韶光慢

她本来是不喜欢章幼宜这个名字的。太书卷了。后来，她知道了她周围那些女孩子的名字，玲玲啊，丹丹啊，丽丽啊，慧英啊，燕子啊。她才开始渐渐喜欢上章幼宜了。这名字是她父亲起的。她弟弟叫作章幼通。幼宜，幼通。嗯，不错的。就连这个章姓，也是特别的。若是那个张，到底是太平常了。

幼宜不大好看。有时候，饭桌上，母亲忧心忡忡地看着她说，你说你像谁呢。叹口气。幼宜就恼了。她倒不是恼她母亲这样问。她是恼火那一声叹息。她叹什么呢？她是不是在感叹，这满门的颜值担当，怎么竟出了她这么一个女儿呢？

公正地说，幼宜不算丑，可也绝谈不上美丽。她是大街上转眼就淹没在人群里的那种女子。眉眼平淡，苍白，瘦弱，矮小，好像没有来得及发育。很小的时候，她就知道自己不好看，尤其是跟母亲在一起的时候。母亲高鼻深目，健硕饱满，大洋马一般，有一种陌生的异族的风情。她在母亲面前，好像是一个拿不出手的丑小鸭。

是的。拿不出手。从小到大，她这种感觉越来越强烈。她拿不出手。小时候，记忆里，父亲好像几乎没有抱过她。更别提像邻居范伯伯那样，跟雁子一起做游戏，把雁子举过头顶，吓得她尖叫大笑，给雁子买美丽的蝴蝶结，带雁子去看电影。雁子是范伯伯的女儿，幼宜的同学。活泼伶俐，重要的是，长得漂亮。并且，从小就深知自己长得漂亮。却喜欢跟幼宜一起玩。幼宜朋友不多。对雁子的友谊，她是感激的，还有那么一点受宠若惊。她们一起上学，一起放学，一起结伴去厕所，一起在楼下那块小菜园里捉蚂蚱。那时候，他们还住在那栋旧家属楼里。大人们出出进进，都要说一句，哟，雁子。是喜爱的口气。他们从来没有这样叫过幼宜。仿佛幼宜根本就不存在一样。幼宜委屈极了，也愤懑极了。她想把这件事告诉母亲。迟疑了很久，到底是没有说。母亲是个粗枝大叶的人。在她的想象中，顶多，母亲会放下手头的家务，跟她说，是不是？是漫不经心的口吻。或者说，没事儿。没事儿啊。然后，就又埋头到她的家务中去了。母亲永远有做不完的家务。她不明白，母亲为什么对做家务这件事拥有如此多的热情。或许也因此，及至年长，幼宜对家务都有着一种莫名其妙的厌倦，甚至抗拒。她可不愿意像母亲那样，把自己的一生都贡献给厨房。女人这一生，总还要干点儿别的吧。

那么父亲呢？幼宜根本就没有跟这个男人倾诉的愿望。父亲忙。他是出了名的工作狂。他的眼里只有他的工作，他根本顾不上别的。并且，他眼光锐利，对世事永远是挑剔的，审视的，严苛的，毫不留情的。她甚至怀疑，就连母亲，也未必被他看在眼里。当然，这只是她的猜测罢了。父母年轻时代的照片，她是看过的。好像是大学读书的时候，两个人在树下并肩站着，一点都不亲密，脸上却是笑着的，是那个年代特有的笑容，拘谨的，羞涩的，天真的，有点傻，相信世界是美好的，相信生活拥有永恒的魅力。老实说，父亲是一个英俊的男人，穿衣讲究，有着极好的风度。口才也好。小时候，每年给父亲置办衣服，都是家里的头等大事。父亲的细格子西装，是那种地道的海派，里面要穿西装背心。父亲的黑色呢子大衣，父亲的米色风衣，父亲的棕色纯牛皮皮鞋，父亲的烟色羊毛围巾，父亲耀眼的白衬衣。做工精良的，布料考究的，式样经典的。父亲永远领导着单位和家属院里的服装潮流。在这方面，母亲很舍得花钱。她自己倒不大讲究这些。幼宜跟幼通的衣服，也往往是父母的旧衣服改做的。在女红上，母亲是一个巧手。有时候，幼宜看着母亲穿着十年前的旧衣服，趿拉着拖鞋，在厨房里忙碌的时候，心里就恨得不行。她那么一个美人坯子，怎么就不知道收拾一下自己呢？母亲年轻时候的照片，美丽耀眼，叫人惊艳。可是现在呢，简直就是一个老妈子。胡乱绾着头发，满身油烟味，一双手因为经常洗涮而变得粗糙干燥。她要赶在父亲回家之前，把可口的饭菜做好。父亲爱吃的素什锦，父亲爱吃的糖醋鱼，父亲爱吃的清炒荷兰豆，父亲爱喝的土鸡汤。你爸喜欢。这句话是家里的日常用语，高频词。在这个家里，父亲是享有绝对优先权的。鱼肚子永远给父亲吃，鸡腿永远是父亲专有，肉馅只吃手工剁的（当然是母亲剁），苹果只吃蛇果（他牙不好，怕酸），橙子要吃赣南脐橙（也必得是母亲亲手剥好）。每天要吃青菜（父亲叫作叶儿菜。他有便秘的毛病）。每天晚饭要喝点葡萄酒（据说，这个对心脑血管大有益处）。很小的时候，幼宜就知道，在这个家里，父亲第一，母亲第二，她第三。后来有了幼通，她弟弟，幼通排最后。幼通出生的时候，她都十一岁了。

老实说，幼通这家伙才是个倒霉蛋。幼宜是这个家庭里的第一个孩子，是长女。无论如何，第一个孩子，总是占了一些先机的。二人世界里忽然降临了一个孩子，父母的注意力，至少，母亲的注意力，总会被这个孩子所牵引，打扰。在幼宜模糊的记忆里，还依稀萦绕着母亲的奶香，带着微微的母体的腥味。这带着腥味的奶香深藏在幼宜的记忆深处，叫她常常有恍惚之感。幼通的运气就差远了。生幼通的那一年，母亲已经三十六岁了，属于高龄产妇。幼通生下来就没有奶吃，吃的是一种代乳粉。婴儿时期的幼通瘦极了，皱巴巴小老头儿一般。据说父亲只看了一眼，就去加班去了。幼宜看着那个红通通蠕动着的小东西，有点害怕。母亲说，这是弟弟，你做姐姐啦。姐姐。幼宜忽然高兴起来。她做姐姐了。这个皱巴巴的小东西，是她弟弟。在这个家里，总算是有她可以指使的人了。在后来漫长的时光里，最起码，在幼通的童年时代，他都是幼宜的小跟屁虫，姐姐长，姐姐短。凡事都是要问一问姐姐的。等到少年时代，青春期来了。青春期实在是十分讨厌的一个时期。好像是一夜之间，幼通就变了。奶声奶气的细嗓门，变成粗嘎嘎的，小公鸭一般，嘴唇上方有细细的绒毛拱出来，脸上爆出很多青春痘。幼通变得沉默了，不大跟在幼宜屁股后头，姐姐姐姐地叫了。那时候，幼宜已经是大姑娘了，正在谈恋爱，也不大顾得上他了。

对于幼宜的男朋友，父亲很关心。母亲倒还好，还是她一向粗枝大叶的作风。母亲的心思，好像永远在丈夫身上。孩子们还小呢，路还正长。船到桥头自然直。老话说得多好。她信这个。父亲呢，父亲的关心，是以严苛的挑剔来体现的。他仔细询问着男方的年龄、家境、教育背景、成长环境、兴趣爱好、事业前程、薪水奖金、职务职称。幼宜心里紧张极了。这些问题，有的她能够回答，有的她答不出来。父亲神情严肃，近乎严厉了。他叫她章幼宜。他从来都是指名道姓地叫他们。章幼宜，他说，我要跟你认真谈谈。他们父女两个在客厅里谈话。母亲在厨房里忙碌。私心里，她是多么希望母亲也过来，跟她坐在一起啊。说实话，对父亲，她有点畏惧。她跟父亲，从小到大，好像就没有特别亲密过。父亲跟她大谈男人的本性，剖析男性的弱点，指出爱情的本质，总结婚姻的意义。幼宜听着，心里微微颤抖起来。那个时候，她才二十出头，对男人还一无所知。可是，从父亲的口里，男人这类物种，是多么危险，多么可怕的一类物种啊。自私，虚伪，贪婪，无情。追你的时候是一副面孔，甩掉你的时候又是一副面孔。这是一个男性世界。在这个世界上，男人永远是支配者和占有者。至于爱情，爱情这件事，是真的存在着的吗？还有婚姻。婚姻的意义是什么呢？她惶惑得不行。自从她初懂情事，她是把父亲作为天下男人样式的范本的。父亲英俊洒脱，父亲勤奋刻苦，父亲风度翩翩，父亲威严刚硬。对这样的男子，她的少女的内心里，是满怀着追慕之情的。可追慕之余，她心里又是困惑不安的。她不肯承认，父亲是自私的，以自我为中心，永远考虑的是自己的感受。为了这个，她对父亲情感复杂。对母亲，则是哀其不幸，怒其不争。父亲也是虚荣的。为了穿上一件如意的风衣，有好几个月一家人饭桌上不见荤腥。那可是个物质匮乏的年代啊。父亲对工作的热心，对家庭的冷漠，对母亲的，怎么说，奴役（幼宜不愿意用这个词，可是她实在找不出比这个更合适的词语来描述），她又痛苦，又痛恨。她不止一次地猜想，父亲和母亲之间，他们相爱吗？他们之间的那一种情感，叫作爱情吗？还有，假如这就是婚姻的真相，她是否还拥有足够的勇气走进婚姻呢？

幼宜跟小丁结婚的时候，才二十三岁。在省会城市里，算是早婚了。小丁的父母都是工人。那时候，工人待遇还不错，大规模的工人下岗潮，还没有到来。人长得也很精神，个子不高，却健壮结实，一笑就露出一口雪白的牙齿来。当初幼宜就是对那一口雪白的牙齿生出了无限好感，根本没有顾及小丁的出身。幼宜的父亲却深感遗憾。幼宜的父母在教育系统工作，算不得书香门第，也算是知识分子家庭吧。幼宜却一脚踏进了一个工人家庭。真是叫人心里恼火。工人家庭意味着什么呢，四肢发达，头脑简单，粗暴，甚至粗鄙，生活品质低下，充满了工厂车间的粗粝气质。幼宜看着父亲的脸，愤怒，沮丧，懊恼，颓败。她知道，她是让父亲彻底失望了。这种表情，在她当年高考落榜的时候，她也在父亲脸上看见过。她没有考上大学。她上了一所普通中专，学财会。她不敢说，她讨厌这个专业。她喜欢的是文科，她还梦想着，自己能够读中文系。而财会，枯燥的，理性的，冷冰冰的，毫无趣味可言，她不敢设想她一生都要跟这个厮混。她不能抱怨别人。不能抱怨，是父亲的过分的威压，母亲令人厌烦的唠叨，把她逼得起了逆反之心。对孩子们，父亲平时是撒手不管的，只有在某些特殊的时间节点，父亲忽然记起了做父亲的责任，严厉课子，叱骂痛责，格外的苛刻无情。母亲呢，她所有的耐心分成了两份，一份给了她的学生们（她是中学老师），一份给了父亲。对孩子们，她永远是千篇一律的唠叨，用一种近乎麻木的语言，同样的语调，同样的节奏，同样的表情，她的唠叨是空泛的，不具有任何实质内容的，因而也是无效的，一腔废话而已。幼宜心里冷笑一声。当然了，高考落榜，这是她自己的错。她必须为这个错误付出代价。代价之一种，就是她的婚姻。小丁虽说是工人家庭出身，可是，小丁是大学生啊。她不过是一个小中专生。她不敢拿这一点来提醒父亲。她坚信父亲在盛怒之后，会仔细权衡这桩婚姻的。至于母亲，在这家里，母亲的态度往往是可以忽略不计的。她是在后来漫长的岁月中，才慢慢领悟了这一点。

总的来说，幼宜的婚姻还不错。蜜月里的那份好日月，她是享受的。两个人自己的小家庭，平静的，安稳的，有新婚的甜美和柔情，疯狂的时候也有，可是并不过分。只是，渐渐地，小丁不大愿意到章家去了。每一回从娘家回来，两个人都要吵架。幼宜父亲说话的神态、口气，指使小丁干这干那的姿态，叫小丁不舒服。幼宜是知道父亲的毛病的。喜欢指点江山，喜欢对天下大事夸夸其谈，在任何问题上都好为人师。母亲呢，饭桌上一味地给父亲添汤布菜，问暖问寒。一家子倒也罢了，可小丁毕竟是新女婿，是外人，母亲竟然连基本的礼仪都不顾及。那时候，父亲才不过四十大几岁，正是一个男人的盛年，身体健康，精力充沛，真的需要这额外的悉心的照料吗？有一回，在饭桌上，父亲忽然问起小丁对台海局势的看法。小丁答不出，支支吾吾的，窘迫极了。小丁一个体育系老师，哪里会关心这个呢？他跟同事们谈的是NBA、世界杯、罗纳尔多。他的工人家庭，饭桌上谈论最多的，不过是物价涨了没有，奖金有没有按时发，谁家婆媳又吵嘴了，这类日常琐事吧。幼宜赶紧岔开话题，父亲哪里肯。父亲自顾发表了对台海局势的看法，对美国经济危机的意见，对中国政治形势的估测。父亲滔滔不绝地说着，小丁埋头默默吃饭，一句话都不肯再敷衍。回家的路上，两个人就吵起来。幼宜嫌小丁对父亲不恭。小丁冷笑道，装什么装，以为自己是谁呢。

仅仅半年，他们就离婚了。

在离婚这件事上，父亲没有劝阻。至少，没有用他雄辩的口才，给出一个长辈应该给出的建设性的意见。他默认了这件事。母亲也没有。母亲没有在女儿婚姻发生重大危机的时刻，在她的人生遭遇残酷打击的关键时刻，给予她一个母亲，一个婚姻中的女性，富有生活智慧的规劝，饱含人生哲理的教导。母亲只是叹气。一面叹气，一面钻进她的厨房里忙碌去了。

后来，幼宜不止一次反省她短暂的婚姻生活。两个年轻人，还没有来得及进行必要的磨合，居然就迅速地莽撞地走向了破碎。太可惜了。她不肯承认，潜意识里，她是害怕婚姻的，对婚姻，对婚姻中的男人和女人的关系，她心怀恐惧，还有困惑。她绝不想成为母亲那样一个人。她从一开始就战战兢兢，心怀疑虑。小丁很快又结了婚。他还专门给她送了请柬。幼宜偷偷大哭一场。她没有去。

离婚以后，幼宜搬回家来住。生活好像又回到了从前的样子。然而，一切又都不一样了。

幼通到另一座城市去上大学了。家里只有父母和她，三口人。那时候，幼宜还不知道，她将会跟父母一起，共同度过剩余的漫长岁月，直到他们最终离开这个世界。

最初的时候，也常常有人给幼宜介绍男朋友。邻居啊，亲戚啊，父母的同事啊。父母对她再婚的事，不鼓励，也不反对。总之是，缺乏父母至亲应该有的那种迫切和热心。当然，有一种可能是，父母担心她再受伤害，想给她更多的时间来舔平伤口。然而，他们真的知道她的伤处吗？有多少回，她看着他们夫妇双双走进自己的主卧，听着他们低低地说话，轻轻地笑，私密的，隐蔽的，带着一股强烈的情欲的气息（她猜想，他们应该还有丰富的夫妇生活）。她躺在自己的房间里，在被窝里蜷起身子，心里难过极了。黑影里，一屋子家具，都是她当年的嫁妆，那场失败婚姻的证据。几年前，这些嫁妆从他们那个小家里搬出来，一直陪着她。她原本是不想要这些旧物的，可是母亲说，扔了可惜了。没错。才用了半年，都还崭新着。幼宜躺在黑影里，看着那一屋子旧日婚姻的遗产，想起了小丁，他有力的臂膀，他身上的汗味，他粗重的喘气声，他毛发茂盛的身体。父母的房间里安静下来。说话声模糊含混，几乎听不清了。她反而害怕这种安静。她凭着一个成年女性的敏感，凭着不算丰富的情感经验，觉察出这种安静的不同寻常。她心里嗵嗵跳着，紧张，愤恨，恼火，战栗。她在黑暗中攥紧了拳头，直挣得一身的热汗。她的心被烈焰烧烤着，仇恨的烈焰。她恨他们，她恨这个世界。

第二天早晨起来，母亲照例在厨房里忙碌。幼宜看着她的背影，发福的身体，不得体的衣裳，头发乱蓬蓬的。父亲也起来了。穿着干净的家居服，大声地痛快地洗漱，直把自己刷得干呕起来。幼宜背起包就出门，母亲在后头问她，怎么不吃早饭？

一晃过了三十岁，给幼宜介绍男朋友的人渐渐少了。她的一颗心，也慢慢灰下来。

有一天，幼通带回来一个女孩子。据说是大学同学。但看幼通的神情，一定是女朋友。那女孩子叫翟小梨，乡下出身。只这一条，幼宜心里就冷笑了一声。当初，小丁的工人家庭，父亲尚且那样态度，百般拿捏人家。这下好了。幼通带回来一个乡下姑娘，她倒要看看，接下来这场大戏该怎么个唱法。

翟小梨人生得丰腴柔媚，皮肤是那种时下流行的小麦色，闪着釉质的光泽。丹凤眼，看人的时候，微微眯起来，她大约是近视眼吧。近视眼，还不戴眼镜。现在这些女孩子真是臭美。不像幼宜，早早就戴上了厚厚的眼镜，那时候可不觉得难看，还觉得时髦，是有学问的象征。翟小梨穿牛仔裤，勾勒出圆圆的屁股。胸脯高高的，骄傲地挺着，把垂在胸前的长发顶出去老远。她的脸色可真好啊，红扑扑的，还带着一点婴儿肥。笑容却是明亮纯净的，一看就是那种招惹人的女孩子。可是，幼宜怎么就一点都不喜欢她呢。她坐在那里，有点羞涩，有点拘谨，认真地回答着父母的盘问。幼通在一旁倒紧张得不行，一会儿给翟小梨剥芦柑，一会儿给她倒果汁。把她的小手握在手心里，不肯放开。看来，这小子是动了真心了。

莫名其妙地，幼宜认定，这个翟小梨，是有心计的。别看她表面上笑笑地看着你，羞怯的，懂事的，有一点局促，叫人心生怜爱。可是幼宜偏偏不买她的账。这种乡下出身的女孩子，她也是见过的。就像他们单位里的莉莉姜。出身低微，但是暗藏野心。她们妄想着，有朝一日，在城市里能够有一个立足之地。要是她们还容颜美丽，就更危险更可怕了。莉莉姜不是吗？靠着姿色，嫁进了局长的家门，成了局长的儿媳妇。从一个小打字员，摇身一变，成了办公室主任。谁能料到呢？说不定，这个翟小梨也是这样的人物。她一毕业就能找到中学教师的工作，凭什么呢？还不是凭着父亲的关系。虽说不过是聘用。谁让她那个破大学不入流呢。后来，她不还是凭着跟幼通的婚姻关系，才正式调入了吗？幼通，她这个弟弟，还是太傻了。有很多话，她这个当姐姐的不好说出口。人家两个人亲亲热热，恩爱得不行，针插不进，水泼不进。无论怎么说，说什么，好像都是在挑拨。

家里忽然多了个女孩子，还年轻，还漂亮，幼宜心里真是恨得不行。幼通也实在没出息，跟在人家屁股后头，觍着脸，一副谄媚的样子。八辈子没见过女的！看他们俩那眼神，你来我往的，当着一大家子的面，真不要脸。幼宜总觉得，这都是那个翟小梨招惹的。单凭幼通，他懂得什么？她自己的亲弟弟，她还不知道他？翟小梨这个小狐狸精，手段高啊。那一嗔一笑，把幼通的魂儿都给勾走了。

那一阵子，幼宜变得暴躁起来，看什么都不顺眼，一点小事儿就控制不住脾气。她不肯承认，幼通的恋爱、结婚，对她是一种残酷的打击。她都三十好几了，是个毫无疑问的老姑娘了。当年那个小跟屁虫，一向在屁股后头姐姐姐姐叫的，都有了自己爱的人，有了自己的小家庭，有了自己的新生活。她却还单着。孤单单一个人，十年了。她想起了小丁。小丁的孩子，恐怕早都会打酱油了吧。这个家里，父亲和母亲，弟弟和弟妹，都是成双成对的，只有她，形单影只，孤魂野鬼一般。这样的日子，何时是个了呢。她固执地留着长发，好像是，留着长发，就留住了她滔滔逝去的年华。她珍爱那一头长发，用了很多时间和精力耐心护理它。洗澡的时候，她看着镜子里的自己，苍白，瘦弱，因为长期戴近视镜，眼珠有一点凸出，鼻子两边有明显的两个压痕。嘴角有点下垂，眉心里有着深刻的川字纹，法令纹很深。长发从背后披散开来，落满了她的后背，肩膀，还有胸前。她的头发乌黑浓密，黑缎子一样。她浑身上下，最引以为豪的，就是这一匹好头发了吧。她小小的乳房，她瘦瘦的屁股，她扁扁的身子。这清净已久的女性的身体啊。她这一生最好的年华都过去了。水汽在浴室里萦绕，升腾。她看着镜子里那个韶华已逝的女人，抱着自己的双肩，无声地哭起来。她母亲在外头喊，怎么这么慢哪。洗个澡磨蹭半天。他父亲嘟囔说，不当家不知柴米贵——这个月水表的字都超啦。她看着镜子，看着，眼睛慢慢露出了凶光。她恨他们。恨她母亲，恨她父亲，恨弟弟，恨弟妹。她恨生活不公。她恨这个该死的世界。

幼宜的单位是事业编制，她做出纳，倒是专业对口。单位里女的多，男的少。那几个男同事，也早都结婚成家了，天天接送孩子，伺候老婆。她不喜欢这种婆婆妈妈的男人。可是要问她喜欢什么样的，她也说不出。有一回同学给她介绍了一个，四十八岁，离异，省医院的妇科医生。她对这后一条有点犹豫。妇科医生，整天面对着各种各样女性的身体的秘密，这种职业会不会摧毁他对女性的正常审美，从而影响他对两性情感，对婚姻的感受和期许呢？即便以严格的眼光来看，那妇科医生也称得上标准，不高不低，不胖不瘦，南方人，戴高度近视镜。幼宜拿这事去问父母。父亲沉吟半晌，说，这么好的条件——就不说了。幼宜等下文，没有等到。父亲他什么意思呢？他是不是说，这么好的条件，她幼宜配不上？还是说，这么好的条件，居然还找了幼宜？难不成此人有什么说不出口的毛病？母亲照例是不说话。父亲那半截话，叫幼宜左右为难。拖延了一阵子，这件事到底是不了了之了。

还有一回，是翟小梨介绍的。大学老师，也是离异。她心里不痛快。觉得翟小梨这是故意。她一个外人，凭什么来插手她的私事呢？她是不是存心想着，赶紧把她这个大姑子嫁出去，好给她腾地儿呢？幼宜不无恶毒地想。好啊。她倒要看一看，翟小梨推给她的，究竟是哪一路神仙。见了面，感觉竟然不错。大学老师很健谈，有适度的幽默。中文系的，有良好的文学素养。只这一点，幼宜就有点心动。幼宜喜欢读书，尤其是小说，古今中外，她的书橱里都有。她反正有的是时间。她在那些虚构的世界里流连忘返，她真想住进小说里去啊。她干的是财务，单位里没有人跟她谈论这个。家里也没有。她父亲感兴趣的是政治，她母亲喜欢的读物是《家庭》或者《读者》。现在，眼前这个男人，他们谈得多么投机啊。幼宜的脸颊红红的，背上出了细细的热汗，一颗心扑腾扑腾跳得厉害。是夏天的傍晚，花叶的影子在夕阳的余晖中，温柔摇曳着。风微微吹过，草木的气息夹杂着湿漉漉的水汽，叫人觉得恍惚。大学老师的影子和她的影子一会儿错开了，一会儿重合了。幼宜心里模模糊糊的，对翟小梨升起一种感激。她感谢她的帮助，感谢生活给予的所有的美意。

交往了一阵子，她终于把大学老师带回家。内心里，她不愿意把他带回来。她不肯承认，她是对自己的父母毫无把握。果然，父亲问到了前程,问他的职业规划。都人到中年了,还只是一个副教授，他的进取心呢。没有物质上的保障，他拿什么给幼宜幸福呢。父亲步步紧逼着，大学老师尴尬极了。幼宜在一旁坐着，恨不能地上裂开一个口子钻进去。她恨她父亲的咄咄逼人，也恨大学老师的笨嘴拙舌。父亲他凭什么呢？他这一辈子，退休的时候，不过是一个小部门的头儿，主任科员，享受正科待遇。他凭什么这么要求别人呢？他那些个大而无当的雄辩，那些夸夸其谈，她早就烦透了。至于大学老师，他怎么这么没用呢？他的好口才呢，谈起文学来，那笃定的从容的气度呢。她真是失望得不行。

这件事也就罢了。是大学老师提出来的。他是不是觉得章家的门槛太高，晋升教授无望，知难而退了呢？幼宜想告诉他，那不过是她父亲的意思。她不在乎这个。什么教授、副教授，她不是那么世俗的人。她拿着电话，犹豫了良久，终于挂了。好像是，她这么多年的自卑，由自卑滋养出的自尊心，一个女人的矜持，体面，阻止了她。

幼宜失恋了。她病了一场。越发恨翟小梨了。翟小梨知道事情的全部。她明了这一段短命的感情的所有秘密。那个夏天的黄昏，幼宜对她有多少感激，现在，她对她就有多少怨恨。

时间真快啊。幼宜是在四十岁以后，才惊觉时间流逝的速度。大学老师之后，她再没有相过亲。她的情感的园子一直荒芜着，她心灰意懒，也无心打理。有时候，她不免满心惊惶地想，她老了，像一棵植物，迅速枯萎，衰败。她这一辈子，就这么过去了吗?

幼通他们的孩子都大了。虎头虎脑的小男孩，聪明极了，可爱极了。跟在她屁股后头,姑姑姑姑姑姑,小鸟一样叫着。老实说,当初，她对他们这么早要孩子，是很看不上的。她几乎认定，这都是翟小梨的诡计，是陷阱，做好了圈套，让幼通乖乖地欢喜地一头跳进去。真是太有心机了。她急什么呢，她才二十出头。她不过是想通过孩子，把幼通牢牢抓在手里，进一步巩固自己在章家的位置罢了。幼通也真是老实。两个人刚结婚，什么基础都还没有。怎么就都依着她呢？活该他们受了那么多的煎熬。贫贱夫妻百事哀。那些窘迫和狼狈，她早就料到了。也好。叫他们领教一下生活的厉害也好。不知天高地厚世事艰难。太轻狂了。

生了孩子以后，翟小梨好像是变了。她更加丰满了。神态里多了一种母性的气质，安静的，却汹涌的。她喂奶的样子美极了。她盘腿坐在床上，挺直了身子，一手揽着孩子，一手托着乳房。她的乳房真饱满啊，白皙的皮肤，可以隐隐看见淡蓝色的血管。淡粉色的乳晕，乳头被孩子含在嘴里，吭哧吭哧贪婪地吞咽着。幼宜跟她母亲,一边一个,默默地看着这幅哺乳图。翟小梨一点都不感到羞涩，她从容极了。幼宜不知道她母亲为什么要在一边看，是因为，母亲从来没有给儿子喂过奶吗？幼宜自己，是情不自禁。她只要看见翟小梨要喂奶了，就一定会把手头的事放下，过来看。那种气氛，那弥漫着淡淡奶腥味的房间，婴儿大口吞咽奶水的声音，还有，翟小梨那美妙的侧面的轮廓，都令她着迷。她看着，看着，心里充满了强烈的嫉妒。这辈子,她从来没有做过母亲。她真是恨哪。她这一生，作为女人，还没有完成自己。然而，命运还会给她机会吗?

孩子十岁的时候，幼通一家去了北京。这真是太出乎意料了。这个家里，谁的生活都有可能出现转折，或者叫作意外，除了幼通。她这个弟弟，有一点随遇而安的气质。他一向是懒得跟生活计较的人。他也许是出世的，红尘滚滚的俗世令他厌烦。他简直超脱极了，抱着双肩,对生活中所有的如意或者不如意,冷眼旁观。这么多年了，倒是翟小梨,急赤白脸的,在生活的泥潭里打滚儿,弄得一头一身的，狼狈着，抱怨着，却也是更加玩命地跟命运叫板。谁能料到呢，她竟然考上了研究生，抛夫别子，去北京读书了。嗯。行。够狠。幼宜心想。这种乡下出来的孩子，就是有一股子狠劲儿，城里孩子根本比不了。就像她，还有幼通。

在幼通一家去北京这件事上，她一直对翟小梨心怀怨恨。难道不是吗?翟小梨是始作俑者。要不是她坚持，幼通会跟着走吗，孩子会跟着走吗?幼通也就罢了（虽然，内心里，她对幼通的走很不高兴，觉得他是在逃避，逃避责任）。尤其是孩子。这么多年，这孩子在家里跑来跑去，小狗似的，给这个家带来多少欢乐啊。孩子跟老人不同。孩子是越养越大，前面是希望，是成长的喜悦。老人呢，却是一天比一天衰败，直至枯萎。这个家，是少不得有这么一个欢蹦乱跳的孩子的。幼宜也离不开他。私心里，她是把这个孩子当作自己的孩子的。她给他买衣服，给他买玩具，带着他参加同学聚会同事聚会。我侄子，她介绍说。他们这个年纪，都是有儿女的人了。有这个小侄子在，她就不觉得那么尴尬，还有人生的荒凉。甚至，私下里，她偷偷地教孩子，叫她妈妈。妈妈。妈妈。童音稚嫩，仿佛一双小手，揉碎了她母性的心。这下好了。翟小梨竟然要把他们父子两个连根拔起，统统移植到北京去了。真是太毒辣了。

他们平时难得回来。只是在过年的时候，才回来住上一两天。一家三口，衣着光鲜，开着私家车，呼啸而来，呼啸而去。幼宜看着他们的变化，心里震动不已。

幼通他们两个，是闹过一阵子的。那时候，翟小梨还没有出名。闹得最厉害的时候，翟小梨曾经向她求助过。无非是想让她这个做姐姐的劝劝幼通。她拒绝了。这个翟小梨真是，还是乡下那一套。她怎么就不懂得，人与人之间，哪怕是亲人之间，他们的生活都是各自独立的。中国人最大的问题，就是人与人之间的边界不清。看着翟小梨的泪眼，她心里其实是有很大的快感的。折腾吧，叫你穷折腾。私心里，她甚至恶毒地盼着他们离婚成功。她不愿意承认，她害怕幼通和孩子被翟小梨拐走。对，拐走。在这方面，她把自己的私心都原谅了，多为自己考虑一点，她没有错。

可谁知道呢，他们竟又好了，并且还越来越好了。翟小梨居然，居然成了作家。她偷偷百度过她，心里惊诧不已。惊诧之余，也有深深的不屑。这个时代，要想出点儿名，也不是一件太难的事儿吧。然而，翟小梨是真的变了。到底哪里变了，她一时还说不好。

过了五十岁生日，幼宜终于咬咬牙，把那一头漂亮的长发剪了。去掉了三千烦恼丝，她觉得一下子轻盈了很多。如今，她留着齐耳短发，戴着眼镜（她早就不戴隐形了），脸上是这个年纪的女人应有的安静，平和。她骑着车，长长地吁了一口气。

电话响了一下，人潮汹涌，她也不好停下来看。不会是侄子吧。小东西这两天考试，她是知道的。她盘算着，下班的时候早点出来，要去超市买点东西。父亲抱怨这几天太素了，母亲交代她买条武昌鱼，没有武昌鱼就买点儿新鲜大虾，再买点儿五花肉。有日子不吃红烧肉了。幼宜都一一应下来。

前面就是单位了。幼宜在这灰色的大楼里干了三十年了。再熬上几年，她就退了。真快啊。一个人的一生，其实就是一眨眼的事儿。幼宜抬头看着那大楼，喉头哽哽的，眼睛发酸，有什么东西在胸口慢慢肿胀，肿胀，憋得她喘不上气来。有人路过打招呼，她随口应着。赶忙装着锁好车子，匆匆向楼里去了。

十一

我是什么时候开始心思活动的呢？这么多年过去了，有些事，已经渐渐模糊了。好像是，孩子一岁多的时候，我曾经想试一试，新加坡的 MBA。幼通父母家院儿里有一个幼通的同学，当时正在新加坡读书，据说学分修满即可毕业，如果努力的话，不到两年，就能拿到文凭。幼通陪着我，专门去人家家里拜访，了解情况。老实说，我一个文科生，对于工商行政管理专业，实在是谈不上兴趣。然而，那时候，我只是一心想着找个出路，哪里顾得了许多。我已经悄悄开始准备了。不为别的，就是因为，不到两年时间就能毕业。我有孩子，有家庭，太多的时间成本，对于我来说，是一种奢侈。是全英文考试。我天天啃英语单词，做阅读理解。并且，那时候，我还在自学考试，本科毕业证还没有拿到手。工作家务之余，两种考试在身，其中的艰难折磨可想而知。大约是准备了有大半年吧，好像是因为什么资格，要有专业论文，具体是什么原因，我都不大记得了。总之是，我没有如愿。

我又试图鼓励幼通。要么是换单位，要么是自学考试拿文凭。磨刀不误砍柴工。一个大专生，未来职业道路的艰难，是不敢想象的。

幼通依然不肯。

有一天，是个下午吧。我站在教学楼下，看着一位同事从操场上走过。是一位老教师，夹着教案讲义，步履蹒跚。这位老教师教语文，在市里颇有名气。阳光洒满了操场，金子一样。我看着她，看着她，忽然，在那一个瞬间，悲从中来。我看到了生活的底牌。一下子，我就看穿了自己的人生。这个老教师的现在，就是我的未来。我的泪水夺眶而出。

那一年，我决定考研。

我想试一试自己的运气。为了自己的人生，也是为了孩子，我想拼一把。我只给自己一次机会。一次。如果不行，我将安于这样的命运，再无怨言。

我把这个打算告诉幼通。我很记得，在告诉他之前，我还抱着一丝希望。我跟他说，你考吧。先拿下本科，再考研考博。只要你考，我就供你读。我甘愿在学校里教一辈子书。做一辈子老师。我哭了。我的眼泪是真挚的。我的决心也是真诚的。我是真的希望，幼通能够在事业上有所发展，把我们这个风雨飘摇的小家支撑起来。或许，骨子里，我还是传统的。所谓的夫贵妻荣，所谓的男主外女主内，我有着深刻的认同。

然而，你肯定猜到了。幼通依然不肯。

我说，你不考。我考。

我不知道，是不是因为自幼的耳濡目染，母亲病弱，终日在家里操劳。是父亲，承担起一个家庭的重担。养家糊口，为母亲治病，供我们读书。在我幼小的心灵里，父亲，是典型的北方大男人的形象，强健的，高大的，坚韧的，大树一样，强悍地伸展着枝叶，为我们遮风挡雨。或许是从很小的时候，对于男人，对于丈夫的想象和期待，我是以父亲为理想的。我以为，天下的男人都应该如此。谁会料到呢，命运给我开了一个太大的玩笑。我偏偏遇上了幼通。

一个女人，要有着怎样的狠心，才能够抛下幼小的孩子，孤身一人，走异地寻异路，到皇皇帝都，再度求学呢。

我不敢跟芳村的亲人们说。他们肯定以为我疯了。一个芳村出来的孩子，到了省城，有家有业了，居然还不安心，居然还要只身一人跑到北京去念书。不是疯了是什么呢？他们一定会说，要知足啊。知足常乐。他们哪里知道，这些年，在S市，我都遭遇了什么。姐姐说，我这个人，有一点不好，向来是报喜不报忧。哪怕是刚刚哭完，我也会擦干眼泪，对着他们笑。我不是虚荣，不是要面子。我是怕他们担心。他们心思简单，也没有见过多少世面。对于外面的世界，对于城市生活，他们无能为力。

我也不敢跟同事说。毕竟，我的工作是教书。复习考研，是有那么一点不务正业了。我只有更加拼命工作，把业余时间挤出来，偷偷看书。并且，私心里，我对自己能不能考上，毫无把握。万一落榜，徒令旁人嘲笑。

对于我的打算，幼通的父母很震惊。自然了，也很不以为然。他们一定在想，考研？白日做梦吧。一个女人，已经不年轻了，工作繁重，孩子幼小，家里一贫如洗，居然，在这个年纪，还要考研，还要考北京的学校，并且，还要跨专业，不是白日梦，是什么呢。不行。决不能让她由着性子瞎折腾。

那个暑假，他们把孩子送过来，再没有接走。他们说，孩子最好在妈妈身边。是啊。孩子最好在妈妈身边。多么冠冕堂皇的说法。这几乎是一个真理。我能如何反驳呢？

2003 年，正是非典暴发的时期。那场席卷全国的 SARS，影响和波及了千万个中国人的日常生活。学校都放假了，因为是准毕业班，要求定时返校辅导，订正作业。我在学校和家庭之间往返，几乎要忙疯了。我一面带毕业班，一面带孩子，复习备考都是挤时间。我咬紧牙关，浑身紧绷着。我是要玩命了。

我们那个小区，在南二环，最大的好处，是安静。每天，我带着孩子到楼下。好几个邻居家的孩子，他们一起玩耍。我坐在一旁，抓空看一眼书。书是拿报纸包着的，远远看上去，好像是在看报纸。孩子们在旁边捉迷藏，抓蝴蝶，过家家，不时跑过来，找我喝口水。邻居们在聊天。东家长西家短。看我埋头看报纸，就喊，看了大半天啦。报纸里有花儿呀。我就抬头冲他们笑。

非典最肆虐的几个月终于过去了。陆续有学校复课。秋天，大约是九月份吧，孩子上幼儿园了。是我们小区的幼儿园。

我白天上班，下班回家做饭带孩子。一天下来，累得要死，恨不能倒头就睡。伺候完吃喝，洗漱完毕，终于把孩子打发到床上的时候，都已经十点十一点了。然后，给孩子讲故事，哄她睡觉。常常是，讲着讲着，我手里的书啪嗒一声，就掉地上了。我实在是支撑不住了。

妈妈，后来呢？

后来呢？我一下子就醒了。灯光朦胧，孩子睡眼蒙眬，可还是在追问着故事的结局。我强打精神，接着给她讲。渐渐地，她睡着了。终于睡着了。

我悄悄起来。坐在书桌前，把台灯拧暗。

夜晚已过大半。剩下的，都是我的了。

幼通已经睡了。孩子也睡了。这个时候，整个城市都入睡了吧。只有这个时候，时间才真正属于我，属于我一个人。屋子里，安详宁静。窗外，是深夜的城市的深渊。我坐在书桌前，仿佛一个长途跋涉的旅人，不敢停顿。不能停顿。灯光昏暗，把我的身影定格在墙上。

早晨，我早早起来。也不敢开灯，就在黑影里坐着，听英语听力。我戴着耳机，披头散发，眼神涣散，好像是一个真正的疯子。

这么多年了，我总是忘不了，那些个夜晚，孩子稚嫩的追问声。

妈妈，后来呢？

后来呢？这是对结局的好奇心。然而，孩子，恐怕要等你长大了才会明白，任何故事的结局，都是不可预料的。所谓的世事难料。说的正是。

无端地，觉得，那一声声稚嫩的追问，对于我，是一种提醒，也是一种隐喻。后来呢？我不知道。我只能说，人生有太多的可能。我们历尽辛苦磨难，是想要那个更好的可能。

那一年，正好带的是毕业班。初三年级，两个班的英语课。那两个班，是所谓的重点班。我的学生准备中考。我准备考研。那是怎样的一年啊。厉兵秣马，磨刀霍霍。

办公室旁边，是一个未曾启用的男厕。关于这个男厕，我好像是在一篇小说中写到过。我拿到那个房间的钥匙，课间的时候，躲到里面去看书。狭小逼仄的空间，淡淡的霉味，细细的灰尘，在窗口投下的那片阳光里乱飞。高高摞起来的书，教材，卷子，到处都是。走廊里有人在叫，翟老师，翟老师。

后来呢?

后来，我接到了北京一所大学的面试通知书。

幼通的父母，过来把孩子接走了。他们说，让我安心准备面试。

我是后来才知道，他们早已经悄悄查询了我的分数。

然而，面试有什么好准备的呢。我的最难熬的时候，已经过来了。我带着孩子，连滚带爬的，已经过来了。尽管鼻青脸肿，有种种狼狈。然而，还好。

对于考试结果，我倒还算平静。然而，幼通的父母，却颇不平静。他们激动，兴奋，极力掩饰着，却掩饰不好。也可能，这个结果，这个后来，完全不在他们的预料之内，或者是，他们忽然之间，察觉了我内心深处那股强悍的力量。

四月，我们踏上了开往北京的火车。那是我第一次去北京。

火车飞驰。窗外，是春日阳光下的田野，大片的绿，间或有多彩的色块，在无边的大地上延展，仿佛一卷巨幅的油画，充满了生机勃勃的喜悦。我坐在幼通身旁，内心里也奔涌着一股奇异的热潮，汹涌着、战栗着、哽咽着、轰鸣着。

列车一路向北，向北。我知道，我离自己的梦想越来越近了。

面试出人意料地顺利。不久，我收到了录取通知书。

十二

我很记得，那一天，在我们的小家里，我跟幼通把通知书看了又看。幼通似乎比我还要高兴。这一年，为了让我安心复习，幼通承担了很多家务。还有孩子。孩子因此，也受了很多委屈。因为治疗不及时，她的咳嗽绵延多时不愈。多少次，我感到坚持不下去的时候，就在心里对自己说，你不是一个人在战斗。你也不是为了自己考试。你是为了这个家庭，为了幼通，还有孩子。你的梦想，就是家庭的梦想。那是夏天，阳光泼洒下来，把人间照得炽热明亮。我跟幼通，到小区附近的小面馆吃面。幼通的衣兜里，装着那张录取通知书。好像是一家安徽板面。我们两个，头碰着头，吃得热汗淋漓。那是我吃过的最美味的面条，滋味至今记得。

微风吹过 2004 年的盛夏，S 市南二环附近，护城河上水汽蒸腾。绿荫深处，蝉鸣热烈而激越。

接下来的日子，紧张又忙碌。我正式辞职，准备负笈北上。

忽然之间，幼通家人似乎是变了。到底怎么变了呢，我也说不好。空气变了。空气里的情绪变了。情绪里的微妙起伏变了。总之是，家里的气氛悄悄变化了。又好像是忽然之间，他们发现了我的存在。首先是，幼通的父亲，变得客气起来。他拉着我聊天，聊起北京，有兴奋，有激越，跟地方上各种比照，政治的，经济的，文化的，各种优越性和吸引力。小地方的落后，保守，专制，黑暗，北京的开放，包容，丰富，中心地位。这些有理有据的论证过程，这些年，我是早就听熟了的。但我还是认真呼应着，敷衍着。我这个人，最大的弱点，就是太考虑别人的感受。这话是幼通说的。我总想让别人舒服。我很少顾及自己的内心。这是一种性格的悲剧吗？

幼通的母亲过来，问他父亲晚饭吃什么。在幼通家里，一日三餐的决定权，总是在幼通的父亲手里。幼通父亲被打断了兴致，似乎有点不悦，说，烤点红薯，她不是爱吃红薯吗？幼通母亲惊诧地看了丈夫一眼，又看了看我。我也吃了一惊。幼通正在一旁看报纸，觉出气氛不对，抬起头来看着我们。幼通父亲说，还有鱼，做条清蒸鱼，她对红烧的倒一般。

老实说，我有点适应不了。有点，怎么说，受宠若惊。接下来的那些天里，在幼通父母家里，我总是遇上这种不适。嫁到章家这么多年，我何曾受过如此礼遇呢？幼通，还有我，总是被忽略，被冷落，在被遗忘的角落里，默默看着，听着，连插嘴的机会都没有。怎么忽然之间，就变化了呢。私心里，当然是喜欢的，还有那么一点，一点小小的得意。我以为，我会很享受这种难得的待遇，然而，莫名其妙的，我心里竟然渐渐生出了悲凉，还有忧伤。

前倨后恭。这个词用在这里，应该是很恰切的了吧。倘若他们直对我好，或者，干脆，一直对我不好，不论我自身的境遇如何变化，他们的态度是始终一贯的，我都会坦然接受。然而，前倨后恭，或者，前恭后倨，都令人心寒。我清楚地看到，人性，是多么的不可试验。

那一段日子，我们频频被邀请过去。在章家，第一次，我感受到了来自长辈的慈爱，还有家庭的暖意。他们甚至带我去买了件衣服。是一件小风衣，米色，猎人装设计，价格不菲。多年捡拾别人的旧衣都习惯了，乍然换新衣，越发不适了。但我也不忍拂了他们的好意。那件风衣，被我压在箱底，一直没有穿过。

现在，你做出什么样的选择，我都能够理解。

有一天，幼通父亲忽然跟我说。我一下子怔住了。当时，我正在择菜，豇豆角一根一根的，长长的，鲜嫩碧绿，有的长了虫眼。我把那些虫眼掐掉。豆角的汁液把我的手指头染成淡绿色。幼通父亲说，他能够理解。他是什么意思呢？并且，我能做出什么选择呢？事到如今，我还拥有选择的权利吗？

后来，在我跟幼通无数次的争执中，有一回，我冲口而出，说出了这句话。

我不知道，这句话对幼通的伤害有多深。我也不知道，这句话，会对幼通父子之间的隔阂，再增加怎样的裂痕。幼通的脸一下子变得苍白，苍白得可怕。我马上就后悔了。后悔在激烈的情绪中，口不择言。可是，已经晚了。幼通沉默了很久，只从牙缝里挤出几个字，他以为他是谁？有什么资格左右我的生活！

那一段，家里的气氛喜悦祥和。前所未有的喜悦祥和。幼通的父亲天天拉着我聊天。我是在后来才知道，原来，幼通父亲自幼在北京长大，住姥姥家，如今的东交民巷一带。在北京，至今祖坟还保留完整。多年以后，在一次会议上，我们下榻首都大酒店，就在东交民巷旁边。我在那附近散步，忽然便想起了当年幼通父亲的话。世事沧桑，早已寻不到当年的痕迹了。幼通父亲学业优秀，本来考上了北大中文系，后来因为家庭成分问题，被发配到河北省一所大学，数学系。据说，幼通父亲的祖父，是大资本家，在当年煊赫一时。后来，政权交替，家道便衰落下来。儿孙们也因为家庭成分，受了很多牵连。巨大的心理落差，对于一个怀揣梦想的年轻人来说，是怎样一种打击以及挫折，可想而知。而今想来，我到北京读书，后来，又带着孩子，户口留在北京，这对于幼通父亲的家族而言，在某种意义上，大约也算作一种回归吧。或者，幼通父亲当年未曾实现的夙愿，而今，有可能在儿孙辈身上实现。如若不然，该如何解释他的激动和喜悦呢。反反复复，絮絮叨叨的，说北京，说当年，说家国之变，说梦想遭遇现实。餐厅里很安静，还残留着早餐的气息，面包的焦香，牛奶麦片粥的香甜，熟鸡蛋的壳子被剥下来，堆在青花瓷的小碟子里。我坐在餐桌前，听幼通父亲说话。每一餐饭后，若是不及时离开，我都会被他留下来。幼通的母亲出出进进，在餐厅和厨房之间忙碌，时而抬头，投给丈夫温柔的一瞥。

并且，我的父亲也被频频提及。

你父亲是怎样教育你的呢？勤奋，上进，肯吃苦。你看看我。在教育这一行一辈子，唉——

我怎么不知道，他指的是他的一双儿女，他也会为了他的儿女们叹息吗？

我的父亲。这么多年了，在章家，在幼通父母那里，在他们的谈话中，我芳村的亲人，我的父亲，一直是缺席的。他们远在乡下，贫穷、落后、闭塞、愚昧，这么多年了，对于这个城市家庭，他们仿佛根本就不存在。在这个以知识分子自居的家庭里，那个芳村的儿女亲家，是一个伤疤，是一个，怎么说，忌讳。我好像是说过了，直到如今，将近二十年过去了，他们都没有见过面。即便是后来，我父亲因为眼疾，来市里住院治疗，整整一个月，幼通的父母，一直没有露面。倒是幼通，一趟一趟地来探望，带着父亲爱吃的食物。其时，我已经硕士毕业，留在北京工作了。并且，正在跟幼通谈离婚。

幼通的父亲坐在我对面，逆着光，我看不清楚他的表情。眼前这个老人，已经过了花甲之年了。算起来，跟我的父亲只相差一岁，算是同龄人了。总觉得，这个年纪的老人，饱尝了人世的风霜，早已经火气褪尽，变得平和淡定了。对孩子们，因为去日苦多，只有越发的慈爱疼惜。世事洞明，人情练达，到了这个年纪，经历了这么多人事，走了这么远的长路，还有什么看不透的呢。看透了，而不说。这该是智者吧。我的父亲，是个沉默的人。在我的记忆里，很少听见他的声音。在我有限的认知里，我一直以为，天下的父亲，都应该是我父亲那样。沉默寡言，却坚韧有力。为了孩子，什么苦都肯吃。

临行前，我回了一趟芳村。

对于我的辞职和读研，家里人都颇不以为然。父亲的意思，考就考吧，还考到北京去。抛家别舍的，这么远。一个人。我只是笑。也不分辩。父亲哪里知道，我的苦楚呢。这么多年了。其实，我一直是硬撑着的，在亲人们面前，打肿脸充胖子。也不只是虚荣心在作怪。也不是读书人的自尊。自负也不是。骄傲也不是。我是怕他们担心。私心里，也是有一点不甘。我总想着，人这一生，只要肯努力，总会有出头之日的吧。

多年以后，我还总是想起来，那一个秋天，我跟父亲辞别的时候，芳村的黄昏的天色。我很记得，父亲和我，在院子里默默坐着。谁都不说话。向晚的风微微的，掠过树梢，发出飒飒飒飒的声响。蝉不知道躲在哪一根树枝上，高亢地唱着。喜悦中，竟然听出了一点凄切的意思。时令已经入秋，是寒蝉了。昏暗处，父亲的烟头一亮一亮。半晌才说，这院子，快要翻盖了。我心里一紧。这院子，自从我出生，就住在这里。母亲辞世，也是在这里。这个院子，盛放着我太多的童年记忆。盛放着我对于家的全部想象和期待。关于父亲，关于母亲，关于亲情，关于血脉。要等到很久之后，我才能够懂得，这个院子对于我生命的意义。而今，它很快就要不复存在了。我在 S 市的时候，尚且能常常回来。而今，我就要去京城了。此一别，山高水长。我不知道，我是不是还能够找到回家的路。

大约是离开 S 市去北京之前的几天吧，在幼通父母家吃饭。饭后，幼通父亲拿了一个信封给我，里面是一万块钱。这是给你做学费的。他说。我坚辞不受。他似乎有些激动。这跟幼通没有关系。就算是一个邻居家的孩子，这么好学上进，我也会帮助的。顿了顿，他说，我知道，你们经济上很困难。我看着那个信封，心里真是百种滋味，难以下咽。那信封在我手里，好像一只滚烫的烙铁，直烫得我出了一身热汗。房间里安静极了。窗外，盛大的蝉鸣声，在某个瞬间仿佛冷寂下来。空调的嗡嗡噪音，好像是一群野蜂，在耳边喧闹得厉害，也不知道是不是自己的耳鸣，还是扑腾扑腾的心跳。幼通的父亲还在说话，慷慨的，激烈的，抑扬顿挫，有演讲家的口才和激情。我坐立不安，如在荆棘里一般。我还能怎么样呢？人穷志短。这些年，我跟幼通，实在是太窘迫了。多少年来，在我无数次的想象里，我把那个信封，牛皮纸，上面印着单位名称等字样，轻轻推开，就像推开这么多年以来，我经受的所有的轻侮、伤害、辛酸，以及愁苦。然后，微笑着说，不了。谢谢。然而，我不能。我辞了职，没有了收入。我要读研，三年。我还要抚养孩子。我们还在还房贷。幼通的单位不景气，薪水微薄。这就是我当年的生活。捉襟见肘，而前途未卜。除了接受，我还能怎么样呢？

那一年，也就是我离开S市到北京读书的那一年，幼通终于辞职了。幼通的表哥，有一个小公司，刚刚开业不久，做服装贸易。我不知道，是不是幼通父亲开的口，或者，是幼通自己？以我对幼通的了解，他不会主动去找人家，即便是火烧眉毛了，他也不会。总之，幼通去了他表哥的公司。我也是后来才知道，幼通的表哥，也就是那家公司的老总，跟幼通见面的时候，幼通提了条件。大约的意思，是强调了自己的重要性。幼通的英语确实不错，要求薪水应该达到一个数字。那个数字有点惊人。我不知道，幼通的表哥，听后会是怎样的感受。他大约是想，这个表弟，恐怕不是疯了吧。那时候，S市的工资水平是多少，他不是不知道。怎么会提这样的要求呢？他们还是亲戚。嫡亲的表兄弟。幼通的父亲，跟表哥的母亲，是亲兄妹。S市只有他们兄妹两个，关系亲密。每年过年的时候，大年初二，妹妹都是要到哥嫂家回门的。况且，幼通的境况，通过幼通父亲的嘴，幼通的姑姑，也就是表哥的母亲，不会不知道。这么些年了，我跟幼通的拮据，亲戚中大约也是都有耳闻的。

我是在争取自己的利益，幼通说，他总是振振有词的。

我一时气噎。

一个人，才华不论，能力不论，性格不论，总该有一些自知之明吧。知道自己的重量，清楚自己所处的位置。有自知，才能知人。我总以为，这是为人的最根本的素质，然而，为什么，幼通他就不知道呢。自然了，他的要求最终未能实现。那一家小公司，规模不大，刚刚起步，正是打拼的时候，高薪留人，还做不到。我不知道，幼通是不是会想到，他这样一个下马威，会为他和表哥之间的关系，带来怎样的伤害。据我所知，他们这些表兄弟姐妹之间，关系很淡，平日里联系也不多。这一回，幼通能到他表哥公司，很可能是碍于他父亲的面子。他表哥是一个懂得礼数的人，逢年过节，常来舅舅处看望。

你相信吗，在我的印象里，幼通从来没有去看望过家里的那些长辈。他的姑姑、姨妈，都生活在一个城市里。总觉得，即便是从礼数考虑，礼尚往来，还是要有的。然而，并没有。好像是，幼通一直生活在自己的世界里，世间的这些凡俗事务，跟他毫不相干。我也曾提醒、劝说，他哪里肯听。他自有现成的一套理论来等着驳我。我总是想起一句话，仓廪足而知礼节。我不知道，幼通的这种失礼，是不是跟我们经济上的困境有关。我是一个要面子的人。在芳村，人们并不宽裕，但是在礼数上还是十分讲究的。你敬我一尺，我敬你一丈。你送我桃子，我赠你李子。亲人之间更不必说了。这是人之常情。幼通他，却总是超脱在这些常情之外。

我至今还记得，在那盘录音带里，恋爱时代的录音带，幼通是如何为我描绘我们的未来的。在S市，他有一群很好的朋友。那些朋友，是他的兄弟，也是膀臂。因此，在S市，谁都别想伤害我。他要给我最好的生活。他是一匹马，是要在外面的世界驰骋的。即便我不想，他也要想尽办法，让我跟他一起，并驾齐驱。这些承诺，被幼通用纯正的普通话说出来，深情，悦耳，动人心扉。它们从邻居姐姐家的三洋牌录音机里飞出来，在芳村的新春的上空飞翔，流连，缭绕不去，在一个姑娘的内心深处，渐渐汇成一个强劲有力的声音，令她对未来满怀神往和憧憬。幼通他，还记得吗？

事实上，幼通几乎没有朋友。这么多年过去了，他只活在自我的小世界里。有一回，我翻看了他手机的通讯录。除了他的家人，两三个高中同学，四个现在单位的同事，孩子班主任，再无别人。自然了，还有收废品的张师傅，小区物业，居委会。年届不惑，这就是幼通的社会关系，社会关系的全部。我看着那无比简洁清瘦的通讯录，一时无语。我还能说什么呢。好像是，说什么都是多余。

幼通的手机，至今还用着摩托罗拉，是当年幼通送我的生日礼物，后来摔坏了，一直搁着，被幼通拿去修好，一直用到现在。幼通的手机经常关机。即便是开着，也大多时候是静音状态。有多少次，我给他电话打不通，又气又急。警告他要开机，要有声音。他答应着，依然故我。

万一有人找你有急事呢?

谁会找我呢?他说这话的时候一脸淡然。

是啊。谁会找他呢?似乎是，这么多年了，我几乎没见过有人找他。幼通他，跟这个世界的关系，越来越疏远了。

他的手机不能上网。在遍地都是智能手机的时代，在微博微信爆炸的时代，幼通的这款老手机，是那么醒目，又是那么孤单。好像是他这个人，保守的，封闭的，沉默的，固执的，独自躲在喧闹的时代旋涡的边缘。那背影，也不是悲壮，也不是悲凉，寂寥也不是，决绝也不是。有那么一点遗世独立，世人皆醉我独醒的意思。

十三

那一年，我离开生活了八年的S市，去北京读研。女儿四岁。她摇着小手，笑嘻嘻跟我说再见。在她幼小的心里，妈妈不过是出门上班，或者是，去街上买菜。她哪里懂得，妈妈要离开她，去异乡求学。一去三年。

不。是一去八年。

大约，世间有两件事，最是煎熬。一是生离，二是死别。这种生生别离的滋味，简直是如刀割一般。那时候，我还不知道，这种心如刀割的疼痛，只是一个开始。它要在之后漫长的八年的光阴里，一点一点，切割我，啃啮我。我也算是万箭穿心过的人了。

我提着箱子，跌跌撞撞下楼。

大街上，人潮汹涌。我的眼泪终于忍不住，奔涌而出。

小邮局，平价药房，菜市场，包子铺，街道拐角处那家理发馆……S市，这座熟悉又陌生的城市，我在这里生活了八年。那些艰难的时光，那些糊里糊涂懵懂无知的青葱岁月啊。我原以为，我会在这个北方的省会城市生活下去，生活一辈子。然而，谁能料到呢。在女儿刚满四岁，对母亲最为依恋的时候，我却不得不踏上去往异乡的路，跟她辞别了。我不知道，这是我对这个城市最初的辞别。从此以后，我在这条路上越走越远，再也不会回头。

下篇

十四

校园很美。到处是绿树繁花，有园林的葳蕤气息，也有学院的典雅和书香。

去见识一下真正的大学吧。

幼通父亲说这话的时候，一脸向往。他是想起了自己青年时代的梦吗?

办完各种手续,已经是下午了。我跟幼通在校园里散步。甬道两旁，种满了银杏树。这个季节，叶子金黄耀眼，有一种惊人的华美。落叶坠地，好像是铺满了金子。踩上去，沙沙作响，清脆好听。大多是低层建筑，红砖或者青砖，低调、古朴、大气，有一种不事张扬的雅致在里面。有三三两两的学生走过来，衣袂飞扬，逼人的青春气息扑面而来。夕阳在天边燃烧，把校园涂抹得又瑰丽，又静谧，仿佛油画一般。我跟幼通并肩坐在长椅上，忽然间就恍惚了，如同穿过时光隧道，重新回到了我们的大学时代，回到了我们的热恋时光。

要是我们一起在这里读书，该多好。

我由衷地说。幼通沉默了，半晌，是一声叹息。

时间开始了。

这是属于我的时间。在延宕了整整十年之后，我的读书时代，终于真正开始了。

因为有过工作经历，我比大多数同学要年长。并且，是跨专业。那一届，我们专业中，我似乎是唯一一个跨专业的考生。置身于一群年轻的科班出身的同学之中，我别无选择。我只有加倍努力。每天，我背着沉重的书包，带着大号水杯，到图书馆去占座。没有休闲，没有娱乐，没有社交。我把自己封闭起来，如同苦行僧一般。好像是，唯有如此，唯有肉身的极度疲惫，才能缓解精神上的痛楚，以及情感上的煎熬。我想家，想孩子，想得厉害。自责和内疚，更是一把利刃，把我的想念切割得七零八落。我疯狂地读书，如同被念了魔咒一般。哪怕是片刻的轻松和欢娱，都觉得是罪不可恕。那时候，我是我们那个专业最用功的学生。

多年以后，我总是想起当年的那个自己。一个女人，二十八岁，已经不年轻了，为了生活所迫，或者说，是为了梦想，抛夫别子，来异乡求学。她穿着牛仔裤，运动鞋，素面朝天，像一个真正的学生那样，在教室和图书馆之间匆忙往返。从前的生活都被一刀切断了，未来呢，还看不清楚。她已经没有退路了。她必须咬着牙，往前走。她哪里知道，眼前的这一点磨难，同那些还未曾经历的相比，简直不值一提。

其时，幼通已经在他表哥的公司上班了。偶尔来北京出差，就到学校找我。我们学校对面是另一所大学，里面有一个招待所，价格不高，有几次，我们都住在那里。房间很小，倒还干净。窗户外面，好像是梧桐树，枝繁叶茂，把半个窗子都遮掩了。幼通很热烈。我却有点心不在焉。房间墙壁很薄，能听到隔壁电视机的声音，有人在说话，好像还有人在哭泣。梧桐树在夜色中投下巨大的阴影，叫人窒息。墙上有一小块水渍，形状古怪，像什么呢？好像是一条金鱼，又好像是一个硕大的泪滴。卫生间传来滴答滴答的声音，可能是水龙头坏了。夜深了。我们躺着说闲话。说我们学院里的活动，我们专业的同学，我的同门，我的导师。看他兴致不错，我问起他的工作。他忽然间就沉默了。半晌才说，就那样。没什么好说。看那神情，大约也是不大如意吧。我也不好再问。这么多年了，在我们的谈话中，幼通的工作，好像总是一个不太愉快的话题。大家都小心翼翼的，避免提及。包括他的父母。只是偶尔的，幼通自己说两句，大都是牢骚、抱怨、不满、愤慨。老板太刚愎，什么事都是自己说了算。同事呢，素质太差，没读过多少书，他看不起他们。至于针砭时弊，抨击体制，为天下黎民百姓不平，哀叹民生艰难，更是日常用语。那是另一套话语体系，幼通操练起来，十分熟练，简直是熟极而流了。我只有苦苦相劝。老板就是老板，头一把交椅坐着，自然是要有一种杀伐决断的气度，他说了不算，难道要你说了才算？他是老板，你是打工的，一个人，最重要的是，永远摆得正自己的位置。想拥有高素质的同事，是不是自己具备足够的能力呢？或者先忍耐，积累，等时机成熟了，再换工作。那时候，他经常下工厂，跟一些工人师傅们打交道。一个车间工人，靠技术吃饭，你要人家具有什么样的素质呢？幼通闭着眼睛，一脸的不耐烦。对于我这些劝告，他大约也是听得太多了。

幼通这个人，怎么说呢，有一点迂。不是那一种处事灵活的人。在他去公司的时候，我就反复叮嘱，在表哥手下干，因为有这一层关系，更要时时处处，谨慎小心，万不可叫人家为难，更不能叫人背后说出闲话来。这一行业里，人家是内行，是老板，又是哥哥，做弟弟的，凡事要多学多听多看，多帮忙辅佐，处处维护他的尊严，维护他的利益，做他的左膀右臂。兄弟同心，其利断金。或许有朝一日，他们能够把这公司做得更大。也是他们的一份事业了。然而，遗憾的是，自始至终，幼通跟表哥的关系，都没有理顺过。

有一度，表哥经常带着孩子来幼通父母家玩。我好像是忘了说了，我们的孩子，跟表哥的孩子，都是女孩，同一年出生，生日只相差三天。我还记得，当时，我从医院回来，幼通的表哥来看我。带着一套婴儿用品，好像是强生婴儿洗浴用品，很漂亮的大礼盒。可能是碍于大伯哥和弟妹这样的关系，我又处于产后的尴尬时期，他表哥甚至没有进屋，只在房间门口略探一探头，让我好好休养。我躺在床上，听着他们在客厅里说话。幼通父母在问表哥的孩子怎样，胖不胖，奶水够不够。听不见幼通的声音。其实，表哥的孩子，比我们的孩子早出生三天。照说，幼通因为忙于我住院等一些琐事，暂时不去探望，也就罢了。那么，在人家来家里探望我之后，于情于理，幼通是不是都应该去看一看呢？有来无往，非礼也。这么多年了，我看多了幼通的这种无礼。

有好几次，表哥约着幼通，带孩子一起出去玩。兄弟两个，在同一个公司里做事，孩子们又同龄，一起出去玩玩，沟通沟通，联络联络感情，公事私事都可以聊聊。多么好。然而，幼通都以各种理由拒绝了。我不知道，幼通为什么会这样。没错。那时候，表哥经济条件优越，有私家车，有大房子，自己开公司做老板。相形之下，幼通这边悬殊得厉害。是不是在表哥的成功面前，更加衬托出了他人生的失败？抑或，他是不想让孩子在对方优越的物质重压之下有自卑感？我困惑的是，到底是谁的自卑呢？那时候，孩子年纪才不过四五岁。什么都不懂。还没有来得及经历人世的山重水复，也不懂得父亲内心深处的明暗和曲折。或许，她不明白的只是，为什么，那个小姐姐，来了又去了，她却不能跟她一起出去玩。

后来，表哥就没有再来约过。

幼通的工资不低。大约是四五千吧。在十年前的S市，这样的待遇已经是相当不错了。事实上，在幼通的工作生涯中，他待遇最高的那一个段落，是在表哥公司的时候。我不知道，这是不是表哥的特殊关照。然而，幼通的抱怨依然很多。这么多年了，在我的耳边，似乎一直是这样的抱怨声，好像是一个个魔咒，不绝于耳，令我头痛欲裂。

玩命苦读了一年，到了研二，才忽然发现，毕业之后，还是得找工作的。还要想办法留京。那时候，留京已经很不容易了。要有留京指标，还要有单位接收。蓦然间，我仿佛从书本的幻觉里一下子被拽出来。如大梦初醒一般，我得面对这个残酷的现实。

晚上，从图书馆出来，我背着大书包，在大街上游荡。五道口这一带，老外很多，文艺青年也多。到处是衣香鬓影，到处是灯红酒绿。大街上，人潮汹涌，车流汹涌。我孤单地走着，走着，在这偌大的城市，头一次，我发现自己是如此的孤单，渺小，如同一粒浮尘，简直是不值一提。本来，我以为，考上研了就好了。来了北京就好了。我跟过去的生活告别了。新的生活已经开始了。未来的道路，顺理成章。想来，我还是太天真了。留下来，留在北京，这是我必须面对的难题。

我得想办法留下来。

十五

有一回，好像是学院主办的一个主题论坛，请了外面一些专家学者，研究生会的这些人，负责会务工作，我被分派接送嘉宾。其中有一个人，来得早了，在那里坐着无聊，我就过去跟他闲聊。聊来聊去，却原来是我的同乡，立时觉得格外亲切起来。这个人叫作董序清。说来也是一个奇人，理工科出身，后来却搞起了艺术，颇有才情。言谈举止却是一点不俗，也不装，快人快语，往往出语惊人。那天我们聊了很多，会后我送他出来，他开着一辆白色跑车，倒车动作漂亮极了，冲着我做了个打电话的手势，绝尘而去。

我立在原地，怔忡半晌。有同学叫我，倒把我吓了一跳。正是盛夏。校园里的荷花开了。荷叶高高下下的，铺满了池塘，碧绿青翠，好像马上就要流淌下来了。

我跟董序清渐渐熟络起来。他是一个性情中人，做事却简洁明快，是北方男人的做派。他带着我，参加聚会，拜访朋友，喝茶，清谈，雅集，品字赏画。那是我第一次，见识了北京的文化艺术圈儿。觉得，龙吟虎啸，个顶个都不是等闲之辈。试想，我一个乡下出身的柴火妞，从学校到学校，后来，一头扎进家庭琐务里，柴米油盐，烟熏火燎，我何曾见过这个？这样的场合，这样的气息，这样的人。都在我的经验之外，在我的想象之外。一时间便有些眩晕。再回学校宿舍，看那些学生气十足的人和事，就觉得幼稚，看不上了。

那一阵子，认识了很多人。确切地说，是男人。他们约我吃饭，喝茶，看戏，赏雪听雨，诗词酬答，我在他们中间周旋，乐此不疲。直弄得宿舍里的同学都怀疑起来，怀疑我交际太广，是不是走了邪路。我也懒得分辩。只是私下里，越发咬牙下狠心读书了。怎么说呢，跟那些人来往，我是怀着一些私心的。或者说，是幻想。我幻想着，说不定，哪一个人，就可以帮我介绍一个不错的单位，有留京指标，有正式编制。如同无数次我想象的那样。

怎么说呢，董序清这家伙，确实人脉深厚。有时候也不免困惑，他这个人，看上去谦逊低调，其实，骨子里有一种狷狂之气。正所谓谈笑有鸿儒，往来无白丁。也不知道，他是如何做到的。自然了，他的周围，少不了莺莺燕燕追随着，对他都有那么一点谄媚和巴结的意思。我从旁冷眼看上去，心里不由暗笑。我怎么不知道，这些个绿肥红瘦，董序清怎么肯放在眼里。他跟她们调笑敷衍，不过是礼貌罢了，或者，就是出于男人的坏心思，随意调戏一下妇女，何乐而不为呢？

至于我，怎么说呢，总觉得，在董序清面前，我就是一个小妹妹，仰着下巴颏儿，巴巴地看着，听着，什么都是对的，什么都有道理。简直是崇拜得不行。那些天，在我们宿舍里，我一口一个董序清，董序清这个，董序清那个。惹得闺蜜小绿老笑话我，说你没事吧，你是不是喜欢上人家啦？

我一惊，冷汗就下来了。怎么可能呢？我，一个有夫之妇，竟然喜欢上了别的男人。这实在是太可怕了。

接下来那阵子，好像是因为董序清他们忙一个会议，见面就稀疏下来。倒是他的一个朋友，有一回，叫我去喝茶，我想了想，就去了。

正是在那一回，我认识了老管。

老管的名字叫作管淑人，当时，大约总有四十多岁吧。江浙人，却是南人北相。穿衣服十分讲究，乍一看却也平常，其实是费了心思的，只觉得怎么就那么清雅妥帖。那一天，喝茶的时候，老管并没有怎么注意我。好像是，根本就没有朝我看一眼，只顾着跟另外两个人聊天。笑起来也是微微的，牙齿很白，竟然有一点羞涩的意思。我在一旁无聊，拿一张餐巾纸叠来叠去。一个朋友说，这餐巾纸，跟你倒是很配。我说是吗。是那种彩绘的餐巾纸，淡淡的紫色，几乎淡到要看不出来了，上面飞着暗暗的花影。我把那纸叠了一只小鸟，一下子掷出去，竟然落在老管的肩头上。我忙说不好意思。老管把那只小鸟拿起来，仔细端详着，微笑道，好看。

有一天，想来是聚会后好几天了，好像是晚上，梳洗完毕，我躺床上。忽然间手机响了。来电显示是座机。接起来一听，是老管。他问我什么时候有空，约我一起吃饭。放下电话很久，我才回过神来。不知为何，心里嗵嗵嗵跳得厉害。老管的声音很好听，是那种男低音，沙沙的，厚厚的，有共鸣音，声线迷人。我回想着他的语气、用词、句子与句子之间的停顿，还有他的呼吸声，莫名其妙地，就恍惚了。

是在他住处附近的一家面馆，叫作马兰拉面的。这些年，中国城市的大街小巷，可以看到很多这家西北风味的面馆招牌。这倒是令我有点意外。原以为，像他这样的男人，请女士吃饭，恐怕要选一个清雅的地方，吃什么倒是不太重要。面馆里人很多，都是匆忙的神色，有一点快餐的仓促性质。我们选了一个靠边的位子坐下来，他自去点餐。据说，他刚刚看了牙医，牙痛，进食不方便。饭菜很简单，两碗面，好像是还点了一份小菜。我几乎没怎么吃。一个女的，在一个新认识的男人面前，该如何呼噜呼噜吃面呢？这个男人，即便是见过一面，也基本算是陌生人。他吃得也不多。看了看我面前那份面，说没关系，待会儿饿了的话，有面包牛奶。我心里一惊。面包牛奶。待会儿。他什么意思呢？正怔忡之间，他已经买了单，带着我往外走。

秋已经深了。街上行人寥落。面馆旁边就是一个小区，是那种老式的居民楼，有一点旧，却还干净。绿化不错，大多是高大的老树，在夜色里黑黢黢沉默着。他带我拐上一条小路，好像是鹅卵石铺的，坑坑洼洼不平，我的高跟鞋走得辛苦，歪歪斜斜，却一下被他扶住胳膊。我挣了一下，他也就放开了。

上了楼，在门口，我好像是犹豫了一下。也好像是，根本没有来得及。怎么说呢，老管的话不多。可是，他的气场很大。他的身上，有那么一种说不出的东西，叫人不由自主地去服从。房间布置很简单，倒另有一种情调。灯光温暖，恬静。我们坐在灯下说话。却也没有什么话。毕竟，我们才见过一面。于是，只好说一些熟识的朋友，董序清，老魏，光头兄弟，胖子黄。他说话的声音很低，像耳语。同他整个人的块头相衬，有一种奇特的动人。这是一套老式的一居室，一室一厅，我们坐的地方，大约是卧室兼书房，一张双人床赫然摆在房间中央。旁边一张小沙发。看上去，好像是一个人独住。方才去卫生间，也没有女人生活的气息。莫非，他是单身？

坐了半晌，我就要告辞。老管起身送我。走廊里一片黑暗，好像是声控灯坏了。我被什么东西绊了一下，他敏捷地扶住我。下楼的时候，他一直拉着我的手，没有松开。

多少年之后，有时候，我还会想起来，那一个深秋的黄昏，一个女人，坐着公交车，穿过大半个北京城，去赴一个约会。夕阳照在车窗上，金黄一片，她的眼睛不由得眯起来了。窗外，满城秋色正浓。路边的银杏树，叶子灿烂耀眼，一树一树的，简直要燃烧起来了。人们在街上匆忙走着。也不知道要到哪里去。又是拥堵。车子慢慢走着，走着。窗外的景物潮水一般，向后面退去。她看着，看着。仿佛站在海滩上，看大海渐渐退潮。她还不知道，这一趟公交车，将要把她带往何处。她在车上坐着，神思恍惚。命运的大手把她攥在手心里，她懵懵懂懂，一点办法也没有。

从S市到北京，转眼已经两年了。初来乍到时候那种巨大的眩晕感，那种梦境般的恍惚，渐渐平复了。我穿着牛仔裤衬衣板鞋，戴着墨镜，走在大街上，神态从容镇定，有谁能猜出我的来处呢？这个女的，一眼看上去，就是地道的北京人了，有北京大妞的那种气质，飒，大气，有范儿。你一定不能想象，就在两年前，她还胡乱绾着头发，提着篮子，穿着老太太才穿的肥大的旧裙子，在S市的一个城中村的集市上赶集，为了一块钱，跟人家讨价还价。生活真是太魔幻了，情节的转折和变幻，都来不及让人回味。

那时候，幼通每天都要发短信来。大都是说孩子。孩子吃了多少饭。孩子在幼儿园画画了。孩子得了一个小红花。孩子感冒了……对于孩子的情形，我自然是想知道的，越详尽越好。我问得仔细，他也回答得啰唆。我们在短信里一来一往，说的都是孩子。渐渐地，好像是，除了孩子，我们之间再没有旁的话题了。我正在读一本书，很想跟他谈谈读后感。我看了一场美术展，满脑子的线条和色块。我听了一场音乐会，在国家大剧院。我见了一个有趣的人，是个老外，他约我喝咖啡，问我愿不愿意教他学中文。还有一个黑人，居然有一天在大庭广众下跟我表白了，可我根本不认识他……我有一肚子话想说。可是，面对幼通的唠叨，一地的鸡毛和蒜皮，我张张口，却什么都说不出来。

有一回，忘了因为什么，我跟幼通吵起来。是在电话里。好像是，他又在抱怨工作。还是那一套熟悉的话语，熟悉的理论，熟悉的强调，振振有词。幼通的口才，实在是好极了。我劝他把本科拿下来，参加自学考试。他自然是不肯。我说，那以后怎么办呢，你连个本科学历都没有。幼通说，你现在嫌弃我了，我们认识的时候，我不就是个大专生吗？末流学校的大专生。我气极了，一句话也说不出。幼通说，有什么了不起的。不愿意过，离婚。你回来，回来我们就离。电话那边，幼通声嘶力竭。混合着电波的沙沙声，是那么的遥远，又是那么的切近。电话断了。我气得浑身乱颤。

北京的冬夜，寒气逼人。满城的灯火，明亮，温暖，却都是别人的。一个都不属于我。我在大街上，孑然走着，满怀的萧索悲凉。这是别人的城市。这里是异乡的街头。我仿佛一个孤魂野鬼，在别人的梦里游荡，游荡，左冲右突，找不到出口。前路苍茫，山高水低，我想都不敢去想。身后，却是一个烂摊子，无从收拾。如同一团旧棉絮，越竭力拼凑，破绽越多。我恐惧地发现，或许，我是再也回不去了。

恍恍惚惚上了公交车，我也不知道要去哪里。

我要跟你离婚。

幼通的声音高亢、尖锐，刺破黑暗的夜空，好像是一把利刃，一下子就击中了我。离婚。这个字眼，频频出现在我们的生活中。我应该是都听得麻木了吧。可是，这一回，为什么我会有这么大的反应呢？想来，我是忍得太久了，忍得太苦。在远离S市的异地，在北京，陌生的环境对人的怂恿和鼓励，对人性深处隐藏的角落的无意曝光。还有一点，我不肯承认，“离婚”这个词，向来都是由我宣布的。一旦从幼通嘴里说出的时候，我受不了。是什么时候，主动的权杖交换了位置呢？

夜色苍茫。公交车呼啸着，好像一只庞大的野兽，渐渐驶入冬夜的深处。寒风飒飒，掠过树木的干枝，发出沉沉的呜咽。仿佛是一个人，压抑久了，隐忍久了，从胸腔里爆发的低沉的悲鸣。

干得好不如嫁得好啊，哈哈。

这么多年，这句话，几乎是幼通父亲的口头禅了。在我跟他们说幼通工作的时候，在我流着眼泪，请他们劝劝幼通的时候，在他们施舍给我们旧衣物的时候，这句话总是伴随着轻侮和嘲讽，如期而至。他这是在挑拨吗？

我说过，刚来北京读研的时候，他们家，其实是幼通的父亲，态度忽然转变了。每一次回去，我都被围着问这问那。北京的空气。北京的交通。北京的大。北京的变化。北京的新政。左右都离不开北京。好像是，我是替了他到北京去活一遍。一年以后，大约是最初的新鲜和兴奋过去了。渐渐地，章家饭桌上的话题发生了变化。冷不丁地，幼通的父亲会忽然问到我的论文。

毕业论文，听说是很不好过的。有人就倒霉栽在这上头，拖着毕不了业。几年白耽误了。论文这东西，跟考试不一样，可不是背背书就能蒙混过去的。会考试的人有的是，考试机器嘛。论文可就不好糊弄喽。

我听着，不知道是该辩解，还是该安慰。然后，幼通父亲便跟他女儿聊起了留京指标的事。幼通姐姐举例说，他们同事谁谁的老公，在北京漂了六年，硬是没有留下，灰溜溜又回来了。幼通父亲说，可不是，北京户口控制很严的，要想留京，怕是比登天还难。博士硕士怎么了，北京什么都缺，就是不缺人才。全国的人才都往那儿跑啊。天上一块砖头掉下来，都能砸死三个博士。硕士就别提了。幼通姐姐笑道，硕士嘛，乌央乌央的，得论簸箕撮。

父女两个越说越痛快，简直是对口相声了。我只是埋头吃饭。没有像往常一样，抬头冲兴奋的父女俩凑趣地笑一笑，表示对他们见解的认同，对他们幽默口才的欣赏，表示我不介意，我比他们想象的更豁达更风趣。我实在是厌倦透了。

你相信吗，在餐桌上，在客厅里，在他们家的任何地方，幼通的父亲欣赏的那一套匹配理论，随时被提起。自古以来啊，就是这样。A 男找 B 女，B 男找 C 女，C 男找 D 女，A 女呢，哈哈，只好找 D 男了。幼通父亲说，幼通姐姐附和。幼通的母亲，在一旁，温顺地笑了，为着丈夫出色的幽默感。他们说得那么津津有味，兴致勃勃。好像是，他们不知道，那不过是烂俗的家庭杂志上的毒鸡汤。好像是，这一套理论，正是他们的发明成果。然后，作为阐释，或者说，总结，幼通父亲长叹一声，还是那句话，干得好不如嫁得好啊。

幼通的姐姐笑起来，清脆极了。

她是真的开心吗？她这个自诩的A女，其实也不过是一个普通的小公务员，无职无权，在一个单位里，拿着一份普通的薪水。容貌呢，苍白、瘦小、干枯，对一个女人来说，跟美丽毫无干系。人到中年，好年华都过去了。她在镜子面前反复顾盼的时候，她能够看穿自己的一生吗？

还有幼通的父亲，他穿着舒适的家居服，跷着二郎腿，金丝眼镜一闪一闪，有那么一点，怎么说，油头粉面。他一面宣讲着他的理论，一面看着我。那眼光，有感慨，有悲叹，有同情，大约还有一些别的，我不愿意去想。

这么多年了。每一回，我为了幼通的工作，去求他们出面相劝的时候，他的父亲，都是这样。神情，语气，姿势，词语之间的停顿，笑。都是一样的。是从什么时候开始，在幼通父亲面前，我对幼通的控诉，也加入了他对幼通的嘲讽、打击，甚至，侮辱。这个时候，幼通的父亲，他总是谈起他的前半生，谈起他的奋斗史，重点是，辞去中学教师的工作，主动到校办工厂，那是他人生的转折点。之后，从乡里到县里，再到省里。他滔滔不绝，激昂地，抑扬顿挫地，热血沸腾地，有一种战斗的豪情和英雄气概。这些故事，这些故事的每一个段落，每一个细节，我是听了无数遍了，我几乎能够背下来。不出意外地，他总是会谈到幼通的母亲。当然了，幼通母亲不在场。她买菜去了。或者，她去花鸟鱼虫市场，给那对锦鲤买鱼食去了。那对锦鲤，是丈夫的心头肉。在幼通父亲嘴里，幼通的母亲，是一个贤妻良母。说这话的时候，他轻轻叹口气。是无奈，还是惋惜，有一种深深的遗憾在里面。幼通的母亲，一手好厨艺，伺候他热汤热饭，硬是把他的老胃病调养好了。幼通的母亲，吃苦耐劳，一个城市女人，竟然能把乡下的苦日子侍弄得有滋有味。那是什么年代？人人挨饿，吃不饱饭。幼通的母亲，她处处容让着他，干在前头，吃在后头。靠着惊人的勤俭的持家能力，熬过了那些艰难的岁月。

可是啊——

幼通的父亲叹口气。我知道这个可是后面，藏着什么。

跟他妈一样。幼通父亲说。幼通的性子，跟他妈一样。一样的胸无大志，一样的不求进取，一样的平庸老实，性子又慢，北方叫作肉。一针戳不透。几针下去，才想起来有点疼。不伶俐，不机变，不活泛。一辈子只能干一件事。能干好也不错了。就像幼通他妈——幼通父亲顿了顿，转头瞥了一眼椅背上那条围裙，幼通母亲刚才随手解下搭那儿的——一辈子教书，把她放这儿，别人不让她动，一辈子就不会想到再动。就算是别人逼她动，她也未必情愿动。幼通父亲又提起那件旧事来。说是有一年，北京有个单位要他。国字头的大单位，当然是诱人的。可是幼通母亲不愿去。北京是什么节奏？竞争又激烈，她的心脏不好，未必受得了。幼通父亲踌躇许久，终究是没有去。这件事，我听了不知多少遍了。幼通父亲总是在妻子不在场的时候，把这件事，拿出来回顾一遍。进而总结道，一样的。太像了。把嗓音忽然压低了，冲着门口抬一抬下巴颏。

不知怎么回事，我心里有一股强烈的不适涌上来。忽然压低的嗓音，你知我知的暗语似的眼神，没有主语的秃头的句子。翁媳两人，背后说那对母子的坏话。叫人觉得阴暗，可疑，不磊落。叫人觉得反感，腻歪。

然而，还没有完。幼通父亲说，我就是欣赏你这样的人。勤奋，上进，要强，肯吃苦。永远都知道自己想要什么。幼通父亲顿了顿，说，其实，我们是一类人。幼通父亲说这话的时候，是我来北京以后的事了。其时，我已经顺利留京，并且，有了一份不错的工作。

我看着他的侧影。这个被我称作爸爸的人，已经年过花甲了，经历了那么多世事，还没有除尽火气，情绪还是那么多变，对生活还是有那么多的怨言。觉得，这一生，简直是虚度。怀才不遇，生不逢时。因为娶了一个贤妻良母，更大的人生可能性，都被堵死了。天性里，他是浪漫的吧。心思活络，有点小才情，抱负或者野心，却比才情更大。爱面子，有一点浮夸，有一点虚荣。喜欢被人捧着。对外人，永远比对家里人好。人前宽容大度，在家里刻薄尖酸。对世道永远看不惯。愤世嫉俗。用他自己的话说，有点“抗上”。上头不待见，群众基础倒不错。自嘲是做业务的，靠本事吃饭，其实心里头还是渴望能有顺畅的上升通道。天天骂那些当官的，也敢于当面顶撞，并且以此为荣，为傲，作为自甘淡泊的谈资。对权力，他大约是又爱又恨，是爱恨交织的意思。

怎么说呢，幼通的父亲，其实是有那么一种女性气质的。细腻的，敏感的，多疑的，嘴巴碎，喜欢是非，喜欢臧否人物。在这一点上，幼通的母亲，倒是更深沉一些。我不知道，在他们夫妇之间，到底是怎么一回事。幼通的母亲，平和，沉默，温良，不大修饰自己，至于风姿甚至风情，几乎是谈不上了。她是怎么看待她的丈夫的呢？她能够看懂丈夫风云起伏气象万千的内心吗？

我很记得，有一回，我在屋子里看书，听见外头有人在说话。

这是谁的内裤呀？

幼通父亲的声音。我心里一惊。

章幼宜，是你的吗？

章幼宜是幼通姐姐的名字。

不是我的。我从来不穿这种粉。我只穿淡粉。幼通姐姐的声音。

那时候，我还没有跟幼通结婚，在他们家的那套小房子住。我不敢想象，我的内裤，被未来的公公拿在手上，或者，就在晾衣竿上挂着，被左右端详，反复琢磨，研判。我脸上发烧，心里是又羞又恼，又气又恨。一个男性长辈，避嫌还来不及，为什么偏偏还往这些是非上撞呢？年轻女人的内衣，肯定不是幼通母亲的。幼通母亲不穿这种女人味十足带蕾丝的三角裤，她穿那种宽大舒适的平角短裤，纯棉，舒适，松垮垮的，一看就是老太太样式。他明知道，家里还住了一个儿子的女朋友，没过门的儿媳妇。他这是为什么呢？还有，幼通的姐姐，那语气，那腔调，鄙夷的，嘲讽的，居高临下，好像是淡粉色的审美性，一定优越于那种深粉色。当然了，我也承认，深粉色是一种危险的颜色，一旦穿不好，就会有一种俗艳的村气。我躲在屋子里，心里怦怦怦怦乱跳着。做贼一般。我怎么就不敢坦然出去，大大方方把自己的内裤拿回来呢？我是害怕什么呢？直到他们走后，我才悄悄跑出去，把那条惹是生非的深粉内裤拿回来。从那回以后，这么多年了，我再也没有在他们家阳台上晾过内衣。迫不得已的时候，我晾在我们的房间里，用一个衣架，掩藏在其他衣服的里面。幼通气得不行。他说毛病啊你。是的。毛病。我恐怕是真的落下毛病了。

我怎么不知道呢，我这个人，总是心太软。心太软的人，就不那么容易得到快乐。我不忍伤害别人，却总是被人家伤害。伤害别人，或者被人家伤害，都能令我在心里大病一场。这里面的滋味，我比谁都知道。

我要跟你离婚。

干得好不如嫁得好啊。

女同志，要知道自重。

我从来不穿这种粉。

幼通啊，跟他妈一样。窝囊，没用。这辈子也就这样儿了。我怀疑他是性别倒错。

连一套保暖内衣都混不上。哪怕俩人合买一套，一人一件儿呢。哈。

你做出什么样的选择，我都理解。

我都这岁数了。你让我举着简历卖菜似的叫人家挑拣？

你想让他怎么样呢？

A 男配 B 女……

有什么了不起。我要跟你离婚。

我站在 2005 年北京的冬夜里，命运的暗箭齐发，一支支射向我。

四面埋伏。我不知道该如何突围。那些纷飞的暗箭，浸透着生活的浓稠的毒液，把我弄得遍体鳞伤。我感到血液直冲头顶。浑身却冰凉，颤抖得厉害。寒风扑过来，把我穿透。我咬牙忍耐着。

老管匆匆赶过来，诧异地看着我。我一下子哭出来。呜呜呜呜呜的，直着嗓子，像个孩子。

后来的事，都有些模糊了。有无数次，我回想起那个夜晚，那个冬夜的街头，公交站牌下面，一个大声哭泣的女人，人们惊讶的目光。冷风吹乱了我的头发。脸颊上，热泪慢慢变冷，冰凉一片，在两颊上紧紧绷着，又被汹涌的热泪覆盖了。多少年过去了，我总是想起来，北京街头，那个冬夜里，我趴在老管的肩头，痛哭失声。好像是，这么多年的，忍着没有流出的泪水，都在那个夜晚流尽了。

老管拍着我的背，任我大哭。

那个晚上，我没有回去。

十一年了，从恋爱，到结婚，我跟幼通走过十一年的光阴了。第一次，我倒在另外一个男人怀里。我一直流泪，流泪。咬着嘴唇，简直都要咬破了。这么多年了，我是温柔贤淑，做惯了贤妻良母的角色，做惯了良家妇女，我吃苦耐劳，我委曲求全，我把牙齿打碎了，和着泪水，全都咽下去。我一心想要丈夫出息，想要孩子快乐，想哄公婆开心，看大姑子脸色。为了这个家，我什么都可以忍耐。我使尽了全力。可是，凭什么呢？

灯光昏黄、柔软，流淌得到处都是，有一种湿润腥甜的情欲的气息。床单干净、雅致，散发着洗衣液的清香，混合着淡淡的香水的味道。我尖叫着，尖叫着，像一个疯狂的妖娆的小兽，像一个，真正的荡妇。这么多年了，我还从来没有这样放纵过。内心沉睡的那只怪物仿佛一夜之间被唤醒了，挣扎着，啮咬着，撕扯着，简直要疯了。是不是，在那一个夜晚，我才忽然发现了，这个世上，竟然有两个翟小梨。一个含辛茹苦温良贤惠。一个妩媚妖娆内心艳丽。

老管在我耳边说,你真好。真好。真好。真好。是又惊又喜的意思。我的泪水欢快地淌下来淌下来。窗外，是夜的深渊。我在那深渊里迅速坠落下去。风声在耳边呼啸而过。星星坠落了。月亮坠落了。彩云追逐着月亮。夜晚的露水坠落了,变成沉甸甸的眼泪。坠落坠落坠落。万劫不复。万劫不复。

醒来的时候，已经是早晨了。阳光从窗帘的缝隙里照进来，有一条金线，正好落在枕边。明晃晃的，好像是金色的链子一般。我在枕上，有那么一个瞬间，忽然恍惚起来。陌生的房子，陌生的床，陌生的气息，陌生的自己。我这是在哪里呢？卫生间里，传来水龙头流水的声音。是老管在洗漱，伴随着因为刷牙引起的干呕声。我浑身激灵一下，好像是从一场大梦里逃出来，心里已经清醒了大半。

早餐我几乎什么都没有吃。老管弄的烤吐司、奶酪、煎蛋，还有牛奶。我看着他，娴熟地操作，平静地吃早餐，温和地劝我吃一点。没有拥抱，没有亲吻，连深情的眼神都没有。头一天夜里的温柔缱绻，好像不过是一场乱梦。他换衣服，喷香水，拿公文包，出门之前，摸了摸我的头发，从钱夹里抽出两张钞票来，说，马上圣诞了，给自己买件礼物。我一惊。他什么意思？我们共度一夜，然后，早晨起来，竟然给我钱。他把我当什么了？我的泪水涌出来。屈辱、失望、震惊、愤怒，种种滋味在心里纠结，刀割一般，却是一句话都说不出来。他好像是吓了一跳，把钱收起来，笑道，那好吧。我替你买。

后来，我总是想起来，那个寒冷的早晨。我跟老管，肩并肩地，从小区里出来，走在大街上。他替我拦了一辆出租车，跟我微笑，摆手，道别。

正是早高峰时刻。大街上车流如梭，市声如同潮水一般，一浪一浪的，把车子漂浮起来。我懒懒地靠在座位上，看着窗外的人和车，来了，又去了，如同虚幻的影子，只觉得是在梦中。

昨天那个晚上，是真实的吗？老管他，是真实的吗？我掐了掐自己的胳膊，疼得钻心。我把窗子打开。冷风呼啦一下灌进来，好像一个辣辣的耳光，直甩到我脸上。司机回头瞪了我一眼，我也不理。冷风一下一下的，锋利极了，也痛快极了。我紧闭着眼睛，有一种近乎疯狂的毁灭的快感。从今天开始，不，从昨天晚上，我就不是自己了。更或者，在昨晚来时那辆轰轰作响的公交车上，我就不是自己了。过去的那个翟小梨，她已经死了。现在，坐在出租车上，大敞着窗子喝冷风的，她是一个陌生人。她有丈夫，有孩子，却刚刚从另一个男人的床上下来。她简直就是一个疯子。她要亲手把过去的生活，过去那千疮百孔，无论如何也修补不好的生活，撕碎，毁掉。至于未来，她竟不知道。她竟不知道。

宿舍里，只有小绿在洗衣服。抬头看见我，叫起来，你去哪里了，害得我们差点报警。我说，大惊小怪，去我同学那儿了。小绿狐疑地看了我一会儿，没有再问。我有点做贼心虚，就跟她闲扯些别的，问她男朋友的事。小绿果然来了兴致。研究生宿舍，照说都这么大人了，也是有秘密的年纪了，我们都不大打听别人的事儿。谁还没有点儿隐私呢。宿舍里另一个女孩子，也经常不回来住，好像是在谈恋爱。大家也都觉得没什么。可是，我不一样。我是有家庭的人，有丈夫有孩子。夜不归宿，算怎么回事呢？

圣诞节前夕，到处都是浪漫的喜悦的气息。我们这所学校，外国留学生多，有“小联合国”之称。因此上，圣诞节格外隆重，几乎就是一个狂欢节了。学院里也在筹备盛大的圣诞晚会。校园里，不时能看见美丽的圣诞树，还有圣诞老人，红袍子白胡子，十分的漂亮醒目。

我恹恹歪在床上，强打精神，准备我的读书报告。一个多星期了。到明天，整整十天。老管一点消息也没有。没有短信，没有电话，什么也没有。我天天把手机攥在手心里，就连去公共浴室，我都带着，放在衣物柜里。我好像是着魔了一般，有点神经质了。多年之后，偶尔地，我会想起那一个冬天，圣诞前夕，一个女人，形容憔悴，终日抱着手机，好像是抱着一根救命稻草。茶不思饭不想，什么都吃不下，整夜整夜失眠。躺在床上，仿佛一片干枯的叶子，轻飘，虚浮，气息奄奄。

你怎么了？是不是病了啊？小绿说。

是啊。我这是怎么了？为了一个男人，一个几乎是陌生人的男人。难道，就是因为，跟他上了床？因为上了床，他就必须时时殷勤问候，小心呵护，自此终身厮守吗？

我躺在床上，百般思量，心里一忽如沸水翻滚，一忽如冰水浸身。忽冷忽热，煎熬得厉害。

幼通也没有消息。那天电话里大吵之后，幼通就再没有音讯了。那之前，幼通经常有短信来。我知道，他是怕长途电话太贵。大多是幼通给我发。也没有什么事。不过是一些家常闲话儿，啰里啰嗦的。我只是看，也不怎么回复。都习惯了。习惯有那么一个人，在你耳边絮絮叨叨的，有一句没一句，也不怎么在意，有时候呢，还有那么一点烦，嫌啰嗦。可是，奇怪得很，忽然间一下子清静下来，倒不自在了。人这东西，怎么说呢。

还有一条，有了跟老管那一夜，对幼通，就生出了那么一点复杂的情绪。也不是内疚，也不是懊悔，自责也不是，惭愧也不是。真是一百种滋味，一个都不好尝。

说话间，就是圣诞了。大家都打扮起来，兴冲冲去参加晚会。我照例是在床上躺着，一点精神没有。仔细回想跟老管相识的一节节往事，只觉得恍惚得很。算起来，跟这个男人，也不过是见了两面，只知道他是南方人，来北京读博。怎么就那样不顾一切地，跟他这样了呢？这么多年了，在男女方面，我自认一向是端正规矩的，谨慎，小心，不肯走错半步。怎么这一回，竟然就这么莽撞呢？第一次见面那天，吃完面，在他住处聊天，他的眼神，他的气息，他的内在的微微的紧张，外表又是那么镇定从容，都叫人心乱。还有，下楼的时候，他的手，一直拉着我的，温热地，干爽地，有力地，叫人觉得莫名的心安。是不是，从那时候开始，我就对他有了一种幻想呢？

老管来短信的时候，已经是晚上八点了。他在短信里说，圣诞快乐。我看着那几个字，莫名其妙地，眼泪一下子就下来了。泪珠很重，一大颗一大颗的，珠子般滚落下来，落在手机的屏幕，那几个字迅速模糊了。

不知什么时候下起雪来了。是那种细细的雪粒子，纷纷洒洒的，又密又紧。大街上灯光点点，把那雪粒子弄得金色的珠帘一般，在天地之间拉扯着，又华丽，又凉薄。这纷纷扬扬的细雨，为这个干燥寒冷的冬夜，平添了一种喧闹的湿润的欢喜，欢喜中，还有那么一点淡淡的闲愁。丝丝缕缕的，说也说不得。实在是妙极了。

老管在公交站牌下等我。我跟着他，慢慢往回走。身旁，不断有行人走过去，走过来。夹带着逼人的寒气。雪下得似乎更紧了。

我默默走着。只觉得，心头喉头一片，酸酸硬硬的，哽在那里。我不敢开口，生怕一开口，眼泪就会流出泪来。老管也不说话。四下里很静。两边店铺的灯光漏出来，金丝银线交织在一起。地上已经有了薄薄一层积雪，踩上去，吱吱呀呀地响。他在前面走，我一步一步的，踩在他的大脚印上。只是一瞬间，我们的脚印，就被新的落雪覆盖了。

一进门，老管把一个袋子给我。给你的，圣诞礼物。我打开。是一条紫色的围巾。他帮我戴上，端详了一下，说，真漂亮。这颜色适合你。我想起那天早晨，他从钱夹里抽出的那两张钞票。喜欢吗？他问。我没有说话，只是把脸颊埋进围巾里。他好像是迟疑了一下，过来把我抱住。想我吗？我依然不说话。只觉得脸颊上湿漉漉的，新围巾蹭在脸上，毛烘烘的，有点扎。

他问我吃饭了没有,他已经在飞机上吃过了。我说,我不饿。他说，饿了冰箱里有面包牛奶。第一次到他住处来，他就是这么说的。说得那么自然、随意，好像是，多年的夫妻一般，熟稔的，家常的，没有任何修饰。好多天不收拾，太乱了。他叹口气道。我在一旁立着，看着他收拾行李箱，整理沙发上的杂物。把窗子打开，换掉房间的空气。他做这些的时候，平静，镇定，纹丝不乱。冷风从窗子里吹进来，新鲜的，寒冽的，好像是带着冰霜的碴子，把那窗帘吹得一飞一飞。我静静地打了个寒噤。

冷吗？他过来，把我抱住。我咬着嘴唇，没有说话。他说他回了一趟上海。回上海。莫非是，他的家室在上海？对，我家在上海。他看着我的眼睛，说。我一个人来北京读书。她们两个，在上海。我呆呆地立着。一句话也说不出。我早该想到的。都这个年纪了，怎么可能是单身呢？他说，生气了？我摇摇头。

我倒是想生气。可是，我有生气的权利吗？甚至，我连生气的资格都没有。我自己的生活，也是一团糟，正像一团乱麻纠结，理也理不清。冷风从窗子里灌进来，猛烈地，有力地，好像是一个狂怒的人，在乱发张扬地咆哮着。窗帘被吹得飞起来。他赶忙过去，把窗子关好。

他过来，突如其来地吻我。我的脑子里乱糟糟的，心里也乱糟糟的。不知道该迎接，还是抗拒。在犹豫的瞬间，却被他更强硬地制服了。他的唇温柔，湿润，辗转，深情。我好像是被催眠了，情不自禁地回应着。我们长久地吻着，吻着，终于倒在了床上。

这么多年了。我从来没有想过，会跟幼通之外的男人这样。这是真的。

这么多年了。我一直是旁人眼中的好孩子。读书用功，成绩优秀，文静温婉，知书达理，贤淑，端正，得体。就连青春期，我好像都没有叛逆过。一大堆褒义词都可以用在我身上。可是，凭什么呢？凭什么，我就得照着原来的样子活下去呢？我受了那么多的苦，那么多的煎熬。我假装贤良，在生活的秩序里走着规范的步子，步子的幅度，节奏，轻重缓急，一点都不能错。我的身体紧绷着，僵硬，酸痛，因为用力和专注而浑身大汗。我心里不高兴，脸上还得是高兴的。我总是要先哄好别人，累得不行，再也没有力气哄我自己。我最恨自己这一点。我越是温良贤惠，心里那只被困的小兽就越是疯狂暴躁。我拼命按捺着，按捺着。我真的是，尽力了。然而，这个世上，有谁知道我的内心呢？这么多年了，我是真的受够了。

夜已经很深了。屋子里一片黑暗。黏稠的，浓厚的，叫人觉得压迫，窒息。好像是，这黑暗也有重量一般。房间里很静。枕边，老管在打呼噜。一声高一声低的，带着模糊的哨音。我在黑影深处躺着，盯着黑暗中的虚空，脑子像一只水桶，空荡荡地疼。我是谁？我从哪里来？我这是在哪里？一种巨大的虚无的感觉，仿佛一只大手，狠狠地攫住我。身边这个人，这个男人，年纪也不小了。白天，穿戴整齐，装扮起来，看上去还好，有这个年纪的气质风度。睡着的时候，就不一样了。怎么说呢，脸部松弛，皱纹很明显了，眼睑垂下来，浮肿着，已经开始显出了老态。肌肉也已经松懈了。肚子鼓起来，圆乎乎的，松软面包似的，早没有了年轻男人的结实和坚硬。躺在那里，轮廓也是不甚分明，模棱两可的，似是而非的，直教人觉得陌生得很。缠绵的时候，也好像是，有那么一点力不从心。热烈倒是热烈的。我想起了幼通。幼通多么年轻啊。年轻气盛，血气方刚。我的脸颊渐渐烧起来。这个时候，我竟然想起了幼通。简直是，不要脸。我为自己的无耻感到羞耻。

早晨起来，我们早餐，下楼，告别。他去上班，我回学校。他一直是平静的。平静如水。纹丝不乱。我们在十字路口分手。我看着他的背影，猜测着，他是不是会回头。经过一夜缱绻，这样的早晨，分别的时候，总该有一些留恋的吧。哪怕是，回头看一眼，也好。他穿一件黑色羊毛大衣，铁锈红围巾，墨镜。大衣的下摆，还有围巾，在冷风里一飞一飞，有一种说不出的洒脱风度。我看着，看着，直到那背影消失在一片人潮之中。

他一直没有回头。

我慢慢走着，去公交车站。冷风割着我的脸，火辣辣疼成一片。喉头有东西酸酸硬硬的，哽在那里。我仰起头，努力把那涌上来的东西咽下去。

正是早高峰，等车的人很多。人们都跺着脚，缩着脖子，捂得严严实实的。我夹杂在人群里，市声嘈杂，乱成一锅粥。汽车鸣笛声，售票员的吆喝声，早点摊上小贩的叫卖声，小孩子的哭闹声，到处是红尘万丈的人间。

公交车终于来了。我拼命挤上去，没有座位，找了一个拉手，紧紧拉着。公交车一摇一晃，哐当哐当开出去。手机一直攥着，好像是一块生铁，没有一点动静。老管他，连一个短信也没有。他都没有问一句，我是不是等上了公交车，有座位吗，冷不冷？要是幼通的话……我心里一惊，两颊发烧，暗骂自己不要脸。

雪早已经停了，天却还是阴沉沉的，好像是一个人，沉默的阴沉的脸。车窗上结满了冰花，每一朵跟每一朵都不一样。有一朵，好像是凤尾竹的姿态，细细的羽毛样的叶子，精致的，清晰的，美丽的，像真的一般。叫人不免怀疑，是不是一阵风吹过，这凤尾竹就会随风飘拂起来。也不知道是谁淘气，在那窗玻璃上，拿手指头写了一个字，啊。大大的，潦草的，有点龙飞凤舞的意思。也不知道是感叹，还是惊叫。

公交车走走停停，有一些人下去了，又有一些人上来了。正是城市早高峰，人们都行色匆匆，赶着上班上学。也有老头老太太，可能是去锻炼，也有提着菜篮子小拉车的，在车厢里摇摇晃晃，颤巍巍的。售票员小声抱怨道，这么一大早儿，赶这早高峰干吗呀这是，真是。一面嘟哝着，一面扯着嗓子动员人们让座。有的人站起来让了，有的人闭上眼假寐。售票员嘟嘟囔囔的，骂那人没素质。当下两方就吵起来。

一直到学校门口下车，老管也没有短信电话来。要是幼通，我早就打过去了，直接质问他，骂他，撒娇，或者是耍赖。问他怎么回事，什么意思，问他是不是心里有我。直问到他脸上。可是，在老管这里，我终究是客气的。因为陌生。对陌生人，我们总是宽容大度，彬彬有礼的。一个有教养的人，谁好意思跟一个陌生人发脾气呢？

从老管那小区到学校，这一路，一样的距离，一样的街景。一来一往，心情却是不一样。简直是天地之别。

十六

幼通还是没有电话来，也没有短信。这么多年了，他好像是从来没有这样过。好啊，很好。这世上，谁离开谁不能活呢？这么多年，我是早就受够了。我倒要看一看，这一回，你是怎样的闹法。不就是离婚吗？这两个字，这么多年里，我也是说惯了。都是雷声大，雨点小。这一回，索性就真的解脱了吧。

图书馆里，上自习的人不多。我把一本厚厚的理论书摆在面前，头埋在里面，却是一个字都看不下去。只觉得，那一片密密麻麻的字，竟好像是无数的蚂蚁，攒动着，啃啮着我，直把我的一颗心啃得烂糟糟的，左右收拾不起。前面坐着的，大约是一对情侣。两个人头碰着头，好像是在说悄悄话。那女孩子咘咘笑着，浑身颤抖。那男孩子伸着脖子，殷勤的小公鸭一般，叽叽呱呱的，叫个不休。也不知怎么了，那女孩子被得罪了，男孩子直个劲儿地赔不是，又是作揖，又是打躬，还拍着自己脸，假装要打自己耳光。那女孩子这才破涕笑了。他们两个在前面折腾，桌子碰着椅子，椅子腿摩擦着地面，吱吱嘎嘎乱响。我心里烦躁，有心抗议，想了想，终究还是罢了。心里头却是更加烦躁了。

老管一直没有音讯来。我索性把手机静了音，想专心看会儿书。可是，心里却更不安宁了。老是把手机拿过来看，担心有短信电话错过了。一面煎熬着，一面心里恨老管。他什么意思呢。难道，真的是那一种浪荡子，在男女之事上，一向是随便惯了的。不过是玩玩罢了，哪里有一星半点的真心。一面呢，又恨起自己来。恨自己怎么就这么贱呢，巴巴地送上门去，在人家面前哭，这不等于是自荐枕席吗？贱，实在是贱。被人家这样轻忽，也是情理之中的事。脑子里乱哄哄的，一会儿怨恨老管太薄情，一会儿恨自己没出息。心里头刀枪剑戟，嘈杂成一片。

老管来短信，是一周以后的事了。傍晚，从食堂里出来，穿过校园，到自习室里去。过了元旦，是学期末了。大家都忙着考试，准备学期论文。接下来，就是假期了。校园里，渐渐有了放假前的气息。订票，道别，呼朋引伴，外校的同学老乡，来来往往，有一种欢乐的匆忙的混乱的气氛。我还没有买回家的车票。幼通也一直没有信息来。我真的不知道，经历了这么多，我该怎么面对幼通，面对孩子，面对我们的过往？总觉得，自己是站在一道悬崖上，往前一步，就是粉身碎骨了，粉身碎骨，万劫不复。可是，往后呢。往后根本没有退路。走了这么多年，走着走着，脚下的路却忽然消失了。

干吗呢？老管在短信里问。我看着那条短信，不知怎么，泪水一下子就出来了。本来是恨得咬牙切齿，赌咒发誓的，再也不理他，再也不回短信接电话的，可是，见了那短信，却早把恨他杀他的那些心思，抛到脑后去了。虽然是极力克制着，话语里还是带着幽怨。怨妇，说的就是我当时的样子吧。短信一来一往地，聊了一会儿。老管的意思，我渐渐看出来了。说是刚去医院看了牙，不能说话。口不能言，只好写稿了。老管说。我想象着，老管独自伏案写稿，灯光把影子投在对面的墙上。那几棵水竹，插在一只农夫山泉大瓶子里，那瓶子被拿剪刀剪去了上半截，长得枝繁叶茂。老管牙疼。老管在写稿。老管没有见面的意思。我怔怔看着那些短信，只觉得，一颗滚烫的心被扔进冰桶里一般。见我半晌不说话，老管说，好吧。你过来吧。是无奈，还是叹息？老管他，一个年近五十岁的男人，在情场上跌宕，阅人无数，是不是，早已经看出了这个女人的傻和痴？

公交车哐当咣当往前开着。仿佛是，一直要开到夜的最深处去。我坐在车上，纠结不已。一会儿恨不能立时三刻见到他，一会儿又想赶紧跳下车去。我这是做什么呢？一趟一趟地，往一个陌生男人那里跑。京城的灯火在窗户外面明明灭灭，好像是风中的烛火，时而大了，时而小了。那影子斑斑驳驳，落在窗玻璃上，如同无数的魔咒在跳跃。

站牌下面没有老管。我跌跌撞撞，顶着寒风，在大街上走。北方的冬夜，寒气逼人。

那条路，好像是越走越长，怎么也走不到尽头。我的脸冻得生疼。手脚都僵硬了。鼻腔里，喉咙里，酸酸硬硬一片。眼睛也睁不开。忽然想起了酸风射眼几个字。冬夜的大街上，行人稀少。偶尔从街边店铺里流泻出几点灯光，黄黄的，暖暖的，更叫人觉得温柔可亲。那个夜晚，我是什么时候到了老管的楼下，都很模糊了。只记得，老远见了老管，真如同战乱中见了亲人一般。跌跌撞撞，一下子就撞到他的怀里。我哭了。

我不知道，是不是因为出于对幼通的极度失望，或者，是幼通的决绝，激起了我多年来藏在内心深处的委屈和不平，老管的出现，之于我，仿佛是一根救命稻草。我拼命抓着这根救命稻草，带着一种近乎本能的卑微，讨好，甚至谄媚。是不是，从一开始，我作为一个女人的姿态，就是错位的。几乎是从一开始，老管就是平静的。平静，镇定，纹丝不乱。我最恨的，就是老管这个德行。纹丝不乱。那时候，我还是太年轻了。除了跟幼通，我没有更多的关于恋爱，关于男人的经验。我不知道，一个男人，当他在一个女人面前，纹丝不乱的时候，意味着什么。我是在多年之后，饱受了生活的揉搓，在那个热泪盈眶的男人面前，面对着他的热情，焦虑，绝望乃至疯狂的眼睛，我惊讶地发现，自己居然也纹丝不乱。也是那个瞬间，我仿佛看到了多年前的自己。一样的热情、焦虑、绝望，乃至疯狂。好像是一个受尽折磨和委屈的孩子，幻想着能够获得母亲的同情和怜惜。

老管抱着我，拍着我的后背，说好了好了。冻坏了吧。赶紧回家。我哭得更厉害了。

我说过，老管租的是老房子，上世纪 80 年代的老结构，有点像那种筒子楼。楼道曲曲折折，堆放着邻居的杂物。纸箱子，啤酒瓶子，旧童车，废弃的小凳子。磕磕绊绊地，不小心就碰了腿，丁零当啷乱响一通。老实说，连在 S 市我跟幼通最早租的房子都不如。老管这个年纪了，到北京来，边工作边读博，倒是挺能吃苦的。据老管说，租这房子主要是因为离单位近，步行也就是十来分钟吧。环境确实是差一点，但方便啊。老管说这话的时候，照例是语气平淡。他是一个低调的人，不喜欢张扬。而且，有上海男人的种种优点，会过日子，精打细算，务实，精明，细腻。那时候，我几乎每周都到他这边来。我们很少去外面吃饭，喝茶喝咖啡看电影，几乎从没有过。我们总是在家里做饭。也都是一些简单的饭食，最多的是煮粥，下面条，从来没有炒过菜，有时候，从楼下超市里买一些熟食。甚至有时候，就是牛奶面包配榨菜。在那间狭小的餐厅里，我们面对面坐着，吃饭，说话，仿佛是多年的夫妻一样。他好像是从来没有觉得不妥。我也是。在这个陌生的城市里，我们彼此取暖，彼此依靠。至少在我，那时候，老管是我的依靠。对于他那栋老旧的楼房，那个一居室的简陋的临时的家，我有着一种热烈的依赖。我什么事都要跟他说一说，日常的烦恼，学业的压力，前途的担忧，还有，我跟幼通的婚姻。多年以后，我常常想，是什么，让我对一个陌生男人如此信赖呢？我把我隐匿多年的伤口，撕开了给他看。我一面说，一面流泪。他紧紧抱着我，好像是抱着一个在外面饱受苦难的孩子。

多年之后，我不止一次地回想，当时，我的声泪俱下的讲述，是不是故事的全部，是不是，我曾经对一些部分做了夸张和修饰，而对另外一部分，做了省略，或者干脆是删节。是不是，在另一个男人面前，在那样的语境之下，我部分地夸大了我的苦难，为了激起对方的同情、怜惜，甚或保护的欲望。或者是，为了给自己的行为，寻找更为合理合情的依据，或者理由？我不知道。

这样的男人，这样的人家，还有什么值得留恋的呢？老管的语气愤然。我的泪流得更凶了。

那时候，老管工作之余，还在读博，忙得不行。有时候，好几天也不跟我联系。短信也是一两个字，简短平淡。有一回，一夜没有睡好，我跑到校园里的公用电话给他打过去。我都记不大清了，为什么不用手机。是手机没电了、欠费了，抑或，这是一种试探？

周末的早晨，校园里安静极了。四月，榆叶梅开花了，还有海棠，还有木槿。文学院后面的这个小园子，叫作来园。记得刚入学的时候，一个老师在迎新会上说，既来之，则安之。来园。我喜欢这名字。老管在电话里语气模糊，好像是刚刚睡醒的样子。怎么了，哭什么？我不就是忙嘛。马上就要考试了，一大堆读书笔记要交……老管的声音从很远的地方传过来，带着一种缥缈的回音。我紧紧抓着话筒，泪水大颗大颗滚下来，落在那条绿色长裙上。

一连几个周末，我过去，帮老管写读书笔记。导师催得紧，本来是平时每周一交的，老管不是忙嘛，一直拖着，都积到期末了。我跟老管一人一台电脑，他坐书桌前，我干脆坐在床上，笔记本放在一张小桌子上。从早到晚，眼睛酸痛，手腕酸痛，颈椎僵硬得动不了。抬头看老管，只能看见他的背影，石头一般，在电脑前稳稳坐着，仿佛是生了根。我也不好意思说休息，只好强打精神，卖力苦干。

天色渐渐暗下来了。我累得眼冒金星，头昏脑涨。腿因为盘着，都麻木了，一时站不起来。老管还在电脑前忙着。没有张罗吃饭的意思，也没有留我住下的意思。

终于快大功告成啦。我走吧。明天还得上课呢。

老管这才好像是发现了我的存在，马上说，好啊。

出门的时候，他补充了一句，路上注意安全呀。

暮色四合。城市的夜晚已经来临了。两旁的行道树繁茂极了，经了灯光的照耀，好像是一树一树的金叶子银叶子，华美迷人。我慢慢朝公交车站走。街边的小铺子里飘荡着食物的香气，热腾腾的，直钻人的鼻子。我饿了，又累又饿。老管他，难道不吃晚饭吗？即便是一个朋友，即便仅仅是出于礼貌，老管他，也该挽留一下我吧。是从什么时候开始，他对我这样不客气的呢？

招之即来，挥之即去。你以为我是什么？

这句话，在我心里埋藏了那么久，终于冲口而出的时候，是在一次争吵中。那一回，我正在上班，他忽然电话过来，要我帮他翻译一篇文章。很长，很专业，很棘手，而且，要得很急。我使尽了浑身解数，总算是帮他弄完了。中午没有顾上吃饭，单位里的活儿也都耽搁了，积了一大堆。傍晚，当我把那篇稿子发给他的时候，他说谢谢谢谢，宝你真能干。他说我赶紧给他们发过去，催命似的。我看着电脑屏幕，一闪一闪的那个小怪物，正在拼命地清理垃圾。他居然都没有问一句，你累不累，吃饭了没有，晚上吃什么，你在哪里，还在单位吗？电子邮箱页面上，显示出已成功发送的字样。他有两个邮箱，一个是姓名全拼加他的生日，一个是姓名全拼加他老婆的生日。给他发邮件的时候，我总是用他生日那一个。他说，小心眼儿。我没有说话。这是小心眼儿的问题吗？

晚上，他一直没有短信来。我忍不住打过去。为什么，忍不住的总是我呢？

他说，你别闹了好不好。我不就是忙嘛。论文要写，读书笔记也要弄，工作上一堆烦心事儿。你不帮我，还找碴儿吵架。他声音激烈，好像很疲惫的样子。我的心一下子软了。我说我过去帮你做饭吧，洗衣服，收拾屋子。他沉默了一会儿，说，不用了，你别跑了。我一下子就爆发了。

招之即来，挥之即去，你把我当什么了？

老管一下子挂了电话。

老管他，居然挂了我电话。

他凭什么呢？

认识他的时候，跟他好的时候，我真的不知道，他到底是干什么的，他能挣多少钱，他会有什么样的前程，甚至，我都不知道，他会不会在北京留下来。据说，他老婆，不喜欢北京。在上海，他还有自己的工作。他是北京上海两边兼着。现在想来，老管也实在是厉害。在事业上，他攻城略地，有那么一种英雄气概。如若不然，也不可能鱼和熊掌兼得，还能顺便拿个博士学位。甚至，还能在他那个领域里后来者居上，独领风骚，坐上第一把学术交椅。当然，这都是后来的事情了。

老实说，跟老管之间，我实在说不好，到底是谁主动。男女之间的事，谁主动谁被动，真的能说清吗？记得，老管在当初那第一个电话里约我吃饭，就要挂掉的时候，说了一句话，有人跟你说过吗，你很美。你的眼神也很动人。

是真的吗？我的眼神。我几乎都要忘了，那一回，分手的时候，一帮人站在路边道别。握手，拥抱，半真半假的。轮到我了，我没有伸出手让他握，也没有拥抱的意思。老管看着我，我冲他笑了一下。为什么要冲他笑呢？我明明知道，自己那一笑，大约是会惹事的。

当时我握着手机，一颗心怦怦怦怦跳起来。灯光明亮，把我的影子映在墙上，一头长发乱纷纷的，一颗心也乱纷纷的。窗外，是寒冷的冬天的夜晚。华灯闪烁，又璀璨又虚幻。一只小飞蛾，大约是贪恋那一点温暖和光亮，不顾一切地朝日光灯管撞过去，撞过去，历经九死而不悔。一个年轻的女人，在生活的泥淖里苦苦挣扎了这么多年，日常的琐细的烦恼忧愁包围她淹没她，她何曾见过这个呢。这样的甜美的迷人的语言，从一个陌生的男人嘴里说出来，因为隔着电话，更平添了审美的滋味。现在想来，老管他，特意打电话过来，是漫不经心的问候呢，还是有意的撩拨，或者表白呢？在这一个电话之后，那个夜晚，我坐着公交车，穿过大半个北京城，去单独赴一个男人的约会。我的内心深处，是不是也有着一种隐隐的期待或者幻想？我不知道。

这么多年了，在婚姻生活里，我一直是规行矩步，从来不肯多走半步。即便是跟幼通关系最为恶劣的时候，在这方面，我也从来没有生出过他念。在我近乎执拗的乡下人的头脑里，婚姻不过是这个样子吧。磕磕碰碰，跌跌撞撞，打打闹闹。好滋味也是有的，更多的可能是纠缠不清的复杂滋味，说也说不得。就像我的父亲和母亲，他们手牵着手，过了一辈子，他们快乐吗，他们幸福吗？我从来没有问过他们。但我知道，他们大约是经历了很多，也忍受了很多。但是，他们一直在一起，从没有分开，直到母亲的离世。

后来，跟幼通吵架的时候，他总是说，你是在北京学坏了。又痛心又苦恼，还有深深的嘲讽的意思。我不想争辩。是这样吗？是不是，假如我不来北京，我们的婚姻就不会出现问题呢？他大约是忘记了，在S市的时候，我们曾经的煎熬和磨难。他大约也不大肯承认，正是因为那些煎熬和磨难，为了生活的尊严，为了尝试找一条出路，当年的我才咬牙跺脚，下狠心到北京求学。而当时，我们的婚姻已经出现了严重的危机。我不愿意承认，我来北京，是为了逃避。

有一度，老管的寓所，成了我在北京的家。我得承认，在偌大的北京城，在陌生的异乡，那个小小的简陋的租来的房子，给了我很多温暖和慰藉。令我觉得，人生还不是那么薄凉，那么荒寒，那么无依无靠。对于我们之间的关系，我不知道，老管是怎么看待的。至少，最初的时候，他应该是真诚的吧。打电话表示好感，用那样一种深情的语言。南方普通话，有一种说不出的温柔动人。那一天晚上，他抱住我，在我耳边轻轻说，我就知道，我们之间会有故事。故事？虚构的，还是真实的？那一段刻骨铭心的感情，在他的预设里，难道仅仅是一个故事，只用作日后的谈资，抑或，暮年的回忆？我当时大约是昏了头了。他热热的鼻息在我耳边缠绕，有力的怀抱，迷人的香水味道，恍惚的暧昧的灯光，陌生的久违的雄性的气息。窗外是异乡的寒夜，更衬托出室内的温暖醉人。我几乎什么都顾不得了。我哪里还有能力分辨故事的含义呢。

也或许，最开始，老管并没有想怎样。

能怎样呢？他叹口气，慢慢道。

我怎么不知道他的潜台词呢。他有家室。尽管，在他口里，老婆有种种不好，可是，他大约从来没有想过，要把那个家抛开。他尽职尽责，照料着那个家里的一切，像天下所有的好丈夫好父亲那样。几乎是每天晚上，他老婆都打电话过来。絮絮叨叨地，说家里家外的一些琐事。抱怨女儿不听话，抱怨家务多，抱怨他不在，什么事情都指望不上。几乎都是抱怨。他只是默默听着，拿着话筒，一面听，一面做着手头的事。这么多年，他大约也是听惯了。有很多时候，那边的母女两个吵了架，来跟他哭诉。他也只好耐心调解。一会儿哄，一会儿训，有时候甚至还发了脾气，那边方才安静下来。老管一面说，一面偷闲回过头来，冲着我苦笑一下。那种表情，简直比哭还难看。

一个男人，孤身一人在外地，大约也是寂寞的吧。过惯了家庭生活，一下子在异乡独居，任何人，不论是男人或者女人，都会有一种巨大的不适，以及由此带来的强烈的孤单吧。但老管好像还好。据他说，他其实是一个喜欢独处的人。年轻的时候，甚至一个人跑到山里过春节。老管是研究艺术的。老管身上，也有着强烈的艺术家气质。热爱自由不羁，对孤寒有着一种近乎病态的渴望。当然，老管也自恋，像大多数搞艺术的那样。他房间的墙上，有很多自己的照片。老管是一个有风度的男人。在穿衣服上，很有品位。他对色彩极为敏感，深谙其中的搭配之道。我至今还记得，那一个寒冷的冬夜，当我乱七八糟穿着一件橘粉色羽绒服，满脸泪痕地站在面前的时候，他一脸惊讶的表情。

后来，我买衣服，总是老管陪着。老管的眼光刁钻、挑剔，在审美上很有一套。逛商场，逛街，在小店铺里一个一个慢慢淘，他总是有着惊人的耐心。他眯着眼睛，歪着头，看着我从试衣间里出来，点头，或者摇头。不厌其烦。我却烦了。我说过，在人多繁华的地方，时间长了，我会头晕，心慌，烦躁不安，这是早年S市的生活留下的毛病。然而，不得不承认，我的穿衣品位大幅度提升了。跟着老管，我也习得了很多穿衣的学问。我适合的颜色，我适合的款式，我适合的牌子。

我跟在老管后面，听人家恭恭敬敬地，一口一个先生，一口一个太太。脸红得不行。心里却是高兴的。偷眼看老管，他一脸镇定，低调温和中，有那么一点牛哄哄的倨傲在里面。这么多年了，我不过是勉强温饱罢了，哪里顾得上这许多呢。当我在镜子里看见那个雅致柔媚眼波流转的女人的时候，简直惊呆了。那是我吗？这么多年了。我一直在穿幼通母亲和姐姐的旧衣裳，老旧的，寒伧的，不合时宜的，与愁苦僵硬的神情相互补充相互阐释，与年龄有着巨大的矛盾，又怪异，又悲凉。

你就是一块璞玉。老管说。需要我来打磨出光彩。老管的口气笃定，掩饰不住的得意。

这是真的。在北京最初那几年，如同脱胎换骨一般，我变了。一个小城市出来的女人，家境的贫寒困窘，中学老师的刻板劳碌，生活的重负和情感的裂隙，早已经把我折磨得苦不堪言了。虽然只是二十多岁的好年华，然而对于生活的激情和想象，早被榨干了。有多少回，我穿着美丽的裙子，走在校园里高大的法国梧桐的浓荫下，阳光的斑点闪闪烁烁，在我的脸庞上跳跃跳跃跳跃。风把丝巾撩拨起来，同长发缠绕在一起。男生追逐的目光，女生的羡慕嫉妒恨，也有各种肤色的留学生过来搭讪，用蹩脚的汉语，问是否有机会请我喝咖啡。然而，谁能想到呢，眼前这个看上去生机勃勃的女人，其实早已经有了婚姻，有了孩子，生活这杯苦酒，她和着眼泪，已咽下了大半了。她原本以为，这一生，也就这样罢了。在一个小地方，勤恳地认真地活着，服侍老人，养大孩子，十年，二十年，三十年……一生能有多长？她几乎从来没有去认真想过。一个芳村出来的女孩子，能在省城扎根，还有什么可抱怨的呢。大约，连她自己都不曾料到，有一天，她会来到北京，见识一种她从来不敢想象的生活吧。

怎么说呢，对北京，老管的态度倒是复杂暧昧的，不是喜欢，也不是讨厌，有那么一种又爱又恨的意思。老管的一句口头禅就是，这要是在上海——老管来自上海，他对任何事物的判断，都是以上海为坐标的。这要是在上海——接下来，不出意外的，关于上海北京两地的比较便开篇了。老管这个人，有着上海男人所有的优点。比方说，精明，细腻，顾家，会过日子。老管的这个临时住所，被他收拾得清爽宜人，简陋倒是简陋的。他的衣服，永远都散发出淡淡的洗衣液的清香。他的冰箱里，永远都有码得整整齐齐的果蔬食物。他优雅，也家常。又孤傲，又世俗。我总是想，是不是，就是这种奇特的气质，当初深深吸引了我呢。或者是，从一开始，我是被他不俗的外表蛊惑了。女人，总是容易被外表蛊惑的。

当然了，老管也有着上海男人的，特点，或者叫作缺点。过于注重细节，爱算小账，喜欢斤斤计较。买菜的时候，是要扒着人家的秤仔细查看的，理论来理论去，担心斤两不足。买水果的时候，人家说，十块钱三斤。他便恼火得很。什么叫十块钱三斤哪。这是强卖。偏偏就要问人家一斤多少钱，说凭什么非要买三斤，我偏买一斤。直把那卖水果的小贩弄得不耐烦起来。我在旁边看着，心里又气又臊，很恨他大男人家这样计较。他说北方人怎么都这样啊，哪有这样卖东西的。这要是在上海——我只是无语。我可能是忘了说了。我这个人，典型的北方性情，数字方面迟钝，钱财上呢，更是糊涂。老管老是嘲笑我，说北方人傻，还穷大方。是啊。又穷，又大方，不是傻是什么呢？

你相信吗，老管这个人，在穿衣上头，是绝不肯敷衍的。讲究品牌，讲究时尚，讲究细节的设计感，像女人一样，有着琳琅满目的化妆品和香水。每一回出门，在镜子面前，左顾右盼，细致极了。老实说，老管身上，是有那么一种女性气质的。他在镜子面前，拍爽肤水，涂眼霜，擦润肤乳，把围巾叠来叠去，总也不满意。忽然后退几步，转过身，挑剔地欣赏自己的背影。我从旁看着，莫名其妙地想起幼通，他那地摊上买的夹克衫，变形的内衣，破了洞的袜子。为了这些，我们之间的那些激烈的争吵。人跟人，是多么的不同啊。

而在吃的方面，老管却是节俭的，务实的，不大喜欢那些花架子。他喜欢在家做饭，煮红枣南瓜粥，吃凉拌菜，喝鲜牛奶。说到牛奶，他对北京的三元满怀狐疑，只信任上海产的光明牌。那时候，距离 2008 年三鹿奶粉事件还有一两年，人们对牛奶的品质还不是那么草木皆兵。

有一回，老管出差回来，变戏法似的，从包里拿出来两个小碟子。飞机上顺来的。他得意地一笑，孩子一般。我却笑不出来。那时候，说出来你肯定不信，我还没有坐过飞机。我不知道，飞机上用餐，是怎样一种情形。那种小餐具，是不是也必须在众目睽睽的某个缝隙里，才能巧妙地得手。我是在几年之后，才有了坐飞机的机会。并且是，飞来飞去，空中飞人一样。就像老管当年。

十七

毕业的时候，我顺理成章地进了一家报社，并且，有留京指标。我可能是忘了说了。研二的时候，我就到这家报社实习了。是一个偶然的机会，报社的一个编辑约我写过书评，我算是他的作者，见过几面，也不是很熟。有一天，他忽然电话过来，说是要辞职，副刊部正缺人，问我想不想去。我几乎是毫不犹豫就答应了。那时候，还在研二，找工作的事情还没有那么迫切。我也并不知道，这家报社究竟怎样，我是不是喜欢，或者适合。当然了，因为是他的作者，这份报纸，我是见过的。是一家行业报，国字头的，国家部委的机关报的意思。主要是，有副刊，跟我的专业也算相关。

我去报社面试的那一天，天上飘着细雨。是初春了，乍暖还寒。北京的大街上，人们还穿着厚重的冬衣。偶尔有爱美的姑娘，风衣短裙丝袜，裸露着一双长腿，也不怕冷。路旁的行道树还萧索着，到处灰蒙蒙一片。我迷路了。我是坐公交去的，本来去西四，到站才知道，是东四。那个售票员不屑地看我一眼，说东四和西四，差哪儿去了。

不认路啊你。没错。我真的不认路。那时候，对于北京，我其实是陌生得很。我最熟悉的，不过是学校周边的那几个地方。还有，去老管住的那个小区，那一趟公交车，沿途的那些街景，某一个醒目的建筑物。雨丝乱纷纷洒下来，带着早春的寒意，落在我的头发上，落在我的新风衣上。世界湿漉漉的。汽车的喇叭声，人群的嘈杂声，风声，雨声，从四面八方涌过来。我站在大街上，心里只觉得茫然，还有畏惧。仿佛多年前，从芳村到S市，我第一次在大街上骑自行车，胆战心惊的，不敢骑，绕着一辆公交车歪歪扭扭，终于摔倒在地上。城市大街上人多车多，我哪里见过这个？一车的人看着我，我臊得满脸通红，恨不能眼前有个地缝钻进去。幼通扶起我，又扶起车子，跟我说，没事啊，别怕。

多年以后，我总是想起来，幼通那一句话。没事啊，别怕。幼通说这话的时候，微微笑着，语气温柔。他肯定不知道，他这句话，在我内心里掀起怎样的巨大的温暖的波澜。并且，他大约也不会知道，多年之后，在北京的街头，他这句话又是怎样被我记起。生活是多么吊诡啊。没事啊，别怕。在我跟幼通漫长的婚姻中，我几乎是忘记了，当年的幼通，曾经给过我那样温柔有力的安慰。久违了的，安慰，还有鼓励。多年之后，当我搬到东四一带居住的时候，走在大街上，我会忽然想起来，2006年初春，那一个细雨纷飞的下午，我曾经东四西四分不清，在雨中迷了路。我站在大街上，仿佛一个孤单的岛屿，在茫茫人海中沉浮。

报社在西四一条安静的胡同里。前面就是部委的办公大楼，高大气派，有一种莫名的威压。副刊部主任是一位女性，大约总有五十来岁吧，皮肤白皙，气质出众，一双眼睛藏在眼镜后面，明亮锐利。好像是一见面，她跟我就聊起了衣服。她喜欢我的风衣，还有那条丝巾的颜色。裙子搭配得也好看。我怎么一见你就那么喜欢呢。她爽朗地笑起来，露出一口雪白的牙齿。我暗自欢喜。我知道，这场面试，我通过了。

实习期开始了。每天一大早，我坐公交去报社上班，几乎总是第一个到。扫地，打开水，擦桌子，我抢着干这些杂活儿。见人就叫老师，冲着人家微笑，又谦卑，又诚恳。一个人，不管在哪里，不管多大年纪，初来乍到，都是新人。部门里的年长的，年轻的，都是前辈，都是老师。我拿着自己的版面，向人家请教，弯着腰，一头热汗，笑得腮帮子都酸了，牙齿却凉凉的。大家都说，副刊部新来了一个女孩子，挺甜，挺懂事儿。我听在耳朵里，心里叹一声。

老实说，那时候，我还并不知道，这份实习工作，究竟对我意味着什么。我只是本能地觉得，我要珍惜这个机会，我要努力干好。这家报纸，说是行业报，其实最受欢迎的，是副刊。副刊的文艺气息，副刊的柔软质地，副刊的面目和腔调，令它同那些艰涩的行业术语区分开来，有了一种别样的迷人气质。有一回，人物版有一个头条，原来负责采访的小郑忽然请病假，一时版面危急。主任怒道，这是报社，版面是天大的事，总不能开天窗吧。大家都不敢说话。这个人物版是副刊部头版头条，是最重要的版面，也是脸面。人物呢，要么是行业内重量级人物，要么是文化界的精英，是费了很多精力和口舌才约下来的。看着主任的脸色越来越难看，众人都屏气敛息，不敢稍动。

我试试吧。

我也不知道哪里来的勇气。一屋子诧异的目光。想后悔都来不及了，我只有硬着头皮上。

稿子赶出来，主任只批了一个字，好！一篇大稿，居然没有改一个字。据传，主任的眼光严苛，在报社是出了名的。几乎每一篇稿子交上来，都会被她改花了。大稿尤其如此，而另起炉灶，推倒重来，几乎是家常便饭。我心里疑惑，想着是瞎猫碰上死耗子了，要么就是走了狗屎运了。也不敢问。报纸出来那天，主任把我叫去，说，以后，这个版面你来负责。我又惊又怕。我一个实习生，初来乍到，连最基本的工作流程都还没弄明白，就独立负责这么重要的版面了，也不知道是福呢还是祸。心里踌躇，脸上却不敢露半分。嘴上只有连声答应下来。

那一段日子，不提也罢。

正是盛夏，北京的热，是那种酷热。每天，当我的同学们还在宿舍里酣眠的时候，我已经早早收拾完毕，去赶公交车了。当我的同事们在办公室的空调房里喝茶看报纸的时候，我却在暑气蒸腾的大街上，顶着烈日，去采访了。我好像是说过了，对于北京的大街小巷，我一点也不熟悉。更可怕的是，我是路盲。好在鼻子底下有嘴。我只有不停地跟人家问路。有一回，好像是在安贞桥附近，我问一个过路的，请问，这边是北吗？那人上下打量了我一眼，嗤笑道，嘿，还真有找不着北的，新鲜。我臊得满脸通红。那时候，智能手机还没有出现，也没有导航之类的路盲神器。我在北京的大街上跌跌撞撞，左奔右突，好像是一只迷路的羔羊。晚上，我一遍一遍地听录音，赶稿子。录音笔副刊部也有，我没好意思去领。我用的是一只 MP3，有录音功能。

而高跟鞋这种事物，实在是叫人又爱又恨。一天跑下来，脚都磨破了，疼得人直吸冷气。也是那一阵子，我穿怕了高跟鞋，我闺蜜小绿的话是，穿伤了。一个星期两个版，连采带写带编，不论刮风下雨，感冒发烧，我都咬牙忍着。我几乎是命都不要了。

三个月过去了。我的大块文章到处流传。社长叫我过去，只说了一句话。

如果社里有一个留京指标，也是你的。如果没有，我去争取。

留京指标。你知道吗，这个词，对于一个来自外省的在读学生，意味着什么？我看着社长的脸，严肃，郑重，不像是玩笑，一颗紧绷的坚硬的心，瞬间便崩塌了。柔软温暖，一塌糊涂。如果说，人的一生里，可能会有贵人出现的话，那么，眼前这位社长，就是我的贵人。我跟他，非亲非故，甚至，平日里，我几乎很少有机会能跟他接触。我连一颗瓜子，都没有送过他。他应该是看了我的文章，才开始注意我的。据我所知，他在几所大学当客座教授，带研究生。报社也有几个他的学生。他说，在我和他的学生之间，如果只有一个指标，他会给我。至于他的学生，他宁可再想其他办法去弥补，譬如说，可以替他们买。那时候，留京指标是可以花钱买的，但难度很大，非常麻烦。据说社长的一个学生，就是这样处理的，费了很多周折。当然，这都是后来，我从别人那里听到的。

我安心在报社待下来。

那时候，我还没有毕业，依然算是实习期。因为有了社长的认可和承诺，我的一颗心慢慢放下来，踏实了很多。然而还是不敢稍有懈怠。部门里的同事们，也渐渐熟悉起来。工作越来越得心应手，渐渐地，有那么一点挥洒自如的感觉了。

社长原来也是一个老文青，没事喜欢写诗。他送我他的诗集，我看了，惊讶极了。在我的印象里，社长是一个严厉的人，儒雅中有十足的霸气，坐在那里，有那么一种不怒自威的意思。做事也是杀伐决断，挟风雷之势。这些年在他任上，报社风生水起，政绩是有目共睹的。谁能想到呢，他竟然写诗，还写得那么好。我当下就写了一篇评论，本来只是想跟社长私下交流的，老管却说，想办法发表一下。他找朋友，发表在一家很有影响的大报上了。老管在这些事情上，心思缜密。他说，你总不能让社长亲自拿去发表吧。果然，我把报纸拿给社长，他直说过誉了过誉了。我怎么不知道，他显然是高兴的，甚至亲自沏茶给我。报社里，我这样的小实习生，谁有过这样的待遇呢？

十八

那时候，老管正在为了自己的职位问题，跟人家斗智斗勇，一堆糟心事，弄得他心力交瘁。脾气好像也比平日里大了，难得有笑容。我也是在后来才慢慢知道，老管他，原来有着那么大的野心。他来北京，说是读博，其实是醉翁之意，不在这个博士学位，更主要的，是为了那个位子。那位子在领域里很特殊，级别不算高，但是相当重要。圈子里有多少人觊觎，拿脚指头都会想象出来。老管上位，自然有不少障碍。他为了这个愁苦，不免会跟我说说心里话。我呢，最见不得他这个样子，心疼得不行。一心想替他分忧，恨不能立时三刻，能跟某个关键人物说上话。他叹口气道，谋事在人，成事在天。要是这事儿不成，我只好回去了。他说的回去，是要回上海。那边的单位，他还保留着。有职位有薪水。老管他，总是会给自己留条后路的。我心里着急。我不想让他回去。老管回去，意味着什么呢。我几乎不敢深想。

也是机缘巧合。那一阵子，我认识了一个人，是一个实权派，姓郑，大家都笑称他郑大官人。说起来，跟郑大官人结识，还是因为董序清。我说过，董序清交游极广，五行八作，达官贵人也有，市井细民也有。当然更多的，是他们这一行当，搞艺术的。他那些个著名的沙龙，当年，我也是见识过的。这么多年过去了，有时候，我不免想，这个董序清，在我的生命里，扮演着怎样的角色呢。有很多时候，一个人的出现，或者消失，是不是也是一种宿命？

老实说，当年，跟着董序清混江湖的时候，我还在学校里读书，简直是什么都不懂。一个乡下出身，小城市来的女人，在中学和家庭生活里封闭这么多年，乍一到京城，就碰上了董序清。董序清带着我，见识了形形色色的人和物。那时候，在我的眼里，董序清简直就是一个神一般的存在。董序清诗词书画，样样都拿得起来，口才又好，有一种说不出的倜傥风度。郑大官人，就是在他张罗的一个沙龙上认识的。当时，我正好坐在郑大官人身旁，只觉得旁边有人一直往这边看，也没太在意。董序清只顾着同众人说话。我看着旁边的那个烛台。是那种很文艺的烛台，青铜的质感，有着斑驳的暗绿色的锈迹。粗大的白蜡烛，烛泪晶莹连绵，静静流淌下来。那人也好像是心不在焉。忽然间，他递过来一张名片，也不说话。我看了一眼那名字头衔，心里吓了一跳。

那晚散了的时候，已经夜深了。是郑大官人送我回的学校。董序清后半场在不在，他干什么去了，我都记不太清楚了。一切都是恍恍惚惚的，仿佛是一个梦。我坐在副驾驶上，一直没有说话。郑大官人也没有说话。灯光和暗影在他身上不断地交错，交错。淡淡的香水和烟草的混合的气息，似有若无。车子里放着一首曲子，缠绵哀怨。车窗外，夜色中的京城渐渐后退，后退。到处都是灯火繁盛。都深夜了，北京还是这样璀璨。又璀璨，又神秘，带着一种迷人的动荡的气息，令人低回不已。

下车的时候，郑大官人也下来，替我打开车门，说，抱一下，可以吗？就轻轻抱了一下。说再见。车子仿佛一条鱼，迅速游进苍茫的夜色中去了。

我呆立在原地。一颗心怦怦乱跳着，惊诧也不是，恼火也不是，也不是惧怕，也不是惆怅。一百种复杂滋味，弄得人晕头转向。

都说京城水深，来北京这两年，我其实是一直在学校的小天地里，闭门读书，两耳不闻窗外事。虽说是，跟着董序清，我慢慢见识了一些人物，也不像当初，那种拘谨仓皇，手足无措，变得越来越大方、得体，越来越像那么回事了。然而，谁会想到呢，今天晚上，居然，碰上了一个大官人。就在刚才，还亲自送我回来，并且，并且还抱了一下。水深啊，鱼龙混杂，说不定哪天，就遇上了真龙天子了。

后来，这位郑大官人偶尔会来短信，也不过是问候一下。有一回，据说是路过我们学校，在校门口，匆匆见了一面。他问我读什么专业，什么方向，以后呢，有什么打算。也不过是泛泛的交谈。学校附近是五道口，素有“小联合国”之称。不断有各种肤色的男生女生，来来往往。学校的红砖小楼房，在草地上错落有致，流溢着浓郁的异国情调。郑大官人抬腕看看表，说那就这样，回头联系。再见。

我看着他的车子绝尘而去，果断地，凌厉地，一点都没有迟疑的意思。心里竟怅怅的。真是莫名其妙。

关于郑大官人，我跟谁都没有提起过。包括老管。包括闺蜜小绿。宿舍里的同学，更是不敢。我猜想，即便是说了，大约他们也不会相信的吧。在世人眼中，郑大官人，是神仙一样的人物，是一个，怎么说，符号，他只合坐在云端，缥缈地，遥远地，不可触摸，他怎么会忽然一下子，下凡到人间来呢。他们一定会笑吧，笑我吹牛，笑我疯了，笑我不自量力，这个郑大官人，不过是我的一种幻觉，或者想象。一个凡间的女子，无端生出的白日梦罢了。

当老管为了他的职位寝食难安的时候，电光石火一般，我忽然想起郑大官人。

那一阵子，老管深陷在人事斗争的泥潭里，一开口，就是长吁短叹，更多的时候，是沉默。老实说，我最害怕的，就是他的沉默。他可以一整天都不说话，脸上淡淡的，根本看不出内心的波澜。对于我，他大约是早已无暇顾及了。有一回，也忘了是因为什么，好像是，我正在收拾屋子，擦地，给植物浇水，把那只单人沙发上的靠垫换了新的，墙上的装饰画掉了一角，我喊他帮忙给钉好。其时，他正在电脑前写稿，听见我叫，半晌，才慢慢转过身来。

折腾什么呢。看你这样子，好像是要在这里住上一辈子似的。

我看着他的背影，眼泪一下子就出来了。他什么意思呢。是不是，从一开始，就时刻准备着回上海，跟我，不过是逢场作戏？我追问他，跟他吵，跟他赌气。他叹口气道，别闹了宝，我这半生打拼，从南到北，到如今，前程还没个着落呢——我心里一惊。是啊，对于老管这样的人，事业和前程，所谓的功名，就是他的身家性命啊。假如这一回他不能如愿，那么，他为什么一定要留在北京呢。也或者，他之所以到北京来，就是为了他心心念念的那个位置。毕竟，北京是中心啊。不仅是政治经济中心，更是文化中心。老管说，只有到了北京，他才真正有了中心的感觉，没有了那种仰望和遥望的紧张姿态，那种位处边缘渴望得到中心首肯的焦虑。我说大上海啊，还焦虑什么呢。老管说，不一样。上海是上海。北京嘛，毕竟是北京。帝都哪。老管说这话的时候，是玩笑的口吻，但我却觉得，他说的是真心话。我看着他逐日来憔悴消瘦的脸庞，心里有个地方疼了一下。

那一回，我主动给郑大官人发了短信。过了很久，好像是，足足有一个世纪的时间，他才回复了。

周末见。

我看着那几个字，简洁，决断，不容分说，甚至连那个句号，都有一种无形的威压。之前，都是他先发给我的。对于他的短信，我也只是礼节性回复，大方得体，分寸感极强。对于郑大官人这样的人物，我相信，任何一个女孩子，都不免会心怀幻想，隐秘的，绮丽的，若隐若现的，不足为外人道。我可能是忘了说了，郑大官人，生得斯文端正，个子不高，说话声音也不高，气势却强大。不知怎么，那双眼睛，在镜片后面，有那么一点高深莫测。

终于熬到了周末。一大早起来，我梳洗打扮，挑选衣裳。忽然发现，竟然连一件像样的裙子都没有。我站在镜子前面，苦恼极了。小绿在旁边笑，问是不是去约会。我心里一惊，脸上就飞红了。是啊。我这么苦心打扮，倒真的是像去约会呢。

在羽毛球场等他的时候，心里竟然像长了草，毛烘烘乱纷纷，有些慌乱。无欲则刚。这句话真的太对了。一旦怀了某种欲望，好像是，之前的自如自在，都烟消云散了。

四月的阳光照下来，把校园涂抹成毛茸茸的金色的调子。玉兰花刚刚绽放，一树一树的，仿佛白色的鸟儿停在枝头，颤巍巍的，风一吹，几乎就要振翅飞起来了。郑大官人看着我，眼睛里光彩烁烁。我穿了一套淡绿色的衣衫，乳白色的丝巾，同那几树玉兰呼应着，一时间，好像满眼都是春光了。

这家茶馆离学校不远，我倒是头一回来。外面不过是一个极不起眼的门脸，走进来却是别有洞天。装修简朴，低调中有一种沉静大气。我们慢慢喝茶，说话。都是一些不相干的闲话，有一句没一句的。郑大官人一身轻休闲，洒脱明快。阳光从窗子外面照过来，正好落在我们这张茶桌上。茶香缭绕，在阳光里腾起袅袅的热气。我暗自后悔香水喷多了，生怕这样好的茶香，被唐突了。茶馆很安静。隐隐仿佛有丝竹之声。青花瓷碟子里，盛着新鲜的樱桃。郑大官人皱眉道，错了。我说是啊，该换白玉碟子。郑大官人注意地看了我一眼，微笑点头，也没再说话。茶馆里几乎没有客人。也不知道是巧合呢，还是因为别的。服务生也不多，只有一个小女孩，乌发白裙，远远侍立着。

有好几次，话都到了嘴边了，我还是把它们咽下去了。我该如何开口呢。郑大官人，客观地说，还是一个陌生人。除了他的身份职位，除了他在媒体上那些个符合公共想象的言行举止，我对他这个人，知之甚少。为了一个男人，去求另一个男人。我怎样才能张开这个口呢。我不说，他也不问。只管慢悠悠喝茶，说话。到底是大官人，好一派闲雅风度。他也没有抬腕看表，看来这一回，他有的是时间。我慢慢喝着茶，背上出了细细的热汗，真的如在荆棘里一般。我们谈明清小说，谈文学传统，谈诗词，谈文脉。他是个老文青，读书很多很杂。听说，你的词填得不错。他忽然问我。我大窘。肯定都是董序清说的。那时候，我忽然迷上了填词，瘾上来了，朋友间游戏唱和，也是有的。自然了，董序清可能夸大了。我那些个小把戏，只能是私下里自娱，上不得台面的。正慌乱呢，郑大官人却转了话题，说起了别的。大约总有一个多小时吧。他终于抬起手腕，看了看表。好了，我也是偷得浮生半日闲。还有点事，咱们改天再聊。

阳光越发明亮了。风软软的，扑在人脸上，叫人莫名的惆怅。我终于没有张开口。我是担心什么呢？在郑大官人，这件事，或许不过是易如反掌的，只要他肯，只要他一句话，可能就决定了一个人的命运，或者是，一场情感的命运。有多少人，为了能跟他见一面，说上一句话，煞费苦心而不得呢。可是我，却把这样难得的机会给白白错过了。真是太笨了。

刚回到学校，就收到了郑大官人的短信。今天很愉快。我看着那几个字，想了半晌，才回道，我也是。

周末，我照例到老管那里去。老管正在打电话。他弯着腰，满脸堆笑，嘴里一迭声地说好好好，明白，那是那是。我怎么敢呢。您放心您放心。阳光从窗子照过来，我看见他的额头上，细细密密都是汗。好半天，他才挂了电话，一下子瘫坐在椅子上。我也不敢多问，轻手轻脚地收拾房间，准备做饭。喊他来吃饭的时候，他闭着眼，不说话，一脸的疲惫。我说吃饭吧。他还是不说话。也不知道，电话里那个人，是谁，说了什么。我只知道，老管他，是遇上麻烦了。半晌，他才忽然睁开眼，叹道，这一回，我恐怕是没戏了。他看着窗外，眼神空漠，茫然。天边有一群鸽子飞过，哗啦啦落雨一般。我心里一软，冲口而出。没事，我——想想办法。他怀疑地看着我。

我说了郑大官人。我没有说的是，我刚刚跟他喝过茶。

直到现在，我都还记得，老管当时的表情。他满脸惊诧，好像是头一次认识我。他的手紧紧抓着我的胳膊，仿佛要掐进我的肉里。他的眼睛闪着亮亮的光芒，有一种灼人的热烈。他有多久不这样看我了？我心里有点悲凉，也不免暗自得意。我并不是一个一无所用的人，在老管所热爱的事业上，我能够助他一臂之力。

那一天，老管的情绪好多了，陪我一起逛街，买衣服，在外面吃晚饭。上海方面的电话，也破天荒没有接。

怎么说呢，我不知道在老管那里，我这个人，我跟他的这段感情，到底有着怎样的位置。是不是，从一开始，他不过就是于寂寞的单身生活中，寻找一种安慰，或者是寄托。他来北京，最重要的事情，是要攻城略地，夺取功名。我想，他之所以能抛妻别子，离开安定的家庭生活和优越的工作环境，是怀着更大的野心的吧。他那位据他说事事依赖于他，不肯放他来京的老婆，大约也是受了这野心的蛊惑和激励，才最终妥协的吧。老管所描绘的蓝图和愿景，大约是十分美好的。当然了，这蓝图里面，大约也没有我。可是，老管他，怎么就不问一问，我跟那位郑大官人，到底是怎么认识的，是什么关系，远还是近，厚还是薄，这样的事关前程性命攸关的大事，我开口相求，是不是恰当。这么大的一个人情，我该如何去还人家呢？

夜深了，我还是无法入眠。窗外，北京的夜仿佛深渊，深不可测。我感到自己站在这深渊的边缘上，一身冷汗，一身寒战。我闭着眼睛，不敢往里面看。我不知道，这深渊里究竟藏着什么。老管的鼾声就在耳边，香甜，酣畅，好像唱歌一样。偶然断了，安静下来，叫人疑心他忽然间就醒来了。但是没有。真是好梦啊。或许，这一回，老管一直紧绷的那颗心，稍稍放下了一些。郑大官人。郑大官人。他反复说着这几个字，是又惊又喜的意思，有一点疑惑，有一点不敢置信。他吻我，细腻热烈。爱抚我，前所未有的耐心和体贴。我尖叫起来。老管在我耳边热热地说，叫吧，我就是喜欢听你叫。

老实说，跟老管在一起，我几乎从来没有到达过巅峰。我指的是，在床上。老管是一个太自我的人。过于自我的男人，最关注的，应该是自己的感受吧，无论是与人相处，还是跟女人做爱。大约是从一开始，我跟老管之间，就有了位置上的不对称，或者叫作不对等也好。在老管面前，我几乎是曲意逢迎，有那么一点讨好和谄媚的意思。不，就是讨好和谄媚。我用尽了一个女人的柔情和蜜意。在老管的面前，我卑微，屈尊，下贱。我简直都不认识自己了。我知道，那不是我。那是另一个翟小梨。不止一次，老管在我耳边叹息，太好了，太好了。你真好。你真好。我尖叫着。呻吟着。我得承认，我的尖叫和呻吟里，不无夸张的成分。但是，我也不得不承认，我是满足的，我的快乐并不是伪装。我的满足和快乐，不在于身体的巅峰体验，而恰恰在于，精神的，情感的，心灵的，极大的慰藉，还有幸福感。或许，男人和女人，终究是不一样的。男人可以只有身体不顾精神，而能够获得满足感。女人，却首先是精神和情感，身体倒是在其次。男人更具动物性，女人更具精神性。我不知道，在这一点上，女人比男人更伟大呢，还是更痛苦？

老管翻了个身，把一只胳膊横在我身上，就又睡去了。昏暗的光线中，他侧面的轮廓有点模糊，由于完全的放松，整张脸塌下来，下巴松弛，甚至有点浮肿。小腹隆起来，身上的肌肉都松软了。白天的时候，穿戴得体，老管还是一个有风度的男人。虽说是有年纪了，但也有另一种沉稳的气质。而现在，在床上，在睡眠中，老管他看上去，真的有老态了。是从什么时候开始的呢，或者，从一开始，在老管的床上，我就忍不住想起幼通来。幼通的健壮有力的臂膀，幼通的挺拔修长的身姿，年轻男人平坦光滑的腹部，强韧的笔直的肌肉饱满的长腿。真是无耻啊。黑暗中，我感觉两颊烧得厉害。我这是怎么了。这个时候，我居然想到了幼通。什么时候，我开始变得这么不要脸了。然而，我忍不住。这么多年了，跟幼通在一起，我们的欢爱是那么的惊心动魄，我们的激情是那么的丰沛汹涌。我忘不了。

我更忘不了的，是幼通的细腻体贴。比方说，现在，我在黑暗中睁着眼睛，如果是幼通，他定会觉察。他这个家伙，有那么一种超强的体察能力，尤其是对于我。他会陪我说话，会轻轻拍着我，安慰我，哄我入睡。他几乎从来没有不耐烦过。在幼通面前，我整个人是松弛的。我放松，甚至放肆，没有任何顾虑和忌惮。我真实地裸露着自己，我从来不担心他会嫌弃。而老管，在老管面前，我是紧张的。我不自在。有一回，我辗转半夜，睡不着，试着推醒他，他恼火极了。大半夜的不睡觉，干吗呀你。说罢翻身扯被又倒头睡了。不耐烦的语气，愤怒的动作。我怔怔看着那个鼾声大作的身影，感到前所未有的惶惑，还有感伤。

我这是怎么了？

十九

实习期过后，报社里的工作越来越顺手了。副刊部年轻人多，大家相处得都很不错。主任是一个性格开朗的人，爽利痛快，有一种须眉气概。副刊部在她的治下，风生水起，在报社里颇受人瞩目。社长是一个多么厉害的人物啊，报社里，谁敢在他面前说一个不字？可是，主任就敢。傻子都能看出来，社长欣赏主任。主任呢，在社长面前，有那么一点恃宠生骄的意思。在众人眼里，这大约不过是那种最烂俗的桥段，办公室恋情，霸道上司和女部下的故事。是啊。以主任的风韵和容颜，是完全可能的。主任对社长，向来都是直呼其名的。直呼其名啊。然而，并不是。据传，主任的丈夫，跟社长是大学同窗，私交甚笃。主任的丈夫，提起来，也是一个有名有姓的人物，绝非等闲之辈。众人就“噢”的一声，长嘘一口气。也不知道是失望，还是惋惜。

报社挺大，大约总有两百多人吧。还不包括底下那些个子报公司什么的。当时，报社里著名的食堂，在京城里名气也颇大。多年以后，当我离开报社，调到新单位，总是怀念起当年的食堂。差不多，报社的食堂，应该是我的工作生涯中享受过的最好的食堂了吧。

主任是社长面前的红人儿，连带着整个副刊部都很神气。在报社里，跟其他部门比起来，副刊部有那么一种说不出的优越感。选题好通过，小金库充足，人才济济，待遇优厚。总之是，那时候的副刊部，是很令人眼热的。也有别的部门的人想进来，但是谈何容易。光主任这一关，就不好过。

社里的领导班子有四个人，一个社长兼总编，两个副总编，一个书记。业务上，总编抓大局，由两个副总编具体负责。管副刊部的副总编，姓万。喜欢写字、画画、喝茶、收藏，有文人气，号称部里三大才子之一。这万副总大约总有五十多岁吧，单身。据社里的人八卦，万副总离过婚，好像是离过两次。还有人传，有一回看见有个女的捧着鲜花来报社，找万副总，被吃了闭门羹。说的人信誓旦旦，说是亲眼所见。大家都说，万副总眼光太高了。不好找。也有人说，才子都这样，眼高于顶，又爱风流，难伺候哪。众人也有笑的，也有叹的。老远见万副总走过来，都闭了嘴，恭恭敬敬地叫一声，万总好。万副总也不搭话，只微微一笑，就过去了。

有一天正在做版，忽然收到一个短信，有缘共事，十分荣幸。是万副总。我看着那几个字，心里又惊又疑。不会吧。我不过是一个初来乍到的小实习生，何德何能，竟引来万副总亲自示好呢。报社里每年实习生乌央乌央的，他一个堂堂副总，何至于此？我又看了一下那个署名，还是不放心，跟报社通讯录上的电话对照了一下。没错。千真万确。我回复了短信，礼貌地，客气地，充满了下属对领导的敬和畏。良久，万副总的短信又来了。他问我能不能跟他一起去后天的书展，读书版要做一下。是商量的口气，却有一种不容置疑的命令的意思在里面。我只犹豫了片刻便回道，好的。

天气不错。阳光像蜜汁一样流淌，甜美浓稠。整个城市被这蜜汁包裹着，又恍惚，又迷醉。我坐在副驾驶座上，心里有点忐忑。我不知道说什么。毕竟，我不过是一个小小的实习生，万副总是报社高层。这中间的巨大的悬殊，叫人不安。好在，万副总专心开车，话不多。只偶尔问问副刊部的事，版面啦，栏目啦，创意啦。谈起工作，我倒是慢慢放松下来。叽叽喳喳地，说了不少。万副总饶有兴致地听着，时不时点头微笑。我越发来了精神。

书展过后，副刊读书版头条发出了我的稿子，占了几乎整整一版，图文并茂。主任的审稿意见是，鲜活有力，时效性强。好。我正美呢，万副总发来短信，到我办公室来一下。

万副总的办公室有点乱，乱里面却有一种雅致在里面，到处都是书，宣纸，毛笔。巨大的青瓷笔洗，还有稀奇古怪的各种石头。他正弯腰写字，听到我进来，并不停笔。我看了一会儿，装作内行的样子，也不敢轻易说话。半晌，他才扔下笔，叫我坐下。

我看着他，等他开口。叫我来办公室，总不会是为了让我看他写字吧。

那稿子写得不错。他说。果然，跟我猜想的一样。我刚要谦虚两句，不想，他却岔开话题，说起了别的。他的童年时代，他的大学生活，他半生的命运沉浮，他对一些人和事的看法。语速很慢，但说得动情。我有点蒙。论起来，我跟万副总，不过就是那半天书展的交情。他这是为什么呢？他说了这么多，甚至还说起了他的个人生活。我看着他的脸，在袅袅的烟雾里时隐时现，心里忽然有一种不祥之感。

凭着一个女人的直觉，这个万副总，不会是有什么想法吧。作为一个容貌还算端正的女人，从小到大，对于男人的这种示好，明示或者暗示，我是早就见惯不惊了。可是，这一回不同。万副总是我的领导的领导，是副刊部的顶头上司。我不知道，该怎样处理这么复杂的关系。万一呢，万一处理不好，我岂不是前功尽弃了。万副总还在慢慢地说话，吸着烟，一时半会儿，好像是还没有结束的意思。书桌上写字的毛毡斑斑驳驳的，染着不规则的墨色。我偷眼看了一下那幅字，写的是“春山可望”，笨拙古朴，有天真之气。窗外，是京城的春日的浮云。西四这一带，胡同曲折幽深，到处是平房小院，是望不到春山的。可是谁知道呢，万副总身在刻板方正的办公室，是不是心里已经看到春雨洗春山了，也未可料。时间慢慢延挨下来，早已经超过了上下级谈论工作的时间限度。再不找机会告辞，就不好看了。正心急呢，却听见有人敲门，我趁机站起来。

那回聊天之后，我就留了心眼。对于万副总，我是能不去见，就不去见，尤其是单独一人的时候。怎奈每周都要找他签版，只好硬着头皮，跟在别的同事后面，赶紧签了了事。有一回，签完刚要走，却被叫住了。

正是下午三点多钟，整个人都忙得晕晕乎乎的。我这块版上有一点小问题，心里急着要去照排室改过来，然后就可以松口气了。

坐吧。坐。万副总说。

我没有坐。只是站在办公桌对面，等着他问话。

怎么了，没事吧？他说。

我说没事啊，挺好的。脸上是那种明亮的微笑。

那就好。但怎么老是躲着我呢？

我心里一惊。这种话，我该怎么接呢。我努力微笑着，装作漫不经心的样子，说您是大领导啊，谁不怕大领导？

什么大领导，淘气。万副总嗔道。

正不知说什么，桌上的电话忽然响起来。这电话来得太是时候了。

下班的时候，是晚高峰。整个城市好像是发了狂，到处弥漫着焦躁的仓促的气息。汽车的喇叭一声接着一声，高亢尖厉，吵得人心乱。好像是，都赶着要去赴一场重要的约会，争分夺秒，晚了怕来不及。我照例在站牌下等公交车。那时候，地铁还没有现在这么方便，上下班主要是坐公交。一路上走走停停，摇摇晃晃。

那几年，北京好像是一个大建筑工地，到处都在搞建筑。2007 年，距离 2008 年北京奥运会，还有一年，各种场馆建设已经到了最后冲刺时期。一些临街的楼房也在搞外部装饰，触目都是脚手架临时工棚，还有戴着安全帽的农民工忙来忙去，到处是乱糟糟的烽火气息。我心里也是乱糟糟的，一肚子心事。想起万副总方才的神情、口气，竟然一点都不像是平时在人前的严厉样子，而是有一点，怎么说，也不是暧昧，也不是亲密，是有那么一点太私人化了。假如他真的是这意思，我该如何是好呢？又想起他眼镜后面那双眼睛。心里只是惊疑不定。一会儿笑自己想多了。说不定，这就是人家的一贯的对待女性的风格呢。真是少见多怪。我该大大方方坦然接受才是。一会儿又觉得不对。万一呢。万一，他就是这个意思，我岂不是惹上大麻烦了吗？

在食堂里匆匆吃了一口饭，就回宿舍了。照例只有小绿一个人在。她趴在电脑前，好像是在网上聊天。只说了一句回来了，头都来不及抬。我默默出去打开水，洗洗涮涮。上一天班，都要累瘫了。总觉得好像是一身的风尘。洗漱完毕，才觉得整个人清爽了。犹豫着是不是要给老管短信，想了想，到底还是罢了。

那时候，正是毕业前夕，写毕业论文，答辩，找工作，有的忙着表白，有的忙着分手。大家好像是从一场大梦里忽然醒来，茫然地看着这个世界，到处都是壁垒森严，到处都是铜墙铁壁，哪里有哪怕一丝缝隙让他们钻入呢。我的毕业论文早完成了，先期已经在几家刊物发过部分章节，因此答辩就很顺利。工作呢，也有着落了。忽然之间，倒成了大家羡慕的对象了，说我本事大，厉害啊。不声不响就什么都办好了。言下之意，是不是其中有什么猫腻。我只有苦笑。心想，有什么可羡慕的呢。不说别的，这一年来，我风里来雨里去每天上班的时候，你们在做什么呢，要么是睡懒觉，要么是谈恋爱，要么是忙着打工赚钱。种瓜得瓜种豆得豆，这个古老朴素的道理，芳村的小孩子都知道。而今，三年一晃而过，忽然间要毕业了。当年，来北京读研时的喜悦的虚荣的好梦还没完呢，却被遽然惊醒了。留京，实在是太难了。即便是十年前，留京指标这几个字，也是一个闪闪发光的词汇，叫人目眩神迷。就算是博士，留京也是各种门槛儿，更何况硕士呢。我们那一届，大多数人都离开北京了，要么回了家乡，要么是去了外地。那一阵子，大家都情绪复杂，也不是感伤，也不是愤慨，纠结也不是，留恋也不是。总觉得，校园和外面的世界，只不过一墙之隔，谁知道竟是这样的悬殊呢。如果不考博的话，这么多年了，躲在象牙塔里读书的岁月，恐怕是要结束了。我看着他们的神情，再熟悉不过了。那种惊惶不定，那种彷徨不决，我实在是太理解了。在生活这个泥潭里，我摔过那么多跟头，吃过那么多苦，我是在领教了生活的厉害之后，才重新回到书桌前的。从一开始，一开始到北京来，我就是生活的知情者。工作，留京指标，我都搞定了。那么多的苦，我不是白吃的。是谁说的，你走过的每一步路，都不是白白经过的。每一粒落到你鞋子上的飞尘，都不是白白落下的。这是真的。

自从那回喝茶之后，好长时间没有郑大官人的音讯。老管的事正在紧要关头，整天愁眉苦脸，如热锅油煎一般。对于我工作上的事，他也无暇顾及，什么万副总，什么留京指标，什么论文答辩。他只顾沉浸在自己的世界里，为自己的前程梦想忧心忡忡。头发也无心染，两鬓花白一片，一眼就能看出年纪来了。郑大官人。他或许也惦念着这个闪闪发亮的名字吧，但是他始终没有说出口。倒是我，心里不忍，尽管有一千个一万个纠结，一千个一万个门槛儿，我都要逼着自己，咬咬牙狠狠心，闭着眼迈过去。也不知道是不是天意，那一天，正在写着短信，郑大官人的电话却打进来了。我慌忙按下接听键。我知道，那时候，我一定是满脸通红，语无伦次。好像是一个小偷，正要伸手，被人给当场抓获了。

老管的事，我却最终没有帮上忙。那一回，郑大官人临时有事，出差了。而老管，却在几方角力争执不下的时候，出人意料地胜出了。老管得偿所愿，自然是十分高兴。我也为他高兴。当然了，我还藏着小小的私心，这一回，前程已定，老管他再也不会离开北京了吧。他怎么舍得放下这来之不易的一切呢。即便是他舍得放弃我的话。甚至，我居然有点恶毒的惋惜，事情竟然这么快就水落石出了。我倒是宁愿再曲折坎坷一些。是不是，经历的磨难越多，付出的代价越大，得来的果实也才会越加珍惜呢。

那一天，老管带我出去吃饭。是一家伊朗餐馆，菜量充沛，两个人吃简直是浪费。最喜欢的，是他们家的酸奶，自制的那种，跟伊朗蜂蜜调在一起，口味醇厚，叫人难忘。多年之后，我出访伊朗，才知道，地道的伊朗酸奶，当地人喜欢添加各种调料，藏红花啦，盐啦，胡椒啦，口味奇特。坐在德黑兰的餐厅里喝那种口味奇特的酸奶的时候，我忽然想起了我跟老管在伊朗餐厅的这顿晚餐。其时，已经忽忽十年了。

老管看着我吃得忘形，笑道，慢点吃，没人跟你抢。你要是喜欢——他顿了顿，以后我们常来。

以后。我们。

我的一口酸奶在喉咙里哽住了。这样的用词，这样的语气，跟老管认识这么久，他几乎从来不曾用过。我微笑着，把喉咙里的东西狠狠咽下去。酸酸凉凉。也不知道是酸奶，还是别的。

那一晚老管兴致很高。他跟我轻声描绘着美好的愿景，他的事业，他的前程，他的未来，好多好多的可能性。我也被他激励了，或者是感染了。灯光下，他的眼睛里闪烁着迷人的光芒，他的脸庞，他的嘴唇，他整个人，都闪烁着一种迷人的光芒。都说事业是男人的春药，这话看来是真的。他抱着我，不停地说啊说。我也是第一次知道，他虽说是出生于知识分子家庭，但是小时候吃过很多苦，是狗崽子，他其实也算是苦孩子出身了。父亲在地方上颇有名声，也正是因为这名声，在“文革”中吃尽了苦头。他跟我诉说着这一切，轻轻地，慢慢地，私语一般。说到过去的那些苦难，说到他的童年，少年时代，他的婚姻，他的父母，他的孩子。我听着，泪水不断流下来。每一个人，都有着那么多的不易。是谁说的，长的是磨难，短的是人生。我看着他，看着我的泪水落在他的脸上，同他的泪水交融在一起，不知怎么，一颗心瞬间就软下来了。我抱着他说，我什么都不要。我什么都不要。我只要你。我只要你。

那一回，他简直是疯了。他抱着我，说了很多疯话。放纵的，淫荡的，难以启齿的，叫人脸红心跳。他叫我姐姐，叫我老师，叫我心肝宝贝，眼睛里泪花闪闪。我只有应着。也不敢问。

是不是，每一个被所谓的爱情冲昏头脑的女人，都会这样傻呢？不只是傻，是又痴又蠢，满怀着一腔的柔情，恨不能替了男人去死，替了他，去吃这世上所有的苦头。记不得有多少次了，最缠绵的时候，我在他耳边热热地说，我什么都不要。真的，我只要你。要你这个人，就够了。

也是在后来，有一回不知说到什么，他忽然道，其实，你一点都不傻。我说这话怎讲呢，他只是笑，半晌才道，有了我，就什么都有了。他笑得柔情，我也听得甜蜜。我傻乎乎笑着。觉得，这样的情话，简直一世也说不够。

我再没有料到，我眼前的这个男人，其实算是一个成功人士，在他那个领域，有身份，有位置，有话语权，有实力，品位不俗。他开始说起一些他的经济情况，常常带我去银行办理一些个人业务，都是在贵宾室。输密码的时候，也不大回避我。倒是我，不好意思在跟前待着，借故到旁边去。

说起来，我这种人，就是死要面子活受罪的那一种，脸皮薄，耳朵软，不会说不，不会发狠，听不得人家一半句好话，最怕人家难堪下不来台。私心里，我是多么想知道老管的底子啊。可是，我问不出口。尽管，有时候老管会带我参加一些饭局，都是他们圈子里的厉害人物，言谈举止不俗。从那些饭局的档次上，我也大略能知道，老管交往的人，老管在圈子里的分量。我得承认，在那些个场合里，饭局上，或者是一些发布会酒会上，老管风度好极了，儒雅斯文，有艺术家的浪漫气质，也有一种安静内敛的书卷气。笑的时候，眼神温柔迷人。不笑的时候呢，目光凌厉，叫人觉得有畏惧之心。在家里那个穿着家居服操心家务的老管不见了。人前这个老管，举止气度风姿，叫人又陌生，又惊喜。每一回，都有一些女的过来，搭讪，拍照，嗲声嗲气地叫管老师，管先生，媚眼如丝，一飞一飞的。老管呢，也同她们自如调笑着，拍照的时候，挨得很近，有时候还把手搭在人家的腰上肩上。我心里不悦。老管就哈哈大笑，嘲笑我小心眼儿，就是一个社交礼仪，傻不傻呀你。

二十

那时候，我已经开始偷偷写小说了。我只是偷偷写，偷偷跑到胡同口的小邮局，寄出去。当然，都是石沉大海。

我好像是忘了说了，学生时代，我的作文不错，从小学到高中，几乎每一篇都是当范文来念的。我当年的老师们，用不大标准的普通话，把我那些幼稚的文字当众念出来，心里的感觉，怎么说呢，奇异的颤动，紧张，害羞，又温柔又残酷，浑身紧绷着，手心里都是热汗。想听，又不敢听。我得承认，小时候，我是一个虚荣的小女孩。那些被老师读作文的时光，令我小小的虚荣心得到了极大的满足。很小的时候，我就对文字十分敏感。那时候的乡下，哪里有书读呢。年画贴在墙上，我踮着脚尖，一遍一遍地看那下面仅有的几行字。我看了一遍，又看了一遍。我几乎都能背下来了。对那些画面，倒不大关心。地上，只要有带字的纸片，都要捡起来看看。家里人都纳罕。一个农户家的孩子，居然对文字这么痴迷。很多年以后，这些事还被时时提及。自然都是感叹了。

我不知道，我后来写起了小说，是不是跟小时候那些嗜好有关。

二十一

老管变得更加忙碌了。每天，各种各样的会，北京的，外地的，大江南北，飞来飞去的。新官上任三把火。这三把火，老管肯定是要好好烧一烧的。更何况，还有那么多的对立面盯着，眼巴巴等着看他笑话呢。老管说这话的时候，一面笑，一面叹，是那种志得意满的低调。老管是个低调的人，一直都是。跟他相处这么久，住老旧的出租房，吃简单的饭食，出门不是挤公交就是坐地铁，买东西到小店铺淘。我一直以为，他不过是一个穷学生，有才华，肯吃苦，在年近半百的时候，到北京来读博，不过是像自古以来的书生们上京赶考，求取一点功名罢了。私心里，我真的喜欢他这种勤奋上进。勤奋，上进，肯为了梦想吃苦，有事业心。这样的男人，不就是我想要的那种吗？老实说，跟老管一起挤公交车挤地铁的时候，跟他在那个简陋的老房子里做饭洗衣的时候，看着他成天钉子一样钉在电脑前，埋头写文章的时候，内心深处，真的有那么一种情感的力量，浪漫的，悲壮的，庄严的，满怀着为梦想而奋斗而献身的崇高感和满足感。这是真的。

而现在，老管的事业风生水起。他的一句口头禅是，北京这地方哪——真他妈的。老管的感叹是真诚的。北京到底是北京。文化中心啊。在北京，只有在北京，才能真正领略到北京的魅力。老管常常说起他们圈子的人和事。谁谁在地方上什么都不是，多少年了，都是籍籍无名的角色，来北京混了两年，居然就不得了了。还有谁谁，当年还是靠他引荐才见了某个大佬，如今却俨然是圈子里的一个人物了，占据着一个重要位置，眼高于顶。不就是早来北京几年吗？老管说起来，颇有些愤愤之意。老管说也真是他妈的奇了怪了。北京这地方哪——

老管忙。我也忙。马上就要毕业了，工作上，我更加努力，也更加小心谨慎，不敢出一点差错。我那些同学的各种境况，我都是亲眼见过的。能顺利留在北京，实在是太幸运的一件事。业务上用心之外，我还得尽力理顺各种人际关系，上上下下，我不能让人家说出半个不字来。社长赏识重用，我又怎么敢辜负了人家？然而，有一点，我心里头还是惴惴的，没有把握。我想，你一定猜到了，就是万副总。

我说过，对于男人，我其实是缺乏经验的。万副总常常叫我到他办公室，也没有什么事，不过是闲谈。我尽可能作出轻松愉快的样子，礼貌的，客气的，恭敬的，微笑还是微笑着的，心里却拿捏着分寸。我尽量避免跟他单独相处。隐隐约约地，我嗅到了一股危险的疯狂的气息。我不知道，是不是，我的这种躲避，更加激起了他的好奇心，或者是征服欲。他竟然开始约我了。约我吃饭、喝茶、看戏。我何尝见过这个？上下级，工作关系，稍有不慎，该如何收拾呢？公正地说，万副总是一个有才华的男人。琴棋书画古玩，都玩儿得有声有色，也算得一个风雅人物，又是报社的当权派，副刊部的顶头上司。然而，又怎样呢？有一回，万副总约我下班喝茶。就在单位附近的一家茶楼。我暗自忖度，人家约三次，总要应一次吧。领导也是要面子的人，总不见得这点面子，都不给他。况且，人家又没有表示过什么，我如若不去，是不是显得太没见过世面，太没有风度了。

西四那一带，小胡同很多，弯弯曲曲的，都是那种老北京的四合院小平房。安静倒是十分安静。那家茶楼就藏在一条胡同深处，是中式的格调，青瓦朱栏，门口挂着大红灯笼，在微风里摇曳。万副总在一张榻上坐着，见我进来，欠了欠身，指着对面那个大红的锦缎垫子，叫我坐。

这种榻上喝茶，要么就是盘腿对坐，要么就得侧着身子，十分别扭。好在我穿的是长裙，索性就脱了鞋坐上去。万副总闲闲地喝茶，说话。我应对着，身体紧绷着，心里也紧绷着，脸上却是故作镇定。喝了一壶茶，续第二壶时候，我也慢慢放松下来，心里暗想，也太大惊小怪了吧，大庭广众，他能怎样呢？真是自己吓唬自己。窗子正对着一个小院子，种着月季，还有夹竹桃。月季开着花，有红的，有粉的，有黄的，一大朵一大朵，在风里颤巍巍的。有几只蝴蝶还是蛾子，嘤嘤嗡嗡的，在那里纠缠不休。正出神呢，万副总忽然伸手，在我的下巴颏儿上捏了一下。怎么长的呢——对不起，我实在是情不自禁。我只觉得血往上涌，好像是，浑身的血都涌到脸上了。几乎是本能地，我抬手就要给他一个耳光。可是，我忍住了。我故作镇定，冲着他一笑，这笑容里有薄薄的责怪，甚至，还有那么一点娇嗔的意思。万副总果然看呆了。他一面喝茶，一面从茶杯上面看着我，说好啊，好。也不知道是说茶，还是说我。

后来，不止一回地，我在心里问自己。为什么呢？被一个男人捏了下巴，这轻佻的，带着明显的调戏意味的动作，明明是激怒了我，可是为什么还要冲着他笑呢？那一笑，在任何人看来，都是一种回应，至少，是一种鼓励吧，或者，就是纵容。私心里，我是不是担心着，万一我要是跟他撕破了脸，我入职的事就完蛋了。为了这个千辛万苦来之不易的珍贵的进京指标，我豁出去了。

不算什么，这真的不算什么。不就是捏了一下下巴颏儿吗？我一个芳村出来的土丫头，没那么娇气，也没那么矫情。

第二天我有版。下午，一直磨蹭着没去签版，后来，看见小侯去了，我才紧跟着过去。万副总在小侯的版上仔细勾画着。标题不醒目。配图也没有冲击力。版式最好换一下，头重脚轻，太不平衡了。还有，版面太呆板，缺乏变化，没有生机。小侯紧张得一脸热汗，直个劲儿是是是地答应着。我立在一旁等着，走不是，不走也不是。正迟疑呢，万副总好像是才发现了我，说你等一下。坐。

我哪敢坐。

这办公室挺大，一边是办公区，另一边是休息区，摆着茶几茶具，盆景石头，还有一张大的书案，上头是笔墨纸砚。有一棵很大的竹子，种在一只硕大的青花瓷盆里，枝叶纷披，十分的繁茂。竹子后面是一扇中式屏风，上头是鱼戏莲叶，隐约可以看见，屏风后面的寝具。正出神呢，只听见万副总说好了，改后直接付印吧。我不再看了。小侯唯唯诺诺应着，走了。万副总起身，慢慢踱过来，给那竹子整理枝叶，喷水。我拿着版，一时不知如何是好。万副总弄好竹子，重新坐回到办公桌前，叫我过去。我犹豫了一下，把版拿过去，立在他对面，隔着办公桌。

过来？他说。

我没动。隔着桌子立着，身子僵硬。

他看完版，签字，然后抬头看着我。我有那么可怕吗？他起身走过来，俯下身子，一直看到我的眼睛里，就那么讨厌我？热热的鼻息扑在我的脸上，混合着香水的气味，叫人头晕脑涨。我紧张地看着办公室的门。

万总，别这样。

我就是喜欢你紧张的样子。你平时，太从容了。

他一面说，一面抱住我。我猛地推开他，逃也似的跑出去。

关于万副总，我一直没有跟老管提过。我总觉得，这件事，我还能应对。也不是小女孩了，什么没有见过？总不见得，这点儿事儿也要跟老管说一说，讨主意。还有一点就是，那阵子，老管人事上也不大顺，自己都一肚子的官司，哪里顾得上我这些？我说过，我还一直想着，怎么能帮上老管，想着求郑大官人出面说句话。说起来，老管也是有福之人，他恐怕做梦都没有想到，后来事情竟然那么顺利。

有一回，好像是一个周末吧。我回S市看孩子。正在楼下的小花园里玩儿，电话响了。是主任的电话。主任在电话里绕来绕去，不肯明说。正是面临着毕业入职，我疑心里面有事儿，一再追问。主任才说了一句，也没有别的，就是提醒你一点，要跟万副总搞好关系啊。

跟万副总搞好关系？这话从何说起呢。夏天的风吹过来，燥热的，黏稠的，带着植物的腥味儿和潮气。这小花园不大，种着一些花草，有一些健身器材，还有一架小滑梯。孩子在滑梯上爬上爬下，穿着小裙子，一脑门儿的汗，开心地咯咯笑着。胖胖的小胳膊藕节似的。手背上有着深深的小圆窝。我怔怔地立在那里，心里乱麻一般。这是怎么回事呢？主任在这个时候打电话来，是提醒，还是警告？跟万副总搞好关系。我跟他的关系，实在是太好了。看来，一定是万副总，一定是他，在主任面前说什么了。他会说什么呢？总不会说，他在我这里碰了钉子吧。是啊，在这里碰了钉子，转身就在背后给人一刀。

我站在那里，整个人好像是浸在冰桶里了一般，手心里却都是热辣辣的汗，攥着手机，简直要把手机攥出水来了。孩子的声音传过来，妈妈。妈妈。妈妈。好像是遥远的天边传来的缥缈的叫声。耳朵里嗡嗡直响，眼前仿佛有无数个金灯银灯乱走。夏天的风吹过来，身上一阵凉一阵烫。也不知道是蚊子，还是什么，从草棵子里扑上来，咬着我的腿和脚。我也顾不得轰走它们。远远地，我看见幼通走过来。举着一瓶水，粉色的瓶子上，喜羊羊的眼睛又黑又亮。幼通的脸却是虚的。没有五官。没有表情。好像是在梦里一般。

我可能是忘了说了，我跟幼通，自那回电话吵架之后，僵持了很长时间。然而，不是还有春节吗？中国的春节，也不只是春节，中国的很多传统节日，我猜想，大约给很多夫妇解过围。节日是什么呢，团圆，祥和，欢乐。是千千万万个平凡日月里的那些特殊的时间节点。节日给过多少夫妇台阶下啊。借着节日的台阶，我们又算是和解了。能怎么样呢？我还有孩子，还有老人。我总得回 S 市，回芳村。在亲人们面前，我总得把面子应付过去。

第二天我就回北京了。我本想着，能在家里多待几天的，陪一陪孩子。可是，这个节骨眼上，这样一个电话，我哪里还敢留下呢？

上班后我去找主任。主任说，回来了？好。你也知道，万副总分管咱们副刊，进人的事儿，他是有发言权的。

万副总他，对我有看法？

主任沉吟了一会儿，才慢慢说道，他也没有明说。只是，在社委会上，讨论人事问题的时候，征求他意见，他说该同志业务不错，这是有目共睹的。只是，个性是不是太强了。才华是有，太傲了就不是好事儿。年轻人嘛。恃才傲物，是个毛病。

我看着主任的嘴，只觉得热血一下子涌上来，脑子里轰然一片。个性。呵呵。太傲了。主任说，我可提醒你了啊，跟万副总，搞好关系。作为主管领导，在进人的问题上，他可是有一票否决权的。

主任，我有件事跟您汇报。我冲口而出。

主任说哦？怎么？

万副总他——万副总他——

主任的眼睛在镜片后一闪，追问道，万副总他，怎么了？

我忽然就后悔了。没事，也没啥事。

主任说，有什么话，只管跟我说。我不光是你的领导，还是你的老大姐。有什么话，你不跟我说跟谁说呢。主任的眼睛灼灼发亮，在镜片后看不大真切。我心里一热。是啊，不跟她说，我还能跟谁说呢？毕竟，她是我的领导，还是我的老大姐。她那么能干，而且，她是社长跟前的红人儿。主任她，总是有办法的吧。

我就说了。吞吞吐吐地，欲言又止地，艰难地，缓慢地，颠三倒四，时断时续。我说了很多。又好像是，什么都没有说。然而，主任全懂了。

窗外，阳光强烈，明亮得有点虚假。白茫茫大水一般，汹涌着，动荡着，把整个城市都淹没了。这楼是高层，从窗子望出去，千万个金箭头银箭头，乱箭齐发，在天地间飞来飞去，把整个人间的夏天都穿透了。车流在马路上无声地流淌，仿佛是电影默片。我站在窗前，说不出是眩晕，还是恍惚。我都说了什么，做了什么，就在刚才。我几乎记不起来了。我只记得，主任那副时尚的宽边眼镜，眼镜后面，那闪烁不定的眼神。方才那一幕，是真的吗，还是，只不过，只不过是我的一个梦境？

周末的时候，部门有一个聚会。也不知道是什么名目，好像是，副刊部小樊刚度完蜜月回来上班，请大家一起乐一下。就在报社附近那家北平楼，老北京菜。一干人去了，坐定，上了酸梅汤，主任说先不忙点菜，等万副总来。他是美食家。说着，笑吟吟看我一眼。我心里一跳。我不知道万副总会来。我还以为就是部门的人聚聚。可是后悔已经来不及了。包间里冷气很足。主任从包里拿出一块披肩披上，奶白的丝绸，上面淡淡绣着几枝梅花。大家叽叽喳喳，都打趣小樊，祝他早生贵子。我心里七上八下的，偷眼看主任，却是没事人一般。万副总坐主位，主任挨着坐，添汤布菜，殷勤周到，一面跟万副总开着不大不小的玩笑，还说等哪天万总度蜜月回来，要好好宰一刀。领导嘛，要率先垂范。万副总哈哈笑着，说好啊好啊。只是不知道我这蜜月何时能够降临啊。佳期如梦，佳期如梦啊。一面说，一面瞥了我一眼。似是有意，又似无意。主任兴致很高，不停地跟万副总碰杯，醉眼迷离，有那么一点打情骂俏的意思。又点名叫我敬酒，给万副总。

还特意站起来，把我推到万副总身边。我人窘。一时不知如何是好。众目睽睽之下，只有一饮而尽。这种高度二锅头，热辣辣一道闪电一般，从喉咙里一下子烧到胃里。我登时脸就红了。主任还不肯罢休，说是好事成双，一杯不行啊。我只好又喝一杯。

那天，我一口气喝了十杯。每一杯都有名目，每一杯都有说法。中国饭局上的劝酒词，真是一绝啊。更何况，是主任劝酒。她是领导，是老大姐。我把天大的心事都跟她说了。我还怕这点儿酒吗？

也是在那一回，我才第一次知道了，我居然能喝酒，白酒。半斤八两，都不在话下。父亲善饮。想来，这恐怕是父亲的遗传了。

那一天我喝了不少。很多事都模糊了，只记得，万副总看我的眼神。黏糊糊热辣辣，好像是爱怨，又像是嗔怒，叫人浑身难受。回去的时候，主任悄悄把我拉到一旁，在我耳边小声说，你看万总那个痴样子。看来，他这回是来真的了。老房子着火哈。不过啊。主任的嘴里喷着酒气，不过，你也不能怪他。窈窕淑女，君子好逑。自古以来——主任哧哧笑着，话锋一转，毕竟，他是领导，主管咱们副刊部呢。人前的面子，你还是要给他——

二十二

那一阵子，因为忙毕业，我请了一段假。心里也是想着躲一躲麻烦。在一单位里，抬头不见低头见的，实在是别扭得很。

老管照例是忙。整日里飞来飞去。忙归忙，精神却是特别好。嘴上抱怨着日程安排有多么满，哪个会不得不去，哪个活动不得不出席。一大堆稿债逼着，没完没了的破事儿追着。长恨此身非我有啊。感叹着，发着牢骚，却是那种甜蜜的牢骚，带着一种难以掩饰的炫耀。我怎么不知道，老管是一个闲不住的人。他必须忙。他热爱这种忙。就像天下大多数男人一样，来到这个世上，是要得天下，举大业的。老管其实功名心很重，他在乎这个。他累着，也满足着。叹息着，也得意着。

有一回，忘了是因为什么了，我到一个会议上去找他。好像是一家星级酒店，华侨饭店，还是北京饭店，我记不清了。

穿过大堂里的屏风，上电梯。走廊里亮着暖黄的灯，幽暗，宁静。会议室的门半开着，有人进进出出，到走廊尽头的小厅里去。好像是茶歇时间。空气里弥漫着咖啡的香气。人们轻声说话，吃东西，走来走去。没有看见老管。打他电话，也没有人接。怏怏往外走，想着这人真是的，怎么回事呢。电梯等了一会儿没来，就沿着转廊走下去。厚厚的羊毛提花地毯，踩上去，柔软，舒适，一点声息都没有。墙壁上挂着小幅的油画，参差错落，更平添了一种强烈的装饰感。忽然间就听见有人在说话。转廊的拐角，楼梯之间的连接处，有一处小的平台，铺着米色紫花波斯地毯，两只小藤椅相对摆着，一个圆的小茶几上，铺着波斯情调的台布，流苏垂下来，闪着幽暗的光泽。那两个人却是面对面站着的。灯光昏暗，看不太真切。那女的脸朝着外面，半低着头，大约总有五十多岁吧。穿着米白麻质小西装，下面是宽腿裤，不是黑色就是墨绿色，大约也是麻质的，皱巴巴的文艺范儿。低头轻轻笑着，手里的红酒一漾一漾的，几乎要泼洒出来了。老管背对着外面，半弯着腰，跟那女的说话。老管穿的是那件中式棉布衬衣，高级灰，白色休闲裤。一口南方普通话，嗓音很低，带着他特有的胸腔共鸣音。那女的神情柔软，满脸绯红，也不知说到什么，娇嗔地一跺脚，红酒差点泼出来。老管忙替她接过来，顺势握住她的手，拉她坐下，一双手放在那女人肩上，就熟练地按摩起来。那女人低声呻吟了一声，老管俯身问道，怎么样——还舒服吧？那女的娇嗔回头飞了老管一眼。我呆立在原地，傻了一样。半晌，才像是猛然醒来，转身跑下楼去。楼梯的台阶真多啊。一级一级，没完没了，也不知道有多少级。那木质的楼梯仿佛旋转起来，好像是童年的木马。旋转。旋转。旋转。怎么也停不下来。

仲春时分，满城的草木繁茂的气息。花们该开的也都开了，有的正在盛期，有的早早凋谢了。阳光懒懒地照着，空气里好像有一种东西慢慢发酵，暖烘烘，鼓胀胀，带着汁水和花粉混合的腥味，叫人一阵阵眩晕，一阵阵心尖儿颤抖。

老管的电话追过来的时候，我正在跟小绿吃饭。小饭馆里乱糟糟的，老管的声音听不太真切。老管说你来找我了，怎么不吭一声就走了？开会手机静音了，你电话我没听见。我固执地不开口。是啊。当然是听不见。他们那么忘情，那么投入，要不是我跑下楼的时候崴了脚，哎呀叫出声，恐怕是很难惊动他们的吧。老管见我不说话，忽然就发了脾气，你看见什么了，啥？你以为你看见的都是真的？简直不可理喻。回家说。就挂了电话。

小绿看着我，满嘴的东西，也忘记了咀嚼。我拿着手机，拼命忍着，却控制不住自己的眼泪。小绿什么都没有问。她那个喜欢八卦的大嘴巴，忽然间就沉默了。大约，她是看出了什么吧。

老实说，老管说得没错。我确实什么都没有看见。不过是，两个人面对面站着聊天，顶多是情急之中不小心握住了手。不过是替他的女领导按摩一下肩膀，尽了尽属下的职责。青天白日的，有什么呢。

我是在后来才知道，那个女的，是老管他们领域里的重要人物，才华倒是说不上，可是握有权柄，生杀予夺，关系着一些人的前程命运。就她那个年纪，那个模样——老管一脸委屈，无奈地耸耸肩，把我的那只崴了的右脚搁在怀里，小心揉捏着。化了妆远看还好，近了就看不得啦。老管叹口气。我忍不住嘲讽道，你不是有老女人情结吗？

专门喜欢老女人。老管一下子就火了。

翟小梨！你什么意思？我容易吗我？我为了谁？唵？我要不是为了这个位置，我至于吗？多少人眼巴巴盯着呢，想挑我的错处，鸡蛋里还能挑出骨头来。奋斗了大半辈子,才有了今天。我咽下去多少苦？天天战战兢兢的，在外头看人家脸色，回来还要看你脸色。哭哭啼啼跟我闹，你无聊不无聊？我他妈有多难你知道吗？

我知道，我是戳到老管肺管子上了。关于老管的初恋，不知道是不是我忘了说了。老管在大学时代，喜欢他们学院里的一个女老师。那时候，老管不过是十八九岁，正是糊里糊涂的做梦的年纪。在老管的描述里，那女老师三十多岁，应该是不到四十，丰腴多汁，有成熟女性特有的风韵。那女老师嘴角上有一颗美人痣，令老管神魂颠倒。那时候，老管简直是疯了。因为是暗恋，就格外的煎熬。据说，那女老师有家庭，有丈夫，有孩子。青年时代的老管，常常跟在人家后面，远远地看着，看人家买菜，接孩子放学，跟人家的丈夫肩并肩地，下班回家。关于这一段苦恋，老管语焉不详。可我却从他的只言片语里，从他大段大段的沉默里，知道了很多。我猜想，那可能是老管最初的爱情。伤了筋动了骨。那段苦恋，大约是一个深深的创伤，只能在漫长的岁月里渐渐痊愈。

老管抡起胳膊，把桌子上的书都扫到地下去了，还一脚踢翻了一把椅子。他是真的火了，眼睛通红，头发也竖起来，好像是一只暴怒的狮子。他的鼻孔张着，咻咻地喘着气。他太阳穴上的青筋暴露，皱纹很深，仿佛一下子老了十岁。我看着他的样子，一下子就心软了。我跟他道歉，说都是我不好，是我小心眼儿，是我不懂事儿，我不该乱猜疑。我知道他的难处。我知道他是没办法。我怎么不知道呢？我什么都知道。我简直是无理取闹。我以后再不这样了。我哭了。老管把我拉进怀里，长叹一声。

二十三

有一天，从照排室出来，迎面碰上新闻部的小石，他说去哪儿了你，你们主任满世界找你呢。我答应着，莫名其妙地，心里有一丝不祥的预感。走廊尽头有一盏灯坏了，一明一灭的，有一点暧昧，还有一点惊疑不定。一大盆硕大的巴西木，肥厚茂盛，投下幽幽的摇曳的影子。主任一见我，一把把我拉住，径直走到吸烟区。看左右无人，压低声音对我说，我把你的事儿跟社长说了。

什么事儿？

就是万钟厚骚扰你的事儿啊。性骚扰。主任说。

我心里一惊，怎么跟社长说了？确实，我不想让更多的人知道。更不想让社长知道。我最讨厌那种人，动不动就把谁对自己有心思挂在嘴上。我觉得，那纯粹是一种虚荣，浅薄的虚荣。主任说，我当然要跟社长汇报。这是一个很重要的情况。明白吗？这不是你个人的事情。主任的口红很鲜艳，很纯正的玫瑰红，应该是Dior536，配上她那条玫瑰红的丝巾，确实是赏心悦目。不得不承认，主任是一个穿衣很有品位的女人。我也是在多年之后，才知道，原来，丝巾不仅仅是取暖的，更是一种装饰。夏天，空调房里的凉，正好是一条丝巾的温度。

你不用怕。主任说，走，跟我去见社长。

去见社长。为什么要去见社长？我本能地反抗着，脚下像生了根，不肯挪动。

主任说，一会儿要开社委会。跟社长，你只要如实汇报就行了。

社委会？如实汇报？我愣住了。

主任说，是啊。这一回，有的人恐怕是不那么好过关喽。主任的眼睛在镜片后面闪闪发亮。窗外的日光落在上面，映出外面的高楼的影子，层层叠叠的。我看着主任热切的眼睛，不知怎么，冲口而出，我不去。主任说，为什么，为什么不去？你怕什么呢？有我呢。有单位呢。有组织呢。他妈的万钟厚在外边胡搞也就算了。我不能眼睁睁看着他在我眼皮子底下搞女人。

搞女人？她这是什么话？

我说错了吗？我冤枉他了吗？我跟你说，这一回，我要是不把他搞臭，我就把我的姓倒过来写。

我看着她上下翻飞的嘴唇，说，我不去。我不想成为你们权力斗争的工具，砝码。

主任一下子愣住了。她看着我，半天说不出话来，好像是，第一次才认识我。

后来的事，我都有点模糊了。只记得，我涨红着一张脸，一口气跑回办公室。大家都在忙着，做版的做版，电话的电话，出出进进，是工作日繁忙而有序的日常。没有人注意我的失态，也没有人知道，我的心里风雨飘摇，动荡得厉害。我这是怎么了？我不是很讨厌那个姓万的吗？他那黏糊糊的眼神，那双肥白的手，那压低了的带着烟草味的暧昧的嗓音，那种潮湿的充满欲望的气息。为什么不呢？我为什么不就此顺水推舟，借刀杀人呢？借着社委会这把刀，把这件令人不快和不安的事切除。万副总那些个对立面，肯定不会轻易放过这样一个好机会吧。在我的哭诉声中，我站在道德的制高点上，安全、稳妥、清白、无辜。可是，真的是清白、无辜吗？在这种男女之事上，作为女性，即便是真的清白，在众人的飞来飞去的口水里，恐怕也难得无辜吧。人们一定会说，那个女孩子，为了留京指标，谁知道怎么回事呢？是啊，在万副总和我之间，上与下，强与弱，本就是有着力量对比的悬殊的，以万副总的做事风格，他怎么会束手就擒呢？他能在主任面前说我坏话，就会在社委会上对我倒打一耙。关键是，我实在是拿不出什么像样的证据来。很可能，结果会是，万副总奈何不了，我倒白白惹一身臊。那样的话，我在报社也待不下去了。

还有一点，我对主任这么做，很是反感。她其实是利用了我的信任，把我的隐私，没错，确实是我的隐私，当作他们权力斗争的工具。虽然，我并不知道，他们之间究竟有什么过节。看上去，他们是那么亲热，相互开着不大不小的玩笑，主任一口一个万钟厚，万钟厚是万副总的名字。主任咯咯笑着，眼波流转，斜斜的眼神一飞，万副总就爽朗地笑起来。我说过，主任是一个漂亮女人，五十出头了，风韵犹存。在跟男人们说笑的时候，偶尔地，还有那么一种少女的情态。我想不通的是，主任跟万副总，到底是怎么回事呢？那一回在部门聚会时还提醒我，人前要给万副总面子，怎么转眼间就变了呢？我想起那一天，主任镜片后面那明亮的一闪，心里不禁一凛。

第二天，好像是下午吧。正埋头看版，电话响了。

主任在电话里说，你去找社长，现在就去。

我停顿了一下，说，我不想去，主任。我昨天已经跟您说明原因了。

主任说，你不去？好，你要是不去，那你就走。离开副刊部。

我说，我不走。凭什么我走？我认真干活儿。我又没有犯错。

主任在电话里几乎喊起来。我让你走，你就得走。

我说，我不走。谁走我也不走。

办公室里忽然安静下来。大家都惊讶地看着我。我想，他们一定是听到了我刚才的话。

不知道什么时候下起雨来了。满街的细雨乱飞，没头没脑地，淋了人一身一脸。街两旁的店铺里灯光迷离，在雨雾中显得摇曳不定。到处都是汽车，湿漉漉的，闪烁着水光，流矢一样飞过去，也不知道去了哪里。到处都是伞，好像是一片肥大的蘑菇，漂浮着摇晃着，在黄昏的雨幕中倏然盛开。每一棵蘑菇下都有一个人，看上去，他们镇定，从容，不慌不忙。可是，谁知道呢，有多少说不出口的东西，难堪，痛楚，不安，惊慌，多少种滋味，多少种不如意，他们都藏在内心里。藏着，忍着，运气好的话，就藏上一辈子。跟谁都不说起。

老管坐在灯下，一根接一根地抽烟。屋子里烟雾弥漫，在灯光的明暗中忽聚忽散。在我的角度，始终看不清他的脸。可是，我知道，老管不高兴。这么多的事儿，我都没有跟他提起过。尤其是，跟万副总。跟主任的矛盾，倒还在其次。我说过，老管看上去儒雅斯文，笑起来还有那么一点羞涩，其实，骨子里，老管绝对是大男子主义，冷硬，甚至霸道，他怎么能够容许，这样的事发生呢？

你跟你们社长谈一下。当面谈。不要打电话，更不要短信。老管说。就下周一。跟他谈谈。见我迟疑，老管说，要让一把手知情。这也是对领导的信赖。不用怕。他欣赏你。而且，他是男人。在你和那个万副总之间，他会选择相信你。这种事，要快刀斩乱麻。宜早不宜迟。不要再拖了。

那一回，在社长面前，我红头涨脸的，说得语无伦次。我都不知道自己说了些什么。社长默默抽烟，也不插话。有那么一个瞬间，屋子里安静下来。我仿佛都能听见自己的心跳。

我都知道了。不要理会。也不要怕。社长顿了顿，安心工作。

走廊里人来人往。周一，正是一周中最忙乱的时候。我却忽然间觉得天高地阔。是啊，天高地阔。身体轻盈。我的高跟鞋在地板上嗒嗒嗒嗒敲过，清脆的，动听的，喜悦的。我禁不住就要飞起来了。

我为什么不早来找社长呢？

二十四

办理入职手续的时候，一切顺利。老管借机来了一趟报社，以我丈夫的名义，先是到社长那里，握手，问候，感谢他对我的关照和爱护。彬彬有礼地送上一盒冻顶乌龙，是他从台湾带回来的。我跟他说过，社长喜欢乌龙茶。然后，到万副总办公室，牵着我的手，说我年轻不懂事，又书生，见识也少，倘若有不当不妥处，还请万总多多指教多多提点才是。万副总说，不必客气。片子有吧，交换一下片子吧。他们那边管名片叫作片子。老管微笑说好，掏出皮夹，才忽然一拍脑袋，说忘记带了，问小梨吧。您部下，都方便的。最后，到副刊部，跟大家打招呼，微笑，问好。说改天请大家吃饭啊，你们先忙，不打搅了。

相跟着下楼，出了报社大门，我长长嘘了口气。

阳光乱纷纷照下来，把一条胡同弄得仿佛琉璃世界。偶尔有人骑车慢悠悠走过，气定神闲地，有一种悠长的日常的民间的滋味。我牵着他的手，心里涌动着柔情的热浪。就在刚才，老管他，衣着得体，气度不凡，一举手一投足，都是那么富有魅力，不卑不亢，从容不迫。

多少年了，我依然记得当时人们的眼神，羡慕，嫉妒，感叹。还有，万副总，眼睁睁看着我们双双进去，双双离开，琴瑟和谐的样子，恐怕是让他恨得咬牙吧。会不会让他就此灰心绝望，断了那个念头呢？在我的新单位，在我的领导同事面前，老管给我挣足了面子。我的可怜的虚荣心哪。我嫁给了一个如此出色的男人，功成名就，风度翩翩，更重要的是，对我情深义重。这是我多少年的梦啊。我满脸红晕，幸福得不行，几乎要眩晕了。

老管一直不说话。我偷看了他一眼，见他面色凝重，还以为是累了，他是在政协礼堂有个会，从会上过来的。老管是一个珍惜时间的人。他最善于利用这些时间的边角料。而我，偏偏养成这样一个怪癖，老管越是忙碌，我越是要虎狼一般，从他手里夺出点滴来，因为少有，也因为难得，就越发显得珍贵，因而享受起来更加有滋有味。

我把胳膊挎进老管的胳膊肘里，老管却推开了。从老管到报社，一直到离开，到眼下，我一直都沉浸在一种幻觉里，自欺欺人的幻觉。我晕头晕脑，傻乎乎幸福地跟着老管，我的老管，在他高大的身影后面，紧紧相随。我是真的，把老管当作自己的丈夫了。我早该看出来，老管他不高兴。他的笑容，他的谈吐，文雅地，从容地，彬彬有礼，都是做给外人的。在我这里，老管他不必再装。

怎么了，你？我小心问道。

老管忽然就爆发了。

怎么了？我还能怎么了？为了你，我从会上跑过来，见这个见那个，跟人家点头哈腰，低三下四的。老万那个老色狼，还有那些个无聊的小编辑，穷哈哈的，就知道八卦是非。你们报社那些人，什么东西都。

老管越说越激动，脸色通红，因为愤怒，嘴角耷拉下来，法令纹显得很深。老管笑起来的时候，嘴角是往上翘起来的。我看着他的侧影，忽然觉得，这个男人，他有点陌生。

为了我，来报社见我的领导同事们，他觉得委屈了。他觉得不值。从那么重要的会议上跑出来，在我的一群同事前面赔笑说话——他们怎么配呢？真是白白玷辱了他了。我还傻乎乎的幸福呢。刚才，我怎么就没有看出，他那微笑下面的羞恼呢。我真是太一厢情愿了。

2007 年夏天的黄昏里，淡淡的雾气弥漫开来。天边的霞光映着天色，在树木浓荫的缝隙里漏下来，一时隐没，一时显现。不知道是什么鸟，在树颠上叫着，有一点凄清。叫一声，隔一会儿，再叫一声。直把人惹得牵挂起来，却又不叫了。学院南路这一带，大学多，树木多，幽雅安静，是学院派的气质。我已经从学校搬出来，搬到北师大南门附近。是一个一居室，上世纪 80 年代的老房子，有点陈旧。小区里人来人往，是浓郁的人间气息。

这个地方，老管来得不多，一回？两回？肯定是超不过三回。都是匆匆来去，要么是路过，要么是，办完正事以后，那点边角时间的有效利用。我是多年以后，才忽然发现，我跟老管的关系中，老管总是处于被动的位置。我坐公交车穿过大半个北京城去他那里。我总是忍不住，给他发短信打电话。我想跟他结婚。我为了上海的电话还有外面的女人吃醋。他微笑着，看着一个发着爱情高烧的女人，在他面前撒娇，耍赖，流泪，柔情蜜意，或者怒火万丈。他皱皱眉，知道是自己惹了事。有什么办法呢，这不能怪他。从上海到北京，从南方到北方，他撇下家庭，撇下亲爱的大上海，撇下自己多年打拼下的那点基业，只身一人，来到冠盖云集的京城，租着房子，重新过起了学生生活。北京太大了。上海也大。然而，北京的大，跟上海是那么不同。上海是多么可人心意的城市啊。精致的，优雅的，贴心贴肺的，充满南方的情调南方的人情味。那是他的南方啊。北京就不一样了。北京也大，也繁华。北京是皇城，是帝都，是中心，是城市中的城市，是首善之区。有时候，坐在车里，穿过宽阔的阳光明亮的长安大街，有一种庄严的崇高感涌上心头。可是，莫名其妙地，他还是怀念上海的南京路淮海路。对于他来说，好比是夫妇过日子。娶北京呢，是过给外人看的，为了那份虚荣心。娶上海呢，是自己悄悄关起门来享受的，享受那一份甜美宜人的生活。就为了这一份虚荣，老管他吃了多少苦头？对于这场感情，他不过是，想在孤单凄苦的日子里，给自己一点安慰和补偿，无事生非地，找一点额外的隐秘的温柔。然而，谁能料到呢。

现在想来，最开始的时候，老管招惹我，大约是存着一点淘气的意思，就像一个小孩子，寂寞地走路，抬头看见树上一只小鸟唱得婉转，忍不住就扔一颗石子过去，是试探的意思，也是挑逗，带着一种恶作剧的孩子气的使坏。他再想不到，这小鸟居然就傻乎乎飞到他肩头上，飞到他手臂上，飞到他怀里。叽叽喳喳，柔情万种。弄得他简直不知如何是好了。

是从什么时候开始的呢，渐渐地，老管对我，怎么说，越来越上心了。我不知道，是不是经历了万副总的事件，令老管对我开始重新审视，以一种陌生化的眼光，打量一下这个天天耳鬓厮磨的女人。大约是在那一瞬间，他忽然重新发现，这个女人，最初相见时候，身上那种令人心动的东西。

那时候，我已经开始正式上班了。穿着得体的职业装，踩着高跟鞋，在那家著名的报社自如出入。有了北京户口，有了体面的单位，有了不错的收入，有了更多的同事和朋友。眼界开阔了。见识广了，谈吐举止，也越来越是那么回事了。前程呢，就像报社所在的那条胡同，初看倒也平常，曲折幽深，走着走着，忽然就是繁华的大街了。是豁然开朗的意思。不像读研的时候，不过是一个穷学生，除了年轻莽撞的激情，一大堆没完没了的书本，还有啃书本啃出来的书生气，什么都没有。

我好像是说过了，那时候，我已经偷偷写小说了。老管是个老文青，据说，他早年的梦想，是当作家。这么多年了，我始终不肯承认，我写小说，是为了讨老管的欢心。有一回，我把一篇小说拿给他看。是电子版，还没有发表。我的小说发表，是几年之后的事情了。老管坐在电脑前，一直在读那小说。是个短篇，好像就是，后来发在《十月》杂志上的那一篇。屋子里光线昏暗，是夏天的傍晚。窗子半开着。微风把白色的窗纱轻轻掀起来，又轻轻落下。也不知道什么地方，有缥缈的歌声传来，遥遥的，似有若无，在夏日傍晚的风里，仿佛是凌乱的梦的片段。老管坐在书桌前，没有开灯，电脑屏幕上的光亮淡淡的，把他的背影勾勒出来。他穿一套桑蚕丝家居服，头发被他揉得乱七八糟。良久，他合上电脑，转过身来，叫我过去。他把我揽进怀里，叫我宝。他一直叫我宝。他说宝啊。没想到，没想到啊。他揉搓着我的头发，叹息着，一直说没想到。一面说，一面叹。他的眼睛亮亮的，映着窗子外面的晚霞，光彩烁烁。他看着我，久久看着我。没想到什么呢。大约是，他没想到，我这样一个柔柔弱弱的女的，在他跟前叽叽歪歪的，原以为不过是一个只知道爱情拿爱情当性命的小女子，谁能料到呢，竟然还悄悄藏着这么大一个梦想。而这是怎样的一个梦想啊。作家。这么多年，他藏在心里最深处的那个梦，因为遥不可及，就越发迷人了。那个梦就像一个花骨朵，还没有开放，就凋谢了。他不知道，这么多年过去了，那里面的汁液依然新鲜，奔涌着，悸动着，仿佛仅仅是一夜之间，就重新活过来一般。

后来，老管总是要求看我的小说。好像是，我写小说这件事，给我们的关系注入了新的激情，还有新的期待。对于我的写作，他甚至比我还要上心。

等哪一天我不在了，你一定要把我们的事情写下来。

不止一次地，他跟我这样说。

为什么要等他不在了呢？我就是要趁我们的爱情如火如荼的时候，把这一切都写下来。我就是要让天下大乱才好。

他看着我，笑道，好吧。随便你。以后，我就靠你活着了。活在你的文字里，你的作品里。他叹口气，我知道，我奔波一世，不过是热闹一时。可是你知道吗，文学才是不朽之盛事。我相信，你的文字是可以传世的。

他的笑容里有一种苍凉。我不知道，老管他，是不是像他自己说的那样，骨子里，其实是一个悲观主义者。

他依然是很忙。越来越忙。他工作上的事情，不大跟我说起。只是偶尔地，他会跟我说说他们圈子里的人事。其时，他已经是江山坐定，声名日隆了。

老管的妻子，我是见过照片的。丰满白皙，戴一副眼镜，一看就是优渥生活滋养出来的女人。圆脸，烫了头发，虽说是打扮着，也是中年女人的神情了。满足的，沉静的，安稳的，有一点慵懒，一点倦怠，对生活，对命运，已经没有了非分之想。据说，她出身南方小城，算是小家碧玉。有小户人家女子的好处，也有小户人家女子的坏处。跟父母，一向关系不好。因此上，对老管，她是全身心依赖的。老管是她的主心骨，是她的大树，是她的一切。大约，在她的心目中，嫁给老管，真的就是第二次投胎了。这才是她的家。而父母那里，倒是淡淡的，没有多少依恋，亲情呢，也谈不上。据说最初，她是无论如何不肯放老管出来的。上海多好啊。他们在上海，几乎什么都有了。生活优裕，环境熟悉，她简直搞不懂，丈夫为什么一定要放下那一切，千里迢迢来北京受苦。为了这个，她哭过，求过，闹过。后来，见老管去意已决，也就只好认了。她怎么不知道，老管这是早就下了决心的。跟她，不过是知会一声罢了。她跟他提了很多条件，一二三四五，提一条，老管点一下头。以后要换房，换多大的，怎么装修。还有换车，什么牌子得她说了算。还有那些个美容卡健身卡购物卡，她都要换成金卡。保姆也得请一个，家务不能落在她一人身上。老管不说话，神色平静。她看着他，莫名其妙地，心里有一点担忧。这个男人，心思重，主意大。向来是这样的。生活了半辈子，她其实还是看不透他。女儿正趴在桌上写作业，小小的黑丝绒一般的脑袋，在灯光下，被镀上一圈金黄的光晕，毛茸茸的。她心里渐渐安定下来。有他女儿呢。她怕什么。她怎么不知道，女儿是他的心头肉。

电话里，她一开口就是，你女儿——是告状的口吻，听上去，那孩子倒不是她生的骨肉，她呢，不过是老管雇来的保姆，那孩子如何，跟她是不相干的。老管却脱不了干系。谁让女儿姓管呢。你女儿又不听话了。你女儿又被请家长了。你女儿咳嗽老也不好，不是肺炎吧？送你女儿去上钢琴课，结果淋雨了，真是惨啊。老管恼火极了。他怎么不知道，她不过是跟他诉说独自一人的辛苦。她跟他诉苦，他就得补偿。他补偿的办法也简单。就是给她买衣服，买首饰，往那些卡里打钱，或者订两张机票，让母女两个去旅游。找当地的朋友安排好，陪她们母女去吃喝玩乐。她的电话，他再忙，也得接听。她要把家里的事单位的事娘家的事婆家的事，琐琐碎碎的，都说一遍给他。有的是要他拿主意。有的呢，什么也不为，就是要他知道。你晓得哦——她的上海话高亢尖厉，拖着长长的尾音。听上去，是中年妇人的腔调了，啰唆的，零乱的，没有章法的，枝枝蔓蔓，简直是一腔废话。老管把电话放在肩膀上，歪着头，让耳朵和肩膀夹住听筒，一面看电脑，一面听，手底下打着字，嘴里嗯嗯啊啊应和着。偶尔敷衍得不及时，那边就叫起来，喂，你晓得哦——管淑人？老管吓一跳，回头冲我咧嘴苦笑。

我看着老管的侧影，听着他们夫妻两个，在电话里，东一句西一句地，说着家常。莫名其妙地，倒是渐渐放下心来。都是柴米油盐，鸡零狗碎。没有一句黏黏糊糊的话。顶多不过是，老管听得烦了，说一句，好了好了呀——我还有一堆事。不早了呀，你们也洗洗睡吧。是训斥和劝慰的口吻。那边也就嘟嘟哝哝地，把电话挂了。老管叹口气，过来跟我说，你都听见了吧——是受了委屈的神情。

老管的妻子，据老管自己说，最大的优点，就是本分。老管叹口气。我怎么不知道，本分，这个词，是个好词，用在妻子身上，是再好没有了。作为丈夫，谁不喜欢本分的妻子呢？可是，作为男人，本分，就不一定是一个动人的词了。老管的妻子，最大的优点，就是本分。最大的缺点呢，也是本分。老管微微皱着眉，一脸苦恼。老管说，不像你。他把脸埋在我的长发里，深深吸一口气，你是一盆火。还没靠近，就把人熔化了。

老管的话，大约是真的。我很记得，那一个晚上，老管牵着我的手，摸索着黑暗的楼梯下楼。声控灯大约是坏了。那种破旧的老式的楼梯，两边尽是堆放的杂物，闲置的自行车，丢弃的纸箱子，空啤酒瓶，黑黢黢的，一不小心，就碰上了。楼梯弯弯曲曲，像一个隐喻。老管的手渐渐潮湿起来。我仿佛能听见，黑暗中他微微的喘息声。

你的身上，有一种小母兽般的气息。老管说这话的时候，是后来，在他的床上。真的。他说，从第一次见你，我就闻到了。致命的，危险的，又是迷人的，好像是一片沼泽地，诱人沦陷，叫人心乱。你这小妖精——他的鼻息热热的，我的脸颊烧起来。是真的吗？这么多年了，从来没有人对我这样说过。你知道你有多好吗，你知道吗？你不知道。你根本不知道。老管喃喃地唠叨着。可是，我有点害怕。跟你在一起，我什么都不愿意干了。我老想抱着你，跟你腻着。这怎么行？你说，这怎么行？

是这样吗？这么多年了，我在生活的泥潭里打滚，一身泥水一身汗水，我哪里还有闲心闲情，顾及这些呢？那一回，当老管把我抱到床上的时候，我心里别扭着，抗拒着，警告着自己，骂着自己，我不知道，我的身体，竟然已经在无耻地迎合了。跟道德和理性相比，身体是多么的不知羞耻啊。这么多年了，我也是有婚姻的女人，我居然一点都不了解我的身体。我不知道，在安静的外表之下，我的身体的真性情。怎么说呢，好像是热带雨林里，那些缠绕的疯狂的藤蔓，藤蔓里隐藏的成熟的果子，湿淋淋热腾腾，还没有碰触，就汁液飞溅，溅人一头一脸。每一个部位，都是那么敏感，那么懂事，那么有呼有应，有问有答。内心里越是抗拒，身体居然越是逢迎。我都不知道这是怎么回事。

老管呢，也简直要疯了。他满头大汗，眼睛里，隐约有泪光。他一定是在想，也是奔五的人了，人生过了大半，好年华都过去了。这么多年，他算是白活了。他本来以为，女人嘛，还不就是那么回事。在这个上头，他向来是不大以为然的。当年大学时代那一场暗恋，几乎就是柏拉图式的，纯精神性的，跟身体不大相干。那个女老师，白皙，丰满，安静的汹涌的母性。高高的胸脯，小山似的，把衬衣都要顶破了。他想得最多的，倒不是她的身体。他是被那种安静的汹涌的母性，给迷住了。那时候，也做过不少荒唐的乱梦。他把头埋在那两座小山的山谷里，芬芳的，柔软的，涌动的，一种叫人窒息的甜美的黑暗，悸动不已。经历了那场柏拉图式的苦恋，毕业的时候，他反而安静下来，剔除了那些毛躁的不安的莽撞的青涩的绒毛，他完全变了，变成另一个男人了。沉稳，持重，有点少年老成，有一种劫波渡尽后的纯净的淡然的气质。看着周围那些男孩子忙忙碌碌地恋爱，追女孩子，吵架，和好，情天恨海，一通瞎折腾。他心里冷笑一声。他看不起他们。他们知道什么呢。不过是瞎胡闹罢了。

他迟迟不再谈恋爱。父母却着急了。他们给他介绍了一个女朋友。苏北一个小城，小户人家的女孩子，比他小两岁。工作清闲。容貌呢，也算端正。说不上美丽，也说不上难看，中人之姿吧。眼睛不大，藏在睫毛的阴影里，老是怯怯地看他。他无可无不可，事不关己的样子。见了两面，他不说好，也不说不好。父母急得不行，逼他表态。他想了想，也就应下来。其时，他已经快三十岁了。

在婚姻这件事上，老管是看得开的。妻子性子寡淡，在床上呢，尤其淡。即便是新婚的时候，两个人也从来没有热烈过。后来，有了孩子，家务烦琐，事业上呢，正爬坡。诸事分神，这件事呢，也就越发淡了下来。自古以来，夫妻嘛，还不都是这个样子？爱情，不过是小说里戏里的白日梦罢了，是做不得真的。他倒是习惯了这种生活，清心寡欲，清静无为。少了很多麻烦。爱情这事，麻烦得很。自古以来，无爱成全了多少人啊。多少男人的丰功伟绩，都是源自于无爱。孙膑，伍子胥，司马迁……这个长长的名单后面，说不定几百年后，还会再添上一个管淑人，也未可知。有时候，老管也羡慕人家浓情蜜意，更多的时候呢，他是安慰自己。老管特别会安慰自己。他一门心思做学问做事业。孤单倒是孤单的。可是，这孤单也成全了他啊。这么多年了，有多少文章，都是从这孤单里出来的呢。还有一点，有一点说不出口，年轻的时候，她性子木也好，钝也罢，在那件事上，倒还算是顺利。这些年，随着年纪渐长，她居然，居然要靠润滑剂了。真是叫人，怎么说呢，越发提不起兴致了。

据老管说，这种两城生活，至少对于老管来说，是一种解脱。老管说这话的时候，长长叹了口气。我不敢笑。也不知道该怎么安慰。只有把老管的头发揉来揉去。老管的头发精心烫过，不知道是不是嫌它稀疏的缘故。染成深棕色，留得长长的。老管的脸上皱纹细密，严肃起来的时候，看上去一脸凌厉，有点不怒自威的意思。笑起来呢，桃花眼弯弯的，每一根皱纹里，好像都藏着柔情的故事。风流倜傥，浪漫多情。一眼看上去，老管是一个有故事的男人。

才不是呢。老管否定道。她老是抱怨，说我最是无趣了。老管口里的她，是他的妻子。在我前面，老管是不大忌讳提起他妻子来的。没错。老管是无趣。除了他的学问，他的文章，他的事业，他的前程，老管的兴趣不多，即便说狭窄，也不能算是冤枉他。老管是一个事业狂。他坚韧，勤奋，肯吃苦。他能一天一天憋在房间里，像个钉子一样，钉在书桌前。要说别的娱乐，一定要说的话，大约就是逛商场。老管在五光十色的物质的海洋里徜徉，乐此不疲。老管身上，有那么一种东西，奇特的矛盾，还有纠结，怎么说呢，他是又物质，又精神，又入世，又出世。叫人困惑不解。

谁起了反叛之心

没错。我就是老管，管淑人。我的生活全部给毁了。这样描述可能有点夸张，却最有可能逼近生活的真相。如果你问我，什么是生活的真相？我只能说抱歉，生活是一个谜团。人们用一生的时间试着解开这个谜团。可是结果呢？

我要说，我是命运的苦役。这是真的。四十多年了，我什么滋味都尝过。总的来说，好滋味不多。我在烈日和风雨下，在皮鞭和诅咒里，咬牙忍耐着，忍耐着。我告诉过你吗，我的忍功一流。我所有的幸与不幸，都与我的忍耐有关。

你知道翟小梨吗？是个作家，女作家。她不喜欢人家叫她美女作家。老实说，她也算不得美女。我是说，那种普通意义上的美女。她长得高大，丰满，热气腾腾。是的，热气腾腾。她的身上，有一种热气腾腾的柔情，或者叫作激情也好。她不感伤，不忧郁，不神经质，不抽烟，不喝酒，不失眠。她甚至也没有给自己起一个刁钻的笔名，以方便读者记忆、传颂。方便评论家们随手举例，方便学者们书写当代文学史。她固执地使用了她的本名。她成名很早，好像是在很久之前，我就听过她的名字。别误会，我不是什么老文青。可这不妨碍我父亲是。我父亲是我们家乡小镇的语文老师。他这辈子最大的梦想，就是他那些半夜偷偷写的小说能够发表。我母亲老是嘲笑他。为了这个,我母亲嘲笑了他一辈子。我大约是在父亲那里，知道了翟小梨的名字。翟小梨。这个名字好像一颗流星，在我的生活里一闪而过。谁能想到呢。多年之后，我竟然跟这个名字的主人发生了密切的关联。世事诡异啊。

我是地道的北方人。我们家陆老师却是江南女子。我们是在大学谈的恋爱，大学那种地方，你知道，最适合恋爱。我得说，我们过得不错。在生活上，陆老师十分精通，她永远有着无穷的让人惊叹的智慧。在感情上也是。毫不谦虚地说，我有点大男子主义，北方男人的典型特点，我不能说这是毛病。陆老师娇小纤秀，在家里却承担着照顾我的角色。说来你肯定不相信，就连修马桶、换灯泡、修汽车、擦油烟机这样的粗活，都是陆老师一手包办。我顶多在旁边做看客，帮着递递工具什么的。陆老师也抱怨。可是，在我的理解里，那抱怨也是甜蜜的抱怨，有着浓烈的满足感和价值感。我这样说，是不是太无耻了？

其实陆老师是跟着我到了北京。陆老师是南方人，她心中的理想城市是南京,或者杭州。她不大喜欢上海。上海排外。而且,据她说,上海这座城市的气息跟她不契合。嫁鸡随鸡嫁狗随狗。她老拿这句话来安慰自己。我从来不理会她这句话里是不是藏着无奈。居京城，大不易。好在我们在房价飙升之前就买了房子，用时下年轻人的话，也算是人生小确幸吧。陆老师在一所大学教书，历史专业。我总觉得，学历史的人有历史眼光，通透，不执。不像我，在很多问题上看不开。其实，人生不过是一场梦。大家聚在一起，热闹一场，也就散了。谁都有大梦惊醒的时候。

认识翟小梨是在一个莫名其妙的饭局上。在京城这个圈子里，有很多这样莫名其妙的饭局。一大堆认识的不认识的人坐在一起，吃吃喝喝，说段子吹牛皮。我好像是忘了说了，我是一个策展人，平时老跟搞艺术的打交道，自身也沾染了不少坏习气。那一天饭局上好像还有两个女的，也都不大熟。可这不影响饭局的热闹。人们敬酒，干杯，互相搂抱，说一些个平时难以启齿的醉话，热烈地表达情意。这种饭局最大的好处就是，能够更深刻地叫人感受人生的虚无。越热闹，越虚无。越喧嚣，越孤单。那个晚上，翟小梨显得有点格格不入。她常常走神，对着窗子发呆，要么就是坐在角落里，低头看手机。她穿一件乱花棉布长裙，被面子似的。对，就是那种乡下常见的被面子，好像是凤尾缠绕着牡丹，大红大绿。腕子上戴了一只玉镯子，长发浓密，松松梳了一个髻。跟我想象中的女作家不大一样。我不由多看了她一眼。

散场的时候，大家在门口道别。我惊讶地发现，翟小梨个子很高，而且丰美饱满，在迷茫的夜色中流光溢彩。她立在那里，微蹙着眉尖，忍耐地看众人啰里啰唆。我仗着酒意，过去跟她说话。我都忘了说些什么了。好像是说，我早就知道她的名字。我是她的粉丝。她看着我。好像是忽然就纵声大笑起来。她笑起来声音很迷人，沙沙的女中音，有一点，怎么说，放荡。我也笑起来。好像我们聊的这件事，是这世上最有趣的一件事。

后来，后来我们好像就经常见面了。这世上很多事莫名其妙。就好像一个人，之前我们并不认识，多少年间没有交集，可一旦见过一面之后，就有了很多见面的机会。你知道量子纠缠吧。有一阵子朋友圈里都传疯了。嗯。量子纠缠，有一定的真理性。

我不知道该怎么形容这件事。我也不想像那些虚伪的老男人一样，把这件事挂在嘴上，当作吹牛的资本。我想说，本质上，我还算得上一个真诚的男人。我喜欢翟小梨。我爱上了她。就是这么简单。你想听什么解释吗？没有解释。爱情这件事，就是这么简单粗暴，不讲道理。爱就是爱。不爱就是不爱。我都年近半百了，我已经懂得了什么是爱情。

那一阵子，我煎熬坏了。吃不下，睡不好。我迅速瘦下来，成功恢复到了我青年时代的巅峰时刻。我买她的书，网上搜她的照片，不放过她的每一条新闻，跑到外地偷偷夹在人群里听她讲座。我做策展，整天在艺术圈里混，也算是在脂粉堆里打过滚的人了，见识不能说少，怎么竟然还这么失态呢。小男生一样，叽叽歪歪的，求爱怜，求恩宠，求垂青。我真有点瞧不起我自己。要命的是，陆老师在一旁嘘寒问暖的，她知道她伺候的这个男人，身在曹营心在汉吗？她要是知道了，是不是会把她那一锅煲了大半天的黄芪土鸡汤兜头浇在我身上，然后断了我的粮草，断了我的后路呢？

说出来你肯定不相信，自始至终，我跟翟小梨，是精神恋爱。我们从来不曾有过身体上的瓜葛。我猜想，也因此，我跟她之间有一种清澈的纯净的爱惜敬重。敬重这个词，在一场爱情中好像不是一个好词。有点好笑是吧。可这是真的。我总是想，或许正是因为这种纯粹的柏拉图之恋，才让我们终生没生怨恨，没生嫌隙。人性是贪婪的。人性里那些幽暗的深渊，那些悬崖和陷阱，想想都叫人不寒而栗。是谁说的，最美妙的时刻，往往是在事情发生之前。就好像是盛大节日前的期待，漫长的，紧张的，有着无限的想象，以及因想象而来的轰鸣与战栗，甚至比节日本身更叫人心荡神迷。

自然了，我承认，我想象过她。无数次，我躺在陆老师的身边，内心里却充满了对她的想象，绚丽的，疯狂的，危险的，无法无天的。我简直管不住我自己。老实说，翟小梨吸引我的，不是她的容貌。我说过，她不能算漂亮。比起陆老师这个江南女子，她有点过于高大，过于丰满，举手投足，有一种北方大妞逼人的英气。陆老师倒是那种温婉可人的小娇娘，会撒娇卖痴，会赌气使性子，会耍小心眼儿，会嗲嗲地说话。没办法，男人们都抵抗不了这个。有很多时候，我把身边的陆老师当作翟小梨。我热烈，骁勇，缠绵，温柔如水。我深深叹息，我轻轻哭泣。陆老师揉着我的头发，亲吻我爱抚我安慰我。黑暗中，她觉出一丝异样了吗？她知道这个男人的泪水为谁而流吗？

我不肯承认，我平生第一次，尝到了相思的滋味。多年前跟陆老师的恋爱不算。我知道这样说有点无耻。可这是真的。陆老师是个好女人。她总是有办法让我相信，我在这世上是独一无二的。我，管淑人，在她眼里就是天才，是宝贝，是 the only one。我可能是忘了说了，我们没有孩子。我不喜欢孩子。我总觉得，孩子，是上帝派到人间来专门捣乱的坏天使。他们在婴儿时代以弱小无辜博得父母的宠爱，然后依仗着血缘的纠葛，对父母进行长达一生的劫持。

陆老师顺从了我的意志。尽管，我知道，在她的内心深处，对做母亲有着强烈的终生都难以痊愈的渴望与冲动。她常常给亲戚家的孩子织毛衣，给同事的孩子买玩具，街上碰到小孩子，一定要抱过来逗弄一番。她过于浓稠的母爱只有在具体的孩子身上才能获得短暂的稀释。我怀疑，她对我无微而不至的照料和爱恋，是不是也与此有关。她是把我当作她的大孩子来养的吗？情浓的时候，她叫我宝贝、好孩子、小东西、小可怜儿。哽咽着，颤抖着，泪流满面。我一点都没有觉得别扭。私心里，我挺享受这个。

你是问，我跟翟小梨表白了吗？没有。我总觉得吧，这个用不着表白。根本用不着。我都这个年纪了，活了半辈子，都是女人们宠着我缠着我，怎么忽然一下子，就反过来了呢？我有点想不通。其实，我不愿意承认，我是胆怯了。我缺乏这方面的经验。我慌乱得不行。我在她面前，好像就是一个羞涩的少年，红着脸，一颗心扑通扑通乱跳着，脸上强作镇定。她却是自在如常的。穿着对襟小绿袄，黑色宽腿裤，细腰长腿大屁股，真是好看啊。脸上也没有脂粉，干干净净的，一个刚结出来的大嫩葫芦似的，上面还有细细淡淡的茸毛。她气色极好，可能是因为生活习惯良好的缘故。她好像是说过，她从来不熬夜，能吃能睡。想写就写，不想写就罢。不焦虑，不抑郁，不忧心忡忡，不歇斯底里。像大多数女作家那样。她不是那种以血蘸墨的人。甚至，她还结了婚。

我不是说她不该结婚。我是说，一般而言，作家都是内心比较丰富的人，说好了是敏感细腻，说不好了其实就是内心戏太多，太事儿，不好伺候。作家，尤其是女作家，更是不好伺候。这个不好伺候难度倒不是在物质上，至少不仅仅是在物质上，更多的时候，更关键的时候，是在所谓的精神上。好像是，女作家的婚姻往往会难逃失败的命运。在世俗生活中，女作家的幸福感受度往往较其他人为低。男作家倒略好一些。翟小梨有婚姻，有家庭，甚至，还有孩子。这是我难以理解的。我承认，与其说是难以理解，不如说难以接受。有多少回，我看着她坐在那里，或者看书，或者发呆，或者跟人说话，都闲闲的，尘埃不惹的样子。怎么居然就在红尘里深陷了呢？怎么就在世俗的泥潭里打滚了呢？怎么就在生活的秩序里迈着规矩的正步一步一步往终点迈进了呢？真是荒唐。

其实我是那种特别纠结的一类人，凡事瞻前顾后，患得患失，不决断。前半生都是我母亲帮我下决心，比方说，晚饭吃什么，换季了穿短袖还是穿长袖，房间住阴面还是住阳面，跟谁玩，考什么大学，学什么专业，什么时候交女朋友。我母亲帮我包办一切。后来，结婚以后，都是陆老师。陆老师教导我，饭前便后要洗手是不够的，便后还要洗屁股。内裤袜子一天一换。每天早晚都要洗澡。一天要吃够六种蔬菜，水果要在上午吃。每天吃包括维生素钙片葡萄籽等在内的一大把药片。床上用品要定期除螨。一年至少要洗两次牙。脚要定期修。香水不能喷在衣服上。陆老师培育并且塑造了我的审美品位。教我怎么穿衣服，怎么搭配，对我的种种恶习，譬如穿皮鞋配白袜子，把西装穿成乡镇干部，把领带系成红领巾等等进行委婉却有力的批评。陆老师还告诉我，男人来到这世上要建功立业，人于世当有为。我要是不干成点事儿就白白在这世上走一遭。陆老师说君子远庖厨，因此我永远都失去了走进厨房的机会。陆老师帮我打理日常各种事务，那个小本子上有各种颜色的标记和说明，只有她能看懂。我几乎不敢想象，离开陆老师我该怎么生活。我离不开这个南方女人。我深知这一点。可是，我爱翟小梨。你说，我该怎么办？

正像你猜测的，我做不了这个决断。即便能，翟小梨能吗？据说她家庭美满，儿子优秀。（对于她有孩子这一点，我感到一种更深切的伤怀。她那样一个人，怎么能够生育呢？这种庸俗的事务，让那些庸俗的女人去做好了。我无法想象，一个新鲜饱满丰盈多汁的大嫩葫芦，如何孕育出一个小葫芦来。）当然，只是据说。谁知道生活的真相呢？假如，我是说假如，假如她婚姻破败呢。我们是不是有足够的勇气和力量，推翻一个旧世界，缔造一个新世界？

老实说，我对翟小梨有家庭这件事有点遗憾。一个像她这样的女作家，怎么能结婚呢？作家适于孤独，适于在纸上生活里纵马狂奔，至于现实世界，他们本可以不屑一顾的。遗憾之余，我竟然还有点松一口气的感觉。真的，我松了一口气。我为什么松一口气呢？我真是越来越鄙视自己了。

你老是关心我跟翟小梨表白了没有。说实话，没有。我其实是害怕，害怕被拒绝。我这个人看上去牛哄哄的，其实骨子里是特别脆弱。我宁愿就这么捂着，在心窝里偷偷捂着。我不说出来，这秘密就是我一个人的。我把这秘密放在心里，小口啜饮，鲜美异常。我不知道，她是不是已经看穿了我。我是说，在她面前，我像是换了一个人。我的好口才诡异地消失了。一起消失的，还有我的倜傥风度，我的幽默风趣，我跟女人周旋的特殊才华。据我的朋友们说，我是那种适合跟女性打交道的人。我不知道这话里有几分真实，几分又妒又恨的嘲讽。总之是，在她面前，我变了。变得木讷，笨拙，迟钝，害羞，无趣，像一块湿木头——淋湿的木头，飞溅的火星也无法让它燃烧——变得我自己都讨厌自己了。而翟小梨，她还是老样子。我是说，她还是我第一眼见到她的时候的样子。只不过，她的头发更长了，人更圆润了，我说过，她本来就是那种高大丰美的女人。私心里，我其实对她的圆润有点嫉恨。她应该过得不错吧。跟生活彻底和解，没有了反抗之心。一个被爱情折磨的人，不该是憔悴苍白的吗？眼神忧郁，衣带渐宽，在黄昏时分扶着阑干独上高楼。可是，翟小梨不是。她的胸脯过于饱满，她的腰肢过于柔软，她的眼神过于明亮，她身上那种热气腾腾的蓬勃的朝气，叫我心情复杂。我这是怎么了？

有一回，去云南出差，办完正事，正犹豫要不要在这里逗留半天。忽然看见翟小梨发了一条朋友圈，是一张图片，角度刁钻，构图不错。细雨蒙蒙中，一枝花藏着千言万语。这一刻的想法是，春雨洗春城。我心里一动，赶忙私信她，也在昆明？她几乎秒回，你也在？

细雨霏霏，落在花叶上，落在草木上，落在湖水里。柔情极了，缠绵极了。南方的细雨果然是别有味道的，绵绵密密，欲说还休。海鸥扑闪着翅膀，在湖面上飞来飞去，一点也不怕人。我打着伞，在翠湖湖畔等她。我不知道该怎么描述我当时的心情。我只想说，这应该是老天恩赐的机缘。我日夜相思，身心俱苦，这一定是老天动了恻隐之心，给予我的悲悯和补偿。

她来了，打着一把碎花紫伞，老远就叫我的名字。她叫我淑人。

人们都叫我老管。只有她叫我淑人。她的嗓音沙沙的，是那种很少见的女中音。我得承认，光是她的声音，就让我受不了。你相信吗，有的人对气味敏感，有的人对声音敏感，有的人对色彩敏感，有的人对形状敏感。我应该是对气味和声音都很敏感的那类人。我好像是忘了说了，翟小梨身上有一种致命的气息，像沼泽地，潮湿的，幽深的，迷人的，叫人情不自禁地想深陷想堕落想沉迷。她的嗓音也是。低低的，厚厚的，软软的，温婉苍凉，声线动人。听她说话，尤其是电话或者语音的时候，我会心跳加速浑身发软。你知道，人不在眼前，听觉的注意力会更专注更敏感更容易受到攻击。她走过来，穿一袭绿色的丝绸长裙，在雨里摇摇曳曳，清新极了。我们打着伞，在雨地里站着说话。她是过来参加一个采风活动，因为下雨，偷懒没跟大部队走。我说太巧了，太好了。她笑微微的，问我什么时候回北京。她这是在暗示吗？我看着她，脑子飞速旋转着，琢磨着该怎么回答。我的返程机票是晚上，我是不是应该改签呢？一只海鸥忽然飞过来，落在她旁边的栏杆上。她惊叫起来，像个孩子一样。她的长发散落下来，缀着亮晶晶的小水滴，她的绿裙子被雨点子弄湿了，深一块浅一块，云彩一样。她整个人都湿漉漉的，像一棵春树，生机勃勃，饱含着浓郁的飞溅的汁液。我心里狂跳着，说明天，明天下午。她哦了一声，说好遗憾，我们是下午，今天下午，要去哀牢山。我说是吗，这么匆忙。心里失望极了。又觉得松了一口气。我真是他妈的太纠结了，是不是？

中午我们一起吃的午饭。就在翠湖边上的一家小馆子。正宗的云南菜果然地道，不像是北京的这些馆子，都改良过，变味了。她吃得高兴，胃口好极了。我却心事重重，一点都吃不下。我，跟我深爱的女人，面对面坐着。远离了生活的日常，日常的现场，在云之南，在叫作春城的昆明，除了吃饭聊天，不该做些更有意义的事情吗？窗外，烟雨迷蒙，翠色仿佛融入雾丝烟片，秘密地汹涌而来。她的眼睛水蒙蒙的，她的长发水蒙蒙的，她的绿裙子水蒙蒙的，她整个人都水蒙蒙的，像一棵雨中的玉兰树，盛开着丰饶的繁复的花朵。我晕晕乎乎的，不知道都胡说了些什么。翟小梨看着我，眉尖微微蹙起来，嘴角还含着未来得及褪去的笑意。她叫我淑人。我懵懵懂懂应着。我当时的样子，一定像是一个闯祸的孩子，等待着大人的审判，或者裁决。这家小馆子很安静，包括我们，只有两桌食客。另一桌好像是一对上了岁数的男女，相对坐着，慢慢吃着，喝着，话不多，偶尔小声说一句。这个年纪的男女，应该是夫妇吧。当然了，也有可能是早年的恋人。他们神情平和，安宁，有看破世事之后微微的倦怠。他们也年轻过的吧。到了人生的暮年，或许早已经顺从了命运的安排，对生活的所有敌意，都慢慢化解了。他们最珍惜的，是眼前那一蔬一饭，一饮一啄。他们挣扎了一辈子，直到最后才终于明白，所有的挣扎都是徒劳。是这样吗？

翟小梨忽然伸出手来，我慌忙也伸出手去，情急中差点把一个茶杯打翻。翟小梨却从我面前的纸盒里抽出一张餐巾纸，从容地擦拭嘴角。我窘迫极了。饭馆里很清静，服务生在门前擦地。那对老夫妇，专心吃他们的饭。我敢肯定，谁都不会看见刚才那一幕。可是，我为什么忽然间又羞又恼，恼羞成怒了呢？我站起来，走过去，一下子就把她抱住了。她扬起手来，给我一个响亮的耳光。

我一下子就惊醒了。

房间里很安静，可以听见雨打在窗子上淅淅沥沥的声响。这个时节，竟然有一丝轻寒。你一定猜到了，我做了一个梦，白日梦。我躺在床上，重温着梦里的那些似是而非的片段。没错，我是个懦弱的人。可我真的不是故意逃避现实，躲进一个真假难辨的梦里的。我跟翟小梨在翠湖边分手后，我真的到了那个小馆子吃云南菜，喝了点米酒。我原本是想请她一起吃饭的。她却被一个电话叫走了。我不知道那是谁的电话，我痛恨那个不识趣的打电话的人。本来，我们或许可以共进午餐的。你知道，这种时候，酒就不是酒了。酒入愁肠，化作相思泪。我是不是太他妈的酸了我。我一杯接一杯，我都记不清喝了多少杯了。喝醉是必然的。我都忘了我是怎么踉踉跄跄回到宾馆的了。我只依稀记得，陆老师好像来过电话。我的脑子里闪电一般，一片雪亮。我赶紧翻开手机通讯记录。没有。再翻微信聊天记录，有好几条视频通话。我居然跟陆老师视频通话了。我都说了些什么呢？我的脑子里一片空白，什么都不记得了。我在那种醉醺醺的状态下，还能说出什么像样的话来？我没有叫翟小梨的名字吧？

飞机刚一落地，我就打开手机。空姐还在不厌其烦地叮嘱，旅客朋友们，飞机还将滑行一段时间，请保持手机关闭……这是提醒，还是警告？这个世界危机四伏，从小到大，我听够了各种善意的提醒，恶意的警告。有时候随口应一声，有时候呢，干脆置之不理。我四十八岁，早过了不惑之年了。再过两年，我将知天命，我懒得敷衍他们，还有这个世界。我早就烦透了。

屋子里有一股浓郁的肉香，是牛肉吧。陆老师的俄式红菜汤做得十分地道。我尤其热爱那醇厚的汤汁。阳光明亮，把花叶纷乱的影子投在窗子上。金边吊兰茂盛极了，从窗台一直蔓延到地上。鸟在笼里鸣啭。鱼儿在水里游动。不知道什么花开了，香气馥郁。阳台上晾着洗干净的床单、衣服，洗衣液的清香，跟花香肉香缠绕在一起，叫人心里安宁妥帖。这酒香肉浓红尘滚滚的生活啊。

我知道你会笑我，看不起我。没错，你猜对了。我妥协了。我向生活缴械投降了。当陆老师的钥匙在锁眼里转动的时候，我积攒了一路的勇气，还有决心，一下子就崩塌了。我装什么大尾巴狼呢？我这个人，自私，懦弱，虚伪，无情，在一个小圈子里，混了一些可怜的薄名，居然有了那么膨胀的虚荣心。我舍得丢下这些东西吗？安稳的生活，整齐的秩序，体面，尊严，声誉，道德的圆满，道义和良心的高地……有谁知道，我自恋到什么程度呢？我常常百度自己的名字，查看那些有管淑人字样的信息，管淑人出席了会议……管淑人认为……管淑人总结道。我慢慢阅读着，玩味着，欣赏着。我沉浸在那个虚幻的世界里去了。我跟那个叫作管淑人的男人偷偷使个眼色，是威胁，也是告诫，是劝慰，也是安抚。我比任何人都了解那个叫作老管的男人。现实的，虚构的，真实的，虚假的。我都了若指掌。

如你所猜测的，我——老管——管淑人，又回到原来的生活里去了。可是，你知道吗？我再也无法获得平静的幸福。一切都没有变。或者说，一切都发生了变化。我是说，自从我对生活起了反叛之心，自从，我试图在世俗的秩序里揭竿而起，我再也无法回到原来的生活了。我的灵魂深处常常发生暴乱，我必得努力平叛，我必得收拾残局。我为此筋疲力尽。我也为此被一团乱糟糟的隐秘的复杂的情绪围困。胜利的豪情，失败的沮丧，对生活的厌倦和热情不断交错，缠绕，折磨我绑架我，煎熬我蹂躏我。这不是我想要的。

当然,看上去,我并没有什么异样。然而,有谁知道我的内心呢?

好吧。就是这样。

好吧。

二十五

报社的工作，朝九晚五，没有采访的日子，倒是规律极了。说不上忙，也说不上闲。节奏呢，也还好。因为是副刊，时效性要求就不大严格。每天，我上班，下班，业余时间，偷偷写点东西。发表不了，也不是多么着急。权当是游戏吧。玩一玩，过过瘾，也是好的。每天，我从学院南路走出来，到新街口外大街的公交站牌下，等公交车。早上八点多钟，正是早高峰。大街上人潮汹涌，一波一波的，涌向四面八方。积水潭地铁站，仿佛一个巨大的嘴巴，把一些人吞进去，又把一些人吐出来。对面是护城河。河边种着几株树，也不知道是碧桃，还是木槿，盛开着，在阳光下灼灼的，有一种喧闹的世俗的好看。再过去就是新华百货，新开张不久，门前的广场上，落满了红红的鞭炮的碎屑，梅花点点，繁华极了。车子咣咣咣往前开着，迎面的玻璃上映着早晨的阳光，重重叠叠的高楼的影子，一时亮，一时暗。这是北京的清晨的大街。我坐在车子里，听着车轮碾过街道的轰隆轰隆的声响，心里忽然就涌起一股子豪情来。我，一个芳村来的女人，一个外来者，尽管渺小，卑微，不足道，然而，我终究是汇入了这座城市的早高峰的人潮中了。坐着公交车，背着包，走在上班的路上。在公交车停下的地方，在那个胡同深处，有我的单位，我的同事，我的一份正式的工作，在等着我。多年前，在S市的中华大街上，我骑着旧自行车，穿着刻板的工作服，匆匆来去的时候，我想到这一天了吗？

回S市迁户口的时候，是深秋了。这一回办进京指标，是我们母女两个。管人事的那个胖胖的女处长，用狐疑的眼光上下打量着我，她大约是在想，这个女的，年纪轻轻的，倒有心计。看上去，哪里像是一个做母亲的。也不知道，这孩子是怎么回事。留京这么难，她倒厉害，一下子办俩。真是便宜了她。哼，谁知道从哪里跑出这么大一个孩子来呢。很久以后，关于孩子的事，报社里还有人背后悄悄猜测。我是应届毕业生，居然带着一个孩子。这事不是太蹊跷了吗？当然了，这都是我后来才慢慢知道的。当年入学的时候，我的户口就随迁过来了，放在学校的集体户口里。现在，是回S市迁女儿的户口。

天阴沉沉的，雾气浓重，有碎碎的水点子在半空中乱飞着，也不知道是雾气，还是雨丝。树木的叶子几乎要落尽了，在青灰色的雾中沉默着，有一种寥落的寒意。我和幼通骑着自行车，到派出所去。一路上，幼通几乎没有说话。他低着头，慢慢地蹬着车子。从后面看，他是更加清瘦了。头发很长，该理发了。身上还是那件黑色夹克衫，是我以前给他买的。都洗得发白了，袖口已经磨出了毛茸茸的线头。还有那条裤子，是刚结婚时，仓安路上那个老裁缝做的，深咖色的西裤，裤脚有点长，被鞋子踩得卷着边。鞋倒是有点眼生，黑皮鞋，看样式，大约是他父亲的。我看着他的背影，瘦削的，单薄的，更显出一种落魄的寂寞来。我心头酸酸的，几乎不敢看他那弓身骑车的背影。这个男人，他才不过三十来岁，照说，正是一个人最好的年华，好像是一棵大树，生气勃勃，深深扎根在生活的泥土里，努力向着天空，伸展出繁茂的野心勃勃的枝叶。阳光和雨露，它也要，雷霆和风暴，它也不惧。这样大树一般的男人，撑开茂密的浓荫，把风雨挡在外面，把妻儿护在里面。就像天下大多数男人那样，像我父亲那样。然而，生活怎么就这么诡异呢。它把我热恋时代的伟丈夫悄悄换走了，扔给我这样一个男人，满腹抱怨，对生活的围困和伤害，无能为力。我不得不违背了自己的心性，为了孩子，抛家别舍，远走异乡，试着杀出一条血路。我不得不硬起心肠来，做一个男人。多少年后，在南方开会，饭局上，一个会看相的朋友给我看手相，半晌，说了一句，你的心里，住着一个男人。我大惊。他解释道，是住着一个爷们儿。骨子里，你是须眉气概。我当时故作平静，心里却是十分震动。我这个外表柔弱的女人，路盲，对数字糊里糊涂，耳根子软，脸皮薄，从来都看人不准。是什么时候，心里住进了一个男人呢？幼通他，知道吗？

幼通父母都很沉默。大约是，百般滋味吧。其实早在决定留京的时候，就已经跟他们说过了。孩子迁户口，也是跟他们打过招呼的。幼通的父母，尤其是，幼通的父亲，十分的激动。北京好啊。北京是什么地方。有多少人挤破了脑袋，想往北京跑啊。北京有多少资源？漫说是这样一个中等的省会城市，就算是上海广州，北上广北上广，排第一位的，还不是北京吗？孩子命好啊。幼通的父亲在屋子里走来走去，一口一个北京，好像是，要去北京的不是孩子，而是他本人。紧接着，不出意外的，是打各种电话。亲戚的，朋友的，退休后很少联系的老同事的，看似是聊闲天，说着说着，就说到了孙女户口的事。还是那一种慷慨激昂的口吻，说着地方上的种种坏处，北京的种种好处，又感叹起当前天下时局来，忧国忧民，全是一些个形而上的大词儿。厨房里，飘来炖肉的香气。幼通母亲的表达方式，就是做饭。她还能给孙女做几顿饭？想来，她的内心深处，是恨我的吧。恨我把她孙女抢走了，一走就走那么远。虽然理智上，她也觉得，同 S 市相比，北京的优越是不言自明的。然而，理性归理性。孩子热乎乎带了几年，说走就走，你叫她怎么办呢。幼通的姐姐，倒还是沉着的。苍白着一张脸，什么都看不出来。可是，谁知道她的内心呢。很可能，那些年，当我跟幼通闹离婚最激烈的时候，私心里，她是盼着我们离的吧。并且，最好是孩子归幼通。那时候，她年纪越来越大了，在婚姻市场上，越来越处于劣势。婚嫁的可能性，几乎是所剩无几了。在我跟幼通的事情上，她大约是怀着一份私心的吧。孩子在家里待了几年，有感情了。孩子长大了，女孩子，乖巧，懂事，知道疼人了。要是没有我这个亲生母亲的干扰和分神，孩子几乎就是她的了。有人陪伴，有人养老。多么如意啊。可是，眼下，也不知怎么搞的，突然就回来迁户口了。翟小梨这女的，倒是厉害。这是要连根拔起啊。把这一棵可爱的稚嫩的小苗，连根移栽到北京去，移栽到他们的势力范围之外。真是狠心。太狠了。之前，怎么就没有料到呢？

饭桌上，一家人默默吃饭，各怀着心事。只有女儿欢喜得不行，笑得脆生生的，跟我撒娇，小鸟一样，在我怀里叽叽喳喳叫着。妈妈回来了。难得有全家团圆的时刻。她怎么能不高兴呢？我照料女儿吃饭，女儿一面吃，一面说着学校里的事。她已经上学了，正是凡事好奇的年纪。我应和着她，不时地问一句，是吗，真的？哈，太逗了。灯光黄黄地照下来，餐桌上一片安静，倒越发显出了我们母女的热闹。破天荒地，幼通的父亲没有发表饭桌上的讲话。他低头默默喝酒，喝了一小杯，便被幼通母亲拿开了。前些年，他心脏搭桥手术后，就很少喝白酒了。顶多是喝一点红酒，当作是晚餐时候的消遣。白天的兴奋和激昂，仿佛都烟消云散了。此时，他默默喝酒。保养得很好的脸上，笼罩着淡淡的落寞，还有惆怅。孩子要随着我进京，这件事，他是早就知道了的。并且，也一直为此激动，还有得意。他恨不能要告诉所有的亲戚朋友，左邻右舍，他们章家的孙女，马上就有北京户口，是北京人了。他干了一辈子教育，他怎么不知道，北京和地方之间，巨大的差异呢？不说别的，单是高考，就是天差地别。到北京去，对孩子意味着什么，他明白得很。可是，说归说，等亲眼看见那个户口簿上，孙女的户口那一页，被从章家迁出去，他还是有点难受。也不是不舍，也不是怨恨，留恋也不是，感慨也不是。他怎么就忽然之间，觉得，有什么东西，硬生生地被挖走了呢。留下一个窟窿，空洞洞地疼。还有一点，他不愿意承认，要是儿子媳妇和和睦睦的，倒也罢了，人往高处走，水往低处流。这样的道理，他怎么不懂？然而，两个人素来不和，这么多年了，疙里疙瘩的，天天把离婚挂在嘴上。本来，孩子算是儿子手里的一张牌，最后一张牌。虽说是，他真心看不上儿子这做法。可是，再看不上，他也不愿意眼睁睁看着他的生活被毁掉。谁叫那是他的儿子呢？有多少夫妇，都是为了孩子，凑合过了一辈子。天下做母亲的，谁能狠心舍下孩子呢？然而，如今，这孩子也被带走了。母女两个，双双落户北京。这往后，可怎么办呢？瞥一眼儿子，正在埋头吃饭，一脸的萧条。他的气又上来了。他是真的恨哪。恨铁不成钢。怎么就养了这样一个没有血性的儿子，窝囊废？幼通母亲帮他添菜，他也不理。他是连着她都怨恨上了。迟钝，软弱，糊涂。眼看着，这个家就要散了。妻离子散。她居然还在那里细嚼慢咽，一脸平静。居然还能有心情做出这一大桌子菜来。真是糊涂。这辈子，除了厨房里那点子事儿，她还知道什么？

孩子不知道说了什么，自己就笑起来。抬眼看看，见大家都没有笑，心里疑惑，又看看我。我冲她笑笑。她高兴起来。她吃饱了，挺着圆滚滚的小肚子，一边玩去了。

多年以后，我还总是想起来，那个深秋的夜晚，幼通一家人那顿沉默的晚餐。风轻轻敲着窗子。月亮淡淡的，像是胆怯，又像是哀愁。就那么细细的一钩，在黑黝黝的夜空中悬挂着。女儿抱着她的洋娃娃，甜甜睡着。大约要等很多年以后，她才会知道，那一个秋夜，对于她人生的意义。在她纯净的懵懂的梦里，在那一个寒月如钩的深秋，一些东西，悄悄发生了变化。

那一回，我跟幼通，照例谈了。其实，是我找他谈。幼通就是这样。如果我不找他，他永远也不会主动找我。他被动地被生活推搡着，趔趔趄趄地，推到哪儿算哪儿。他这一生，几乎从来没有主动过。我问他有什么打算。幼通抬头看着我，灯光下，他的脸上还是我熟悉的神情，先是惊讶，然后，是茫然。最后，是长长的沉默。总是这样。永远是这样。每一回，我提出这个话题，他都是这样一副表情。好像是，这是一个崭新的问题。他第一次听到，因为没有心理准备而惊诧莫名。

我们离婚吧。我的声音在多年前那个深秋的夜晚里微微颤抖。

二十六

第二天一早，我就离开S市，回了北京。

列车呼啸着，穿越浩荡的秋风，向远方去。大片深秋的田野，空旷，辽阔，好像是一位刚刚经历生产的母亲，宁静，安详，带着一种辛勤养育后的疲惫的幸福感。北方的原野，总是叫人有一种莫名的冲动，热流一样，涌上心头，涌遍全身。在北京这么多年了，我依然会怀念北方的原野，大地沉默不语，可我分明听见，大地深处，那种奔腾的喧嚣的力量，那种深沉的呼喊，苍凉有力，一声一声，叫人忍不住热泪盈眶。天边白云舒卷。我定定地看着，看着。那变幻不定的云彩里，好像是藏着生活的谜底。我看得那么入神，有湿漉漉的东西从脸颊流下来，流进嘴角。苦涩夹杂着酸楚，还有莫名的复杂况味，丝丝缕缕，说不得。

在S市，我生活了八年。这个城市，曾经给了我多少难熬的岁月啊。而今，我跟我的孩子，就要离开它，去往北京了。这一天，我暗地里盼了多少回，做过多少不知好歹的白日梦啊。我以为，我会暗自庆幸，会欣喜若狂，会得意，会恨不能立时三刻，插翅飞走。可是，我怎么就忽然流泪了？我轻狂的双脚，为什么在一瞬间变得沉重？多少回在心里告诉自己，要记着，要记着。在这个城市里经受的那些苦难，还有伤害，要好好记着。总觉得，将来可能会有那么一天，要报仇，要雪耻，要把生活给我的，全都还回去。咬着牙，把嘴唇都咬破了。泪水往肚子里咽，和着淡淡的血腥的味道。然而，谁会料到呢，当我转身离开的时候，我分明感到内心深处那柔软的绵长的牵扯，还有因这牵扯而来的深切的痛楚。这究竟是怎么一回事呢？

回来不久，我跟老管谈了。

老管不说话。房间里的空气，好像是凝固了。窗子外面，是周末的黄昏。炒菜的香气。谁家电视正准备播报新闻。大人们在喊孩子吃饭。自行车的铃声哗啦啦啦响着。查电表的在挨家挨户地敲门。是个女的，大声询问着，有人吗，查电表。有人吗，查电表。晚秋的风有点凉了，把窗户的挂钩拨弄得咯唧唧地乱响。没有开灯。老管坐在越来越浓的黑影里，像一尊沉默的雕像。我的泪水慢慢流下来，不是热泪。冰冷的，黏稠的，泪水，又重又厚，慢慢在脸颊上风干。半晌，老管才说，我也想跟你在一起啊。这周我回去，跟她谈谈。

我正待开口，电话响了。是上海的电话。老管看我一眼，拿起话筒。

照例是那些家常话。老管在黑影里坐着，漫不经心呼应着。有时候，是附和，有时候呢，是呵斥。有时候，也就发起脾气来，好像是在解决那边母女的争端，说着说着，也就微笑了，声音也缓和下来。嗯嗯啊啊地，半闭着眼。我在一旁听着。照说，这是日常的场景了，我早已经习惯了的。然而，也不知道怎么回事，那一回，忽然之间，我就变得无法忍受了。我的心头抽搐着，疼得说不出话来。眼前这个男人，老管，是我在命运的悬崖边上，紧紧抓住的一根救命稻草。我紧紧抓着，抓着，过于紧张，用力，手上都勒出了血印，疼得钻心，也在所不惜。要等到多年以后，我才有可能慢慢看清，那个深秋黄昏里的自己。她满脸泪水，眼睁睁看着，那个男人的背影，听他隔着长长的电话线，跟他远在上海的妻子、女儿，闲话家常，共同度过周末的夜晚。这个男人，他对他的家庭，他的妻子，他的女儿，是那么尽职尽责，他简直就是她们的天，她们的顶梁柱。要想把他从那个家庭里剥离出来，是多么的艰难。我不知道，是不是正是这一点，刺激了我的好胜心。他越不属于我，我越是要他。越是不可能的事，越是有强烈的吸引力，吸引人去冒险。

私心里，对老管的妻子，我心情复杂。有时候，我是得意的，在我们两个人中，我是胜利者。那些家庭照片里，她穿着不俗，有着良好的审美，一看就是上海女人的气质，大约都是出自老管的眼光。老管买的裙子，老管买的鞋子，老管给配的包包。她打扮着，揽着他们的孩子，安静地笑着。可是，我怎么不知道，在老管这里，她不过是一个本分的女人，连贤妻良母都说不上。她或许是不知道的吧。对于男人，本分的女人，不一定是好女人。甚至，她就不是一个女人。老管说这话的时候，苦着一张脸，想要博得我的疼爱，又担心我的嘲讽。我安慰着他，心里又是得意，又是心酸。有时候呢，我是嫉妒的。比方说，眼下。无论如何，她是老管的妻子，名正言顺，明媒正娶。他们还有一个孩子。一天天长大，像一只柔软的小手，牵着老管的心。

她那张丰满白皙的脸上，笑容浅浅的，笃定的，安闲的，对生活心满意足。她的丈夫，像一棵大树，为她们母女遮蔽着风雨。家庭就是她的天下。其他的，她什么都不用操心。她每天都打电话过来。理直气壮的，心安理得的。她什么也不用顾忌。她大可不必像我那样，跟老管打个电话，还要左右思量，怕他在家不方便，怕他在单位不方便。我还记得，有一回，我打电话给老管，他支支吾吾，一连声叫我老兄，说这事儿回头再说，上班再说啊。我不知道，那天他在上海，老婆孩子在身边，他不方便。而在他妻子，就永远没有不方便的时候。眼下，周末的夜晚，她把一肚子家常话一腔的心事，通过电话线，都给丈夫吐出来了。她神清气爽，一身轻松。她可以放心地去睡个好觉了。

不出意外地，老管挂上电话，过来，从背后抱住我。你都听到了啊，什么都没有，老管在我耳边说。是啊。我都听到了。这种电话，老管从来不背我。什么都没有。是的。没有一句情话，没有情意绵绵腻腻歪歪的话。连一个拖泥带水的词语都没有。可是，我怎么就这么怒火中烧呢。我哭了。我什么都不说，只是哭。老管叹口气。他知道，我这是逼他表态。

明天，我带你去一个地方。老管说。

当我们站在北京的一家著名的高档小区门口的时候，我还是满心疑惑。这是谁的房子？老管他，搞的什么鬼？老管带着我，穿过花圃，小桥，曲折的回廊，竹林，来到一栋小别墅前。是那种独体小别墅，青瓦朱檐，有古意。尽管时令已是深秋，依然花木扶疏，草地青翠，露珠晶莹，在草尖上滚动。要不了几天，就该覆满秋霜了吧。房子内部是中式格调，红木家具，文人字画，青花瓷大花樽养着睡莲，紫砂盆里栽着兰草，有着浓郁的中国情味。一楼是客厅，沿着红木楼梯拾级而上，二楼是书房、卧房、主卧、次卧、客卧，青瓷的椭圆大浴缸，有繁复花纹的铜镜，高高的烛台，朱红的整幅窗幔，雕花红木大床。空气里有一种淡淡的檀香的气息。我惊呆了。

喜欢吗？老管问。

怎么能不喜欢呢？我心里糊里糊涂的，不知道是不是梦，或者就是一场幻觉。什么时候，老管悄悄买了房子了呢？跟他好了这么久，跟他在那个简陋的租来的老房子里，洗衣烧饭，挤地铁坐公交，节俭度日。我只知道，他是来北京开疆拓土，攻城略地的，他有魄力，肯吃苦，不甘于居人之下。或许总有一天，他能够出人头地。即便是后来，他偶尔有意无意地，跟我透露一点他的经济状况，也是有限得很。不过是衣食无忧罢了。谁能料到呢，他居然，悄悄买了这样的房子。那时候，北京房价已经很吓人了。这样一套房子，该是多大一笔钱啊。我真是太傻了。

喊。你一点都不傻。老管笑道。我脸红了。老管这家伙，眼睛真毒。他好像是一眼就看穿了我的内心。

我一下子吊在他脖子上，把脸颊埋在他的衬衣领子里。哼哼唧唧地，不肯下来。老管抱着我，一直把我抱到阳台上。正对着窗子，是一个小花园。远处，是层层叠叠的楼房的影子，在秋阳里的有一种梦幻般的缥缈的感觉。老管掀开我的裙子，就那样站着，在我后面。北京在我们的脚下动荡起来。远处的高楼摇摇晃晃，街上汹涌的人潮车流，在眩晕中慢慢模糊。秋光烂漫。天很蓝，白云放荡，一会儿是奔马，一会儿是巨大的饱满的乳房，梦境一般变幻不定。飞鸟尖叫。花萼怒放。热泉奔涌，在2007年北京的深秋里汩汩流淌。小花园里的葡萄架上，汁液飞溅，深紫色的饱满的果实，覆盖着薄薄的白霜。可是我们分明尝到了那果实的好滋味。甘甜醇厚，令人迷醉。

这多么好。

老管跟上海摊牌了。我一心一意地等着。等着他凯旋的消息。

我也跟幼通摊牌了。其实，我早就跟幼通摊牌了。

幼通大发雷霆。他的脸色苍白，青筋在太阳穴上暴跳。他的眼睛里燃烧着怒火。他站在那里，好像是一头被惹怒了的狮子，毛发张扬着，鼻孔里呼呼出着粗气。他大约是气疯了。翟小梨这女的怎么能这样！简直是女陈世美！忘恩负义啊。

不跟我结婚你能有S市户口吗可能你早就回芳村了。

我事业不顺还不是因为要孩子太早吗都是孩子耽误我了。

你考研的时候我没带孩子吗没做家务吗？

你读研的时候，不都是我带的孩子吗你带着孩子能读书吗？

没有我能有你今天吗你以为这都是你自己奋斗得来的吗？

我不知道，这些年，幼通一直在悄悄地为我筑着债台。我因为跟他结婚才有了S市户口。我们一结婚就生了孩子。我先兆性流产时他推掉了两个业务上的机会。我考研复习时他帮着做了家务。我来北京读研他带着孩子。他对我的每一份好，都已经填写在婚姻这本账上。这么多年了，他让我欠了他天大的情分。我是多年以后，才渐渐明白，这些令我感动的柔情和关爱，都不是平白的付出。关键的时候，他是要讨还债务的，并且一定是要我无法支付的东西。

有一度,对于幼通,我一点歉意也没有了。也从来不心虚。尤其是，当幼通一一数出那些债务的时候。多年前，在S市，那个翟小梨不是我。她是另一个女人。她困在一个小地方，贫穷，卑微，受尽生活的凌辱。她不配享受爱情。婚姻对于她,不过是一个壳子。她像一个小鸟，命运的风雨扑面而来的时候，她只能缩进那个壳子里，获得一点人生的安全感。她全然顾不及，这壳子是不是破旧不堪，是不是千疮百孔。而现在这个翟小梨，她从S市到北京，她见识了人世的风霜，也见识了人世的繁华。她遇到了理想中的男人，她尝到了爱情的滋味。她要跟过去的那个女人一刀两断，跟过去的生活，那些贫困，屈辱，不堪，都一刀两断。她要在北京，在一个新的城市，开始崭新的生活。

幼通哪里肯。

我不知道，幼通这不肯里，有多少是出于他对我的留恋，或者叫作爱——这么多年了，我都不敢奢谈这个爱字了。有多少是出于他的愤怒，还有不甘。

他一直在说，这么多年，他为这个家付出太多了。他在电话里历数着他这些年的付出，一桩桩一件件，他记得好清楚。他事业上的不顺，也是因为我们生孩子太早，而决定要生下这个孩子也是因为，怕我的身体受伤害。他后来工作不如意，是因为太顾家的缘故，我在学校教书太忙他要替我分担。及至后来，他失业，也是因为我。因为我在他表哥面前暴露了我们的婚姻问题，让他没有颜面，所以才愤而辞职。

总之是，他的所有的人生不如意，都是因为我。之前，他跟我说过，他小时候功课不好高考失败，是因为他的家庭环境，因为父母教育不得法。

我默默听着，幼通在电话里慷慨激昂，好像是演说一般。我不知道，这样的演说，这样的推理，在后来的很多年里，我还要一听再听，听到崩溃。我还不知道的是，这么多年了，幼通在默默地替我累计着债务，他对我的那些好，他都一一积攒着，在婚姻的牢笼里悄悄编织着细密结实的人情的网，我在这牢笼里乖乖待着，也就罢了。一旦我有冲破牢笼的打算，他就会果断地把这张大网收紧，叫我逃脱不得。这么多了，在十几年漫长的婚姻里，他一点一点细心积攒着，连本带息，有朝一日，他是要我一并偿还的。

然而，我呢？我的青春，我的好年华，我所受过的生活的欺侮和煎熬呢？这么多年了。跟他在一起，我没有过过一天好日子。我勤恳努力，我贤惠温良，我再节俭也摆脱不了贫困。我再努力也撑不动生活这艘大船。这难道就是我应得的人生吗？

如果说，在此之前，对幼通，我还抱着愧疚的话，在听了他的讨伐之后，我忽然之间，便轻松了。除了愤怒，我一点愧疚都没有了。

他说，翟小梨，你死了这份心吧。你非要离的话，这辈子休想再见到孩子。

那一天，好像是元宵节吧，也是情人节。从地铁里往外走。风吹过来，穿过地铁的通道，浩浩荡荡的，凛冽的，锋利的，带着侵入骨髓的寒意。是不是从那一回，我才怕了那种地铁通道特有的浩浩的长风？不论是晴天还是雨天，从地铁通道走过，总有一种风沙扑面的戾气，叫人不由得浑身瑟缩。太阳苍白地照下来，仿佛虚弱的病人的脸。偶尔有鞭炮的爆破声，零零落落的，也不怎么认真，是那种琐碎的喜庆的情绪，繁华过后，一点不甘心的剩余。街道两旁的店铺，都打着情人节的招牌。玫瑰，巧克力，钻石，珠宝，华衣霓裳，酒绿灯红。这是恋人们的节日。盟誓，爱恋，柔情蜜意。世间的凡俗男女，都借着这个节日，给乏味的生活添一点滋味。假意或者真心。而我，却是刚从律师那里回来。

我为什么一定要挑选这个日子呢？

那些天，我真正尝到了煎熬的滋味。你相信吗？这么多年了，我跟幼通，几乎是，天天把离婚挂在嘴上。好像是，我们随时都为离婚做好了准备。然而，当我们真正坐下来，郑重面对这个问题的时候，忽然之间，事情发生了变化。我整夜整夜失眠。我吃不下饭。我精神恍惚，迅速消瘦下来。这么多年了，我跟幼通，好像是已经长在一起了，从身体，到心灵，从物质，到精神。我们像一个连体人。离婚，仿佛就是要从我们中间拿刀劈开，还没有真正开始，内心的疼已经蔓延开了。那一种血肉模糊的，钝疼，从手腕到心脏，渐渐弥漫全身。我在黑夜里大睁着眼睛。过往的岁月，在黑暗的虚空中慢慢闪回，交错叠加，如同一幕幕电影的默片。从十八岁，我跟幼通在一起。多少往事，潮水一般涌来，冲刷我淹没我。我的泪不断流下来流下来。我哭泣不是因为别的。我哭泣，是为了我糊里糊涂的青春年华，我亲爱的懵懂的艰难时光，我一心想要认真度过的残酷的生活。还有，为我的命运，崎岖不平的坎坷的命运。这不是我的本意。这不是我想要的结局。我真的是想，跟幼通一起，手携着手，走过这平凡的一生的。有多么漫长，就有多么短暂。有多少痛苦，就有多少幸福。当年，在人学校园里，在他们家那间空荡荡的老房子里，把对方交给彼此，交给未来的懵懂岁月的时候，我就告诉自己，今生无悔。是谁说过，女人这一生，最幸福的莫过于，一辈子走过很多地方，一生只睡在一个男人身旁。我想，我一定不是那个幸福的少数。

北京的夜晚，陌生，深邃，神秘，不可测。我仿佛站在一个悬崖边上，稍一分神，就有可能坠入脚下的万丈深渊。

幼通常常发短信来。他放了那么多的狠话，大约是又后悔了吧。他说女儿考了第二名，跟第一名只差一分，哭了一鼻子。我那盆日本海棠又开花了，开得热闹极了。说二楼妞妞家的小狗丢了，就是那条小花狗，胖胖的，总爱跟我亲近我又总是害怕它。说楼下那家卖煎饼的好长时间不见了，可能是回老家了。我从来不回他。有时候，幼通会发来一屏一屏的诗词。欲寄彩笺兼尺素，山长水阔知何处。曾经沧海难为水，除却巫山不是云。欲把相思说似谁，浅情人不知。恨君不似江楼月，南北东西，南北东西，只有相思无别离。凝恨对残晖，忆君君不知。都是情切切意绵绵的句子。我看都不看就删掉了。

我告诉自己，不要心软。这么多年了，他，还有他们家人，我是真的受够了。开弓没有回头箭。不管前面是什么，就算是万丈悬崖，我也要咬牙跳下去。今生今世，我再不想回头了。

情人节那天，我去见律师。我本来想着，老管会陪我一起的。这种事，有老管在，我心里会好受一些。然而，没有。

老管有事。我说过，老管总是有更重要的事的。比我们的事重要得多了。

律师年纪不大，跟我相仿。他仔细询问了我的情况。在讲述的过程中，我哭了。我简直是控制不住自己。在一个年轻的男律师面前，我为自己失败的婚姻，为自己的破碎的生活，感到难堪，还有羞耻。离婚。我就要变成一个离过婚的女人了。我从来没有想过，我会变成一个离婚的女人。

2009年的情人节，北京的空气里，流荡着世俗的甜美的气息。圆满，甜蜜，丰厚。人间只合有这些。人间不该有别的。寒风吹木了我的脸庞，吹疼了我红肿的双眼。一对恋人在路边等车，男的怀里抱着一大束玫瑰，牵着女朋友手。女孩子脸颊通红，神情娇羞。有一个男孩子，穿着鼓鼓囊囊的羽绒服，骑着自行车，朝着他们打了个呼哨，风一般走远了。

老管电话打过来。我的泪一下子流下来了。

老管问一个词的用法。他在写稿子。他在电话里反复确认，那个词用在这里，是不是准确。然后，他说，那什么，我得抓紧弄——你好好的啊。

我怔怔站在原地。那一对恋人已经打上车，走了。那一大束玫瑰花，在车窗门口探出头来，一颤一颤的，娇艳极了。有一个花瓣在风里到底禁不住，悄悄落下来，落在地下，一会儿就不见了。

老管，他是知道的。他知道，今天，是我见律师的日子。我原想着，他一定会陪我去的。这个主意，就是他帮我拿的。我这样一个优柔寡断的人，在一些事情上，尤其是感情的事情上，往往是决而不断。

你先办了吧。老管说。

我当然知道，办了，是什么意思。

你们闹了这么多年，也该有个了结了。老管把眼镜往上扶一扶。我看着他。没有说话。

他舔了舔嘴唇，说，我知道，你肯定是问我，我呢，我怎么办？

我还是不说话。固执地沉默着。

我嘛，情况不一样。我们这么多年——

夫妻恩爱，琴瑟和谐。我嘲讽道。

你知道我不是这个意思。老管有点气急败坏。我是说，我跟她，我们这么多年，一直还算是——还算是，和谐吧。

我冷笑了一声。

最起码，我们没有摆到桌面上来谈，谈离婚的事。老管看着我的脸色。

我不说话。

老管说，解决一个是一个。问题不能堆在一起。你先办了。我呢，跟她慢慢渗透，慢慢谈。这叫各个击破——懂不懂？

还战略战术呢。我心想。

老管说，听话呀。

凭什么呢？凭什么我一定要听话呢？情人节，一大早我就跑出来，去见律师。离婚律师。老管他居然，连问一句都没有。他是故意的吗？他不愿意陪我，也就罢了。他可能有他的苦衷。一个男人，陪着一个女人，去见离婚律师，确实是一件挺为难的事。更何况，老管在圈子里名声越来越大。老管爱惜自己的羽毛。这没有什么不对。而我，不过是一个名不见经传的女的。北京这么大，谁认识我呢？我不下地狱，谁下地狱？

你在家？

是啊，烦死了，正憋一篇稿子呢。孵小鸡似的，卧了大半天了都。

老管笑起来。还是那种低低的笑，嗓子沙沙的，叫人觉得挠到了痒处的舒服。老管的文章，我是看过的。他老是让我帮他润色修改。每一回，他都掩饰不住地惊艳。连连说，厉害呀宝。他的眼睛里有一种陌生的光芒，湿漉漉的。

找个女作家，嗯，找个女作家，蛮好的。他看着我。歪着头，眼睛眯起来，细长的眼睛藏在单眼皮里，偶尔一闪，有光彩流泻出来，炙热明亮。

我避开他的目光，心里有一块地方奇异地一动。

多年以后，当我真的成了一个女作家的时候，偶尔地，老管这句话，会忽然在耳边响起。这么多年了，我勤恳写作，是为了他当年这句话吗？

你快点回家吧。天这么冷。老管在电话里说。见我不说话，终于问道，还顺利吧，今天？

顺利。怎么能不顺利呢？在那个年轻的男律师面前，我把我多年来的伤口伤疤，都一一翻出来，指给他看。我不想哭，泪水却总是不听话。那律师是有名的离婚律师，他低着头，在一张纸上飞快地写着。他的睫毛垂下来，我几乎看不清他的眼睛。他一定是在想，这个女的，年纪还不算大，一眼看上去，好像是一个文化人，安静，羞怯，一说话就脸红。这年头，会脸红的女的是不多见了。真没想到啊，她居然，藏着这么多的伤心事。她这么文弱、敏感，她是怎么熬过来的？他几乎都不敢看她的眼睛。这么多年的从业经验，他也是个老手了，什么案子没有见过呢。可是，这个女的不一样。她浑身颤抖。内心里伤得太深了。他能从她拼命克制的颤抖里，看到她的内心。他不敢深问。他生怕她会在一瞬间崩溃了。

行了哈，第一步总算是迈出去了。万事开头难。有了这第一步，以后就好了。

老管的声音在电话里有点失真，混合着电波沙沙的干扰声。好像是在从遥远的天边传来，缥缈的，虚空的，仿佛一个幻觉。

他是在鼓励我吗，还是安慰？他的那种局外人的口吻，那种置身事外的淡然，还有超然，令人不安。万事开头难。他那边，开头了吗？

他固执地沉默着。在他的沉默里，我慢慢紧张起来。我怎么能这么问他呢？我这不是在逼他吗？我早就在心里告诫过自己了，要沉住气。要有风度。那种一哭二闹三上吊的女的，连我自己都看不起。我可不愿意成了那样的女的。

我不是跟你说过吗？这种事，急不得。老管说。电话里不方便。见面再说。

因为幼通的坚持，孩子不得不上法庭。不满十八岁的未成年人，要她自己决定，她跟父亲还是跟母亲。幼通说过，要是我非要离婚，就休想再见到孩子。我求他。求他把孩子给我。我们好好商量，别让孩子上法庭。幼通说，你要是真疼孩子，就别离啊。你最疼的就是你自己。

幼通的话像锤子一样，一下一下敲着我的心。是不是，我太自私了？

我想象着，女儿站在法庭上的样子，心都碎了。在整个事件当中，这件事，是最折磨的一件事了。

我整夜整夜地睡不着。我总是做噩梦。女儿的身影在一个巨大的镜子前面徘徊，我试图走过去，抱住她，她却一转身，消失在镜子里。镜子里空荡荡的，像荒漠。我痛哭起来。

有一天正在上班，幼通电话打过来。他收到了法院的传票。

我赶紧出了办公室，到走廊去。幼通的声音沙哑，愤怒。他说你居然，居然真的起诉了。好。很好。我等着。

走廊里人来人往。我脸色苍白，握着手机，嘴里一句话都说不出来。旁边的人们来来去去，无声的，变形的，怪异的，好像是梦境一般。

你真狠心。你真他妈狠心。

我啪地挂断了电话。

等待开庭的日子里，我跟律师经常见面，讨论案情。律师说这种案子不难，又没有什么财产纠纷。就是孩子的问题，也是对我有利的。我是母亲。并且，在经济条件上，我占有绝对优势。一般情况下，要根据父母双方的经济能力来判定孩子的抚养权归属。

我可能是忘了说了，那时候，幼通已经从他表哥公司辞职了。在长达三年的时间里，他没有工作。幼通他，失业了。

这件事，说起来，幼通都是怪我的。

那时候，我已经跟幼通在谈分手的事了。幼通自然不肯。我专程回了趟S市，约幼通表哥见面。老实说，我跟幼通表哥并不熟悉，我只是从幼通父亲的口中，得知关于表哥的一些片段。工作的，生活的，儿时趣事，性格爱好。我也是病急乱投医。幼通没有什么朋友。有两个高中时代的同学，也不大好跟人家聊私事。幼通在表哥公司工作，表哥既是领导，又是做兄长的，于公于私，都说得上话。我是想让表哥出面，劝劝幼通。要么是，想办法努力，找找出路。这是我们婚姻的老问题了。要么呢，我们好聚好散，一别两宽，结束这么多年的煎熬。那一天下着雨，晚上，我们约在一家茶馆里。我下了火车，直接打车过去。表哥已经在门口等我了。

秋雨绵绵，整个城市闪烁着湿漉漉的水光。我从雨幕里匆匆走来，也顾不得乱飞的雨丝。表哥深深看我了一眼。我忽然之间有点羞怯，还有拘谨。他一定在想，是什么力量，让她冒雨连夜从北京赶回来的呢。眼前这个女人，幼通的妻子，脸色苍白、憔悴，瘦得惊人。两个大黑眼圈，看来是失眠得厉害。她从雨雾里走过来，梦一般，轻飘飘的，一点声息都没有。那怔怔的眼神，真是叫人揪心。当年，他们新婚时候的样子，他还记得。穿一条粉色裙子，是那种很娇气的粉，娇羞的，胆怯的，有点慌乱，躲在幼通身后，努力做出大方的样子来。那时候，看上去，一切都是好的。生活才刚刚开始。还有一回，她刚生完孩子，还在月子里头，靠在床头，红润的，饱满的，宁静的，头一回做母亲，有点笨拙，却是笃定的，有一种喜悦的满足感。那时候，多么好。后来，关于他们的境况，他也是听说过一些的。总之是，生活不如意。后来，据说是，她居然考了研，到北京读书去了。之后留在北京，把孩子户口也带走了。这一家三口，以后该怎么办呢？关于私生活，幼通从来没有谈起过。他也不好过问。这一回，她从北京回来，约见，想必是要谈这个问题了。看她那个备受煎熬的样子，真是可怜。

服务员过来，问表哥两位吗，还是老规矩？

表哥忙说，是家里人。还是老规矩吧。

看来，表哥是这里的常客。我好像是说过，表哥经济优裕，有房有车，有公司，在S市，也算是中产吧。

我们喝茶。我犹豫着，不知该怎么开口。毕竟，在中国人的伦理关系里，大伯哥和弟妹，总是一对矛盾，又微妙又复杂。在我们芳村，这样两个人，几乎是不过话的。不过话的意思就是，没有言语往来。更谈不上说这样私人的话题。还有一点，人家毕竟是表兄弟。血浓于水。抓把灰比土热。打断骨头连着筋。相比之下，我就是一个外人。我这样一个外人，在人家表哥面前，想着讨要公道呢，还是讨要主意？我不肯承认，几乎在见到表哥那一刻，我就后悔了。

包间里很安静。外面走廊里有轻轻的喧哗声，是有客人来了。茶的热气在室内缭绕，好像是温暖的安慰。我定了定神，开口了。

表哥一直默默听着。房间里是那种落地台灯，本白的麻布的罩子，木质的纺锤形的灯柱，雕刻着一朵一朵的玫瑰花。灯光经过麻布的过滤，柔和纯净，溪水一般，流淌了一屋子一地。表哥的脸正好在灯影里，隐没着，我看不清他的表情。

我犹犹豫豫地讲着。闪烁地，迟疑地，混乱地，琐碎地，好像是一个不会讲故事的人，在勉为其难地试一试胆量。不知道，是不是那纯净温暖的灯光鼓励了我，或者，是外面秋雨淅沥的夜色。我渐渐镇定下来。我的叙事的河流不再左右奔突，不再犹豫不决。我仿佛看见，河流平缓，有力，顺畅，偶尔被水草和暗礁打扰，却依然奔涌而去。

表哥默默听着。半晌，他说，我都知道了。幼通他，还没有长大。你——受委屈了。我的眼泪慢慢流下来。一个晚上了，我忍着，没有流泪。我不愿意在表哥面前流泪。

幼通他，确实是——表哥顿了顿，好像是在努力寻找合适的词语。幼通他，唉。都不知他整天在想什么。也不大合群。喜欢自己待着。我其实是想好好带带他的，他外语不错。可是，他好像是在工作上也不大用心。他，唉，怎么说呢——我的心揪起来。我生怕他提起来那件事，幼通刚来的时候，跟表哥提出高薪的条件。

比方说吧，他的办公桌乱成一团，电脑上都是灰，也不擦一擦，只有键盘上那一小块是干净的。上班时间，还玩游戏——

我感到血液一下子就涌上脸庞。心里嗵嗵跳着，好像自己是一个贼，被人当场抓住了。当然了，放松一下也不是不行——要不是他是我弟，我说什么都不会留他——

我的脸肯定是涨得通红。这么多年了，虽然，我对幼通颇多怨言，在口不择言的质问和抱怨中，我说过很多难听的话，逞一时口舌之快，骂他，损他，贬他，简直是一无是处了。可是，这样的话，从别人嘴里说出来，竟然那样的令我震动，令我觉得，羞愤难当。我恨不能找个地缝钻进去，又觉得，真是一针见血，痛快极了。

多年以后，回想起来，那个秋雨绵绵的夜晚，在S市的一家茶馆里，我跟幼通的表哥，坐着，谈着。后来都谈了什么，都不大记得了。左不过是，表哥看出了我脸色很差。他大约是，也为了一时激动中的愤激之语，感到后悔，还有难堪吧。他很恼火，他怎么就说了这样的话呢，他大约都忘记了，幼通是他的表弟。而眼前这个人，是跟他不和的妻子，正为了他的不上进，要跟他离婚。他真是太糊涂了。

好像是，后来，表哥又努力劝我，说一些个一家人还是在一起的话。说建一个家庭很难，拆一个家却容易。说孩子都这么大了，该为孩子着想。都是一些个老生常谈。语气恳切，但我听来却是虚弱无力。他大约是出于伦理的立场，或者是，出于对自己过失之语的补偿。也或者，就是本着一个朴素的人之常情，宁拆一座庙，不拆一桩亲。他滔滔地说着，都是大道理。我注意到，他的额角上竟然出汗了。

秋雨寒凉，他居然急得一头热汗。表哥是个好人。

然而，这世上，好人就未必能够拥有好的人生。我是说，后来，表哥竟然离婚了。距离那个秋天的雨夜，才一年多。表哥和表嫂，是大学同学。我还记得，有一回，他们夫妇两个，来幼通父母家。出门的时候，因为要换拖鞋，表哥蹲下来，帮妻子系鞋带。那时候，表嫂大约怀孕六个月了吧，已经出了怀。玄关处光线昏暗，表嫂挺着肚子，将军一般，跟我们说笑着。众目睽睽之下，表哥有点忸怩，动作笨拙。

我不知道，表哥和表嫂之间，究竟有着怎样的纠葛。是什么，令他们这一对当年的大学同学，人人称羡的一对儿，在多年以后，最终松开了彼此的手，分道扬镳。我也不知道，那个秋雨绵绵的夜晚，在S市那家格调雅致的茶馆里，表哥在努力向我阐释婚姻的意义的时候，内心藏着怎样的隐痛，还有伤口。

那一年春节，我照例回S市。有一回，又说起幼通工作的问题，我劝他趁早，赶紧找出路。否则等上了年纪，万一被搁到半路，可怎么好。

幼通说，有多少人不是这样过一辈子？你想要我怎么样呢？

幼通说，我又不让你养活你怕什么呢？

幼通说，什么找出路你不就是想让我多挣钱吗你眼里就只有钱你这个女人太物质了。

幼通说，你这么嫌弃我工作我辞职不行吗你再帮我找个好的？

幼通的口才真是好极了。他靠在床头，那些熟悉的语言几乎被他说烂了的语言，又一次从他嘴里滔滔不绝地流出来。他的嘴唇上下翻飞，神情倦怠，语气嘲讽。

你知道表哥，你的领导，怎么看你的吗？我冲口而出，几乎在那一瞬间，就后悔了。可是，已经晚了。

哦，他怎么看我的呢？

他说，要不是你是他弟，他根本就不会要你。

幼通的脸一下子涨得通红，你瞎说。他这么说的？他亲口跟你说的？

我恶毒地微笑，对，你的亲表哥，亲口告诉我，要不是你是他弟，他根本不会要你。你还有什么本事？不是靠你妈的学生，就是靠你爸的外甥。你就不能争口气，自己找一个出路？

幼通的脸都白了。他说好，好，你厉害。我明天就辞职。他不愿意要，我还不伺候了。

我以为他是说说就算了。然而，他真的辞了职。

据说，辞职前，他表哥苦留。见他坚持，也就由他了。

那一年，距离 2008 年全球金融危机，还有一年。公司也不好做。摇摇欲坠坚持了没多久，终于倒闭了。当然，这都是后来的事情了。

从那以后，幼通失去了工作。他失业了。整整三年。

我能这样为自己辩解吗？我不是故意要他失业的。我也并不是，因为他失业了，才坚决要跟他离婚。可是，我依然忘不了他的眼神，他的责骂。我一面极力解释着，一面暗自思忖，是不是，如果我不找表哥劝他，就不会有后来的事发生。就算找了，要是我没有那天冲口而出那句话，幼通就不会失业了？还有，要是幼通不失业，我是不是就不跟他离婚了？

多年以后，我总是想起那三年，幼通他，是怎么过来的呢。孩子幼小，尚不知世事。父母姐姐，又是那样的淡漠，冷眼旁观的姿态。还有，妻子远在北京，要跟他离婚。那时候，幼通他，一定是感到人生无望了吧。每天晚上，躺在女儿身边，在无边的黑夜中，听着孩子稚嫩的呼吸，他内心煎熬吗？他是不是会在某个时刻，热血奔涌，想拔剑而起，到外面的世界去，不顾一切地，杀出一条血路来。正如我期待的那样。

然而，并没有。

幼通他，是真的消沉下去了。

那时候，报社实行竞聘制，人事变动很大。老社长退休了。新社长兼总编辑上任，借机大刀阔斧，重整江山。万副总作为班子里资历最老的一个，又不大好用，索性就找个借口闲置起来了。主任呢，算是前朝的人，自忖余下的日月不好将息，也办了病休，称病在家，只等着过两年退休了。副刊部走马换将，新年新面貌。有人欢乐有人忧。

我却对这些有点迟钝，每天做好分内事，不参与帮派和是非。是置身事外的意思。那时候，我一心要弄小说。我写啊写。我简直是走火入魔了。

老管还是忙，脾气也见长了。据说是，单位的关系有些复杂。刚换了主管领导，原来赏识他的那一个，调走了。说是高升，本可以有所依仗的。可谁不知道呢，县官不如现管。更要命的是，新老领导之间，矛盾很深。老管是老领导任上提拔的，自然要被看作前任的人。这种事，一点办法都没有。只能是在工作上更用心用力，用业绩说话，用成绩表忠心。这新领导是一个强硬派，凡事都要过问。老管的位置，就尴尬了。这种文化单位，个个都是人精，惯于看眼色听风向，见风使舵，难免有那些眼皮子浅势利的，对老管态度就微妙起来。老管也是正做在兴头上，一把手做惯了的，哪里肯咽下这些呢。心里郁郁难平，人也有些阴晴不定。

有时候跟我说起来，唉声叹气地。我就劝他，沉住气，千万不可妄动。凡事多请示多汇报。充分尊重领导意见。高调做事，低调做人。路遥知马力，日久见人心。老管心事重重，只是叹气。

律师到 S 市去，幼通不见。

在等着开庭那段日子里，我一遍一遍把过往的生活，把千疮百孔的生活的里子翻出来。我被迫一遍一遍回忆那些往事，那些细节，那些伤疤，那些种种不堪处，不足为外人道，却在我内心深处埋藏着，一碰就痛。我辗转难宁，如同油煎一般。我盼着早点上法庭，早点出结果。我受不了。

我不知道，老管那边谈得怎么样了。这阵子，老管为单位的事煎熬，对这件事，想必也是无暇顾及吧。我也不好问。倒好像是，我在逼他。

有一回，是个周末吧，老管难得陪我逛街。我要去外地出差，这是我上班后第一次出公差，参加一个很重要的活动。老管说，要置办几件行头，形象就是生产力啊。难得老管兴致好，就去了。老管的眼光果然是不错的。他帮我选了一件风衣，一条裙子，一双靴子，一件西装小外套。我不断从试衣间里走出来，走到他面前。他点头，微笑，赞赏。这些衣服穿在我身上，贴心贴肺的，简直就是为我私人定制的。优雅，大方，得体，每一个细节都是会说话的。我喜欢极了。老管说，都包起来。我看着服务员仔细包起来，甜美地笑着，赞美先生好眼光，太太好身材好福气。然后殷勤地问先生，是刷卡还是现金？老管笑着看了我一眼，说刷卡还是现金？

我欢喜得满脸红晕，一时没有反应过来。

问你呢。老管笑道。刷卡还是现金？

我一下怔住了。很快又回过神来。刷卡。我说。

我跟着服务员去刷卡。衣服都是大牌，好大一笔银子。

商场里人不少。都是秋天了，还开着冷气。灯光在头顶闪烁，投下迷人的光晕，空气里流荡着香水和脂粉的味道。模特们穿着美丽的衣装，亭亭站立着，高傲的，冷艳的，不食人间烟火，漠然地看着周围的一切。满眼都是光华，耀眼的，喧嚣的，纸醉金迷的，欲望的河流汹涌，把偌大的商场还有商场里的人们淹没。

见我回来，老管看着我的脸色，微微笑道，怎么样？走吧。

他接过衣服袋子来，我拿出钱包，把购物小票收进去。

呀——老管斜眼看我一下，笑道，这钱包，也是我送你的那个吧？他的语气里有一种类似女性的娇嗔。我说过，老管这个人，好像是有那么一点女性气质。

是一只淡金色女式羊皮钱包，我记得，好像是人家送给老管的。

挣那么多钱干吗呀？见我不说话，老管解释似的说，我知道的，你们报社待遇蛮好。

我看了他一眼。他是微笑着的。不知是不是我太敏感，我看出了这微笑后面的不寻常。

是啊。我说。挣钱就是要花的嘛。

老管说，唉——到现在，你都没有给我买过一样东西。大概是看我笑着说话，老管继续道。

我心里一震。

我忽然想起那一回，我病了，发烧。到医院一通检查，医生担心有别的炎症。医院里乱糟糟的，到处都是人，走廊里，大厅里，候诊室，每个窗口都排着大长队。我在候诊大厅的椅子上坐着，等老管来。

老管来了，夹着公文包。他穿一套米白色商务休闲西装，头发湿漉漉的，很有范儿地垂到前额一绺。他脸色红润光洁。健康，明亮，神采奕奕，一身春风荡漾，在医院这种闹哄哄的地方，显得又醒目，又特别。他问了我情况，问我昨晚上多少度，今天一早挂号顺利吗，检查了几项，结果什么时候出来。我都一一答了。他没有坐。他就那么一直站着，随时准备走的样子。他是怕弄脏了他的白西装吗？

他拿过我手里的单子，认真地看。一面看，一看嘴里嘁的一声。

然后，他说，喏，你看，这项检查，还有这几项，没必要的。现在这些医生，他们都是为了赚钱——你去跟医生说，就说不做这几项了。

我去跟医生说？我虚弱地仰起头，看着他。他说是呀，你去说。他朝我挤挤眼，压低嗓子。

我就真的晕乎乎地去了。那个瘦瘦的中年男医生，从口罩上方，惊讶地抬头看了我一眼。你确定，不做了吗？我回头看老管。老管点点头。

后来的事，我不大记得了。我只记得，老管匆匆交了费，走了。我等结果出来，自己打车回家。那天风很大。城市被吹得摇摇晃晃。我站在大街上，等出租。风把我的大衣吹起来。我感觉整个人轻飘飘的，仿佛马上就要被吹走了。

是不是，我太敏感了？要么就是，我太迟钝了。

我承认，在钱这个问题上，我是有那么一些陈腐的愚昧的观念的，男人为女人花钱，这几乎是一个真理。在我们芳村，也不仅仅是我们芳村，在这世上，男人为女人花钱，女人花自己男人的钱。这道理是多么简单，朴素。根本不需要解释。

更何况，老管有这个经济能力。这点钱，对老管来说，不值一提。当然，我都是在后来才知道的。

有时候，我不免替老管辩解，这不是钱的问题。然而，这是什么问题呢？

从商场出来，我一直沉默。过天桥的时候，我从老管手里接过那些袋子。老管说，不吃饭了？

我还是不说话。转身就往天桥上走。

老管站着没动。

北京的夜晚，秋风浩荡，从大街上波涛一样汹涌而来。灯光在风里摇曳，扑朔迷离。车流在夜的长河里流淌，车灯明明灭灭。北京的秋夜啊，又喧嚣，又宁静。

我很记得，当年，我刚从S市到北京来。也是秋天。也是夜晚。我站在北京的大街上，让秋风从我的身体里徐徐吹过。纯净的，新鲜的，喜悦的。宛若新生。我站在2004年的北京的秋风里，看着灯火辉煌的京城，满怀都是新生的激情。那时候，我还没有遇见老管。那时候，我还是我自己。

老管在后面叫我。我停下脚步，却不转身。在我固执的沉默里，老管的愤怒喷涌而出。你怎么了？你这么闹，有意思吗？老管的眼睛在灯光下灼烧。他的头发被吹得凌乱，脸上阴影重重，在某一个明亮的瞬间，皱纹很深。

不就是几件衣服吗？不就是今天没给你买单吗？这几年我给你买东西还少了？他给你买过这些吗？你跟他这么多年他给你买过什么？

我看着他。这个男人是谁？他真陌生。

你这么闹，有意思吗？唵，有意思吗你？他的声音激烈严厉，有点失真。你不就是想问我，跟她谈得怎么样了吗？你不就是天天想着这个吗？

是啊。我微笑了。我就是想问这个。怎么样了？

他一下就爆发了。知道你就是惦记这个。这是你的病了知道吗，这是你的病了。我跟你说吧，她不同意。老一套，一哭二闹三上吊。你们女人的老一套。我真是烦透了。我哄完她，又要哄你。你们要让我怎么办?

你去哄她好了。我不用你哄。我微笑道。你真是一个好男人。两头哄。甘蔗想要两头甜。

你什么意思，唵？我为了谁，我还不是为了你？我不是一个好男人。你就是一个好女人?

这个男人是谁？我为什么要在大街上跟他吵架。

我微笑着，泪水从脸上迅速流下来。我真是他妈的装×。我还微笑什么呢?

我把衣服袋子朝着他奋力砸过去。他说你疯了，你真是个疯子。你去哪儿——

2009年秋天的那一个晚上，假如你正好在北京东三环上，长虹桥附近，很有可能，你会看见一个女人，满脸泪水，在大街上奔跑。风把她的裙子鼓起来，仿佛是鸟的翅膀。灯光明明灭灭，泪水在不同的角度闪烁着湿淋淋的光。汽车从她身旁水一样流淌。汽车喇叭的鸣叫，在身后响成一片。有人从车窗里探出头来，大声斥责、咒骂，还有的冲她笑着，流里流气地，比画着下流的手势。有一座大楼黑魆魆地在夜色里矗立着，上面有几个红色的大字，闪闪烁烁。她泪眼模糊，她看不清楚。那座大楼像一个巨大的惊叹号，高高地指向北京的夜空。她再想不到，两年以后，她将要来到这座大楼工作。她也不会想到，当她在秋夜的北京东三环上痛哭奔跑的时候，她的一篇小说，即将在一家重要刊物上发表，并且，迅速在文学界引起轰动。而她，也将以此登上中国文坛。那是她的成名作。

多年以后，我依然能够记起那个深秋的夜晚。一个女人，她在情感的泥潭里挣扎辗转，却是泥足深陷，越陷越深。秋风寒凉，在她耳边呼啸而过。命运的脸庞在暗夜里若隐若现，她热血奔涌，热泪飞溅。她甚至顾不得仔细谛听命运的召唤。

我给幼通发了个短信。我说我们能谈谈吗。幼通说，谈什么？我们还有什么好谈的。你不是要打官司吗？来啊，我等着。

二十七

一场小雪过后，冬天就降临了。那一年的冬天来得似乎格外早。天气预报说，西伯利亚的寒流不日将迅猛来袭。风呜呜吹着，在枯瘦的寒柯上战栗。学院南路上还是热闹的。年轻的学生们不怕冷，三三两两地，到对面的雕刻时光咖啡馆去，到杭州小笼包去，到那家有美丽姑娘的鲜花店去。十字路口的报刊亭里，有行人缩着脖子在翻看，一只手揣口袋里，一面不停地跺着脚。

那时候，北京街头还有报刊亭。大约几年之后，报刊亭这种事物，就渐渐在北京大街小巷消失了，消失在岁月的风尘里，再也找不到了。

有一天，我下班回家。远远地，见老管在楼下等我。

他看着我，眼神温柔。走吧，他把我的包接过来，上楼。

他拿出一本刊物，并不递给我，说，这是谁呀——眼睛直看到我的眼睛里去。

我不理他。不知怎么，他这种阴柔的类似女性的气质，曾经那么令我着迷，而眼下，我却忽然有些厌烦了。

老管故意哗啦哗啦翻开那刊物，很有感情地读起来。一面读，一面看着我。

我的小说。我的小说居然，居然发表了。这真是意外之喜。

老管还在读。拿腔拿调地，带着很夸张的表演性质。

我上去一把夺过来。真的是我的小说。一个短篇。

你好啊，作家。老管过来，抚摸着我的头发。

是一家重要的文学刊物，影响大，发行量也大。据说，老管是偶然在一家报刊亭看见的。上面赫然印着我的照片，正是老管给我拍的那张，在春风里蓦然回首，笑着，风把我的头发弄乱了。阳光明亮，在我的脸颊上跳跃。

那天晚上，我们一心忙着看刊物，看我的照片，看我的小说。我们几乎是完全忘记了之前的嫌隙。我高兴极了。老管似乎更加激动。他说要出去庆祝一下。这是人生的重要时刻。一定要庆祝一下。

那一晚，我们喝了不少酒。老管平时是不喝酒的。他脸色红润，眼睛深处，好像是有一簇小火苗在跳跃。他不停地说话，叫我作家。他说起了他早年的理想，他喜欢的文学作品，他偏爱的那个作家，是个女的，他曾经一度，疯狂迷恋她，想跟她谈恋爱，甚至，想娶她为妻。当然，这都是他的青春期的臆想罢了。那个女作家属于上世纪30年代，是中国现代文学史上一个如雷贯耳的名字。老管呵呵笑着，有点醉了。他说你知道吗，她是我的秘密情人。甚至，甚至是，那什么的时候，我都想着她。直到漫长的青春期结束。老管说，那个女老师，他的暗恋对象，长得跟那女作家有点像。

老管说这话的时候，脸上笼罩着渺远的幸福的光芒。想来，在老管的青年时代，那个女作家，还有那个女老师，大约仿佛是两尊女神，在一个敏感脆弱的青年的迷茫岁月里，在他缥缈的白日梦的云端上，熠熠生辉。

窗子外面，有一辆面包车慢慢驶过。车头的灯在窗玻璃上亮了一下，隔一会儿，车尾的灯又亮了一下。学院南路上有很多树。瘦而硬的枝干在灯影里沉默着，重重叠叠的，映在窗子上，跟我们的影子缠绕在一起。

老管喝多了。他躺在沙发上，朗诵我的小说，叫我的名字，笑得像个孩子。作家，作家，看来我真的要娶个作家回来了。老管热烈地看着我。我们那房子，喜欢吧。两个书房，你一个，我一个。我们互不打扰。我要给你布置成最棒的书房。我要你在那个书房里写出我们的传世之作。你知道吗，你是替我在写替我在写啊。作家，作家——过来呀，作家——

我从旁看着他。酒渐渐醒过来，胃里灼烧着，脑子里却雪洞一般，清醒凛冽。平日里，老管极少到我这边来。都是我去。这一来一去，意思就微妙了。是不是，一开始的时候，老管就想到了结束，预先给自己留下一点退路呢。老管的解释是，他那边方便。方便什么呢？我要坐一个多小时的公交，穿过大半个北京城。我要换两次车，还要走一大段路。有好几次，我跟他抱怨，他说他的电脑在家里，书在家里，睡衣在家里，化妆品在家里，茶在家里，茶具在家里，他出行真是太麻烦了。他是一个不能凑合的人。我说过，在生活享受上，老管是一丝不苟的。然而，今天，老管他竟然过来了。他是专程过来的吧。专程过来告诉我，我的小说发表了。他过来为我庆祝。他是真的为我高兴吗？

老管抱着我，在我耳边热热地叫着，作家，作家，我的作家，我的作家，我的作家呀。简直是疯了。他浑身热汗，仿佛一个高烧的人，喃喃地梦呓一般。灯影恍惚，人影跳跃。屋子里弥漫着情欲的气息，黏稠的，腥甜的，动荡的，虚无的狂欢，狂欢的虚无。灯光在屋子里慢慢流淌着，流淌成一条河。整个屋子都荡漾起来。

我在那汹涌的潮水里随波逐流着。我不断跟自己说好了好了别矫情了来吧来吧来吧。可是不行。我的身体别扭着，它不听话。我躺在那里，心里闪过无数个疯狂的念头。老管他，是不是把我当成了那个传奇色彩浓郁的女作家了呢，或者，就是她那个初恋的女老师，他是在跟他的秘密情人交欢吧？在他的梦中情人面前，他是如此的殷勤，卑微，曲意逢迎，那一种诚惶诚恐，简直是谄媚了。他好像是变了一个人。

那天吵架的时候，老管质问，我是一个好女人吗。是啊。我肯定不是。我当然不是。我有老公有孩子，我还跟他上床，还盼着跟他结婚。我他妈就是一个贱人。在老管的心目里，什么样的女人，才是好女人呢？他妻子固然是本分的。本分的，也是迟钝的，乏味的。是不是，天下的男人，盼着天下所有的女人都是贱货，可以勾引，可以调戏，只有他自己的妻子除外？而那贞洁的本分的妻子，却总是难以引起他们的兴致。这真是深刻的矛盾。

后来，我常常想，老管，是不是，这样想的呢？即便把销魂的我，跟他的啰唆呆板的妻子放一起，让他挑一个做妻子，他仍然会选他妻子。因为，我不是弱者，我还有点才华，更重要的是，我在情感上太疯狂。而他妻子，最起码，本分。他可以把激情、诗意、燃烧、放纵，给我，而必须要把其他的一切，责任、义务、安全感、婚姻的名分，给他的妻子。恋爱是一回事。跟谁熬完一生是另一回事。跟他熬完一生的，必定是要勾起他内心深处的怜悯，甚至是微微的嫌弃，还有轻视。他要女人仰视他。平视都不行。骨子里，他要靠着这怜悯和嫌弃还有轻视，成就他伟大的神圣的崇高的牺牲感。看看，他多么不容易。他多么委屈。为了这不容易，这委屈，这自我牺牲，他必得在外面获得隐秘的额外的补偿。肉体的，或者情感的。是这样吗？

清晨，我们一起下楼，一起上班，像真正的夫妻那样。路口有一家早点摊，我们买了油条豆腐脑，老管还要了茶叶蛋。这个时间，正是早高峰。市声嘈杂，潮水一般汹涌着。早点摊上也是狼烟滚滚，有一种紧张仓促的烽火气息。老管衣冠楚楚，有点嫌恶地看着周围，冷静，理性，从容，有一点居高临下。一觉醒来，又是那个老管了。

好好写。老管说。他神情庄重，像一个长者。等哪天我不在了，你一定要把我们的故事写出来。

我看着他，猜测着他这话的含义。

为什么一定要等到他不在了呢？我就是要在我们如火如荼的时候，写出来。我就是要让天下大乱才好。

老管说，你不懂。

我不懂。我不懂什么呢。我不懂爱情。或者，我不懂他。不懂这个世界。是啊，我承认，对老管，我是越来越不懂了。

有时候，他会问，要是哪一天，我躺在床上了，你会来看我吗？他说这话的时候，神情感伤，苍茫，叫人心痛。

他为什么要问这个呢？是不是，在他的想象里，跟他携手终老，陪他到生命尽头的，一定不是我。那么，是他的妻子吗？

也有时候，我们闲得无聊，腻在一起，说一些个疯话。争论着谁先追的谁，谁主动，谁被动，老管坚持说是我先勾引了他，是我的眼神，我的笑，我的脸红。他说你知道吗，你的脸红，叫人受不了。现在哪还有会脸红的女人哪。老管坏笑着，在我耳边说了一句下流话。我气得不行，光着脚，满屋子追着他打。老管说我就是喜欢你这种小妖精。他气喘吁吁地，有点力不从心。他是开始发福了。

闹够了，就想象一下未来。我说你妈会喜欢我吗，你女儿呢？啊，我们就有两个女儿了。两个女孩子，多好，多热闹。

老管说你们站在一起，她都高出你一个头了。傻大个。说起女儿，老管神情柔软。她那么高，随手一拨拉你，你就受不了。老管笑起来。

我却笑不出来。这样的话，他说过好几回了。他什么意思呢？

那一年，我的那篇小说发表了。我也没有觉得有什么了不起。在那之前，我也发表过一两篇，零星的，幼稚的，青涩的，在一些不知名的地方小刊物上。每一回我都兴奋得不行。我原想着，发表的路慢慢顺畅起来，这总归是好的。那几年，我被退过多少稿子，我都记不大清了。废稿三千，大约就是这个意思吧。我安慰自己，激励自己。在学院南路那个小房子里，我好像是关在笼子里的困兽，走投无路，走投无路。那一种巨大的绝望的孤独啊。老实说，我是把写作当作泥泞之路上的一根手杖的。依靠着这手杖，我才能够不太费力地迈过那些坎坷和崎岖，通过那些荆棘丛生的歧路。我哪里还敢有别的野心呢？

可是，那一回不一样。我要等到几个月之后，要等到熬过来年的那个漫长的春天，我才能感受到，那篇小说引起的强烈反响。那个春天，我的生活发生了重大变化。

当我在多年以后的今天，再一次回首的时候，透过时间的尘埃，透过多年前，那个春天的乱红和飞絮，泪水和伤痛，我再一次想到命运。

二十八

随着开庭的临近，幼通态度越来越强硬了。他在短信里，在电话里，放了很多狠话。他说，他不会离婚的。他说翟小梨你是不是太狠心了，唵？你竟然不顾自己的孩子，竟然不怕她在法庭上受伤害。你太自私了，你只想着你自己。我实在忍不住了，就跟他说，我不想让孩子上法庭。我们协议吧。协议离婚。他断然说不可能。没那么便宜。你要是非要离，就法庭见。我光脚的不怕穿鞋的。我到你们单位找你们领导去。

幼通的声音在电话里有点失真。找我们领导。这是一个大男人说的话吗？这是什么年代了都。我气急攻心。一时竟是无言。幼通说，你不就是想追求你的新生活吗？你去追啊。你信不信翟小梨，我能让你身败名裂。

一股寒气慢慢爬上我的脊背。初夏的阳光洒满窗台。满城的新绿葱茏，草长莺飞。我的内心里却是冰天雪地。

幼通发来一封邮件。是一封信。前几天，我写给老管的，一封，怎么说呢，应该说是分手信。在那封信里，我表达了对这场感情的绝望。我想分手。从此分道扬镳，相忘江湖。没有抬头，没有落款。语气里有痛楚，有绝望，还有哀伤。整体上却是平静的。我以平静的口吻，感谢老管的陪伴。祝福他一切都好。

然而，这封信，是怎么到了幼通手里的呢？我真的不肯相信，幼通他，偷看了我的邮箱。这么多年了，我对数字迟钝，对电脑迟钝，对网络迟钝，对一切跟技术理性数字有关的东西，都笨拙糊涂。我一直不肯承认，我是一个头脑一团糨糊的人。对一些人，一些事，尤其是不愿意面对的人和事，我会本能地选择逃避。我总是侥幸地想，逃开了再说。以后再说。比方说，我的邮箱密码，其实是固定的，这么多年了，我一直没有变过。幼通是知道的。幼通知道的，还有很多，比方说我的银行密码啦，手机密码啦，电脑开机密码啦。在S市的时候，我的工资卡密码，也靠幼通记着。以至于有一回，我急着取钱，输入了三次，都没有成功。那个一脸雀斑的女银行业务员用一种奇怪的警惕的目光看着我。直看得我汗都出来了，更像心虚了。我落荒而逃。

想来，是幼通偷看了我的邮箱。我愤怒极了。我居然不是担心，不是害怕，不是内疚，而是，愤怒。

我质问他。质问他有什么权利偷看我的邮箱，偷看我的信件。我的声音颤抖，因为愤怒而颤抖扭曲。他怎么能这样呢。太卑鄙了。

幼通说，我卑鄙？幼通停了一下，沉默了。

他没有反唇相讥。我的质问声穿过时间的灰尘，依然在耳边回响。那一声声回响，在幼通的沉默中，慢慢藏匿了。

幼通的沉默，震慑了我。在后来很长的岁月里，我总是对多年前的那个初夏，对幼通那长长的执拗的沉默，而满怀愧疚。

我为什么不说，这不是真的呢？或者，就像老管说的那样，不承认，坚决不能承认。没有抬头没有落款，而且那么文学，你就说是小说是散文是剧本里的内心独白总之是什么都行，但一定要咬死，不能承认这是分手信。

老管的神情焦虑，有一点急赤白脸。他愁苦，紧张，憔悴。一夜之间，好像是苍老了许多。嘴角的法令纹更深了，因为牙疼，脸颊肿着，穿着家居服，跟人前那个风度翩翩的老管，简直是两个人了。

千万不能让他胡来。他什么都没有。光脚的不怕穿鞋的。我们可跟他不一样。老管坐下来，佝偻着背，把那封邮件又琢磨了一遍。

我心里一震。老管他，是不是担心幼通会顺藤摸瓜，把他给牵扯出来。他，这封信的男主角？他是害怕因此受牵连吗？

你也是，有事没事写这种信干什么呢？胡闹。分又分不了。多少回了都。你真的想分吗，你舍得吗？真是。老管一面数落，一面把那邮件打印出来。

老管的意思，是我在故意拿分手威胁他吗？是啊，多少回了都。我在无数个绝望的时刻，跟他提过分手。也不全是出于巨大的道德的焦虑和压力。有很多时候，是因为老管。我真的想分吗？我舍得吗？是不是老管早就拿准了我，拿准我其实离不开他呢？

我心里头一忽冷一忽热，煎熬得不行。扪心自问，幼通知道这封信的时候，我更多的是愤怒，我甚至没有担心。潜意识里，我是不是也想着干脆把这层窗户纸捅破，让他就此死心呢？还有，我把这事告诉老管，是不是也有私心，幻想着因了这封信，因为这场情感的败露，我断绝了跟幼通重修旧好的后路，也趁机逼迫老管，给他施压呢？我不知道。

我这边人事关系复杂，有多少小人盯着。他们恨不得我立时三刻出错丢丑，鸡蛋里还能挑根骨头出来，更何况是这种事儿？还有，本来正跟她做工作，那个男的常常去家里帮这帮那，日久生情，这你都不懂。可是你偏偏这么着急。那个男的，长相、学历、工作、性格，我都是细细斟酌过的。这么多年了，对她的喜好，我还是了解的。本来是春风化雨的事儿，你那边要乱插一杠子，前功尽弃不说，她能受得了吗？她还能给我好日子过吗？说你幼稚是真幼稚。

是啊。我太幼稚了。在老管的重重心机面前，我真的是幼稚极了。我怎么就不能一口咬定，这是小说是散文是剧本是人物的内心独白呢？我既能免于道德劣势的压力，又能不伤害幼通。就像老管那样，精心谋划一场爱情，令自己在这场不如意的婚姻中得以全身而退。很可能，如果有足够的耐心和智慧，最终，老管还会占领道德高地，对那个在上海移情别恋的妻子进行正义的讨伐和批判，由此他担心的名声地位家庭财产等可能会有的一切损失和风险，都将安全规避，甚至，还有可能会反戈一击，大获全胜。也未可知。

还愣着做什么？赶紧的呀。跟他去解释。态度要强硬。要一口咬死。

我看着老管那张一张一翕的嘴巴。这还是那一年，那个晚上，打来电话的那张嘴巴吗？南方普通话，嗓音低沉，动听，带着迷人的共鸣音。那么柔情动人的话语，是经由这张嘴说出的吗？那么多的亲吻，海誓山盟。是真的吗？

我记不得我是怎样夺门而去的了。

初夏的阳光洒满小区。这个老旧的小区，上世纪80年代的气质格调。有多少次，我一趟趟从这个小区穿过，脸颊滚烫，心里藏着炙热的迷人的爱情。之前，我怎么从来就没有觉得，这小区是这么的老旧破败呢。那时候，在我的眼里，这个小区，这幢老房子，金光闪闪，在北京的团结湖傲然耸立。我总觉得，这金光闪闪的旧房子里，住的都是富有魅力的人物。就像老管。

二十九

大约是十一月份吧，天气很冷。那一年，北京下了很大的雪，一场连着一场。我坐公交车，去参加一个饭局。其实是董序清张罗的一个局。毕业之后，很诡异地，董序清好像是一夜之间消失了。我呢，陷在跟老管的纠葛里，还有报社的一堆破事儿，令人焦头烂额。有一天，董序清忽然打电话来，说要聚聚。好长时间不见了。

等了半天公交车，好不容易来了，人太多，没挤上去。犹豫着是不是索性就打车去。因为下大雪，北京的交通混乱极了。正在路边张望呢，一辆车停在我面前，正好挡住我的视线。车窗徐徐落下来半个，一个人冲我笑道，真是你啊。

车里暖气很足。我坐在副驾驶上，郑大官人开车。他好像是有些清瘦了。穿一件黑色皮夹克，看上去质地优良，闪着细腻的光泽。一条灰色羊毛围巾解开来，在脖子上随意挂着。我还沉浸在刚才的巨大的惊讶里面，没有回过神来。北京这么大，居然就在大街上遇上了。这真是一个——郑大官人说，奇迹。

是啊。奇迹。我偷偷看他一眼，他面色平静，一只大手抓着方向盘，沉着，有力，另一只手放在腿上，手指头毫无章法地动着，好像是在弹钢琴。我有点尴尬，更多的是惊喜。要是他问起来，我该怎么解释呢。

郑大官人后来约过我，我没有回复。后来，也就渐渐断了音讯了。那时候，我一边是幼通，一边是老管，还有报社的万副总。我心力交瘁。对男性，有一种本能的戒备。我的烂事儿够多了，我可不想平白地再惹麻烦。

当然了，也很可能，是我自作多情了。郑大官人是谁？怎么可能呢？我不过是一个惊弓之鸟，面对外界风吹草动的时候，一种本能的自我保护罢了。

然而，郑大官人什么都没有问。大街上拥堵得厉害，车子走走停停，开得缓慢。我们很自然地聊起了董序清。这个局是董序清张罗的。当初，也是因为董序清，我们才认识。这些年，董序清越发活跃了，做文化，也做生意，在各种媒体上曝光率很高。是个聪明人。郑大官人总结道。你这个老乡啊。你跟他不一样。

怎么不一样？

他笑而不答。

我说，不就是说我傻嘛。

没错。傻丫头。

我心里嗵的一跳。

吃饭的地方很偏僻。看上去，倒像是一个私宅。园子里的雪厚厚的，晶莹耀眼。却有几株梅花开得正盛。红梅白雪，果然好景致。空气清冽，洗过一般。也不知道是什么香气，幽幽细细的，一时好像有，一时又像是没有。门边有一个女孩子立着，大冷天穿一袭大红织锦旗袍，外面披一件雪白貂毛披肩，梳着髻，脸蛋子冻得红红的。见了我们，老远就笑。

几个人正在喝茶，见我们一起进来，董序清笑道，这么巧？我刚要开口，郑大官人在我肩上按了一下，我知道，这是叫我不必解释的意思。大家都纷纷落座，喝酒，说话，笑。每一道菜上来，董序清都要讲解一下。说菜名，说来历，说吃法。董序清大约是喝多了，端了酒杯过来，在我耳边悄悄说，怎么，出息了就不认我这个老兄了？我说这话从何说起呀。董序清笑而不答，只是拿酒杯跟我碰，我只好喝了。郑大官人担心地看着我，想起身站起来，又坐下了。我也不知道哪里来的兴致，又倒了一杯回敬董序清。董序清说，哟呵，行啊。看到了吧。自古燕赵多慷慨悲歌之士。这话可不是虚的。众人都停下来看着我们，一片喝彩声。我脑袋晕乎乎的，越发得了意，跟董序清又干了一杯。众人鼓起掌来。

一桌子十来个人，我打了一圈。这种饭局，一定要有女客。女客若是酒量好，酒风又好，就越发有趣味了。董序清大呼小叫的，情绪高涨。郑大官人却只是独自坐在一旁，默默看着大家闹。众人都知道他身份特殊，这种场合放不开。也就由他去了。那个穿红旗袍的女子过去沏茶，郑大官人专心看她表演茶艺。

大家吃得十分尽兴。席间有人提起老管。我的耳朵好像立刻就伸长了。

听说老管这回有点麻烦了。

怎么了，是不是那件事，东窗事发了?

哪件事?

就是跟他们老大老婆的事儿。你没听说?这不是秘密了都。

恍惚听过一两句。嗨呀，我说的不是这事儿。

把声音低下来，在边上那人耳边私语。有人就说，这儿又没外人，神神秘秘的。那人说这事儿不好玩，酒桌上还是八卦有意思。话说也不知哪朝哪代，有个书生从江南进京求取功名，屡遭顿挫，后来心生一计——有人就笑道，美人计。那人哧的一笑，就老管，还美人计——董序清见大家说得露骨，起来招呼说，来来来喝酒喝酒。别八卦起来没完没了。

我怔怔坐在那里，木木地夹菜，喝酒。周围的人声、行令声、琴声、笑声，都恍惚得很。好像是在梦里面，远远见一干人饮酒作乐，形貌声色分明，想过去，却动不了身，只有眼睁睁看着。一句话也插不上。他们好像还在说老管。老管。管淑人。这个人，我真的认识吗?

饭后踏雪赏梅。众人都兴头头的，独有我，看着满目白雪红梅，跟方才竟然大不相同了。这院子在一个山坡上，视野极好。远远看去，一片雪野铺展开去，白皑皑乱琼碎玉一般。雪是冬天的一种修辞吧。雪覆盖着大地，把人间的不堪和伤痛，悄悄修饰。还有那几株蜡梅。凌寒独自开放，仿佛是真的不惧怕这严寒一般。违逆了季节的流转和时令的次序，这梅花的殷红里，是不是也浸透了斑斑泪痕点点血迹?

回去的路上，我一直沉默。郑大官人也不说话。我知道，这种沉默，已经超出了礼貌的边界。我跟郑大官人之间，说不上熟悉，更说不上深交。我的这种固执的沉默，令人难堪。开了很久，他才说，怎么了?

你好像是有点不对。我说没有啊。他沉默了一下，说，没想到，你的酒量不错。我说是哈。我也没想到。他诧异地看了我一眼。没再说话。

夜里，我睡不着。老房子暖气不好，一到夜晚更是冰凉。喝了酒身子热，洗澡贪凉了。脑子昏沉沉的，周身寒战。眼皮又涩又重，想睡，又睡不着。寒风敲打着窗子，带着尖厉的哨音。北京的寒夜，漫长，幽深，森然，叫人惧怕。这小小的冰冷的房间，如同一只小船，在风雨中飘摇不定。我躲在里面，想在寒凉的人世抓住一点点温暖。这多么年了，这个小小的屋子，是我最后的退路，是我在苍茫世间仅有的一个小窝。不知道是什么鸟，在外面叫了一声，隔一会儿，又叫了一声。声音凄厉，孤单，在寒夜里慢慢荡漾开去。阴天，好像是没有月亮。连日几场大雪。大约是这些年最大的雪了吧。

昏昏沉沉中，老管来了。他穿一件细条纹衬衣，也不怕冷。脸上笑着，还是那种笑，有一点羞涩，也有一点女人的妩媚。我正待说话，却见他朝着沙发走去。沙发上坐着一个女人，低着头，长发垂下来，掩住半个脸庞。老管笑着过去，弯着腰，一脸的柔情蜜意。那女的好像是恼了，左右拧着身子，只不理他。老管急得一头热汗，百般殷勤赔笑，嘴巴一张一合，却听不见说什么。我眼睁睁看着，心里又气又恼，想叫他，却发不出声来，想动弹，也动弹不得。老管把那女的款款揽住，那女的睡袍就慢慢脱落了，慢镜头一般，委了一地。老管跪在地下，把脸埋在那一双白腿之间。忽然间，那女人发出一声凄厉的号叫。我急火攻心，一下子醒来。

也不知道是几点了。长夜漫漫，更添了肃杀的寒意。冷风掠过树梢，有金属般的陡峭的回声。被窝里冰凉，我昏沉沉躺着，一阵冷，一阵热，浑身哆嗦。脑子里乱糟糟的一团，头痛得像是炸开了。老管。老管到底是怎样一个人呢？跟他好了好几年，我一直不肯正面想这个问题。恋爱中的女人都是愚蠢的吧，愚蠢，盲目，偏执，糊涂，只相信自己愿意相信的。老实说，几乎是本能的，我觉得，老管不爱我。至少，没有那么爱我。老管跟我在一起，不过是一个在异乡打拼的孤单的男人，在他京城的艰难时光中的一点安慰。他常常说自己老了，老了。而我还年轻。他比我大二十一岁。他在镜子前面仔细地染他的白发，一丝不苟地，把岁月的证据一点一点掩饰。他看着我年轻的脸庞，光洁，紧致，红晕满面，他赞叹着，也嫉妒着。有多少赞叹，就有多少嫉妒。他的目光里有着太复杂的东西，甚至，有不易觉察的恨意。

等哪天我躺床上了，你会来看我吗？

这句话，不止一次被他提起。他是什么意思呢？

有一回，是个周末吧，早晨，我们还没有起床，迷迷糊糊聊天，说着一些个甜蜜的废话。门外忽然有人敲门。初冬的早晨，外面还是黑的。谁这么早敲门呢？那时候，还没有快递，京东啊顺丰啊申通啊，要在好几年之后才在北京出现。老管侧耳听了听，说敲错了吧。敲门声很执着，好像是知道里面一定有人似的。老管的房门是那种铁门，里面是一道木门。铁门上有门环，门环扣上去，当当当当，声音急促响亮。老管冲我摆摆手，嘘了一声，示意我不要出声。他光着脚，躲在门缝里看了看。多少年后，我都忘不了，他穿着睡衣，蓬着头，光着脚，扒着门缝往外看的情境。鬼祟地，惊惧地，心事重重地，有一点不磊落，像是一个小偷，被人家抓了个正着。那敲门声坚持了足足有半个小时，终于消失了。

我什么都没有问。老管也什么都没有解释。那时候，我跟老管刚刚认识，正是盲目的激情时刻。后来，那一个早晨，那执拗的不屈不挠的敲门声，总是在某个瞬间，穿过时间的灰尘，在我心头遽然响起。我的心便受了惊吓似的，扑腾扑腾跳起来。一种不祥的阴影，如同那个清晨的大雾，在我心头弥漫。

那一回，我大病一场。

我请了假。关了手机、电话。我切断了跟外界的所有联系。

世界一下子安静下来。

多久没有这样的安静了啊。

我躺在床上，像一片干枯的叶子，虚弱的，苍白的，轻飘飘，一阵风就能把我吹走。冬日的阳光透过窗子照过来，在床边和地板上画出水纹一样的影子，一漾一漾的。这么多年了。我只顾踉踉跄跄赶路，几乎从来没有片刻的喘息。前路苍茫，我哪里还有余情稍作停顿呢？我不过是求一份安稳人生罢了。这么多年了，是求安稳而不得，反倒陷入一种，怎么说，一场感情的泥淖里，左右辗转，不得自在。我是在惩罚自己吗？我明知道，跟老管，是没有希望的。我的敏感的细腻的心性，我的女性的本能，都在我的内心深处，一再警告我，离开这个男人。远离他。然而，我为什么还要一意孤行呢？是不是，私心里，我不肯承认自己的遇人不淑，不肯承认自己，再一次看错了人。是不是，我的内心深处，真的有那么一种疯狂的东西，或者说冒险的气质。一件事越是危险，绝望，越是有一种致命的吸引力，吸引人要亲身去尝试。

越是深渊，越是叫人抑制不住纵身一跃的冲动。也可能是，这么多年了，在婚姻里围困既久，我真的对这一份天外飞来的情感，有着孤注一掷的期待，依赖，或者叫作指望也好。我哀哀地指望着，这一份情感，能够把我从多年的围困中解救出来。至于前路，我还无暇顾及。

坦率地说，很早的时候，当我在老管的出租屋里勤勤恳恳清洁洒扫的时候，当我帮他翻译资料写读书笔记的时候，当我无数次在他身旁听他跟上海通话一家三口共度周末的时候，当他跟我开始计算彼此的付出和投入多少的时候，当他背着上海的妻子背着我一个人悄悄买了房子的时候，我就仿佛隐约看到了这场感情的命运，我甚至，我甚至开始了一种暗中的等待，等待那一个时刻的到来，在那个时刻，那最后一句话，由老管说出。

然而为什么呢？为什么一定要由他来做最后的结论？我不肯承认，我是不甘。我不甘心这场感情由我亲手来毁掉。我更不甘，给出最终结论的是老管。可是，扪心自问，我还是更情愿让老管来做这个刽子手。我要让他欠着我。人的感情是多么奇怪啊。有时候，我一面要这样劝慰着自己，另一个声音又小声阻止。我是女人，我女性的自尊或者叫作虚荣，都告诉我要主动出击，离开老管，体面地优雅地果断地离开，不拖泥带水，不婆婆妈妈。要让他永远觉得，这是他的一种失去，最痛心的失去。是我，是我弃他而去。而不是相反。

我甚至，已经在暗中准备那个时刻的降临了。

我几乎是出于本能的一种，怎么说，一种自卫，或者叫作反击。我抓住了另一根救命的稻草。你一定猜到了。是郑大官人。

三十

对于郑大官人，一直以来，老实说，我是怀着一种仰望的姿态的。他太高了。而我不过是大树下的一棵小草。平日里，我只能在新闻里得知他的消息。他到哪里视察啦，到哪个国家出访啦。他主持什么会议啦。他深入基层搞调研啦。他的名字被人们说来说去，每一次，在旁人嘴里听到那个名字，都令我心头一跳。那个名字是公众的，是社会的，从别人的嘴里说出来的那个名字，那个人，是那么陌生，那么遥远，不可亲近，好像是，那是另外一个人，不相干的，陌生人。好像是，我们从来没有在一起有过喝茶闲聊的时光，有过短信电话往来，有过心有灵犀的沉默时刻。我翻出手机通讯录，看着那一个名字，那三个字，看着看着，就恍惚了。

那次见面后，郑大官人常常有短信来。那时候，还没有微信。我看着他简洁的短信，忽然想起那一天，在大街上偶遇，一上车他说的那句话。

我就知道，我们肯定还会再见的。

他说这话的时候并没有看我。他熟练地开着车，他戴着墨镜，雪地的反光亮得刺眼，在他的镜片上反射出晶莹的光。

他的短信简洁极了。

他说，在开会。

他说，去加拿大几天。

他说，做什么呢？

他说，周末休息吗？

他说，雾霾，要戴口罩。

都是秃头句子，没有主语。可是，这样的秃头句子多么温暖宜人啊，贴心贴肺。这种没有主语的句子，比直接的你、我，比亲爱的，更内敛更含蓄更耐人寻味。

后来，有时候也是有主语的。那人忙什么呢？那人最近还好吧？天热，那人多喝水。

是什么时候开始的呢，这种变化？我努力想了想，到底是想不起来了。

我可能是忘了说了。郑大官人，怎么说呢，是那种不苟言笑的人，个子不高，气场却极大。坐在那里，有那么一种不怒自威的震慑力。即便是笑，那笑里也有一种威严的东西，叫人不敢亲近。他谈文学的时候，谈艺术的时候，谈茶道的时候，也是不大笑的。他的脸部线条有点硬，棱角太过分明，这使得他好像是永远是严肃的。他的眼睛细长，说话的时候，不大看人，但偶尔一眼扫过来，却是明亮犀利的，叫人禁不住在这目光里微微瑟缩了。

那一回，我们吃完饭出来，停车场在马路对面。夜晚的京城华灯璀璨，这坚硬的庞大的喧哗的城市，在灯光的迷离闪烁中，仿佛也有了一种柔软的幽深的气质。我们喝了红酒，有一点微醺。春风浩浩荡荡，从城市的内部徐徐穿过，一城的灯火都摇曳起来。过马路的时候，一辆车忽然飞驰而过。他拉住我的手。我们就那样手拉着手，过马路，走到路边的灯影里，才遽然惊觉似的，放开了彼此。

后来，我常常想起来那个晚上，那个十字路口。车流汹涌，灯火辉煌。究竟是谁先伸出的手呢？是他先拉住了我，还是我先拉住了他。或者，是我们彼此，几乎在同一个瞬间，感受到了对方的内心的骚动，我们以敏锐的本能的惊人的反应，相互呼应了对方。是那点红酒怂恿了我们，还是春风沉醉的夜晚诱惑了我们？我不知道。

后来，当我们老是为那个晚上最初的拉手开玩笑的时候，我还是恍惚得很。是不是我呢？是不是我在暗中等待老管那最后一只靴子落下的时候，当我在感情上走投无路的时候，我主动伸出了我羞怯的手呢？就像一个即将溺水的人，试图抓住岸边的石头，芦苇，或者任何可以救命的事物。我矜持的文静的外表之下，藏着多么疯狂的脆弱的念头啊。

到家以后，他发来短信。后悔吗？

仅仅是拉一拉手，为什么要后悔呢？这个古典的正派的男人啊。很可能，在他的清晰的规整的有秩序的世界里，男女之间，拉了手，意味着很多。意味着以心相许，意味着一种表白，或者是，承诺。我想，这种古典的清洁的精神，这种对待感情的郑重态度，不仅仅是因为，他是郑大官人吧，他是一个大人物，他不得不爱惜自己的羽毛。这应该是他的内心准则。我看着那个短信，后悔吗，那三个字，好像是三块金子，光芒迷人，照出了我内心深处的惊诧，喜悦，还有不安。

是的。不安。我为什么不安呢？郑大官人这样一个人，我本不该心怀幻想的。我是领教过生活的厉害的。我担忧，这样一大捧玫瑰落在我的怀里，我领受的，是花朵的芬芳，还是花刺的疼痛。我是多么患得患失啊。我害怕着，同时也渴望着。越是害怕，就越是渴望。这种害怕和渴望混合的纠结纷乱的情绪，折磨着我。我渐渐消瘦下来。

同事们都说，哇呀，看这小蛮腰。有什么减肥秘籍啊？

三十一

铁狮子坟这一带，树木繁茂，天然有一种森然之气。老北京地名里，有不少带坟字的名字，八王坟啦，索家坟啦，公主坟啦，铁狮子坟啦。据说，铁狮子坟以那一对著名的铁狮子而得名，是明代旧物，后来，在大炼钢铁时代被销毁了。而今，这一带是北京高校云集的地方。老坟地阴气重，必得是年轻学生的血气方刚，或许才能够镇得住。学院南路上，树木接天蔽日，几乎不见阳光。偶尔有细碎的日光漏下来，在地下画出一个一个圆圆的金币大小的光斑。树上乌鸦多。在黄昏时分，鸣叫起来，倒是不觉得凄厉。都说乌鸦不是吉祥的鸟类，不像是喜鹊，总是面对生活中喜悦明亮的段落，放声歌唱。我对乌鸦的偏见，在学院南路的那些年，渐渐改变了。乌鸦为什么鸣叫呢？它的叫声喑哑，低沉，悲伤，在京城的暮色中反复吟唱。这悲伤的鸣叫，一声一声，每一声都落在我的心头，落叶一般越来越厚。我藏在这有厚度的悲伤里，品咂一种隐秘的温暖的安慰。有时候，走在暮色的乌鸦的鸣叫里，我不免乱想，这乌鸦还是多年前的那一只吗？在岁月的流逝中依然不倦地吟唱。

那只靴子终于落下来了。

老管约我见面。电话里，依然是那口南方普通话，带着好听的共鸣音。喂。他说。你——还好吧。我说还好。我听见自己的声音平稳，镇定，没有一丝波澜。我本以为，我会颤抖，会激动，会抱怨他为什么不打电话，会问他这么多天干吗去了，会撒娇，会发脾气。可是，并没有。我握着话筒，靠着窗台。我的目光越过窗外那棵树的枝叶，一大片灰色的楼顶，层层叠叠地延展开去。天空很蓝，很远，像是无边的河流。

喂，你在听吗。老管在电话那边说。

他是不是发觉了我的不专心。他又说起自己的忙碌，这个会也要参加，那个开幕式也要出席，好多人情债要还，一堆破事儿不得不做。他说着自己的日程安排。确实是，太满了。他说有什么办法呢，等哪天烦透了索性我就关了机，让他们找不着，让他们急去。他在电话里叹了口气，也就笑起来。我平静地听着。若在往日，我肯定是又是心疼，又是骄傲，还有一点暗暗的敬服在里面。男人嘛，不就是应该这样吗？成功的男人，尤其如此。一个人，他的个人价值总是由他的社会价值来决定和证明的。老管他，是多么重要，多么不可或缺，多么繁忙啊。他越是社会事务繁忙，我就越是渴望从他繁忙的社会事务里面，见缝插针地，虎狼一般，攫取一点时间出来。或者是偷儿一般，窃取一点闲暇，忙里偷闲，忙里偷欢，越是抢来的夺来的偷来的，越是滋味鲜美。我们曾经在会议间隙里约会，在飞机起飞前的一个小时里匆匆见一面，在无数的时间的边角料里，挤出那么一小点来一起逛街。那些飞来的光阴啊。那些鲜美芬芳的时刻。

而今，我怎么一点感觉都没有了呢。他还是那样抱怨着，带着一点甜蜜的满足和得意。我却一点都不为所动了。我只是觉得，这个男人，他在炫耀。他越是抱怨，就越是满足。他满足于这种繁忙，这种成功带来的志得意满，这种日程紧张的生活，他乐在其中。一个人，什么时候他才炫耀呢。越是缺乏的东西，越是拿出来炫耀。越是在意的东西，越表现得可以随手丢弃。越是来之不易，越是要拼命攥在手心里，不敢撒手。老管他，内心深处，是不自信的吧。或者说，他自卑。我不想说，这是一种浅薄。

喂喂，你在听吗？你怎么不说话？

我听见自己说，管淑人——我们分手吧。

也不知道谁家的鸽子，哗啦啦急雨一般，一下子飞起来了。长空悠远，转瞬间就没有了踪影。灰色的楼顶的边缘，一重一重，终于融化在看不见的云彩里。

我的内心纯净，澄澈，轻松极了。是那种筋疲力尽之后的浑身轻松。我望着长空里渐渐模糊的鸽阵，有一种劫后重生的感觉。我知道，我对老管的这场纠结，痊愈了。

老管依然打电话来。他大约是不甘吧。我可能是忘了说了，那时候，我的那篇小说，引起了轰动。渐渐地，我的作品在全国遍地开花。渐渐地，我有了一点名气。也因为这点名气，我离开了报社，调到一个文学机构工作。

老管在电话里有点气急败坏。你是故意的吧？你是不是觉得你有名气了。你是不是觉得自己了不起了。唵？

我挂了电话。

老管的短信一屏一屏的，特别长。这么多年了，他向来是惜字如金的。他回顾，哀求，认错，道歉。他说他正在准备谈离婚。他说这急不得。他说他已经又托一个相熟的朋友，常常去家里看望，帮忙，那朋友是离异，单身。他让我跟他一起盼着，他妻子会跟他那个男性朋友彼此钟情，日久生情嘛。他说他用心良苦，我却是这么不懂事儿。他跟我汇报他的存款，他那大房子里书房的装修进度。他问我喜欢什么风格。他说他又看到我的作品了。他说这篇不是你给我看过的那篇吗，是我给你的灵感吧是吗？你一定恨我吧。你别恨我呀。要不是我让你尝到痛苦的滋味你会成作家吗你会吗？是我成就了你呀是我们的爱情成就了你。你要感谢我才是。我跟你说过的呀我的理想是成为作家你替我实现了我的梦啊……

我看着那满屏的字，在手机上一闪一闪，像一个人狡黠的情急的眼。心里忽然生出深深的憎恶来。这个陌生人，他是谁？他是那个我曾经痴恋并且决意要托付终身的男人吗？我怎么，一点都不认识他呢。

这个人，确实是一个成功的男人。事业有成。有作为。有用。是不是，一个成功的人，内心深处，总是有一些不干净的东西呢（我不想用龌龊这个词）。老管说过，在中国，三分做事，七分做人。老管他，是深谙此道的。老管的每一步，或多或少，都掺杂着一些不堪或者不洁的东西吧。在中国，太成功的人，太有用的人，在某些方面，多少都是有点不堪或者不洁的吧。他们必须在内心的秩序之外，扭曲，变形，随势俯仰，屈从于现实生活的逻辑和规则。他们在向着所谓的梦想之巅攀爬的时候，就像老管常常感叹的，一步一个血脚印哪。这血脚印里，有他自己的血，或许，也有旁人的吧。

而我自己，是不是也跟老管是同路人呢？从小到大，我都渴望着一种梦想中的生活。为了这个梦想，我勤奋，上进，我肯吃苦，肯咽下常人难以下咽的，肯让自己受委屈。从芳村到S市，从S市到北京。这一路走来，我失去了多少，又得到了多少。即便在夜阑人静的时候，我都不敢认真计算。我从来都不敢面对自己真实的内心。这千差万错来不及修正和改写的生活啊。

第一次，我开始反思我自己，反思我跟幼通之间，这么多年的关系。这么多年了，我一直以为，我是对的。我总是对的。错的，是幼通。只能是幼通。我按照我制定的标准——我不肯承认，我从来都是以世俗的标准为参照甚至依据的——对幼通进行衡量，考核，判断，苛求。我一直想改造他，甚至重塑他。我是不是太自以为是了呢？

我回了一条短信。我已经不爱你了。我知道，你是早就不爱我了的。一别两宽。善自珍重。翟诀字。

三十二

下雨了。是北京春天那种蒙蒙细雨，有点脏，乱纷纷的，花针一般亮闪闪落下来。怎么说呢，春天，总是给人一种新生的力量的，喜悦的，昂扬的，生机勃勃的。好像是，一切都是新的。一切都可以从头开始。都说秋天是北京最好的季节。可是，你见过春天的北京吗？满城的绿烟缭绕，梦幻一般。是那种新绿。蓬勃的，纯净的，还没有沾染上世间的微尘，仿佛是，初生的婴儿的眼睛。不惧未来，亦不忧过往。我不知道，是不是从那一年开始，我才真正爱上了北京的春天。

算起来，跟郑大官人认识，也有五六年光景了。这个人，怎么说呢，或许是骨子里十分浪漫的男人，古典的，优雅的，每一天，每一小时，每一分钟，都要反复品味。这跟他的职业，他的身份，是多么矛盾啊。也不知道，在公共想象和私人感受之间，他是如何平衡的。他纠结吗？他烦恼吗？在繁忙的社会事务的喧嚣中，他是如何保持内心的宁静的呢？

那一次拉手之后，我们之间，好像是有一点微妙的变化。他几乎是每天都有短信来。依然是很简洁。寥寥几个字，家常的，平淡的，琐碎的，乍一看，什么都没说，我却从中读出了很多滋味。有时候，他会跟我探讨我的某篇作品。也不多说。只是说读了，觉得好。或者说，觉得有的地方偷懒了。有的地方呢，过于用力了。我读着他的意见，内心里十分震动。这个大官人，他竟是懂的。对于文学，对于小说之道，他是内行。他居然是内行。

我挺喜欢这种相处的方式。刚刚从一场感情的炼狱里逃出来，我本能地抗拒狂风暴雨，抗拒激烈和疯狂。就像一只经历了风雨的小鸟，向往和贪恋安宁温暖的小窝。更何况，幼通那边，还有一场未知的风暴等待着我。对于未知的恐惧令我深感不安。我不知道，命运的大手将要把我引向哪里。有时候，我不免想，或许，正是这种惊惧不安，痛苦煎熬，给予了我创作的冲动。是谁说的，幸福平庸的生活，是作家的杀手。那么，是不是可以这样说，是我拥有的痛苦经验，还有命运的反复揉搓，以及情感的深度体验，成就了我。老管的话，大约也是不无道理的吧。

在后来的很多年里，一直到现在，有时候，我不免问自己，假如生活能够允许我重新选择的话，我会选择什么呢？是不是，我宁愿不从事创作，宁愿做一个普通的平凡的人群中的一个，享受着平庸的世俗的幸福，琐碎的烦恼，卑微的喜悦，而不是，在生活的风雨中摸爬滚打，带着一身污泥满心伤痕，不得不通过写作这个出口，抒发和排遣内心深处那些深深的郁积呢。

有一回，郑大官人问我，能不能陪他到乡下去一趟。乡下。我心里疑惑，还是答应了。

越往城外走，秋光似乎越发烂漫了。也不知道是什么树木，丛丛簇簇的，红的深红，黄的金黄，还有那金色红色错综重叠的，斑斓极了。秋阳黄黄地照下来，泼了软的金子一般。天空悠远，澄澈，一丝云彩也无。

车子在一栋房子门前停下来。院子不大，种着一棵很大的山楂树，果实都熟了，红红地挂满枝头。花圃里的月季开得正盛。有红的，有黄的，有白的，招惹得蜂啊蝶啊嘤嘤乱飞。一院子的树影花香，安静幽雅。

这是你家吗？我问。

郑大官人微笑不语。

从外面乍一进屋子，眼睛一时看不清东西。恍惚间觉得屋子里格调典雅，简朴，大气。跟着他上二楼，我们在书房里坐下，郑大官人忙着烧水沏茶。我径自去各处走走看看。卧室里是一张大床，整洁清爽，看上去，好像是少有人住。白色的纱帘垂落下来，把秋日的淡淡的光影挡在外面。临窗的矮桌上有一个花瓶，插着一束淡紫色的勿忘我，想必是早已经干了，但依然保持着美好的姿态和颜色。

我们在窗前相对坐下来，喝茶，聊天。他话不多。大段的时间，都是沉默。午后的房间里光影流荡，茶香，花香，丝丝缕缕的，叫人觉得安宁。外面不知什么鸟，忽然鸣叫了一声，又鸣叫了一声。四下里静谧极了。这样的情境，这样的氛围，好像是怂恿人要做些什么才好。有了那第一次的拉手，我们之间，好像是不太一样了。我不知道，这是不是他的私宅。如此冒冒失失跟他来到一个郊外的私密的所在，这件事本身，是不是就是一种暗示呢，或者应允？我忽然有点后悔。我是不是太莽撞了？

茶连着喝了三遍，我们起身下楼。院子里，那棵山楂树上果子诱人，他摘了几颗给我。酸酸甜甜，滋味不错。

回来的路上，满目秋色，却是无心欣赏了。直到那时，我才知道，原来，我看似轻松，其实是一直绷紧的，就像一根琴弦，不能碰，轻轻一碰，说不定是轰鸣，还是断裂。我总是担心，担心有意外发生。那样的安静的私密的环境，那样的情绪和气氛，一个男人和一个女人。而今，我是渐渐放松下来了，身心松弛，有一点疲惫，懒懒地靠在副驾驶座上。窗外，大片秋林向后方倒伏下去，原野和天际在远方的地平线上融合在一起。有一队大雁，人字形排开，在秋空中飞过。空留下白云悠悠乱走。莫名其妙地，我心头涌起淡淡的惆怅来。偷眼看郑大官人，他仍然专注开车，偶尔吹一两声口哨。大约，他也该是放松的吧。他失落吗？

自从那个短篇发表之后，我竟然一发不可收拾。一大批作品陆续发表，引起关注，引起反响。那时候，我已经离开报社，调了工作。我得承认，是写作，给我的生活打开了另一个窗子，透过这个窗子，我看到了外面更宽阔更丰富的世界。

郑大官人依然有信来。不多。关于幼通，关于我过去的一切，关于老管，关于我的生活，有好几次，我想跟他说一说。可是，每一回都不知道从何说起。最终还是罢了。

我们又见过几面。见了，照例还是清谈，谈文学，谈艺术，谈人生。都是高尚的得体的话题。自从那一回，我们拉了手，那第一次也是最后一次拉手，我们好像是更亲密了，也好像是，更拘谨了。我是在多年以后，才慢慢回味过来，我在他面前，是多么的累啊。我得端着自己。我得努力端着。我有家庭有丈夫有孩子，在世俗意义上，我已不是自由之身了。我不能放纵自己。在他眼里我越是一块白玉，我越容不得自己有半点瑕疵。在道德上近乎严苛地约束着自己，在各个方面近乎完美地要求自己。我得扮演一个端正的恰当的得体的女人，有品位有教养有才华有情趣，宜于月下对饮灯下对望，适于厅堂闲谈春宴唱和。一个这样的女人，总该是贞娴幽艳，是中国传统文化滋养出来那一种，理想女人。我努力扮演着理想女人，宁可只做梦中的情人，也不肯冒着梦幻破灭的风险，做了现实的爱人。我深知，现实生活的狰狞、破败还有不堪。我浑身紧绷，用尽了全力。这简直是太累了。想来，郑大官人也是如此的吧。他是有家室的。有一回，喝多了酒，他好像是说过，我实在是，不忍让你做我的情人。可是，我更不舍得，让你做我的妻子。他叹口气。做朋友呢，我又不甘。不甘哪。你懂吗？

我懂。我怎么能不懂呢？

我们做朋友吧。一生的朋友。如果你愿意的话。岁月倏忽，人生不过如一场短梦罢了。梦里不知身是客。如此而已。

我不知道，我为什么哭了。泪眼模糊中，我看见，他的眼镜后面，泪花闪闪。

人生若只如初见

郑大官人，他们都这样叫他。这里面有调侃，有亲昵，有敬重，还有一些说不出的意味。他们都是在背后这样叫他。当着他的面，他们还是老老实实的，一口一个领导。他都不露声色地领受了。他位高权重，对这些个恭维巴结语言贿赂，早就习以为常了。私心里，却是不喜欢的。他是一个低调的人。树大招风。他这棵大树，总是树欲静而风不止。他时刻提醒自己谨言慎行。小心驶得万年船。他从这句话中受益不少。

在人们心目中，他是神一样的存在。正派，谦逊，干净，有作为。家庭美满，事业有成。没错。他们说得都没有错。他很愿意被人们塑造成这样的公众形象，他像鸟爱惜羽毛一样爱惜自己的名誉。在这个上头，他好像是有点道德洁癖，或者叫作，道德虚荣心。他好风度，好气质，好品位。他妻子贤惠孩子优秀。他朝着事业的巅峰高歌猛进。他是人人称羡的人生赢家。

直到他遇上翟小梨。

在女人这件事上，他也是有洁癖的。即便在血气方刚的青年时代，他都从来没有荒唐过。他从小地方出来，有一种小地方的谨慎，保守，规矩，板正。对拈花惹草这一类风流事向来不感兴趣。他的全部注意力，几乎都在他的事业上。然而要是由此判定他是一个热衷功名的人，也实在是冤枉了他。骨子里，他其实是一介书生，对仕途抱着一种十分复杂难言的心态。又爱又恨，又吸引又拒斥。他走上这条路，有太多的偶然性和戏剧性。有时候，看着自己的名字照片在新闻里到处流传，他只是觉得恍惚，觉得难以置信：那个装模作样的家伙是谁？他是如何一步一步走到今天的？

遇到翟小梨那一天，是他的生日。除了他自己，当然还有他母亲，谁都不知道那天是他的生日。他的官方生日是1961年6月12日。他在各种表格上填的都是这个生日。他的出生年份是错的，生日也不对，把农历当成了阳历。直到现在，他都稀里糊涂，不知道究竟是怎么弄错的。他索性也就将错就错，这样他早退下来两年。倒也好。他不是那种恋栈的人。这么多年，他早就觉得累了。那一天，他倒没有独自庆祝的打算。有什么可庆祝的呢，又老了一岁。他一向对过生日这种事情没有兴致。平时，他的生日都是妻子帮着张罗。他无可无不可，也不愿意扫她的兴。他们想过就过吧，反正那天不是他生日。这个真正的生日，他没有告诉过任何人，包括妻子。那一天，他看着翟小梨的侧影，无端地觉得，这个女人就是老天给他的生日礼物。

好像是一个春节团拜会上，人很多，首都各界人士，花团锦簇，热闹极了，有一种辞旧迎新的喜庆和繁华。人们互相拜年，寒暄，握手，拥抱。偌大的厅堂里，灯火辉煌。他看见一个女人姗姗走来，一袭黑色丝绒旗袍，浑身上下，除了一对红玛瑙水滴耳坠，一点装饰也无。要想俏，一身皂。在那些红男绿女中间，这个女人仿佛作画时候无心滴落的一个墨迹，清新，别致，醒目，又有点出人意料。文艺演出开始了，灯光暗下来。他特别想回头找一下她坐在哪里，却不大方便左顾右盼。

他不愿意承认，是他对这个女人动了心。自从第一回见面以后，他老是想起她来。她在做什么呢？她在哪里？她是怎样一个人？她快乐吗？他吃不香，睡不好。烦躁不安，脾气好像也变坏了。早晨洗漱的时候，他看着镜子里的那个男人，憔悴，清瘦，胡子拉碴，眼睛下面有一块青，眼神里却有一种狂热的哀伤。他震惊极了。他自忖是一个理性的人，冷酷，镇定，临危不乱。在任何事情上，他几乎从来没有失态过。而这一回，他公务缠身日理万机，居然还牵挂着一个只见过一面的陌生女人。真是岂有此理。

后来，很长一段时间里，他再没有见过她。就像那一滴墨迹，在茫茫人海里倏然消失，不见了。他懊丧，不安，失魂落魄，又不好跟别人贸然打听。他只好忍着，心里煎熬得不行。那初次见面的惊鸿一瞥，因为短暂，因为偶然，更叫人觉得回味悠长。他一遍一遍回想着那一天的情景，大厅里的灯光，人群，庄严的喜悦的气氛，笙歌隐隐，鬓影衣香。所有的一切都漫漶不清，恍恍惚惚，叫人怀疑是在梦中。

接下来他频繁出国访问，日程紧张，事务繁杂，他渐渐把注意力转移到工作上，精神大好了。时间和空间的不断转换，有一种巨大的魔幻的力量，令人对世界产生强烈的怀疑，觉得，什么都是不确定的，有一种不可捉摸的眩晕感。各种棘手的难题，复杂的关系，凶险的局势，不可测的危机，他必须集中全部心力去应对，根本无暇分神，也无力分身。对内心深处那个模模糊糊的影子，竟渐渐淡忘了。

再见到翟小梨，是一年以后了。那一天，北京下着雨，淅淅沥沥的，是北方秋季的细雨。透过车窗，他一眼就在人群里认出了她。她正在马路对面张望，好像是在等出租车。秋雨纷纷落下来，珠帘一般，把他们隔开。她穿一件粉紫的长裙，好像雨中一棵丁香树。他让司机停车，停车，司机为难地看着周围。他匆忙下来，不顾体统地叫她，哎，哎，哎。他不知道她的名字。人潮汹涌，她很快就要被淹没了。他焦急万分，不顾一切挤过去，头发弄乱了，西装淋湿了，皮鞋上溅了很多泥点子。他没有戴着墨镜，都忘了会不会有人认出他来。雨幕下人群纷乱，汽车喇叭不耐烦地鸣叫着。她却不见了。那个墨迹仿佛忽然出现一样，转眼又忽然消失了。

正怅惘间，回头一看，她站在他面前，笑盈盈湿漉漉的，也没有打伞。

后来，他们就经常见面了。都是他约她。他确实忙。可是再忙，只要愿意，还是能够抽出时间的。他愿意为了见她牺牲别的。平时，他是一个对时间十分吝啬的人，他近乎严苛地计算着自己的每一分钟,每半小时。他跟人见面,是以分钟计的。浪费时间就是浪费生命。

他坚信这个。然而，自从认识翟小梨，他的一些坚固的律条渐渐松动了。他甚至觉得，有些光阴，就是要用来虚度的。正因为有了这些虚度的光阴，生命才拥有了更加丰沛更加完整的意义。在她面前，他从来都没有谈过他的工作。她也从来不问。他特别中意她这一点。由此他认定她是不俗的。她不像别人那样，跟他接近，是因为他身上那些耀眼的光环的吸引。并且，在他面前，她不卑不亢。这么多年了，他都不大习惯这种不卑不亢了。他习惯的是，那种本能的卑怯，畏惧，谄媚，小心翼翼。他习惯这些，也厌恶这些。眼前这个小女子的不卑不亢，令他觉得不适，又令他感觉陌生而新鲜。由此，他越加爱重了她。

他们好像是中学生一样，见面都是偷偷的。因为他的身份特殊，他不愿意找麻烦。跟她见面的时候，他就给司机放假，他宁可自己亲自开车。这种见面，格外有一种隐秘的甘美和无法言说的欢愉。他仿佛重新回到了他的青年时代，热烈，激昂，汹涌，血脉偾张。好像是初恋的小伙子，跃跃欲试的，有一种莽撞的毛躁的激情。他心里告诫自己不要这样，严厉警告自己停下来。他奋斗了大半辈子，清白了大半辈子，在男女的事情上，一向是端正的，严谨的，无瑕疵的。他不能晚节不保。可是，他舍不得这人生中隐秘的甜美。生活中的苦味太多了。他需要这点甜美作为安慰，或者叫作补偿。仿佛一个倔强的孩子，故意跟生活赌气，故意捣点儿乱使点儿坏，表示不服。这大半生，回头看看，他一直是埋头苦干，弓着身子，浑身征尘，浑身湿透，不知道是血水，还是汗水。在老家，他是他们郑家的光荣。都说老郑家祖上有德，那块老坟地也是气象不凡，几代蕴积，才出了他这样一个人物。郑家整个家族的荣辱，都在他一个人肩上担着。他知道其中的分量。还有妻子他们那边，他是主心骨是顶梁柱。他必须每一步都踩在点子上。他不能出半点差错。他战战兢兢如履薄冰，他勤勤恳恳谨言慎行。可是，有谁问过他的感受呢？难道就因为他出人头地了，他就必须按照他们期待的样子去活一辈子吗？凭什么呢？

有很多时候，他疲惫不堪，他对生活感到厌倦。他特别想躲到深山老林里，把手机一关，静静待上一阵子，就一个人，谁都甭想拿各种破事儿来烦他。有很多时候，他都拿不准他自己。在主席台上讲话，他生怕自己会扬手把稿子扔掉，自顾说一些个令人瞠目结舌的疯话。答记者问的时候，总觉得下一个讨厌的问题他就要崩溃了。去参加老同志的告别仪式，他握着家属悲伤冰凉的手，总害怕会说出什么祝贺恭喜的胡话来。在镜头面前，就某个问题发表意见的时候，他担心自己会在下一秒忽然开怀大笑。这是不是抑郁的先兆？

好了。现在好了。

翟小梨的好处，就是安静，清澈，山泉一样，在他身边缓缓流淌。跟她在一起，他觉得心清如水。这样的女人，正是治愈他的药啊。他迫不及待地吞下这颗药，心里又感激，又熨帖。生活还是待他不薄的。人生踉踉跄跄走过了大半，他竟还能有这样的遇合，这样的运气。他每天都要给她写信。他不打电话，也不用短信，更不用微信。他没有微信。他用毛笔写在那种毛边的信笺上，竖行，蝇头小楷，密密麻麻的。有时候是好几张。有时候就只有几行。她从来不给他回信。她说她字太丑了。他都不想深究她这话是真是假。他写信，但从来不寄出去。见面的时候，他拿给她一起看。她惊讶极了，也感动极了。他不让她当着他的面读信，他求她回去再拆再读。在这些方面，他像一个羞涩的男孩子。

他从来没有问过，翟小梨的个人隐私，她多大了？她有家庭吗？她爱过吗？他只知道，她从乡下出来，那个村子叫作芳村。她在一家文化单位工作。她是素食主义者。就这些。他们在一起，也没有别的，就是说说话，喝喝茶。吃饭几乎都没有过。他总觉得，吃饭的烟火气太重了。他固执地认为，他们这样的关系，适合饮茶，清谈，超越世俗的烟火气，直奔灵魂而去。他是不是太装太矫情了？

他是法律专业出身，冷静，清醒，理性，严谨。连他自己都不知道，这坚硬规整的壳子深处，还藏着一颗敏感柔软的文艺的心。平日里，他被繁忙的公务压迫着，催逼着，他杀伐决断，他雷厉风行，看上去一介斯文书生，却是大将风度。属下们都有些惧怕他。他深知，在这个位置上，还是要有威仪的。光有胡萝卜也不行。当然，光有大棒也不行。要恩威并重。这其中的分寸拿捏，都是功夫，都是学问。

那一阵子，他脱胎换骨，仿佛重生了一回。

他更加一丝不苟地染头发——他有点儿少白头，很早就开始染头发了。他试着用男士香水——他一向是对用香水的男人抱有偏见的。他喜欢关在书房里写字——其实是写信。他越发勤政了，思维敏捷，判断精准，叫人不得不叹服。他神采飞扬，整个人有一种灼人的光彩。身边的人都暗自纳罕。他妻子也是又惊又喜。私下了去找高人求教，以为定是吉兆。

他早觉察了身边人的蠢蠢欲动，只是无心理会。他是重获了新生。他们哪里懂。

私下里，他把这场奇遇跟他的初恋暗暗比较过，青年时代的初恋，显得那么缥缈，模糊。好像是一个梦，梦里那些似是而非的片段，都不大真切了。只有那种丝丝缕缕的滋味还在，细细咂摸，仿佛幻觉。当初年少轻狂，还不懂得人生的真义。恋爱不过是一种青春的本能罢了。而今，当他在这人世间走了很长的路，经历了很多的人和事之后，在他对生活怀着越来越多的困惑甚至厌倦的时候，这场奇遇就显得意义非常。他是相信奇迹的。这么多年了，他本身的命运，就是一个奇迹。在这个剧烈变动的时代，什么奇迹不可能出现呢。

老实说，他们的见面其实是有风险的。毕竟，他不是普通的平民百姓，不大可能轻衣简从。没有充分的理由，他也不能太任性妄为。翟小梨呢。他发现她好像总是心事重重，不大开怀。她像一条河流，山峰林木的倒影映在水面上，重重叠叠的，叫人捉摸不定。他立在岸边，特别渴望着能纵身一跃，去探究一下深藏在河流里的秘密。风吹过来，水波潋滟，满河涟漪荡漾，荡漾，荡漾。他感到一阵阵迷人的眩晕。

然而，是从什么时候开始的呢，他越来越害怕这种见面了。

每一回临近，他都感觉焦虑，烦躁，不安。他不肯承认，就在第二次重新相见的时候，他的内心里就充满了，怎么说，惆怅。老实说，他有点失望。她大约也是。他们几乎都在第一时间里，惊讶地发现，之前的那些，第一眼的印象，惊鸿一瞥之后，美妙的战果，甘甜的回味，大约不过是他们各自的想象，或者是幻象罢了。如若不然，当他们相对而坐的时候,先前那满腹的话儿,都反反复复在肚子里温好了的。那满纸的情意,早就在汉语言的神奇魔力下,都酝酿熟了的——而今,它们都飞到哪里去了呢？他们坐在那里，喝着茶，竭力镇定着自己，说着不相干的闲话儿。端着,经营着,字斟句酌地,想着得体的台词,配得上自己,也配得上对方,简直如做戏一般。他们谈文学,谈电影,谈绘画，谈音乐。风雅极了，完美极了，然而，也累极了。

每一回，跟她分手，他都会长长松一口气。几个小时里，他太紧张了。他也能够感觉到她的紧张。他们全身紧绷着,说着该说的话,扮演着各自的角色。她的问题提得漂亮，他的回答更加漂亮。他们费力地找着话题，他们不大敢沉默下来。以他们的熟悉程度，两个人之间大段的沉默，是令人难堪的。

然而每一回，当他从上一回的紧张疲惫中缓过来，竟又蠢蠢欲动了。他盼着见面。为了种种原因暂时不能见面而懊丧，而失魂落魄。他越发频繁地给她写信,密密麻麻的蝇头小楷,犹觉得纸短情长,有不尽之意。他写秃了笔，写白了头。

秋天过去了，冬天来了。北京的冬天格外漫长。雾霾锁城，叫人觉得莫名的压抑。他们还是隔三岔五见面。谁都不忍心（或者是不甘心？）把这关系冷落了。他还是给她写信。仿佛在纸上交谈，更安全更妥帖更能够充分地表达情感。然而，他们都不敢（抑或是不肯？）坦率地承认，他们之间，不再似初见时候了。

人生若只如初见，何事秋风悲画扇。

渐渐地，他们各自的短处都被发现了。比如说，翟小梨居然写小说。她居然是作家。对于作家，尤其是女作家，他是抱着一种偏见的。他倒没有什么切身体验，只是一种偏见而已。再比如说，她的胸太大了。即便穿着宽松的休闲装，也触目得很。私心里，他还是喜欢小胸，有少女的羞涩感，叫人联想到青春或者初恋。还有，她居然有家庭！并且，有孩子！这怎么可能。她那么轻盈可爱，嘉媚喜人，看上去就是一个纯净的女孩子，怎么可能已经走过这么远的路，担负过这么重的人生？他看着她的侧脸，脸颊上细细的绒毛还没有褪去，被灯光勾了一圈金色的光晕。他心里忽然充满了一种深切的哀伤。他怜惜她。然而，这怜惜里面，还有恼怒。他是恼怒她早早嫁作他人妇吗，还是恼怒既然已经嫁作他人妇，为何还不甘命运藩篱的束缚，而红杏出墙呢？她一定是有什么难言之隐吧。就像他一样。然而，即便是有难言之隐，她也不该如此。这世上，谁都能够在秩序里溜号，在围城里出神。除了翟小梨。一个像她这样的女人，她合该月圆花好。她不该有别的。他在心里跟自己争辩，打架。一个他骂另一个他双重标准，虚伪，道德婊，装×。另一个他回骂说这是男性世界，容不得女人放肆。他给两个自己搞得心力交瘁。

再见面的时候，他开始以另外一种眼光重新审视她，复杂的，丰富的，陌生化的，别有意味的。她的圆润，她的丰腴，她的楚楚风姿，她惆怅的哀伤的眼神。他惊讶地发现，她竟然对他有那么大的吸引力。他喜欢她，爱惜她，他说不清楚，这爱惜里是不是还有轻微的嫌弃。然而他知道，这爱惜里面有深深的痛楚。他看着她背影，心里叹息不已。

世事无常，根本没有道理可言。

转眼就是春节了。

春节的时候，照例是忙乱。他带着妻儿回老家过年。母亲健在，他每年都要回老家上坟。他们那边的风俗，大年初一早晨是要上坟的。他是长子，率领着族中兄弟子侄们，跪在郑家坟前，跟祖宗们一起，迎接人间的又一个新岁。寒霜满天，苍茫的野地里长风浩荡。故土恩重，故人情深。他在新年的寒风里长跪不起。

从老家回来，已经过了初五了。翟小梨一直没有音信。她也回老家了吧。他以为他会坐立不安，会为此煎熬痛苦，然而，竟没有。他吃饭，喝汤，睡觉。拜访老领导。老友小聚。招待客人。儿子回国。夫妻争执——血压有点起伏，他不肯去医院。他在世俗的秩序里平稳地滑行，自如，自在，心平气和。真是不可思议。

后来，他们渐渐就不联系了。也不知道，是谁先没有了音信。

多年以后，他退下来了。繁华落尽，生活渐渐显露出它本来的面目。他终于不忙了。门前冷落车马稀。他从中心的旋涡地带，退回到人生的边缘。清净极了。清净得有点落寞。每天早晨，他到街心公园散步。像这个城市任何一个退休老人一样。阿姨远远跟着，带着一只小药箱，那是保健医生嘱咐过的。早晨空气新鲜，鸟鸣啾啾，草木上滚动着晶莹的露珠。街角有一个女子走过。他的血液一下子停止了流动。

翟小梨。

他摇晃了一下。阿姨慌忙跑过来，要搀扶他坐下，被他拒绝了。这个时候，他不愿意被旁人打扰。

他其实是多少知道她的消息的。毕竟，她是作家。最近她出版了一部长篇，好像是半自叙传。据说卖得不错。对于女作家的生活，人们总是怀着强烈的好奇心的，当然，也有窥私欲。他很恼火这一点。然而，这并不影响他叫人火速买来一本。他解释说闲来无事，他喜欢看看小说。他想掩饰什么呢。真是此地无银。

书做得简朴大气，并没有她的照片。这是他格外欣赏的。作家就是应该隐匿在作品后面。书很厚，总有三十多万字吧。他认真地看了一遍，又看了一遍。晚饭的时候，他情绪不高，胃口也不好。妻子很担忧，问他怎么了，他只说没事，可能是血压闹的。饭后，他把自己关到书房里，久久坐着。他不肯承认，他是想看看她这部长篇里是不是写到了他，写到了他们那一段交往。然而，他失望了。也不是失望，是有点失落。这部书里，从头到尾，都没有提及他，甚至连他的影子也没有。他把书里那几个男性人物琢磨了一遍，又琢磨了一遍，全不相干。全不相干。本来，在看书之前，他是提着一颗心的。他是担心她写出来，还是担心她不著一字呢。他对自己恼火极了。活到这一把年纪，都是经历过惊涛骇浪的人了，他竟然连自己都看不懂自己了。

他上网百度了一下，铺天盖地，都是这本书的消息。从照片上看，她变化不大。长发剪了，戴了一副眼镜，更有一种知性的气质了。他向来对戴眼镜的女人有一种误解，以为是灾难。然而看她戴眼镜，还好。眼镜也是有装饰性的吧，可以修饰脸型的不足，还可以遮盖眼部的细纹。这么多年了，她也该有皱纹了吧。她，还好吗？

他想起来，前一阵子，阿姨收拾书房的时候，翻出来一个大牛皮纸袋，里面装着一沓毛边信笺，几支秃头毛笔。问他要不要留着，他迟疑了一下，说，算了。算了吧。

他站在窗前，眼睁睁看着阿姨把那纸袋拿出去，扔进垃圾桶里。他心里忽然绞了一下。

起风了。外面不知什么时候下起雨来了。

三十三

幼通来了，带着女儿。

周末，人们难得清闲。有女人穿着花睡衣出来，趿拉着拖鞋，跟邻居说笑着。老太太们却早已经赶早市回来了，早市上的菜蔬又新鲜又便宜。谁家的小狗在楼下撒欢，脖子上的小铃铛哗啦啦乱响。月季和木槿都开花了，紫紫红红一大片。门口那对收废品的夫妇，男人正在忙着装车，女人在一旁帮忙，却被男人不断训斥着，听上去，好像是山东口音。抬头看见我们，瞪大了眼睛，一时也忘了手里的活计，只听轰隆一下，那刚垒好的一堆酒瓶子矿泉水瓶就塌下来。惹得她男人又是一顿责骂。我拉着女儿，快速走过去。走好远了，还觉得背上有眼睛在看。心里虚虚的，简直想要赶紧逃了。

之前，老管过来，那女人是见过的。大多时候，我是一个人出出进进。她一定在想，这女的怎么回事呢，看上去，倒还像是好人家的女人，规矩，懂事，见了人笑笑的。这么几年了，都是她孤零零一个人，怎么一下子，就有了男人和孩子了呢？可是，那个男人是怎么回事？

虽然穿得体面，一眼看上去，也是有年纪的人。真是知人知面不知心呀。

本来说好要在外面吃的，一看见菜市场，幼通就又改了主意。他说买菜回去，自己做。

女儿在房间里转来转去，左看右看。她十一岁了，脸圆圆的，还有一点婴儿肥。一头浓密的好头发，尽数向后面拢去，编成一根独辫，露出明净的前额。她一会儿过来在我旁边腻一会儿，一会儿又走开。她的身子开始抽条儿，能够看出一点女孩子的模样了。她穿着我的高跟鞋，小船似的，在屋子里嗒嗒嗒嗒走来走去。在镜子前面涂我的唇膏，眼影。见我进来，娇嗔地一头扑到我怀里，再不肯抬头。她是知道害羞了。她的眼睛亮亮的，黑黑的，好像是一湖清水。不知道，这人世的悲欢，会在这清水里留下怎样的倒影。我在阳台上晾衣服，幼通在小厨房里做饭。女儿小鸟似的，张着翅膀，一会儿飞去过叫爸爸，一会儿飞过来叫妈妈。爸爸，妈妈。一迭声叫着。阳光透过树木枝叶的缝隙，把阳台弄得斑斑驳驳的。那盆绿萝长疯了，从花盆里垂下来，逶迤蜿蜒，爬满了半个窗台。水珠子从湿衣服上滴下来，落在叶子上，沙沙响着。葱花爆锅的声音传过来，屋子里弥漫着诱人的香味儿，同这淡淡的肥皂香气混合在一起，家常的，温暖的，妥帖的，有一点酸，有一点甜，有一点涩，有一点苦，然而，都还好。这便是平凡的世俗生活吗？

这么多年了，我一直是咬紧牙关，握着拳头，浑身紧绷着，要跟生活决一死战的。而幼通则是看书，喝茶，养花种草，梦想着晴好的夜晚里数星星。幼通的身上，有那么一种士大夫气。他固然是愤世嫉俗，安于现状，固然是，平庸，没用——这么多年了，我最恨的就是他这一点。然而，他做人清白，干净。他与世无争，内心安宁，他从来不曾违背过自己的内心——在经历了这么多后，我最嫉妒的，也是他这一点。

我们，还过吧。我听见自己说。

女儿早睡着了。她的呼吸声在我耳边，甜美的，温软的，带着小女孩的淡淡的奶香。她一只胖胖的小手搂着我的脖子，额头汗津津的，有一点醉人的微微的酸味。黑暗中，我的眼泪无声地涌出来涌出来。这么多年了。当我在情天恨海里折腾煎熬的时候，当我在异乡的大街上彷徨歧路的时候，当我在命运的风雨里俯仰不定的时候，或许，幼通正在接孩子放学回家的路上。S 市冬天的黄昏，他们父女两个，手牵手，走在寒风里。或者，幼通正在给孩子辅导功课，灯下，父女两个头碰着头，轻声讨论着。两个影子一高一矮，在那间小屋的墙上叠加，交错。也或者，他们已经相拥着睡熟了，一大一小，紧紧拥抱着，在 S 市的深夜里终于安静下来，沉入到他们各自的睡梦里去了。那些梦里，会有北京，会有我吗？

我撤诉了。白白赔了一笔律师费。律师恼火极了。他说这桩案子胜券在握——你怎么忽然反悔了？

幼通是喜悦的，怎么说，是且惊且喜。大约，他在我的那个短信里，就嗅到了一点消息吧。我在短信里说，你来吧。他第二天就来了。还带来了女儿。这么多年了，他一定早就把我看透了。心痴意软，脸皮又薄，耳根子又软。最好对付了。他在心里长叹一声，想，这下好了——

关于那封信，那封分手信，在后来很多年里，幼通都没有再提起过。

我知道，这是他的宽厚。就为了这宽厚，我终生都对他怀着深深的感激，还有疼惜。有时候，我想，很可能，我不是天生就是这样贤良淑惠的，温柔体贴，知书识礼。在亲戚朋友那里，让人家说不出半个不字来。我不知道，我是在弥补呢，还是在赎救。经历了这么多的磨难，我其实是重新出生了一回。对幼通，对女儿，对这个家，我有着一种近乎恐惧的珍惜。就好像是，怀里抱着一个贵重的水晶大碗，又是小心，又是欢喜。又是紧张着，又是爱重着。我辛苦着，有时候也不免叫屈，然而更多的时候，是喜欢，还有满足。这么多年了，有时候，我不免私下猜想，幼通这个人，不是太狡猾，就是太厚道了。

幼通，我的初恋，我十八岁就执手相偕的这个男人，经历了那么多的磨难和坎坷，煎熬和苦痛，只差那么一点点，就撒手，就散了。最终还是没有分开。

世事就是如此难料。

生活在向我使眼色。我不能视而不见。

怎么说呢。当我跟幼通，还有女儿，在北京的新家里吃饭的时候，聊天的时候，吵架的时候，或者，什么都不做，在阳台上发呆，远远地看着，远处的山峰曲折的边缘，在北京秋日的雾霭中若隐若现，时而清晰，时而模糊。我的内心宁静极了。幼通，他是我的历史。跟自己的历史在一起，我感觉到，前所未有的完整，自在，安宁。从十八岁到三十六岁。十八年，在一个人的生命中，是怎样一个无法抹去的段落啊。

重新爱上幼通，是多年之后的事情。这爱恋延宕了十八年。我却不后悔。

当经历了那么多命运的崎岖动荡，当我们亲口品尝了生活的千种滋味之后，在异乡，在北京，我们终于心平气和了。

我给幼通买了一架望远镜。然而，在北京的夜晚看星星，是多么奢侈的一件事啊。

后来的很多年里，我总是想起来，那一年，夏天，幼通和我，手牵着手，走在东四北大街上。2012 年的夏日的阳光照下来，把我们的影子画在地下。那影子又矮又肥，有一种卡通般的笨拙和稚气。我们刚刚搬了新家，正在准备着买房子。在北京，我们有家了。

女儿是开学前接过来的。她要来北京上中学了。

那一天，我早早在楼下等着。东四这一带，我在一些小说里写过了。胡同多，平房多，沉稳，安静，又繁华热闹，是老北京的气质。小区门口常年坐着一些闲人，说着东家长西家短。这个季节，花草们都还繁茂着。不知谁家的金毛倒是早早穿上了小坎肩，眼睛湿漉漉地看人。一群鸽子哗啦啦飞上天空，雨点子似的。远远地，一辆出租过来。我的心竟然嗵嗵嗵嗵跳起来。

车门开了。幼通牵着女儿的手，提着大包小包，笑着，露出雪白的牙齿，朝我快步走过来。

这一大一小，这父女两个，真像啊。挺拔的，修长的，头发浓密。右肩膀微微侧着，走路有一点外八字。简直是一个模子里刻出来的。

蝉不知道在哪一棵树上，知了知了知了知了，反反复复唱着。都这个季节了，竟然还有蝉。是秋蝉了吧。

断章，或者浮云

1994 年 10 月 15 日，多云，有雾

开学了。一直郁郁的。想家。

读父亲来信。父亲的字漂亮，圆珠笔，写在红色横格子信纸上。读了好几遍。

遇见一个男生。很特别。

1995 年 2 月 14 日，大雪

情人节。幼通来信了。关在屋子里读信。

脸红心跳。

1996 年 9 月 1 日，晴

上班了。

新的生活开始了。

真美好。

打电话给老家。母亲到邻居家接电话。在电话里报平安，告诉她我上班了。

电话里传来母亲的芳村话，微微有点气喘，大约是走路太急。隐约有几声狗吠，不知是不是邻家的阿黄。

1997 年 9 月 6 日，微风

今天是幼通生日。

早晨，我去鲜花店里买了一大束玫瑰。老板大概有点奇怪吧。不都是男的给女的送花吗，怎么反过来了？

我骑着自行车，把玫瑰放在前面车筐里，往他家去。这是我第一次给一个男人送玫瑰，也是唯一一次。

幼通很开心。他母亲好像也很开心，忙着找花瓶，灌水，插花。

我和幼通躲在房间里说话。

饭后幼通送我回来，秋风满街。

1998 年 8 月 3 日，晴

北戴河。第一次见识大海。

我们躺在沙滩上，听着大海的涛声，海风里有淡淡的咸味，湿漉漉的。沙滩上有很多寄居蟹，可爱极了。我捡了一个大贝壳，样子笨笨的可爱。我想拿它做香皂盒。

这是我们的蜜月旅行。又新鲜，又热烈。

我晒黑了。本来想着要拍婚纱照的。只好先算了。

1999 年 12 月 8 日，雪

下雪了。上班路上摔了一跤。坐在雪地上半天起不来。

幼通也很担心，怕孩子有什么闪失。却没事。虚惊一场。幼通说，月份大了，他还是每天接送我上下班。我说好啊，明天起，你那破自行车是我专车了。

晚上炖牛肉。幼通说，牛肉含叶酸，对孩子好。我怕发胖，被他训了一顿。

2000 年 5 月 7 日，晴

孩子满月了。

小东西足吃足睡，几乎一天一两肉，见风长。胖得像个小弥勒佛，笑起来眼睛眯着，咧开没牙的嘴。更像了。

我也胖了很多。以前的衣服都穿不进了。气死了。

幼通带我去买胸罩。一个月不出门，乍一上街，恍惚极了。紧紧拉着他的手，不敢过马路。都说一孕傻三年。看来是真的。怎么才一个月，竟然恍如隔世了呢。

2001 年 6 月 1 日，多云转晴

跟幼通一起回芳村看孩子。

看着孩子在芳村的街巷上跑来跑去，心里涌起一片奇异的温柔的潮水。

芳村草木茂盛，蚊虫多。天热，痱子起了一头。

幼通给孩子擦痱子粉，弄了一鼻子，滑稽极了。

2002 年 9 月 1 日，晴间多云

到新单位报到。还算顺利。

新环境，还是要努力尽快适应。

领导是一个严厉的老头，极瘦。说话的时候喜欢做手势。

有一个同事竟然住同一个小区。她叫小文。真开心。

2003 年 12 月 3 日，阴，有风

跟小文一起去考研。

天寒地冻。热血沸腾。考点在郊外，路途遥远。

怎么有这么多人考研啊？忐忑。

2004 年 6 月 5 日，晴

收到了录取通知书。

幼通比我还高兴。我们翻来覆去看了好几遍。我说你掐我一下，看是不是做梦呢?

2005 年 7 月 1 日，阴有小雨

马上要放暑假了。很多烦心事，丝丝缕缕。剪不断，理还乱。

2006 年 7 月 9 日，晴

实习开始了。新角色，新环境，新生活。

优胜劣汰。适者生存。要加油。

2007 年 6 月 8 日，多云转晴

留京指标下来了。办入职手续。

天不负我。

长舒了一口气。

2008 年 5 月 16 日，晴，有微风

发表了第一篇小说。是一家市级刊物。

悄悄庆祝了一下。

写作是治愈人生的药吧。舒缓镇痛，排毒安神。

2009 年 7 月 5 日，晴

完成了一个短篇。痛快。

还没有名字。最怕给小说起名字。先放着吧。

2010 年 4 月 10 日，小雨

调了新单位。居然因为那篇小说，就是那篇暂时没起名字的小说。

刊物催稿，我就在电话里随口说了一个名字。这个在上班路上随口说出的名字，拯救，或者说成就了一篇小说。因为这篇小说，我的生活发生了变化。

机缘巧合，不可端倪。

2011 年 6 月 19 日，夜深

第一次作品研讨会。惶恐不安。

众说纷纭。忽然觉得虚无。觉得不会写小说了。

一夜辗转。起来记上一笔。

2012 年 8 月 18 日，晴

生活掀开新的篇章。

云散雨收，风和日丽。

感谢命运给我新的机会。

2013 年 10 月 12 日，多云

带孩子去协和，耳鸣，医生说无大碍，嘱少用耳机。

又去同仁堂取药。脾胃虚弱，中医调理一下。人不多。喜欢室内弥漫的药香。

温煦，安宁，妥帖，有微瑕。是人间味道。忽然想起了母亲。母亲多病，幼时家里长年煎药。

忽忽十五年了。

2014 年 2 月 1 日，大风

回老家过年。见到很多故人。感伤。感慨。

故园将芜。

人间万物，终将委身泥土。

2015 年 6 月 7 日，晴

陪孩子中考。看着小小身影进了考场，一颗心竟揪起来。她或许以后会明白，人生道阻且长，山高水深，只能一个人去走。

很多家长在外面等着。暑气蒸腾，北京的夏天又闷又热。

2016 年 4 月 25 日，晴

第一部长篇出来了。四十万字。身心俱疲，却无比欣慰。

笑骂臧否，任人评说去吧。我唯有尽力而已。

2017 年 7 月 5 日，晴

单位履新。压力很大。

尽人事，听天命吧。

2018 年 5 月 19 日，霾

高考在即。怎么比孩子还沉不住气呢？

要淡定。要有平常心。

黑色五月，厉兵秣马。

但愿天遂人意。

2019 年 6 月 21 日，晴

我做了个梦，梦见幼通不见了。

刚开始，我还以为他是在跟我闹着玩儿的。他总是跟我这样闹着玩儿。故意藏在什么地方，不让我发现。我们经常做这样的游戏。晚上，把屋子里的灯都关了，捉迷藏。我找啊找。怎么也找不到。我站在屋子中央，说，出来，你出来。我早看见你了。你出不出来？

没有人回答。我四下里看着，屋子一片黑暗，只有外面的些许灯光微弱地透过来，把沉沉的影子映在窗子上。我叫他，声音里有了哭腔。我是一个害怕黑暗的人。幼通忽然哈哈哈哈大笑着出来，变魔术一样。我一下子扑进他怀里。拧他，踢他，骂他。他嬉皮笑脸的，伸手打开灯，世界一片明亮。真好啊。

我们一遍一遍玩这个游戏，乐此不疲。奇怪的是，我从来没有成功过。幼通总是轻而易举地就能找到我。这真令人沮丧。

后来，通常是幼通藏起来，让我找。

可是这一回，幼通真的不见了。我站在屋子中央，一遍一遍地喊。央求，引诱，威胁。他还是不肯出来。我说幼通，你别吓我啊。你好好出来，别吓我。平时，他总是对我搞突然袭击，要么在背后把我一抱，要么大喝一声跳到我面前。我经常被他吓得尖叫起来。

我站在屋子中央，一遍一遍地喊。幼通。出来吧幼通。出来吧。

没有人回答。

黑影重重。我站在黑暗里，第一次知道，黑暗也是有重量的。黑暗黏稠，沉重，汹涌，压得我仿佛就要窒息了。

幼通不见了。我大哭起来。

夜色空明。我从梦里逃出来，冷汗淋漓。幼通在我身边熟睡着，摊手摊脚，像一个大孩子。

辗转了半夜。怎么也睡不着了。

三十四

这么多年了。

这么多年了。我一直不愿意回忆往事。比起往事，如果一定要，我更愿意谈论现在。现在，我的生活似乎不算太坏。至少表面上如此。我不知道，有多少人的生活能够经得起深究，或者追问。那谁说过，难得糊涂。不是吗？

亲爱的某

亲爱的某:

我在给你写信。我不知道我为什么一定要给你写信。好多年了,我一直执拗地给你写信。写信这件事,已经成了我的日常生活,成了我日常生活的一部分,成了我难以割舍的习惯,成了我的一个无法更改的姿势。我不知道这是不是会对你构成打扰,我有点不顾一切,不顾一切地倾吐内心的秘密。其实,也算不得秘密。我不过是记录了我日常的所思所想,我的零碎的情绪的片段,我的杂乱的脆弱的精神的萌芽。我知道你不会嘲笑我。我知道你会认真地倾听。每一次写信的时候,仿佛你就在眼前,我们相对而坐,喁喁私语。

我常常回想我们相见的那一瞬间。北方的秋天,细雨纷飞。两列火车缓缓开过,一列向北,一列向南。短暂停车,两分钟。我坐在临窗的座位上,你也坐在临窗的座位上。火车交错的瞬间,我们的目光相遇。我浑身的血液刹那间停止了。我看着你,你看着我。我们的目光在空中碰撞,电闪雷鸣。我们足足对视了两分钟。两分钟，比一生还要漫长。周围的一切都消失了。寂静的小站，神态闲散的工作人员，湿漉漉的秋雨的哀愁，淡淡的雾霭升腾。旷野寥廓，秋意幽深。两分钟的浓稠甘美，足令我们余生细细啜饮。

火车开走了。

我们从此相识。

我们从此别离。

我是相信奇迹的。如若不然，为什么在那么多的平凡的面孔中，在熙熙攘攘的人群中，在滚滚红尘飞扬中，相遇的不是别人，恰恰是我们。不早一点，不晚一点。一切都是刚刚好。是的。我们并没有来得及说话，可是，我们的眼睛，却诉尽了平生心事。

两分钟。短短两分钟的精神奇遇，抵得过漫长一生的身体厮守。

火车飞驰，把寂寞的小站抛在身后。我望着窗外，忽然间泪流满面。秋雨绵绵，把苍茫的旷野笼罩。远处，有几处烟村。一条溪流静静流过。在那一个瞬间，几乎世间所有的奥秘都向我敞开。邻座的人漠然看着我，他肯定以为我是一个疯子。谁能猜到，就在方才，在短短的两分钟里，我的内心掀起了一场可怕的风暴。我们震慑于这风暴突如其来的强悍的力量，久久沉默。

我从此开始了长达一生的通信。

你一定不知道我的名字，正如同，我也不知道你的。这一点都不重要。名字是什么。名字不过是我们在这人世行走的符号。名字是面具，是标签，只有名字背后的那个血肉之躯，才是真实的鲜活的热气腾腾的生命。我称呼你亲爱的，亲爱的某。这是独属于我的有着我自己气味的称呼。你会叫我什么呢，我猜想过一万遍，然而我并不想猜中。你叫我什么都行。你叫我什么都是好的。这么多年一直匆忙赶路，蓦然回首，才发现人生已经走到了中途。在我们这个年纪，我们已经拥有了很多称呼，儿子，女儿，丈夫，妻子，父亲，母亲，上司，下属。我们在人生的这场大戏中，兢兢业业，努力演好自己的角色。演着演着，我们竟然入了戏，我们几乎骗过了自己。在大幕徐徐落下，人去楼空的时候，我们是不是会倏然想起，想起一生中后悔的事，想起某一个人，在时光中偶然走失。

我说过吗。我经常做梦。并且，我知道我是在做梦。在梦里，我经历了很多险境。夜黑风高，我被人追击，一路狂奔，狂奔。我赤着脚，走过荆棘，走过冰雪，走过烈焰，走过插满刀尖的羊肠小路。鲜血横流，疼痛难忍。忽然发现，路断了。脚下是万丈深渊。追兵在后，深渊在前。我打着寒战，咬牙闭眼，纵身一跳。风在耳边呼啸而过，巨大的失重感令人眩晕，坠落，坠落，坠落。恐惧和孤单抓住了我。我反复安慰自己这是梦这不过是梦醒了就好了可是我无法醒来。我大声呼喊，却没有声音。我拼命挣扎，却动弹不得。我在梦的沼泽里深陷，我感到黑暗的甜美和绝望的窒息。

好梦也有过。我在儿时的家里坐着，好像是过年，又好像是夏天。母亲进来了，衣衫洁净，笑容慈爱。我心里一惊，暗自喜欢，原来母亲没走，她还在人世。我心里怦怦跳着，又开心，又紧张，我跟她说着话，看着她在院子里走来走去。阳光明亮，树影摇曳，我怔怔看着院子里那棵槐树，槐花盛开，香气浓郁。我忽然意识到，这可能是在梦里。这不是真的。我在槐花的香气里恍惚，默默祈求不要醒来，不要醒来，却遽然惊醒了。无边的惆怅，无边的哀伤。梦里梦外，我不知道我们究竟走了多远的路。

遗憾的是，你只是偶尔才光顾我的梦境。无论我如何祈祷，让我们在梦中相见。然而，很少有如愿的时候。

这是不是你的故意？

我渴望梦见你。亲爱的。我渴望在梦里与你相拥。我想用劳作半生的手指，抚摸你脸上的皱纹。我想打探每一根白发的秘密。我想象着在你的怀抱里，微笑，流泪，叹息，浑身战栗不已。我们只要相拥。我们连牵手都不要。遑论亲吻，遑论性爱。我们在这种巨大的克制中感受爱的纯粹，在情欲泛滥的时代我们悲壮地坚守精神的清洁。总觉得，一切美好的事物，都是在未发生之前。我紧张地近乎恐惧地抓住这珍贵的“之前”，我愿意永远在“之前”的美好期许中流连。你会不会嘲笑我的理想主义？

有时候在大街上走着，看周围人群熙攘，车马喧哗，我心里充满了哀伤。所有这些，都将不可避免地委身泥土，烟消云散。那个袅袅婷婷的有一颗美人痣的姑娘，那个健壮英武的络腮胡子男人，那个娇嫩稚气的婴儿流着亮晶晶的口水，那个老者，在暮年的余晖中蓦然回首千疮百孔不及修补的人生。透过扰扰红尘，我认真地看着他们，我想记下那些甜美的羞涩的微笑，旺盛的胡须里荷尔蒙的气息，初识人世时候清澈的明镜般的眼神，在人间走过坎坷长路之后，沧桑疲惫而又恋恋不能割舍的身影。

如同你一样，我在时间的河流里泅渡，随势俯仰。我貌似容颜洁净，其实已风尘满面。我笑靥如花绽放其实却暗怀悲伤。身居斗室，我的心骚乱动荡，漫步在星空照耀的大地，清风满怀，虫鸣婉转，大地沉默不语，我苦苦寻找着打开她心扉的那把钥匙。夜露纯净，犹如少女贞洁的泪水。月光汹涌，汩汩滔滔，把无边的大地洗濯。

大地容纳了多少生命的怒潮啊。爱过，恨过，痛过，悔过。来了，又去了。生生不已，绵延不息，仿佛野草在春风浩荡中一遍一遍地呼喊，在岁月深处发出意味深长的回声。

我热爱这伟大的人世，这伟大的喧闹的人世中平凡的安宁的岁月。我把脸颊贴在生活的土壤里，我能真切感受到泥土的呼吸，温暖的潮湿的带着腥味的绵长的呼吸。

我认真地生活，有时候也苟且。我在内心里画着条条框框，有时候也妥协。有时候，为了一个词语诋毁整部词典，有时候为了一朵迟到的花蕾怨恨整个春天。有时候我豁达宽阔，有时候我自私狭隘。当我善良纯洁犹如天使的时候，我看见魔鬼就在内心的一角窥伺，睁着邪恶的疯狂的眼睛。我对这魔鬼充满了憎恨。有时候是我制服了它，有时候是它制服了我。有时候我跟它怒目相向。有时候我跟它握手言和。

我不知道你的故乡在哪里。但我相信，我的故乡在大地中央。我们所有人的故乡都在大地中央。我常常幻想着，我带着你到我的故乡去，到大平原上，去感受那无边的宽阔和寂静的苍茫。那浩瀚的大庄稼地，大海一样的绿色的波涛，在风中起伏，一浪一浪，一直到渺远的天际。那泥土的潮湿的微凉的味道，植物那带着腥气的青涩的气息，粪肥淡淡的好闻的臭味，那宁静的安详的母亲一般的神态，一定会令你感到深深的震动。大平原是沉默的，她孕育了村庄，孕育了庄稼，孕育了河流，孕育了生命和情感，孕育了希望和梦。我想象着，我们站在大平原上，感受北方的风吹过的时候脸颊上茸毛细微的颤动，聆听布谷鸟在村落里不知疲倦的歌唱。我们在大雪纷飞的寒冬，眼看着村庄银装素裹，出落成圣洁的羞涩的新娘。在万物花开的时候，看大平原上莺飞草长。夜晚，我们躺在家乡的土炕上，听着蟋蟀的鸣叫，闻着庄稼的呼吸，我们在母亲亲手织成的粗布床单上，安宁妥帖，仿佛躺在母亲的怀里。

我把我的故乡指认给你。我只带着我今生今世的亲人回家。

这是我的生身之地，这是我的生命的源头。

我不知道，我是不是故乡的逆子。我吃着它的乳汁长大，而后弃它而去。我一心离开故乡，到城里去。在别人的城市里，我吃尽了苦头。我走了那么多的弯路。我爱错了很多人。我迷失了很多路。我弄丢了很多珍贵的东西。我弄丢了它们，然后又穷尽一生去寻找。我在这个冠盖云集的京城，如一粒浮尘，风把我吹过来，吹过去。这是别人的城市。我的故乡在大平原上，在大平原的田野深处，在炊烟缓缓升起的村庄里。

然而，当我怀着满心创痛满心眷恋回到故乡的时候，我忽然发现，我成了亲爱的故乡的客人。我在村庄的夜晚里漫游，我的悲伤汹涌，在月光下缓缓流淌。

我想，我还是幸运的，我遇见了你。

是谁说过，人生的苦难是找不到知己。我在第一眼看到你的时候，就认定，你是我的知己。你懂得我所有的心事。你能勘破我人生的全部奥秘。自从那天相遇，我变了。我常常情不自禁地微笑，莫名其妙地叹息，我常常自言自语，忽然间红晕满面。我常常在某个瞬间，感觉你就在身边。你宽容地宠溺地看着我，看着我小奸小坏，偷鸡不成蚀把米。看着我笨拙地谄媚，不甘地妥协，愤怒地反抗，屈辱地顺从。看着我口是心非时候的不老练，看着我欲迎还拒时候的小伎俩，看着我规行矩步时候的左顾右盼，看着我装模作样时候内心的惊惶不安。亲爱的，你什么都能看破。你什么都能理解。你对我所有的一切，满怀悲悯之心。亲爱的，你是我的知人。

从此我爱上了火车。我常常去火车站。我常常买了站台票，在站台上站着，看着一列列火车缓缓开过。那么多的窗子，窗下那么多的人。我幻想着有一天，我能一眼看到你，在某个窗前坐着，我的目光和你的目光相遇。金风玉露一相逢，便胜却人间无数。我知道这幻想的不可倚靠，可是我固执地相信生活中的神迹。火车的汽笛声鸣叫，仿佛一个人的内心的呼喊，低沉，哀伤，在原野上久久回荡。我站在站台上，看着旅客们上车，下车，看着列车犹如一架巨大的风琴，弹奏出悠远的绵长的乐声。淡淡的汽油的味道，呛人的微尘的气息，人声喧嚣，铁轨撞击的有节奏的声响，嗵嗵嗵嗵，仿佛热烈的慌乱的心跳。我迷恋火车站的这种氛围，这种骚动的不可捕捉的情绪。我久久站在那里，征尘纷落，行色匆忙。旅人。过客。来了。走了，短暂的停留。更长久的离开。这是不是一种隐喻？

从此，我爱上了秋天，爱上了秋天的绵绵细雨。它们落在山川大地上，落在河流江湖里，落在干涸焦渴的心田里，激起动人的热烈的回响。是的。我相信，我的所有的一切，心灵的悸动，精神的骚乱，情感的微妙起伏，内心里所有的风吹草动，都会在你的内心深处激起回响。我守护着这珍贵的默契，好像怀揣鲜花的少女。我在细雨里奔跑，情不自已地哭泣。清凉的雨水，连同酣畅的泪水，洗濯我冲刷我，我奔跑着，浑身湿透，内心澄澈安宁。雨声淅沥，往事漫漶不清。我透过雨雾看见过去的自己，在被雨水淋湿的时间的河流里，起起落落。我感恩生活的馈赠。我们走过的每一条小路，都是必经之路。我们只有经历了应该经历的，才有最终抵达的可能。

亲爱的。我把这沉重的肉身给了生活，这臭皮囊，它在人间受尽煎熬，疾病之苦，孕育之痛，负重之累。它颠沛流离，遍体鳞伤，因为欲望的诱惑和对这诱惑的屈服。我最痛悔的是，没有在我人生的盛期遇到你，在我蓓蕾初绽的青春岁月，在我浆汁饱满的锦绣年华。而今，人到中年，我把我的灵魂给你。我的灵魂中最好的那一部分，滋养你。我的灵魂中不好的那一部分，被你滋养。有时候，我是如此地厌恶这皮囊。我甚至故意给它磨折，给它苦痛，给它羞辱。我作践它，又痛惜它。我憎恶它，又热爱它。

请原谅我不能把这饱受欢愉也饱经忧患的肉身给你。

请原谅我只能给你这充满矛盾和悖论的灵魂。

我在给你写信。亲爱的。厨房里的锅还在冒着热气。新洗的衣裳在阳台上滴着水珠。鲜花还没有插好。门坏了还有来得及修理。我在尘世的旋涡里沉陷，我认真地努力地生活。我总觉得，你就在我的身旁，看着我为琐碎的俗务烦恼，为卑微的心事愁眉不展。看着我在中年的秩序里行走，不允许自己错走一步。看着我在每一个关隘处踌躇彷徨，咬紧牙关劝慰自己挺住。当我把丰盛的食物摆上餐桌的时候，当我把明前茶沏好的时候，当我梳洗完毕穿着丝绸睡袍在镜前闲坐的时候，当我点燃蜡烛熏上白檀香铺好洁净枕席的时候，我是如此热烈地思念你。亲爱的。

今夜月光如水。

邀你入梦。

邀你入梦。

你的亲爱的

某

图书在版编目（CIP）数据

他乡 / 付秀莹著. -- 北京：北京十月文艺出版社，2019.8

ISBN 978-7-5302-1920-1

Ⅰ. ①他… Ⅱ. ①付… Ⅲ. ①长篇小说－中国－当代 Ⅳ. ①I247.5

中国版本图书馆 CIP 数据核字（2019）第 038380 号

他乡
TA XIANG
付秀莹 著

出　　版　北京出版集团公司
　　　　　北京十月文艺出版社
地　　址　北京北三环中路 6 号
邮　　编　100120
网　　址　www.bph.com.cn
发　　行　新经典发行有限公司
　　　　　电话 (010)68423599
经　　销　新华书店
印　　刷　三河市宏图印务有限公司
版　　次　2019 年 8 月第 1 版
　　　　　2019 年 8 月第 1 次印刷
开　　本　880 毫米 ×1230 毫米　1/32
印　　张　14.25
字　　数　312 千字
书　　号　ISBN 978-7-5302-1920-1
定　　价　45.00 元
质量监督电话　010-58572393
如有印装质量问题，由本社负责调换。